Audrey Carlan

Wat het hart wil

Tien jaar lang heeft Suda Kaye haar dromen nagejaagd.
Wat wacht er thuis op haar?

Vertaald door Jeannet Dekker

BOEKERIJ

ISBN 978-90-225-9855-9
ISBN 978-94-023-2076-3 (e-book)
NUR 302

Oorspronkelijke titel: *What the Heart Wants*
Vertaling: Jeannet Dekker
Zetwerk: Mat-Zet bv, Huizen
Omslagontwerp: BijBarbara
Omslagbeeld: © Shutterstock

Proloog

Mijn achttiende verjaardag

Sla je vleugels uit.

Ik kijk naar die vier woorden in zwarte inkt, geschreven in een handschrift dat me dierbaarder is dan dat van mezelf. Het zwart steekt scherp af tegen het dikke, bleekroze papier. Dit was echt iets voor haar, dit deed ze zo vaak. Brieven schrijven. Vooral aan mijn zus Evie en mij, al die jaren dat ze niet thuis was. Soms kregen we een ansichtkaart vanuit een oord ver weg, waar haar dwalende ziel haar heen had gevoerd. Op andere momenten was het een opmerking die ze snel op een servetje in een kroeg had neergekrabbeld, met bijgevoegd het kaartje van een concert dat ze tijdens haar avonturen had bijgewoond.

Ze heeft ons een keer prachtige halskettingen gestuurd, met de hand beschilderd, gemaakt door een glasblazer ergens in Duitsland. Elke keer dat de postbode het reservaat bezocht waar we samen met onze grootvader woonden, hoopte ik met heel mijn hart dat er een brief of een pakje van mama was.

Vanaf het moment dat ik leerde praten en taal kon begrijpen, hing ik aan haar lippen om geen woord te hoeven missen van de fantastische verhalen die ze ons na haar terugkeer vertelde. Die verhalen voerden ons over de hele wereld, van Istanbul naar IJsland, tot aan het festival Burning Man in de Californische woestijn. We kregen een keertje piepkleine bekkens die je rond je vingers kon dragen en die door buikdanseressen werden gebruikt, en na dat cadeau gaf moeder ons op voor onze eerste buikdanslessen. Buikdansen doen Evie en ik nog steeds graag.

Bij ons thuis was het nu eenmaal zo dat onze moeder, Catori Ross, ging waarheen de wind haar voerde.

Ik was dol op mijn moeder, jaloers op het leven dat ze leidde. Dat is niet veranderd, zelfs niet nadat ze ons voor haar laatste reis heeft verlaten. Haar allerlaatste avontuur, zo noemde ze het graag. En ze beloofde Evie en mij dat het haar voor eeuwig gelukkig zou maken.

'Maak jullie geen zorgen over mij, mijn prachtige meisjes,' fluisterde ze, met haar beide handen uitgestoken, zodat Evie en ik er allebei eentje konden vasthouden. Haar lichaam was weggeteerd, ze was vel over been en had al maanden haar bed niet verlaten. Toch glimlachte ze, met de blik in haar donkere ogen eerst gericht op Evie en daarna op mij. 'Ik heb nog nooit een oord bezocht waar geen schoonheid was.' Ze kneep in onze handen, deed haar ogen dicht en blies haar laatste adem uit. Ze was heengegaan.

Dat was het laatste wat ze tegen ons heeft gezegd. En weet je wat er nu zo bijzonder is? Ik geloofde haar. De dood was mijn moeders laatste bestemming, of ze dat nu wilde of niet. Zelfs op dat moment wist ik diep in mijn hart al dat ze schoonheid zou vinden, waar haar ziel ook belandde. Voor haar was dat nu eenmaal zo.

Het enige wat ons verdriet kon verzachten, was het besef dat mama echt had geleefd. Ze was nooit tot rust gekomen, ze had altijd alweer met één voet over de drempel gestaan en het stuur van het leven stevig vastgegrepen. Bij elke ademtocht straalde ze vrijheid, geestdrift en liefde uit. De drang tot zwerven hing voelbaar om haar heen. Niets kon haar tegenhouden, zelfs niet haar echtgenoot, die in het leger zat, en ook niet haar twee dochters. En dat heeft Evie heel erg veel pijn gedaan.

Ik heb het altijd al begrepen. Ik lijk sprekend op mijn moeder. Mijn voeten jeuken voortdurend, want ik wil dansen, rennen, vliegen. En daarom ben ik, nu ik op mijn achttiende verjaardag mijn blik over de laatste woorden van mijn moeder laat gaan, tot de slotsom gekomen dat ik evenmin voor vastigheid kan kiezen. Ik ga me niet laten tegenhouden door verplichtingen en verantwoordelijkheden, en zelfs niet door... de liefde.

Ik reik naar de stapel dichtgeplakte roze enveloppen, die naast het satijnen lint ligt die ze bij elkaar houdt. Onze grootvader heeft ons die na haar dood gegeven, inmiddels een half jaar geleden. Op elke envelop staat een datum of een verwijzing naar een bepaalde gebeurtenis in ons leven, die aangeeft wanneer we ze mogen openen.

Evie en ik zijn op dezelfde dag jarig, dus zij heeft haar eerste brief op dezelfde datum opengemaakt als ik de mijne. Vandaag. Haar twintigste verjaardag, mijn achttiende.

Evie snikt even vanuit de gestoffeerde rotanstoel waarin ze is weggekropen en vouwt haar brief in drieën voordat ze hem terug in de envelop stopt. Ze strijkt die plat en houdt hem onder haar neus. 'Hij ruikt naar haar.' Ze schraapt haar keel. Er rolt een traan over haar wang.

Ik snuffel aan mijn brief en vang een lichte zweem van citrusfruit en aarde op, misschien zelfs patchoeli. 'Mama zei altijd dat, als je toch iets moest ruiken, het maar het beste een natuurlijke geur kon zijn. Fruit en specerijen.'

'Zoet en lekker.' Evie grinnikt en slaakt dan een diepe zucht. 'Ik mis haar. Weet je, soms doe ik alsof ze weer op avontuur is. Dan kan ik boos worden en bedenken wat ik allemaal voor lelijks tegen haar ga zeggen als ze eindelijk weer terugkomt met een koffer vol vuile was en cadeautjes die het leed van haar afwezigheid moeten verzachten.'

Mijn keel wordt zo dichtgesnoerd dat ik naar adem hap. 'Evie, ze wilde niet weg...'

'Dit keer niet, Kaye, maar al die andere keren? We hebben hele jaren verloren, en waarom?' Ze snuift minachtend, staat op en begint te ijsberen, met haar brieven tegen haar bovenlijf gedrukt. 'Omdat ze leuke dingen wilde meemaken, bijzondere ervaringen wilde opdoen en avonturen wilde beleven!' Ze gaat door haar ergernis steeds harder praten. 'Dat heeft haar gedood, die behoefte om altijd weer te kijken of het gras ergens anders groener was.' Ze wijst naar me, met een kwade frons op haar gezicht en een verontwaardiging die bijna voelbaar is. 'Nou, zo ben ik niet. Echt niet. Geen denken aan. Ik blijf waar ik ben. Ik ga studeren, ik ga eerst mijn bachelor en daarna mijn master in de economie halen en iets voor mezelf opbouwen. En ik ga gelukkig worden!'

Ik kijk naar mijn zus. Haar blonde, golvende haar zwiept over haar rug heen en weer en haar blauwe ogen fonkelen vastberaden. Ze smijt haar brieven op de stoel en ploft dramatisch naast mij neer op het bed.

Mijn zus is licht, ik donker. Mama heeft me nooit veel over mijn echte vader verteld, alleen dat hij Ian heette en dat ik sprekend op hem lijk. Haar zo bruin als koffie, ogen met de kleur van barnsteen. Evie en ik hebben allebei het uiterlijk van onze moeder, die Native American was: hoge ronde jukbeenderen, dik haar, een lange romp, een goudgele huid en een warm hart.

Helaas hebben we van haar noch van onze grootvader dat prachtige, gitzwarte steile haar of die donkerbruine ogen geërfd. Onze ogen zijn wel net zo amandelvormig en dat heb ik altijd een van onze mooiste trekjes gevonden. Evie en ik hebben weliswaar ieder een andere biologische vader, maar dankzij de genen die we gemeen hebben, lijken we erg veel op elkaar.

Langzaam streel ik mijn zus over haar haar, net zo lang totdat ze zich omdraait.

'Wat stond er in jouw brief?' vraagt ze.

Ik lik mijn lippen en vraag me af of ik haar dat moet vertellen. Mijn zus en ik hebben nooit geheimen voor elkaar gehad. Echt nooit. Het was altijd Evie en Suda Kaye tegen de rest van de wereld. Omdat ik weet dat ik niks voor haar verborgen kan houden, geef ik haar de brief aan.

'Suda Kaye, mijn kleine *huutsuu*.' Ze slaat haar hand voor haar mond en doet haar ogen dicht. 'Vogeltje,' brengt ze met krakende stem uit. Die liefkozing gebruikte mijn moeder altijd voor mij.

Ik glimlach. 'Voor altijd, *taabe*.' Dat was mijn moeders bijnaam voor haar. Het is Comanche voor 'zon'.

Evie leest de brief snel door en geeft hem dan met trillende handen aan me terug. Haar gezicht staat bezorgd. 'Dat ga je toch niet doen, hè?'

Ik bijt op de binnenkant van mijn wang en knik.

'Kaye... Dat kun je niet maken. En Camden dan? Hij snapt dat niet. Een jongen als hij. Het leven dat hij je wil bieden... Je kunt...' Ze ademt hoorbaar uit, pakt mijn hand en knijpt erin. 'Wat ga je nu doen?'

Mijn hart bonkt in mijn borstkas. Ik kijk recht in haar ogen en bereid mijn ziel voor op de uitdaging die voor me ligt. 'Mijn vleugels uitslaan.'

'Suda Kaye, schat, weet je het zeker? We kunnen wachten.' Camden buigt zich over me heen, met zijn gezicht zo dicht bij dat van mij dat ik de pepermunt in zijn adem ruik. Hij streelt met zijn ene hand mijn blote schouder en beweegt hem dan over mijn arm naar beneden, zodat hij zijn vingers door de mijne kan haken. Hij tilt mijn hand op en drukt die boven mijn hoofd tegen de deken waar we allebei naakt onder liggen, dicht tegen elkaar. Op de hooizolder van de oude schuur op de ranch van zijn familie.

Ik schud mijn hoofd en breng mijn lippen naar die van hem. Hij zoent me langzaam, hij knabbelt aan mijn onderlip voordat hij zijn tong in mijn mond laat glijden. We zoenen totdat mijn kaken pijn doen en ik lig te hijgen. Ik wend mijn hoofd af, hap naar lucht en kijk weer naar zijn knappe gezicht. Ik heb nog nooit zo'n mooie jongen gekend. Donkerblond golvend haar, verleidelijke groene ogen die fonkelen van lust.

'Het moet vanavond. Nu,' dring ik aan. Ik duw mijn heupen naar voren en geniet van zijn naakte hardheid tegen mijn dij.

Hij ademt diep in, knikt en vlijt zijn heupen tussen mijn dijen. Het eerste contact tussen zijn mannelijkheid en mijn intiemste delen is als een elektrische schok. Opwinding en begeerte stromen door me heen, een hevig verlangen klopt in mijn binnenste.

'Toe,' fluister ik tegen zijn wang, vlak bij zijn oor.

Camden hijgt zwaar tegen mijn hals. 'Ik wil je geen pijn doen.'

Glimlachend zoen ik hem op zijn wang. 'Evie zegt dat het maar heel even pijn doet en dat het daarna het lekkerste is wat er bestaat. Voor ons allebei. Dus toe, alsjeblieft, vrij met me, Camden.'

Zijn armen trillen als hij zijn grote lijf van me losmaakt en naar zijn jeans tast, die we ergens snel naast ons hebben neergegooid omdat we zo graag wilden zoenen. En ik wilde hem vanavond verrassen door om meer dan dat te vragen.

De deken zakt af naar zijn heupen en ik kijk naar het gespierde lijf naast me. Het afgelopen jaar heeft hij de nodige uren meegedraaid in de staalfabriek van zijn vader, waar hij helemaal onderaan is begonnen, en door al dat harde werken is zijn lichaam een waar kunstwerk geworden. Ik haal mijn hand over de blokjes van zijn buik, wikkel mijn vingers om hem heen en streel hem net zo lang totdat hij gekweld kreunt. Zijn penis is lang en dik, het topje glanst van het vocht. Ik lik mijn lippen, want ik wil hem in mijn mond nemen.

Dit is niet de eerste keer dat ik hem naakt zie. We hebben al vier jaar verkering, sinds mijn veertiende. Hij zat een klas hoger dan ik, maar op de eerste schooldag zag hij me tussen alle andere leerlingen in de kantine zitten en vroeg hij of hij samen met mij kon eten. Ik keek in die groenbruine ogen en was op slag verliefd. Toen was het nog kalverliefde. Vier jaar later is het een liefde die het begin van een leven samen kan zijn.

Cam rolt met trillende handen het condoom af en streelt zichzelf. Ik duw kreunend mijn heupen naar voren, want hij moet iets doen, het maakt niet uit wat, om dit verlangen te stillen. Het is de laatste, definitieve stap in onze relatie en ik ben er klaar voor.

Hij steekt zijn hand tussen mijn dijen en slaakt een zucht. 'Nat,' fluistert hij. Hij wrijft zijn vingers heen en weer.

'Ja.' Ik kreun weer als hij een lange vinger in me steekt en met zijn duim over dat gevoelige knopje strijkt. Dat maakt me elke keer gek van verlangen. Door de jaren heen is hij hier zo goed in geworden, maar nu is het niet langer genoeg. 'Cam... alsjeblieft,' zeg ik smekend. Ik heb dit nodig, deze laatste stap met de man van mijn dromen.

Cam trekt zijn vingers terug en laat zich midden tussen mijn dijen zakken. Hij buigt zich over me heen, zodat zijn lijf boven het mijne zweeft. 'Je weet dat ik van je hou, hè?' Zijn stem klinkt verstikt, die woorden lijken recht uit zijn ziel te komen.

'Ja.' Ik knik geestdriftig en duw mijn heupen nog verder naar voren, totdat het topje naar binnen wordt geduwd.

Hij klemt zijn kaken op elkaar. 'Je weet dat ik ooit met je ga trouwen, hè?'

Ik pak lachend zijn heupen vast. 'Doe het. Kom verder in me.'

Hij geeft me een paar centimeter meer en ik spreid mijn benen voor hem. Meteen voel ik een druk die ik niet herken. Strak en heet en hard. Veel en veel meer dan zijn twee vingers.

'Wil je zeggen dat je van me houdt?' Hij drukt zijn voorhoofd tegen dat van mij. 'Zeg dat je altijd van me blijft houden, Suda Kaye,' zegt hij. Hij kan zich bijna niet meer inhouden.

Ik slik de tranen weg die in mijn ogen prikken, want ik weet wat ik nu ga doen en hoe ongelooflijk egoïstisch dat is. Maar ik moet dit doen om verder te kunnen gaan. Ik moet in alle opzichten voelen hoeveel Cam van me houdt, deze ene keer.

'Ik zal altijd van je houden, Camden. Wat er ook gebeurt.' Dat is de waarheid. Alleen niet de hele waarheid.

Hij glimlacht, drukt zijn lippen op de mijne en stoot helemaal in me. Ik slaak een kreet in zijn mond, in zijn zoen, en hij houdt in, terwijl er een scherpe pijn door me heen gaat die me de adem beneemt. Hij houdt me vast en beweegt zich niet, totdat mijn lijf aan het gevoel gewend is en de spanning langzaam wegebt, totdat ik alleen nog een brandend verlangen tussen mijn dijen voel.

Hij heft zijn hoofd en plant kleine kusjes op mijn wangen, voorhoofd en oogleden. 'Gaat het? Moet ik ophouden?'

Ik slik de pijn tussen mijn benen weg en schud mijn hoofd. 'Nee. Het gaat perfect. Jij bent perfect,' stel ik hem gerust.

'God, jij ook.' Hij zoent me, trekt zich langzaam terug en stoot weer in me. Dit keer voelt het warm in plaats van heet. De pijn is weggetrokken en tussen mijn dijen ben ik nu natter, waardoor hij gemakkelijker in en uit me glijdt. Cam begint in een langzaam ritme te bewegen en ik vraag me af waarom we dit nog nooit eerder hebben gedaan. Het voelt zo goed dat ik het niet eens kan omschrijven.

Cam legt zijn ene hand in mijn nek en de andere rond mijn schouder en beweegt zijn heupen nu sneller, onregelmatiger. Mijn hele lijf tintelt van genot, onze lichamen worden vochtig van het zweet. Warmte gonst door mijn ledematen en zet mijn hele romp van onder tot boven in brand. Ik sla mijn armen en benen stevig om Cam heen als hij met zijn bekken tegen het mijne begint te rammen.

Hij klampt zich zo aan me vast dat al zijn spieren, in zijn hele lijf, onder spanning staan. 'Dit is zo lekker, schat. Dit voelt zo goed,' brengt hij met opeengeklemde kaken uit. Hij stoot dieper in me en blijft een tijdlang zo liggen. 'Ik had nooit gedacht dat het zo fijn zou zijn. Ik hou van je. Ik hou van je,' verklaart hij in mijn oor, terwijl hij het tempo verhoogt.

Mijn hele lichaam lijkt te knetteren, dat wil uit elkaar barsten, uiteenspatten, íéts doen, en dan gebeurt het. Hij steekt een hand tussen ons in en beweegt twee vingers in stevige rondjes over mijn klit. Mijn blik wordt wazig, sterretjes flakkeren achter mijn dichte oogleden, en ik schiet als een raket de hemel in, overvallen door een extase waaraan maar geen einde komt.

Nog drie stoten, en Cam perst onze lippen en onze heupen op elkaar. Zijn lichaam wordt gespannen als een trommelvel, elke spier zwelt op, en dan kreunt hij door een ontlading waarvan ik hoop dat die een van de gedenkwaardigste momenten van zijn leven zal zijn.

Dat moet. Hier moet hij een leven lang op teren.

Ik grijp hem vast alsof mijn leven ervan afhangt en wil hem nooit meer laten gaan. Alleen weet ik dat ons verhaal anders gaat eindigen.

Cam laat zich naast me op de vloer zakken, glijdt uit me en slaat een arm om mijn middel. 'Ik zal altijd van je blijven houden, Suda Kaye Ross,' belooft hij, en dan geeft hij me een tevreden zoen in mijn nek. Hij doet het condoom af en wikkelt het in een papieren zakdoekje, en dan kruipt hij weer tegen mijn snel afkoelende lijf aan.

Ik blijf minstens twintig minuten lang liggen wachten en prent alles in mijn geheugen: het gewicht van zijn arm om me heen, het schrijnende gevoel tussen mijn dijen, de volheid van mijn hart. Dat doe ik net zo lang totdat ik weet dat hij slaapt. En dan denk ik aan wat ik moet doen en breekt mijn hart open en stroomt al die liefde van ons eruit om de ruimte om ons heen te vullen. Die laat ik daar achter, daar op de hooizolder, waar Camden Bryant de liefde met me bedreef, onder dat gigantische raam dat helemaal openstond zodat we de sterren konden zien.

Dit was de mooiste ervaring van mijn leven.

Ik slik de pijn en het verdriet weg en maak me zo voorzichtig mogelijk los uit zijn omhelzing. Ik trek mijn jurk en mijn slipje aan en zie de veeg bloed op mijn dijen. Ik pak mijn teenslippers in mijn hand, want ik wil geen geluid maken. Ik pak mijn telefoon, houd die omhoog en neem een foto van mijn slapende grote liefde, de laatste die ik ooit zal kunnen nemen.

Het maanlicht valt op de smalle gouden ring met het diamantje die hij me vorige maand heeft gegeven, toen we klaar waren met de middelbare school, als bezegeling van de belofte dat hij voor me zal zorgen en me een goed, fijn leven zal bieden. Omdat ik toen nog niet zeker wist welke richting ik zou inslaan, heb ik de ring aangenomen. Dat was voordat ik de brief van mijn moeder las, de brief die alles heeft veranderd.

Ik trek de ring van mijn vinger en leg die boven op zijn telefoon, samen met het kleine roze briefje dat ik heb geschreven voordat ik vanavond hiernaartoe kwam. Een paar woorden maar, maar hij zal de betekenis begrijpen.

Word gelukkig.
Zoek een ander.
Sla je vleugels uit,
Suda Kaye

Na een laatste blik op de man van wie ik altijd zal blijven houden daal ik de ladder af. Bij elke sport laat ik hem een beetje meer gaan. Tegen de tijd dat ik de schuur achter me heb gelaten en in de auto stap die ik van de erfenis van mijn moeder heb gekocht, heb ik de liefde van een leven dat niet voor mij is bestemd al achter me gelaten. Bij elke kilometer die ik afleg, verdwijnt dat leven weer wat meer en gloren nieuwe mogelijkheden aan de horizon. Met de helft van het geld dat mijn moeder Evie en mij heeft nagelaten, kan ik een hele tijd voort, en ik ben van plan om met volle teugen van het leven te genieten.

Geen vastigheid. Nergens iets opbouwen.

Ik leef voor het hier en nu, niet voor de toekomst.

Ik wil zelf ontdekken of mijn moeder gelijk had.

Het gras is elders misschien niet groener, maar als je maar goed genoeg kijkt, vind je altijd wel ergens schoonheid.

1

Heden

Zwerflust. Voor sommigen een woord, voor anderen een manier van leven. Je kunt zwerflust niet zomaar negeren. Die drang leeft en ademt in je binnenste. Het is een verlangen dat moeilijk te beschrijven is. Als je eenmaal weet dat het bestaat, dat het je roept, dat het je gedachten verleidt met grootse avonturen en ontdekkingen, kun je een van twee dingen doen: de sirenenzang volgen of die voor altijd uitbannen.

Net als mijn moeder voelde ik vanbinnen een leegte die me ertoe aanzette om verder te gaan. Om te vertrekken. Te vluchten. Te vliegen. Die honger leeft nog altijd in me, die wordt soms gestild, maar nooit helemaal, want er is altijd dat verlangen naar meer.

Ik ben van de ene plek naar de andere getrokken. Tien jaar lang leefde ik als een echte zwerver. Ik sliep op de bank bij mensen die ik tijdens een concert had leren kennen, ik reisde samen met andere nomaden rond, ik trad in heel Europa op met een groep buikdanseressen en ik genoot van allerlei genoegens.

Overheerlijk eten, overal ter wereld.

Sensuele kleren die prikkelden en verleidden.

Ik kwam op exotische plaatsen waarvan de meesten alleen maar kunnen dromen.

En de mannen die ik leerde kennen, van wie ik proefde en met wie ik sliep en die me het ongelooflijkste genot schonken, konden zich nooit, geen enkele keer, meten met mijn eerste liefde, met die ene nacht die ik met hem heb beleefd.

O, begrijp me niet verkeerd. In elk oord waarheen mijn rusteloze ziel me voerde, deed ik mijn uiterste best om opnieuw te beginnen, om mijn leven in Colorado achter me te laten. En gedurende heel korte tijd lukte dat ook. Totdat die knagende onrust opnieuw de kop opstak en ik weer moest vertrekken. Op naar het volgende avontuur, naar een nieuwe poging om die leegte te vullen.

Ik heb over de Autobahn in Duitsland gereden. Een maand in een ashram in India doorgebracht om te leren wat yoga en van jezelf houden betekent. Een Fransman onder de Eiffeltoren gezoend. Samen met een erg knappe Italiaan pasta gegeten in een klein kustplaatsje in de teen van de laars. Op een kameel door de woestijn gereden en de piramiden in Gizeh aangeraakt. Aan de voet van het beeld van Christus de Verlosser in Brazilië om inzicht gebeden. In Rusland door de sneeuw gebanjerd met een pluizige kozakkenmuts op mijn hoofd. Door Kopenhagen gefietst. Langs de Noorse fjorden gezeild. Op mijn vijfentwintigste verjaardag oud en nieuw gevierd op Times Square in New York. Evie is toen naar me toe gevlogen en zij was de eerste die ik in het nieuwe jaar een zoen gaf.

Ondanks al die prachtige gebeurtenissen, ondanks het heerlijke leven dat ik leid, heb ik de avond waarop ik Camden Bryant mijn hart en ziel schonk nooit kunnen overtreffen. Dat is mijn dierbaarste herinnering, die koester ik, daar spreek ik nooit over, met niemand. Zelfs niet met Evie. Ze weet dat Cam me heeft ontmaagd, op dezelfde avond dat ik ben vertrokken, maar ze heeft nooit, geen enkele keer, naar details gevraagd. Misschien wist ze, door die band die je als zussen hebt, dat ik er niet over kon praten.

Jarenlang heb ik me op dezelfde manier als mijn moeder door de wind laten meevoeren, en daar heb ik geen spijt van. Het gras is elders beslist groener, al was het maar omdat het ander gras is. Alle nieuwe ontdekkingen gaan gepaard met een zekere verrassing, een moment van ademloze verwondering. Maar ik heb gemerkt dat niets, of het nu de Chinese Muur is of Machu Picchu, de Taj Mahal of de eilanden van Hawaï of een van al die andere bijzondere plaatsen die ik heb bezocht, ook maar in de buurt kan komen van het gevoel van thuis.

In de afgelopen paar jaar heb ik begrepen waarom mijn moeder altijd weer terugkwam. Niet alleen voor Evie en mij en Tahsuda, onze grootvader, niet voor het reservaat en ook niet voor de stad in Colorado waar we uiteindelijk gingen wonen. Voor dat alles bij elkaar. De hele mikmak. Het groene gras dat vertrouwd was. Een schoonheid waarvan mijn moeder wist dat die er altijd was, waarnaar ze niet hoefde te zoeken.

Als het vliegtuig Denver International Airport nadert, houd ik de envelop met de brief van mijn moeder tussen mijn trillende vingers. Ik haal diep adem en denk aan waar ik achttien uur geleden was.

Australië. Mijn achtentwintigste verjaardag.

Ik heb mijn verjaardag gisteren in Sydney gevierd, maar zodra ik de woorden van mijn moeder had gelezen, pakte ik mijn spullen, gaf mijn huidige scharrel Brody, een Australische surfer met een goudbruine huid en een stralend witte lach, een afscheidszoen en wenste hem het allerbeste. Voor de eerste keer in tien jaar moest ik naar huis. Dat moest. Dat had het lot zo bepaald.

Brody is zo'n hippie die iedereen een plezier wil doen, een bomenknuffelaar die dol is op de natuur, en hij snapte het meteen. Hij stelde niet eens vragen. Hij wist hoe de regels luidden. Dat wist iedere man met wie ik in de afgelopen tien jaar tijd heb doorgebracht.

Suda Kaye Ross gaat waarheen de wind haar voert.

Het stond zwart op wit. Op dat roze perkamentpapier, in de

woorden die een van de twee belangrijkste vrouwen in mijn leven me heeft nagelaten.

Sinds ik tien jaar geleden uit Pueblo, Colorado, ben vertrokken, heb ik met volle teugen genoten van alles wat mijn moeder me heeft aangeraden. Mijn dorst naar het leven was niet te lessen. Deze laatste brief maakt echter korte metten met alles wat ze me eerder had geleerd. Een volslagen tegenstelling van al haar eerdere brieven.

De brief die ik op mijn twintigste verjaardag heb geopend, vertelde me dat ik in Calabrië in Italië ene Marco moest gaan opzoeken. Ze had een adres en telefoonnummer opgeschreven. Toen ik daar voor de deur stond, wist Marco meteen wie ik was en verwelkomde hij me hartelijk. Zijn zoon was zelfs nog hartelijker, die hield mijn bed warm en hielp me over het gemis van Camden heen. We waren maanden minnaars en werkten in het familierestaurant aan zee, totdat ik onrustig werd en mijn innerlijk me waarschuwde dat het tijd werd om te gaan. Na een half jaar in Italië ging ik naar Frankrijk, waar ik wederom een oude bekende van mijn moeder trof.

Bij de brief voor mijn eenentwintigste verjaardag had mijn moeder ook een dun boekje gestopt, vol met namen, nummers en adressen, en het volgende briefje:

Suda Kaye, mijn huutsuu,

Sla dit boekje open, wijs naar de pagina en ga waarheen de wind je voert. Doe dit elke keer wanneer je de drang voelt om je vleugels uit te slaan. Vlieg, mijn vogeltje. Haal alles uit het leven. Wees altijd eerlijk over je bedoelingen jegens anderen. Geef niemand de kans om je vast te binden.
Heb nergens spijt van, mijn lieve kind.

Heel veel liefs,
Mama

Ik wijs en vlieg al jaren. Tijdens mijn reizen heb ik Evie ansichtkaarten en cadeautjes gestuurd, maar ik ben nooit terug naar huis gekomen. Alleen al de gedachte aan de plek waar ik mijn moeder heb verloren en waar ik mijn grote liefde heb achtergelaten was te pijnlijk, daar kon ik niet zijn. Nu is dat anders. Nu heb ik de drie woorden van mijn moeder gelezen waardoor ik meteen in beweging kwam.

Ik slaak een zucht en vouw de brief open. Voor wel de honderdste keer sinds ik aan boord ben gegaan kijk ik naar haar prachtige handschrift.

Suda Kaye, mijn huutsuu,

Je hebt je avonturen beleefd. Hopelijk heb je mijn woorden ter harte genomen en je vleugels uitgeslagen en met het geld dat ik je heb nagelaten de wereld verkend.
Als ik één ding zou kunnen veranderen aan het leven dat ik heb geleid, dan is het dat ik graag tijd had gekregen om samen met mijn meisjes avonturen te beleven. Op een dag zul je dat begrijpen. Zwerflust kan deel van ons zijn, maar wij bepalen of we eraan toegeven.
Ik wil dat je vandaag, en in de nabije toekomst, dapper en sterk bent, dat je alles bent wat ik nooit kon zijn.
Op je plek.
Volledig tevreden met waar je bent.
Jij kunt jezelf dat schenken, lieverd. Nu is het moment aangebroken waarop je mij moet vrijlaten, samen met je eigen drang om te vliegen. Kortwiek jezelf niet, want misschien heb je je vleugels ooit nog nodig.
Je kunt een betrouwbare vriendin zijn.
Een goede echtgenote.
Een verantwoordelijke moeder.

Een toegewijde zus.
Wees er voor Evie. Voor onze familie. Plant het zaadje. Laat de wortels groeien. Bind je aan een bepaalde plek, aan dingen die je ziel met een ander verlangen kunnen voeden. Het verlangen om er voor anderen te zijn. Gewild. Geliefd. Aanwezig.
Ga naar huis.
Het doet er niet toe waar dat is, maar ga, nu.

Met alle liefde,
Mama

Ga naar huis.

Na jarenlang het leven te hebben gevierd en al die schoonheid te hebben ervaren die de wereld te bieden heeft, vullen de woorden van mijn moeder mijn gedachten als een bolletje warm licht. Als ik aan Evie denk, aan een leven opbouwen bij haar in de buurt, dan voelt dat... juist. Zij komt voor mij het dichtst in de buurt van een thuis.

Het wordt tijd dat ik vrede sluit met alles wat ik heb achtergelaten. Het wordt tijd dat ik voor een vastigheid kies, dat ik ergens ga wortelen. Dat mijn leven stabiel wordt.

Ik raak vervuld van een vreugde die ik in al die tien jaar nooit heb gevoeld, die warmt me vanbinnen op. De wielen van het vliegtuig raken de landingsbaan. Ik kijk uit het raampje en glimlach naar de hemel boven Colorado.

Ik ben thuis.

Zodra ik de luchthaven uit loop, zie ik een strakke, zwarte Porsche Cayenne die met stationair draaiende motor langs de stoeprand staat te wachten. Het is echter niet de auto die me de adem beneemt. Wel de oogverblindende godin die er nonchalant tegenaan leunt, met haar armen over elkaar geslagen en haar lange blonde lokken als gesponnen goud over haar schouder. Ze draagt een zwarte pilotenzonnebril met een fraai chromen montuur, een strakke donkerblauwe pantalon, een wijde blouse van witte zijde, supersexy zwarte naaldhakken en een zwartleren jack om het allemaal af te maken. Mijn zus ziet er hot én duur uit. Ze kan zo voor op *Business Badass*, de damesEditie.

Rond haar roze lippen verschijnt een spottend lachje. 'Dat heeft even geduurd.' Ze steekt haar kin naar voren en lacht vol vreugde haar witte tanden bloot. Ze zet zich af tegen de auto en spreidt haar armen.

'Zus!' Ik slaak een gilletje en begin te rennen op mijn sandalen met kurken sleehakken. Mijn lange jurk fladdert om me heen, en ik probeer al rennend te voorkomen dat mijn slappe zonnehoed met de brede rand van mijn hoofd valt.

We botsen tegen elkaar en giechelen als kleine meisjes, niet als vrouwen van eind twintig en net dertig.

'Gefeliciteerd!' Ik maak me van haar los en geef haar een zoen op haar wang, haar voorhoofd en ten slotte snel op haar mond.

'Jij ook, zusje!' Evie lacht breeduit, draait zich om en slaat haar arm rond mijn middel om me mee te nemen naar haar dure auto.

'Kek karretje,' zeg ik grinnikend.

'Beter dan die gammele oude lichtblauwe kever waarin ik de laatste keer dat je hier was nog rondreed, vind je niet?'

Ik lach en laat mijn gigantische koffer met een duidelijk hoorbare plof achter in de auto vallen. Mijn hele leven zit in die koffer, en heel even mompel ik in gedachten een bedankje omdat ik blijkbaar de reismazzel van mijn moeder heb geërfd, want ik ben onderweg nog nooit iets kwijtgeraakt.

'Zeker weten!' Ik doe de klep dicht en we stappen allebei in.

Eenmaal op weg doe ik mijn hoed af en smijt die niet bepaald elegant op de achterbank. Daarna zoek ik in mijn grote schoudertas slash handtas naar mijn lippenbalsem. Tijdens de vliegreis is mijn huid behoorlijk uitgedroogd.

'Woon je nog steeds in Colorado Springs? Toen we elkaar de laatste keer spraken, zei je dat je erover dacht om terug te gaan naar Pueblo.' Ik hoop dat we niet op weg zijn naar Pueblo, want dat is de plaats waar mama uiteindelijk haar lange strijd tegen kanker verloor. In die periode wilde ze graag dat wij een 'gewone' middelbareschooltijd zouden meemaken, nadat we jarenlang les hadden gehad in het reservaat waar we met onze grootvader woonden.

Evie stopt haar lange haar achter haar oor en richt haar aandacht op de weg voor ons. Het is een rit van bijna twee uur naar haar huis. 'Ja, maar ik zit vaak in mijn kantoor in Pueblo, dat is maar drie kwartier rijden. Een of twee keer per week rijd ik voor vergaderingen naar het hoofdkantoor in Denver.' Ze trekt haar neus op.

'Dat vind je vast heerlijk.' Ik leg glimlachend mijn hand op de hare, die op de middenconsole rust.

Ze knijpt in mijn hand en dat voelt alsof er een bliksemschicht door mijn handpalm gaat, die verbondenheid met mijn oudere zus die mijn hart weet te verwarmen zoals niets of niemand anders dat kan.

'Ik weet dat je altijd al een hekel aan autorijden had. Ik had het graag van je willen overnemen, want zo veel hou ik van je, maar ik ben helaas zo moe dat we vast in een greppel of tegen de vangrail zouden eindigen. Die vlucht was slopend.'

Evie lacht. 'Hoe lang heb je ook alweer in Australië gezeten? Soms kan ik al die avonturen van jou niet meer uit elkaar houden.'

'Een maand of drie,' zeg ik schouderophalend. 'Daarvoor was ik in Nieuw-Zeeland met het rugbyteam op pad.'

Evie trekt achter haar zonnebril haar wenkbrauwen op en laat haar kin zakken, zodat ik een glimp opvang van die ijsblauwe ogen. 'Een rugbyteam? Kaye, je wilt toch niet zeggen dat je een heel team hebt afgewerkt?'

Mijn mond valt open, deels ontzet, en ik geef haar een speelse tik tegen haar arm. 'Nee, zeg. Ik ben maar met twee van die jongens naar bed geweest. Maar wel tegelijkertijd, dus dat telt als één keer.'

'Meen je dat?' Ze tikt met haar vingers op het stuur en klinkt zowel geschokt als jaloers. Dan schudt ze haar hoofd. 'Wat een leven. Wie had ooit kunnen denken dat mijn zusje in het wilde weg de wereld rond zou vliegen?'

'Mama,' antwoord ik zacht, en ik denk aan de reden voor mijn terugkeer.

Evie laat haar schouders hangen en slaakt een diepe zucht. 'Ja, zij wel.' Ze schraapt haar keel en het is alsof de auto wordt gevuld door een tastbaar verdriet nu we allebei aan onze moeder denken.

'Goed,' verbreekt ze ten slotte de stilte, 'vertel me eens wat meer over Brady, je Australische surfer.'

Ik glimlach bij de herinnering aan Brody's lange, slordige haar, dat tot over zijn schouders viel, zijn grote blauwe ogen en zijn strakke lijf. 'Brody. En hij was geweldig. Een echte heer.'

'O ja? Een heer?' Evie klinkt ongelovig.

Ik lach. 'Jazeker. Hij is zo'n echte vredelievende blowende hippie die neukt als een god en surft alsof hij met zeebenen is geboren.'

Evie lacht, eerst aarzelend en dan luider. 'En hij vond het niet erg dat je wegging?'

'Dat hoort er nu eenmaal bij. Als ze iets van me willen, moeten ze genoegen nemen met wat ze kunnen krijgen. Niet meer en niet minder.' Ik haal mijn vingers door mijn lange bruine haar en probeer de klitten eruit te halen die er tijdens het slapen onderweg in zijn gekomen.

'Is dat niet moeilijk? Je beleeft intieme momenten, je deelt het bed met iemand, soms maandenlang, en dan ga je er zomaar opeens vandoor? Ik snap niet hoe je dat doet, Kaye. Dat heb ik nooit begrepen. Ik snap al helemaal niet hoe mama ons elke keer weer alleen kon laten, maanden achter elkaar, vervolgens voor een paar weken terugkwam en daarna weer op reis ging. Betoverd door het leven, meegevoerd door de wind.'

Haar woorden zijn als een stomp tegen mijn hart. De leegte in mijn binnenste doet opeens pijn.

Evie zet haar zonnebril af en kijkt me aan. Haar gekwetste blik treft me diep in mijn ziel. 'We zijn nooit genoeg voor haar geweest. En toen werd ze ziek...'

Ik slik de gal weg die in mijn keel opwelt. 'Evie... Ze kon er simpelweg niet mee ophouden. Dat zat gewoon niet in haar, en toen ze eindelijk wel thuisbleef...'

'Toen was het te laat.'

'Gelukkig hadden we in elk geval die jaren met haar. Daar mogen we dankbaar voor zijn.'

Evie snuift en wekt helemaal geen dankbare indruk. Ze lijkt het eerder uit te willen schreeuwen van frustratie, maar ze is veel te koelbloedig om zich zomaar te laten gaan. Veel te gereserveerd. Netjes. Beheerst.

Terwijl ik in die stilte haar kokende woede minder zie worden besluit ik mijn zus te gaan helpen bij het verwerken van al die emoties die ze zo onderdrukt. Zo hoort niemand te leven, met altijd maar zo'n belangrijk deel van zichzelf ingetoomd. Met altijd maar een masker voor om het verdriet binnenin verborgen te houden. Dat is niet gezond.

Ik ben echter slim genoeg om te weten dat het daarvoor nu niet het juiste moment is. Ik ben nog maar net terug, na tien jaar te zijn weggeweest.

Evie ademt diep in en laat me een meelijwekkend, gemaakt lachje zien waar ik recht doorheen kijk. 'En, hoe lang blijf je? Wanneer is je volgende avontuur en waar gaat dat plaatsvinden?'

Ik pak haar hand, breng hem naar mijn lippen en druk er een kus op. 'Geen idee. Mijn hart en ziel hebben me naar huis gevoerd.'

'O ja? Mag ik nu langer dan twee weken van je gezelschap genieten? Een maand? Drie maanden? Net als Brady de sexy surfer?'

Ik giechel en blijf haar hand vasthouden. 'Het is Brody, en nee, ik prik geen datum.'

'Nou, je weet dat je altijd bij mij terecht kunt. Het maakt niet uit wanneer en ook niet voor hoe lang.'

Ik glimlach. 'Daar houd ik je aan.'

Evie laat een 'Hmmmm' horen dat een ademtocht lang duurt.

'Niks hmmmm, ik voelde gewoon de behoefte om thuis te komen,' zei ik beslist, want ik wil het zelf ook geloven.

'O ja? Had de brief van mama daar nog iets over te zeggen? Heb je die al opengemaakt? De vorige zei dat je in Nieuw-Zeeland van een rots moest springen en daardoor heb je je sexy surfer leren kennen, als ik het me goed herinner. Hij wist te voorkomen dat je verzoop.'

Ik raak mijn lippen aan en haal mijn schouders op. 'Klopt helemaal, maar zoiets stond er dit keer niet in haar brief.'

'O nee? Wat dan wel?'

Ik bijt op mijn onderlip en kijk opzij, zodat ik haar gezicht kan zien. Ze kijkt ook even naar mij en dan weer naar de weg voor haar.

'Wil ik dit wel weten? Ik raak elke keer weer zo gestrest van die brieven van haar dat ik het liefste meteen de volgende in de stapel wil lezen,' bekent ze.

Dat gevoel ken ik. Het is net kerst, oud en nieuw en elke andere leuke feestdag in één keer, telkens als het tijd is om een volgende brief te lezen.

'Ze zei dat ik meer tijd thuis moet doorbrengen. Met jou.'

Ze trekt een wenkbrauw op en tuit haar lippen. 'Dus je hebt de boel de boel gelaten en meteen een vlucht naar huis gepakt. Nadat je tien jaar bent weggebleven?'

'Ja, inderdaad.'

'Kaye, hoor je zelf hoe gestoord dat klinkt? Heb je dat door? Ik ben heel blij dat mama ons nog van alles kan vertellen, zeker nu ze er niet meer is, maar...' Ze ademt hoorbaar uit en strijkt haar lange pony naar één kant van haar gezicht. 'Huutsuu, die brieven zijn niet het definitieve antwoord op alles. Je moet voor jezelf leven. Je moet doen wat jij wilt, niet wat onze moeder zegt wat je moet doen.'

'En waar zou ik zijn als ik dat eerder had gedaan?'

Ze schudt haar hoofd. 'Ik weet het niet. Getrouwd met een fijne man, vast en zeker Cam, moeder van een paar vlaskopjes, en met een goedgevulde bankrekening dankzij dat staalbedrijf van hem?'

Mijn adem stokt doordat de naam van Cam valt. Ik strijk met mijn hand langs mijn nek en doe snel het raam open, want ik heb behoefte aan frisse lucht. 'Dat is gemeen, Evie. Dat is gemeen.'

Ze slaakt een zucht en steekt haar hand uit, zodat ze me over mijn arm kan aaien. 'Weet ik, sorry. Maar eerlijk gezegd snap ik niet waarom we het niet over Camden mogen hebben. Jij bent weggegaan, hij niet. Je hebt me nooit verteld wat er tussen jullie is gebeurd. Ik weet alleen dat hij met een gebroken hart bij ons voor de deur stond toen jij al lang gevlogen was.'

Ik steek mijn hand op. 'Hou op, ik wil het niet over hem hebben. Dat is verleden tijd. Je hoeft alleen maar te weten dat ik terug ben en voorlopig geen plannen heb om weer weg te gaan.'

'Sorry dat ik je niet geloof, Kaye.' Evie klinkt gekweld. 'Ik wil niet te veel hoop koesteren.'

'Wat moet ik doen om het je wel te laten geloven? Moet ik het beloven? Goed, dan beloof ik je dat ik blijf.'

'Een jaar. Nee, twee,' zegt ze meteen, maar zo wanhopig dat mijn hart in tweeën lijkt te worden gekliefd.

Ze heeft me nodig.

Evie gaat onverstoorbaar verder. 'De zusjes Ross hebben elkaar veel te lang moeten missen. Ik wil niet telkens op een vliegtuig naar god mag weten waar moeten stappen als ik je wil zien. Ik hou niet van reizen en dat weet je.'

'Jazeker.'

'Beloof het me. Twee jaar. Blijf hier en geef het een kans. Voor mij. Voor ons. We hebben dit nodig.' Ze knijpt me stevig in mijn been, vlak boven mijn knie. 'Ik heb dit nodig. Ik wil niet bang hoeven zijn dat je ergens op een berg in China dood ligt te gaan. Of in een morsige kroeg tussen de leden van een motorbende. Gun me eens wat rust. Geef me tijd samen met jou.'

'Op één voorwaarde.'

'Zeg het maar,' antwoordt ze meteen.

'Jij gaat me helpen om iets te verzinnen wat ik die komende twee jaar kan doen.' Ik leg blij mijn hand op de hare en knijp er even in.

Evie lacht zo stralend dat het lijkt alsof de wolken uiteen worden gedreven, de zon feller gaat schijnen en dat zware gevoel in de auto plaatsmaakt voor liefde en geluk. 'Afgesproken.'

2

Twee maanden later

'Wakker worden, slaapkop!' Ik word heen en weer geduwd en doe mijn ogen open, maar ik zie alleen maar ijsblauw.

'Je mompelde dat je vandaag een afspraak hebt,' zegt Evie. 'En waarom slaap je op de bank als ik een prima logeerkamer heb? Je hebt je kleren daar ook neergelegd, dus waarom duik je niet dat lekkere zachte bed in?' Ze legt haar hand rond mijn wang en duwt met haar kont tegen me aan, vlak boven mijn heupen en mijn opgetrokken knieën.

'Je hebt zo'n prachtig gezicht.' Ik kijk glimlachend op naar de allermooiste vrouw die ik ken.

Ze geeft me een tik op mijn neus en glimlacht schalks. 'Jij ook. Wat is dit allemaal?' Ze maakt een weids gebaar naar de spullen die ik in de kamer heb uitgestald. De tafel is bedekt met stofstalen in allerlei kleuren, die niet bij elkaar passen. Op de vloer staan dozen met snuisterijen die ik van mijn reizen heb meegebracht. Ik ben alles aan het uitzoeken om te zien wat geschikt is voor een idee waar ik al een maand of twee mee rondloop. Boven op de stoffen uit Istanbul liggen catalogi van im- en exportbedrijven met overal felgekleurde plakkertjes die aangeven op welke bladzijden de producten staan waarop ik mijn oog heb laten vallen.

Ik lik mijn lippen en zet mijn tanden in mijn onderlip.

Eva knijpt haar ogen tot spleetjes en kijkt me aandachtig aan. 'O, o, ik ken die blik.' Meteen staat ze op. 'Je maakt je op voor een volgend avontuur. Ik ken die blik, Suda Kaye. Mama heeft ons al jong geleerd dat we daarvoor op onze hoede moesten zijn. Je hebt het beloofd!' Ze voorziet dat laatste woord van een flinke scheut teleurstelling. Het verbaast me dat ze niet staat te stampvoeten.

Ik ga rechtop zitten en schud mijn hoofd. 'Nee, dat is het niet. Ik ben alleen maar aan het plannen. Ik heb een idee, iets waarover ik het met je wil hebben, maar... eh...' Ik werp een snelle blik op de klok en besef dat ik te laat kom als ik niet snel van mijn luie reet kom. 'Later. We hebben het er later wel over. Misschien morgen, als ik alles wat meer op een rijtje heb gezet.'

'Morgen is het zaterdag en we hebben beloofd dat we dan bij Tahsuda op bezoek gaan. Het is een eind rijden naar het reservaat, maar je kunt grootvader niet langer negeren.' Ze tuit uitdagend haar lippen.

Ik uit een kreun en sta op, slechts gehuld in een hemdje en een kanten slipje. 'Ik ga heus wel mee, al is de kans groot dat hij me samen met de oudsten gaat uitfoeteren en ze de Pia Mupitsi gaan oproepen, zodat die me een lesje kan leren.'

We huiveren allebei omdat ik de grote mensen etende uil noem, het monster waarmee grootvader ons vroeger altijd bang maakte om ervoor te zorgen dat we ons netjes gedroegen. Hij heeft ons nooit en te nimmer een tik verkocht, maar hij joeg ons wel de stuipen op het lijf.

'Je wilt Toko echt niet bang maken. Hij is al narrig genoeg omdat je zo lang weg bent gebleven,' zegt Evie waarschuwend.

Ik voel dat mijn schouders afzakken van schuldgevoel. Ik heb veel te weinig van me laten horen, en dat terwijl onze grootvader, Tahsuda, vrijwel de enige familie is die we nog hebben. We noemen hem

Toko, dat betekent ‘grootvader van moederskant’ in het Comanche. Natuurlijk is Adam Ross er ook nog, Evies vader en mijn stiefvader, maar met hem heb ik nooit zo’n hechte band gehad. Ik vraag me af waar ter wereld hij momenteel uithangt. Evie weet dat vast wel. Ze was altijd al beter in bijhouden waar het leger hem heen stuurde, en in welke functie.

‘Je hebt gelijk.’ Ik loop naar de koffiemachine, leg er een cupje in, zet mijn mok neer en druk op het knopje. ‘Wat heb je vandaag allemaal op het programma staan?’

‘Zakelijke afspraak in de stad. Zin om vanavond ergens iets te gaan eten?’

‘Ja, dat is goed. Weet je, zus,’ zeg ik op dat bemoeizuchtige toontje waar zussen zo goed in zijn, ‘ik ben nu al twee maanden terug en je bent nog niet één keer op een date geweest.’

Evie pakt haar tas en hangt die over haar schouder. ‘Ja, en?’

Ik frons. ‘En hoe kom je aan je trekken als je nooit een afspraakje hebt? En zelfs geen vent voor een avondje in de kroeg opscharrelt?’

Evie kijkt omhoog en slaakt een diepe zucht.

‘Hoe lang is het geleden? Een paar maanden?’ vraag ik zacht.

Evie perst haar lippen op elkaar.

‘Een half jaar? Een jaar?’ Mijn mond valt open. ‘Langer dan een jaar geleden?’ Haar gezicht verandert niet en ik hap naar adem. ‘Jezus, Evie!’

‘Hou je mond. Niet iedereen is zo’n wildebras als jij. Ik heb geen tijd om mannen te leren kennen. Nadat het uit raakte met Stan Ludley...’

‘Lullie bedoel je,’ mompel ik. Ik pak mijn mok koffie en loop naar de koelkast voor de koffieroom met *pumpkin spice*, waarvan ik een flinke scheut in mijn beker giet. Wat mij betreft kan die smaak het hele jaar door. Dit mogen ze nooit uit de schappen halen.

‘Toe nou, Kaye. Zo erg was Stan niet.’

Ik draai me om en breng mijn mok naar mijn gezicht. 'Stan was een lulletje rozenwater. Ik bedoel, wie noemt zijn kind nu zo? Dan moet je wel heel saai zijn. Die arme jongen maakte geen schijn van kans met zo'n naam.'

'O, dat moet jij zeggen... SUDA KAYE!' roept ze luid en nadrukkelijk.

'Inderdaad, Ee-vie! Dat bedoel ik dus. Je moet iemand hebben die Rico of Javier heet.' Ik grinnik.

Ze slaat haar armen over elkaar. 'En jij dan? Het is ook al twee hele maanden geleden dat jij het met je surfer hebt gedaan.'

Ik zet mijn mok neer en sla met mijn andere hand dramatisch op het aanrecht. 'Ja, ik weet het! En dat is twee maanden te lang. Ter verdediging kan ik aanvoeren dat ik het druk heb met uitzoeken wat ik nu eigenlijk met mijn leven wil, dat ik Colorado Springs nog moet leren kennen en dat ik opnieuw moet kennismaken met Pueblo.' Ik tik met mijn wijsvinger tegen mijn onderlip. 'Ik weet het al, we moeten samen uitgaan en een paar lekkere kerels zoeken. De beest uithangen. Samen op stap, dat moeten we doen.'

'Nee, niks ervan. Dan dwing je me om mezelf op te tutten en giet je me vol met drank en word ik de volgende ochtend met een kater wakker naast een wildvreemde.'

'Als dat zou kunnen.' Ik klap lachend in mijn handen.

Ze schudt haar hoofd. 'Ik ben anders dan jij, Kaye. Ik kan niet zomaar met iemand naar bed gaan.'

'Wil je beweren dat ik het zomaar met iedereen doe?' Ik tuit mijn lippen.

'Wil je beweren dat het niet zo is?'

Ik bijt op mijn wang en schud mijn hoofd. 'Niet echt.'

'Hoe doe je dat? Telkens weer een ander, en nooit gevoelens voor iemand krijgen?' Ze klinkt gemeen en afkeurend.

Het voelt alsof ze me heeft geslagen. 'Wauw, Evie, mag het wat minder? Ik voel wel degelijk heel veel voor de mannen met wie ik mijn lichaam deel. Dat ik niet verliefd ben op de man met wie ik naar bed ga, betekent niet dat ik niet om hem geef, dat ik geen respect voor hem heb of hem niet kan waarderen. En omgekeerd geldt hetzelfde. Ik ben alleen nogal vrijzinnig als het om dat soort dingen gaat. Zolang je single bent en het veilig en met wederzijdse instemming gebeurt, is er niks mis mee om een mooie tijd met een ander te beleven, ook al is het maar voor een nachtje. Dat is me liever dan alleen blijven en de boel laten verstoffen.'

Evie laat haar armen zakken en trekt haar blouse recht, hoewel die al perfect zit. Vandaag draagt ze een blouse van rode zijde, een zwarte broek met smalle pijpen en rode schoenen met open neuzen. Haar haar zit in een strakke wrong. Ze is op en top de goedverzorgde zakenvrouw.

'Sorry, dat gaat me allemaal niks aan.'

'Alles aan mij gaat jou aan, Evie.'

Ze glimlacht bedeesd.

'Maar probeer gewoon eens een keertje... tja, iets vrijer te zijn,' opper ik. 'Ga over je grenzen heen. Kleur buiten de lijntjes. Laat de dingen los.'

Evie ademt diep in en slaakt dan een zucht. 'Ik geloof niet dat ik weet hoe dat moet.'

Ik neem glimlachend een slokje van mijn koffie. 'Dan is het maar goed dat ik thuis ben gekomen, want ik ben een kei in dat soort dingen.'

Ze doet haar ogen dicht en glimlacht droevig, maar ik weet niet hoe ik dat lachje moet interpreteren. 'Tot later. Misschien kun je vanavond een pyjamabroek aantrekken voordat je naar bed gaat?' Ze draait zich om en reikt naar de deurklink.

'Misschien. Denk het niet.' Ik beweeg overdreven mijn heupen heen en weer. 'Je mag blij zijn dat ik nog iets aanheb. Meestal slaap ik in mijn nakie.'

Evie schudt grinnikend haar hoofd. 'Ga je me missen?'

'Jij mij nog meer?'

'Altijd,' fluistert ze, en ze loopt naar buiten en doet de deur dicht.

Ik doe mijn ogen dicht en leun tegen het aanrecht. Ik moet denken aan al die keren dat onze moeder dat tegen ons zei voordat ze weer op avontuur ging. Ze is nooit weggegaan zonder haar variant van 'dag' of 'ga je me missen?'. Tot aan dat laatste afscheid.

'En hoeveel is de huur voor het geheel?'

'Vierduizend. Als u de studio bovenin erbij wilt huren, kan ik denk ik wel regelen dat we op 3800 uitkomen. Mits u natuurlijk vooraf de volledige huur voor een half jaar kunt voldoen. Dat komt neer op 22.800. Ik ken de eigenaar goed en hij wil het pand graag verhuren,' zegt de makelaar.

Ik kijk de grote, open ruimte rond, die dankzij de kale bakstenen muren een karakteristieke uitstraling heeft. 'Ten eerste heeft de studio bovenin geen eigen ingang. De deur naar boven zit in de winkel, dus als de eigenaar die woning apart wil verhuren, zal de huurder altijd door mijn winkel moeten om die verdieping te kunnen bereiken. Dat gaat niet gebeuren. Dat moet op zich al genoeg reden zijn om de huur flink te verlagen. Vertel hem maar dat ik niet meer dan 3600 wil betalen, en anders zoek ik verder.'

De zenuwen borrelen in mijn buik en mijn rok zwiert ruisend langs mijn enkels als ik me omdraai om de makelaar een paar minuten de tijd te geven om te bepalen wat ze gaat doen. Ik loop naar de voorzijde van de grote open ruimte. Er moet nog heel veel aan worden gedaan. Ik strijk met mijn hand over een houten balk die door het midden van het vertrek loopt. Geen idee of die dragend is, maar ik vermoed van niet. Als ik hier iets van wil maken, moet ik een aannemer zien te vinden die niet de hoofdprijs rekent. En ik moet Evie toch al om een lening vragen. Een flinke.

Ik draai me om en zie aan de andere kant van de glazen pui voorbijgangers met tassen van de andere winkels in de straat langslopen. De onderste helft van de ruit is met papier beplakt, maar als ik daar overheen kijk, zie ik het drukke koffietentje verderop en de dure juwelier ernaast. Recht ertegenover ligt een winkel in fietsen en wintersportartikelen. Daarnaast is een boekwinkel, en de buren van dit pand zijn een snoepwinkel en een schoenenzaak. Aan het einde van de straat is een winkel die chique handtassen verkoopt. Dit is echt de perfectie locatie voor mijn plan.

Het heeft twee hele maanden geduurd voordat ik eindelijk had besloten wat ik wil doen, en hoe. Ik wil me settelen. En toen ik zat te kijken naar mijn foto's en naar de spulletjes die ik van overal ter wereld heb meegebracht, wist ik opeens hoe ik dat wilde doen. Ik wil de rest van de wereld hier naar Colorado brengen. En hoewel ik liever een zaak in Colorado Springs was begonnen en Pueblo had vermeden, kan ik niet ontkennen dat deze drukke winkelstraat de perfecte plek is. De huur is nog te doen, zeker als ik hier ook ga wonen. De andere kleine bedrijven hier draaien erg goed, of die indruk wekten de ondernemers in elk geval toen ik tijdens een wandeling door de buurt hier en daar een praatje aanknoopte.

'Voordat de eigenaar instemt met een lagere huur wil hij weten hoe u het geheel wilt gebruiken en of u eventueel gaat verbouwen. Hij wil de zekerheid dat u het pand niet verpest of voor problemen zorgt met uitbaters van ander onroerend goed dat hij hier in de buurt verhuurt,' zegt de makelaar, die haar telefoon tegen haar borst gedrukt houdt.

'Ik wil hier een boetiek beginnen, met kleren, sieraden, kaarsen, kristallen, cadeaus en dat soort artikelen.'

De vrouw herhaalt dat voor degene aan de andere kant van de lijn. 'En u gaat zelf op de bovenste verdieping wonen? U hebt geen kinderen of huisdieren?'

Ik schud mijn hoofd. 'Nee, maar ik heb geen bezwaar tegen een kat.' Ik kan amper geloven dat ik dat hardop zeg. Ik heb nog nooit behoefte gehad aan een huisdier. Niet dat ik een hekel heb aan dieren, ik bedoel, dieren zijn geweldig. Wie houdt er nu niet van? Wat huisdieren betekenen, dat vind ik eng.

Een huisdier betekent vastigheid. Als je voor een dier moet zorgen, kun je er niet zomaar in een opwelling vandoor gaan. Een kat kun je weliswaar nog twee, drie dagen alleen laten, mits je voor een grote bak eten, voldoende water en een schone kattenbak zorgt, maar toch, een dier bindt je aan een bepaalde plek.

'Geen kinderen. Momenteel geen huisdieren. Misschien een kat in de toekomst,' zegt ze in de telefoon. En dan tegen mij: 'Een kat lijkt de eigenaar geen goed idee. Klanten kunnen er allergisch voor zijn.'

Ik knipper even verbaasd, maar zeg niks. Wat gaat hem dat aan?

'Maar het hoeft geen struikelblok te zijn. Hij stemt in met uw voorwaarden: 3600 per maand, mits u het eerste half jaar in één keer bij aanvang van het huurcontract voldoet. De eigenaar betaalt voor de bouwkundige inspectie die verplicht is voor een nieuwe huurder, maar de kosten voor een eventuele verbouwing zijn voor uw rekening.'

Ik glimlach. 'Ik neem begin volgende week contact met hem op, zodra ik met mijn zakenpartner heb overlegd.'

Nu hoef ik Evie alleen nog maar over te halen om een ton in mijn nieuwe zaak te investeren.

Makkie.

'Geen sprake van. Daar komt niets van in. Ben je gek geworden?' zegt Evie de volgende dag met een minachtend lachje. We zijn in haar dure Porsche op weg naar het reservaat waar Toko woont en dat is ruim drie uur rijden.

Ik pak met zweterige handen het stuur vast en probeer me op het verkeer te concentreren, maar ik maak me druk over het eerste weerzien met mijn grootvader in tien jaar. En over het feit dat mijn zus mijn ondernemingsplan blijkbaar niet ziet zitten.

'Nee, dat ben ik niet, Evie. Ik ben realistisch. Verantwoordelijk. Ik sta met beide benen op de grond.' Die laatste zin voorzie ik van wat meer nadruk.

'Met beide benen op de grond. En daarom wil je dat ik een ton van mijn erfenis verspil aan jouw nieuwste geschifte idee.'

Ik steek mijn kin naar voren. 'Nieuwste geschifte idee? Ik heb nooit geschifte ideeën.'

Ze draait zich half om op haar stoel. 'Serieus? Je struint al tien jaar als een zwerver de wereld rond, je verspilt mama's erfenis aan reizen en je kiest niet voor vastigheid, je bouwt niets op. Dat is op zich al gestoord.'

'Nee, het is gestoord om telkens weer hetzelfde te doen en steeds op een ander resultaat te hopen. Bovendien ben jij degene die me heeft verteld dat ik iets moet doen waar mijn hart naar uitgaat, zodat ik niet alleen maar hoef te werken om de rekeningen te betalen, maar er ook iets van mezelf in kwijt kan.'

Ze doet haar mond open, maar in plaats van iets te zeggen slaakt ze een gefrustreerde zucht. 'Kaye, je verdraait mijn woorden.'

Ik schud mijn hoofd. 'Nee. Ik luister juist heel aandachtig en hoor dat jij graag wilt dat ik iets opbouw. Dat ik me gedurende langere tijd aan iets verbind.'

'Wat noem jij lang? Een maand? Een jaar?'

'Dat is niet eerlijk en dat weet je. Ik moest weg, Evie. Dat wist mama ook en die heeft me daarvoor de middelen gegeven. Ik ben de wereld rondgereisd en...'

'En opeens vind je het tijd om je te settelen. Om ergens langer te blijven. Om je alleen met deze winkel bezig te houden en geen andere plannen te maken.'

Ik haal mijn schouders op. 'Ik kan je alleen maar zeggen dat ik dit wil. Heel graag. En het is een goed idee, waar ik echt in geloof en waar ik helemaal achter sta. En ik hoop dat jij me wilt helpen.'

Ze klemt haar kaken op elkaar en kijkt uit het raam. Met haar duim en wijsvinger wrijft ze over haar voorhoofd, alsof ze hoofdpijn krijgt. 'Hoeveel heb je nog over van je erfenis? Ik neem aan dat je zelf ook iets op tafel kunt leggen, want je kunt niet van me verwachten dat ik jouw zaak in mijn eentje financier.'

Ik schuif onrustig heen en weer. 'Nee, dat niet. Ik heb nog zo'n 46.000 over, dus genoeg voor een jaar aan huur. Ook voor de studio bovenin, waar ik wil gaan wonen. Ik moet natuurlijk elke dag in de winkel staan en denk dat ik het in het begin wel red met een parttimer erbij. In elk geval totdat de zaak echt gaat lopen.'

Evie strijkt met haar handen over haar knieën, een gebaar waarvan ik weet dat het haar moet kalmeren. 'En je moet nog verbouwen. Heb je daar al aan gedacht?'

Ik klem even mijn kaken op elkaar. 'Ja, zus. Het gaat ongeveer vijftig mille kosten om het zo te krijgen als ik het wil hebben, en nog eens vijftig voor de inrichting en spullen als een computer en een kassa.'

'En jij? Waar wil jij van leven? En je moet een bed hebben, meubels, een auto. Je moet verdorie ook eten! Dit is nogal wat, Kaye. Zoiets groots heb je nog nooit gedaan.'

'Dat klopt.' Ik zet de richtingaanwijzer aan en kijk in de achteruitkijkspiegel voordat ik invoeg. 'Maar jij bent goed met geld. En als je mijn zakenpartner wilt worden, financieel en in andere opzichten, dan kunnen jouw kennis en ervaring me helpen om hier een succes van te maken. Ik heb het volste vertrouwen in je.' Ik knijp even bemoedigend in haar bovenbeen.

Ze snuift. 'Zus, ik kan er niet nog een onderneming bij hebben. Mijn eigen bedrijf groeit als kool, ik moet voortdurend voor mijn klanten op en neer naar Denver en...'

'Alsjeblieft. Ik moet ergens beginnen en je hebt me beloofd dat je me ging helpen om een eigen plek te vinden en uit te zoeken wat ik met mijn leven wil doen.'

Evie ademt hoorbaar in. 'Ja, maar toen wist ik nog niet dat je daar een fortuin voor nodig hebt. Geld voor een auto, oké, maar een ton? En daar red je het niet eens mee. Je moet eerder aan anderhalve ton denken, want je moet ook nog iets achter de hand hebben voor onvoorziene uitgaven, en om de eerste tijd van te leven. En het kan jaren duren voordat een bedrijf zo goed loopt dat je echt winst gaat maken. Ik weet gewoon niet of dit wel verstandig is.'

'Maar...'

'Misschien moet je eerst maar een cursus voor startende ondernemers volgen of gaan studeren. Wat voor soort werk spreekt je aan?'

Ik schiet in de lach. 'Studeren? Evie, je weet net zo goed als ik dat ik nog nooit een collegezaal vanbinnen heb gezien en dat ben ik ook niet van plan. Leren is niks voor mij. Jij bent de studiebol in de familie, ik niet.'

Evie schudt haar hoofd.

'Hoor eens, ik heb over de hele wereld contacten om aan bijzondere spulletjes te komen. Nieuwe, hippe artikelen die in een toeristische bestemming als deze geheid goed verkopen,' ga ik verder. 'Ik heb gisteren tien minuten lang voor het raam van dat pand gestaan en minstens vijftig voorbijgangers geteld. Het is dé plek om klanten te trekken. De andere winkels in de straat maken al sinds hun eerste jaar winst en niet pas sinds het derde. Ik heb de huur al met een paar honderd naar beneden gepraat en ik ga boven de winkel wonen, dus dat is goedkoper en aftrekbaar van de belasting.'

'Je mag alleen de kosten voor de oppervlakte van je zaak aftrekken, niet van het deel dat je als woonruimte gebruikt,' mompelt ze.

'Zie je wel, je denkt nu al met me mee. Je bent een ongelooflijk slimme, mooie, rijke en gulle zus die haar kleine zusje maar al te graag wil helpen.' Ik kijk haar lachend aan.

Evie trekt haar neus op en kijkt kwaad terug. 'Niet doen.'

'Hé, ik doe alles wat nodig is om van Nomade een succes te maken, met inbegrip van jou een schuldgevoel aanpraten.'

'Nomade.' Evies stem breekt en ik glimlach omdat ik al die emotie in dat woord hoor.

'Jij zei altijd dat mama en ik de ziel van een nomade hebben. Hoe moet ik mijn winkel anders noemen? Mijn verkooppunt van spullen van over de hele wereld? Van mooie kleren waarvan ik een groot deel zelf wil ontwerpen, zodat het unieke stukken zijn? Sieraden, kristallen, kunst, snuisterijen, bijzondere ambachtelijke voorwerpen uit allerlei landen. Ik wil alles wat ik tijdens mijn reizen heb leren kennen met anderen delen. De hele winkel vullen met... Tja, met mezelf.'

Evie beweegt haar lippen en raakt die met twee vingers aan. 'Het gaat om erg veel geld en jij kunt niet veel bijdragen, maar weet je wat, ik kan je de helft schenken. Vijfenzeventigduizend.'

'Dank je! Maar nee, geen schenking. We moeten zakenpartners worden.'

Ze schudt haar hoofd. 'Even wachten, je hebt nog niet alles gehoord.'

Mijn hart bonkt zo hevig dat ik bijna de auto stil wil zetten, maar ik haal een paar keer diep adem en kom tot bedaren. Je moet altijd kalm blijven tegenover Evie, dat is ze zelf ook. Ze laat zich nooit meeslepen. Ik moet haar duidelijk maken dat ik alles aankan wat op mijn pad komt. 'Goed, vertel eens, wat is er nog meer?'

Evie grinnikt. 'Ik schenk je die vijfenzeventigduizend uit mama's erfenis...'

'Dat geld is van jou, Evie, dat is niet bedoeld om mij te helpen.'

'Als mama hier was, had ze het zonder nadenken aan jou gegeven.'

Ik steek mijn hand uit en pak die van haar vast. Om te voorkomen dat ik door emoties word overweldigd, kijk ik vol aandacht naar de weg voor me, maar ik blijf naar haar luisteren.

'Je moet een ander bedrijf of privépersoon zien te vinden die de andere helft wil investeren. Je hebt iemand nodig die je steunt en ervoor zorgt dat de hele boel niet in elkaar stort als jij het opeens weer op je heupen krijgt...'

Ik doe mijn mond open voor een vinnige opmerking, maar ze gaat alweer verder.

'Ik zei "als", niet "wanneer". Ik geef je het voordeel van de twijfel, Kaye. Als je echt een eigen zaak wilt, dan moet je alles willen geven. Ik schenk je het geld omdat een lening van vrienden en familie zelden goed afloopt. Ik wil mijn hele leven lang van je kunnen houden en er voor je kunnen zijn, net zoals jij voor mij. Ik wil niet opeens een hekel aan je krijgen omdat jij de benen neemt en mij met een bedrijf laat zitten. Vertrouwen komt van twee kanten. Ik geef je het geld omdat ik erop vertrouw dat je er verstandig mee omgaat.'

Ze haalt diep adem. 'Ik wil in je plan geloven omdat het een goed plan is. Alleen sta je er niet bepaald om bekend dat je het ergens lang uithoudt. Kaye, pas als ik met eigen ogen zie dat je wel kunt blijven, kan ik er honderd procent voor gaan. Tot dan toe moedig ik je graag vanaf de zijlijn aan, of je nu wint of verliest. Snap je wat ik bedoel?'

Ze knijpt zo stevig in mijn hand dat het pijn doet. Ik denk na over wat ze net zei en begrijp dat ze dit niet alleen doet om onze band te beschermen, maar ook om mij te dwingen om hier zelf een succes van te maken. Door me de helft te schenken van wat ik nodig heb, helpt ze me een handje op weg, maar voor de rest zal ik zelf moeten zorgen.

Ik knik. 'Ja, dat snap ik. En ik weet niet hoe ik je voor zo'n gulle gift kan bedanken.'

'Wil je weten wat er in mijn brief stond?' zegt Evie opeens.

'Ja.' Ik slik moeizaam en probeer me niet door een volgende lading emoties te laten overweldigen.

'Dat ik moest doen wat nodig was om jou te helpen om aan een nieuw leven te wennen, maar niet ten koste van mijn eigen geluk en zekerheden. Ze zei iets als "Evie, kortwiek je zusje niet, maar laat haar zien dat er schoonheid in haar eigen achtertuin te vinden is. Laat haar zien hoe ze op een bepaalde plek iets kan opbouwen, maar doe het niet voor haar. Laat zien hoe het moet, maar dwing haar nergens toe."'

Mijn hart zwelt op van vreugde als ik hoor dat ze de lieve toon van onze moeder probeert na te doen. 'Een verstandige vrouw.'

'Dat was ze zeker,' beaamt Evie.

'Nu moet ik alleen nog uitzoeken hoe ik aan een lening voor de rest kom.'

Evie lacht samenzweerderig. 'Daar heb ik ook een ideetje voor.'

3

We rijden het kleine reservaat binnen dat op ongeveer drieënhalf uur rijden van Colorado Springs op de grens van New Mexico en Colorado ligt. Dit reservaat heeft een ongewone reputatie. Door de jaren heen is hier een gemengde gemeenschap ontstaan van verschillende stammen, die zich vooral richt op het behouden en doorgeven van inheemse tradities.

Evie en ik hebben tijdens onze jeugd niet alleen veel geleerd over onze eigen afkomst, Comanche en Wichita, maar ook over de gebruiken van de Navajo, Cheyenne, Shawnee, Apache en vele andere groepen hier in het reservaat. Onze moeder noemde deze plek altijd de smeltkroes van de volkeren van de prairies.

Terwijl we over de onverharde wegen naar het kloppende hart van de gemeenschap rijden, passeren we poorten die door plaatselijke bewoners worden bewaakt. Ze vervullen die taak om beurten om te voorkomen dat er iemand zonder toestemming hun land betreedt. Ze herkennen blijkbaar Evie of haar auto, en Evie zwaait naar de man in het hokje en hij zwaait terug.

'Bekende van je?' vraag ik.

Ze knijpt haar ogen tot spleetjes. 'Dat is Biyen, die ken je toch nog wel? Hij zat bij ons op school. Hij woont hier nog steeds en is nu met Aylen getrouwd.'

‘O, Peter.’ Dat is de naam die hij gebruikte toen we nog kinderen waren, maar Evie noemt hem nu bij zijn inheemse naam. ‘Is hij met Aylen samen?’ Ik trek mijn neus op. ‘Dat was altijd zo’n kreng.’

Evie lacht. ‘Nou ja, ze is sindsdien ook volwassen geworden. Ze kookt meestal voor de stamoudsten en biedt hulp aan iedereen hier die dat nodig heeft.’

‘Wauw, de tijden zijn echt veranderd.’ Ik kijk door de voorruit naar de bergen in de verte. Het weerzien zorgt voor een huivering, maar ik voel ook een mengeling van troost en onrust omdat ik terug ben op de plek waaraan ik zo veel herinneringen heb.

‘Dat had je geweten als je in de afgelopen jaren een paar keer was teruggekomen.’

Ik klem even mijn kaken op elkaar. ‘Blijf je daarover doorzeuren?’

Evie haalt haar schouders op. ‘Geen idee. Misschien ben ik nog altijd een beetje gepikeerd.’

‘Dat steek je in elk geval niet onder stoelen of banken.’ Ik slaak een zucht en parkeer de auto voor het terracotta huis dat niet ver van het gemeenschapshuis ligt.

Ik kijk op en zie hem staan, als een donkere ridder, maar hij is ouder geworden. Er zit meer grijs in zijn lange zwarte haar, dat hij los draagt, zodat de wind ermee kan spelen. Zijn rode geweven poncho is in het midden versierd met een verticale witte streep met zwarte pijlen erdoorheen.

Ik stap zonder een woord te zeggen uit. Ik zeg niks tegen Evie, tegen niemand. Alle geluiden verdwijnen. Ik zie en voel maar één ding en dat is de onzichtbare draad die me verbindt met de enige echte vader die ik ooit heb gekend.

Tahsuda staat aan de rand van zijn veranda. Achter hem, aan de wand naast de deur, hangt een zon van smeedijzer.

Ik loop naar hem toe en buig mijn hoofd. De tranen wellen op in mijn ogen en stromen over mijn wangen. Mijn schouders beven en mijn knieën lijken mijn gewicht niet langer te kunnen dragen. Twee warme, eeltige handen komen op mijn schouders neer. Ik doe mijn ogen dicht nu mijn grootvader me voor het eerst in tien jaar aanraakt. De warmte welt op onder mijn huid en mijn hart barst bijna uit elkaar van vreugde en liefde.

'Huutsuu,' zegt hij met die diepe, melodieuze stem die ik beter ken dan die van mezelf. 'Je bent thuisgekomen.' Hij spreekt Comanche, maar die taal herken ik alsof ik sinds mijn vertrek niet anders heb gesproken.

Ik knik, maar durf niet naar hem op te kijken voordat hij me daarvoor toestemming heeft gegeven. Mijn lange afwezigheid getuigt van een gebrek aan eerbied voor hem, en hij moet beslissen of hij me welkom heet.

'Huutsuu, kijk me aan. Geef me je ogen.'

Ik kijk op, naar die koolzwarte ogen en dat gerimpelde gezicht waarvan ik al mijn hele leven zo veel hou. De tranen stromen ongehinderd over mijn wangen, maar dat kan me niet schelen. Hij is, afgezien van mijn zus, het mooiste wat ik in de afgelopen tien jaar heb gezien.

'Heb je gevonden wat je zocht?' Zijn stem is laag en rommelend, als donder voor de regenbui.

'Dat weet ik nog niet,' fluister ik, en ik slik al die emoties weg die me dreigen te overweldigen.

Hij knikt en perst zijn lippen op elkaar. 'Je bent vele manen weggebleven. Zijn je vleugels moe?'

'Ja, Toko. Ik wil nu heel lang blijven.'

Er schiet een lachje langs die lippen, maar het is verdwenen voordat ik met zekerheid kan zeggen dat het er was.

'Dus je reis heeft je terug naar hier gevoerd.'

'Ik heb u gemist. Zo erg. En het... Het spijt me, Toko, dat ik zo lang ben weggebleven.'

Dit keer legt hij zijn handen in mijn hals en duwt met zijn duimen mijn gezicht omhoog, zodat hij zijn lippen op mijn voorhoofd kan drukken. 'Of je nu een dag, een week, een jaar of tien jaar weg bent, ik mis je evenveel. Mijn liefde voor jou kent geen klok en geen voorwaarden. Die is als de zon en de maan. Dat is altijd al zo geweest en dat zal altijd zo blijven.'

Ik sla mijn armen om mijn grootvader heen en hij drukt me stevig tegen zijn brede borst. 'Mijn vogeltjes zijn terug op het nest. Dat maakt mij blij.' Hij glimlacht, zoent mijn haar en kijkt mijn zus over mijn schouder blijkbaar met een bepaalde blik aan, want ik hoor haar zachtjes lachen.

Mijn tranen veranderen door zijn innige omhelzing ook in een lach. Ik neem de tijd om dit moment in mijn ziel te prenten.

'Ik hou van u, Toko.'

'En ik hou van jou, huutsuu. Ga mee naar binnen, kom bij me zitten. Vertel me over je avonturen.' Hij steekt een arm uit en Evie kruipt ook tegen hem aan. 'Mijn hele wereld.' Hij geeft Evie een zoen op haar kruin en mij daarna nog eentje op de mijne.

Urenlang vertel ik mijn grootvader over mijn reizen en over wat ik op al die plekken op aarde heb gedaan, waarbij ik alle riskante avonturen verzwijg, en daarna begin ik over mijn idee voor de winkel.

'Wil jij je zus met deze zaak helpen?' vraagt Toko aan Evie boven een dampende kom soep met rundvlees en groenten en *fry bread.* Dat brood is zacht vanbinnen en aan de buitenkant iets krokanter. Toko serveert het warm, zodat het die volmaakte, stevige structuur heeft die ik associeer met thuiskomen in het reservaat. Het ronde brood is stevig genoeg om in de soep te kunnen dopen en dat dampende vocht te kunnen opzuigen.

Evie knikt en scheurt nog een stuk brood af. 'U weet dat we na de dood van mama het geld van haar levensverzekering hebben gekregen. Kaye heeft daar nog een groot deel van over en ik heb, nadat ik mijn collegegeld ervan had betaald en mijn eigen bedrijf was gestart, de rest geïnvesteerd, dus ik heb ook nog een aardig bedrag. Het minste wat ik kan doen, is een deel van het benodigde bedrag op tafel leggen.'

Ik strijk geruststellend met mijn hand over haar arm. 'En dat kan je kleine zusje heel erg waarderen. Ik betaal het terug zodra ik winst maak.'

Evie schudt haar hoofd. 'Niks ervan, Kaye. Jij gaat doen wat je moet doen. Ik schenk je dit geld. Zonder voorwaarden. Dat heb ik je al gezegd.'

Toko slaat zijn armen over elkaar en kijkt Evie aan. 'Je kunt een geschenk als dit niet geven zonder er iets voor terug te verlangen. Wat wil je in ruil hiervoor, taabe?' Ik vind het heerlijk als hij haar zo noemt, zonnetje, want dat deed mijn moeder ook altijd. Ik vermoed dat zij onze bijnamen van Tahsuda had.

Ik frons, want ik besef dat onze grootvader een belangrijk punt aansnijdt. Het doet er niet toe dat Evie het geen lening wil noemen, feit blijft dat niemand een ander zomaar vijfenzeventig mille geeft.

Evie staat plotseling op en pakt haar glas. 'Hebt u nog wat van die Kuleto? Ik vind het altijd geweldig dat u al het mogelijke doet om inheemse bedrijven te steunen, tot en met wijn aan toe,' babbelt ze vrolijk, terwijl ze nog een glas inschenkt.

Ik leun achterover en kijk naar Evie, die haar best doet om Toko's vraag te negeren, maar zo gemakkelijk komt ze er niet van af. Geen denken aan. 'Evie, welk voordeel heb jij hierbij?' zeg ik tamelijk indringend.

Ze kermt. 'Geen enkel, dat heb ik je al verteld. Laat toch.' Ze zet de fles wijn zo ferm neer dat die omvalt. Ze schrikt van het geluid, maar gelukkig is de fles zo stevig dat hij niet breekt.

'Taabe, ga zitten,' zegt Toko.

Evie ademt diep in en weer uit voordat ze een kalm gezicht trekt en overdreven glimlacht. Het kost me de grootste moeite om niet met mijn ogen te rollen. Ze kan mij noch onze grootvader voor de gek houden. Omdat ik weet dat Toko het hier niet bij laat zitten, leun ik achterover, met mijn armen over elkaar geslagen, vastbesloten om van de voorstelling te genieten.

'Ja, Toko?' zegt Evie zacht. Ze kijkt hem onschuldig aan, met haar lippen getuit, net zoals ze altijd deed wanneer ze als kind haar zin wilde krijgen. Alleen heeft ze blijkbaar niet door dat ze nu dertig is, en geen drie of zelfs dertien meer, en dat zulke trucjes dus niet meer werken.

Hij legt zijn hand tegen haar wang en zegt niets, hij kijkt haar alleen maar een hele tijd indringend aan.

Ze schuift wat heen en weer, wendt haar blik af en laat haar schouder zakken af. 'Als ik Suda Kaye dat geld geef,' zegt ze, en de woorden tuimelen over elkaar heen, 'heeft ze misschien het gevoel dat ze me iets verschuldigd is,' bekent ze.

'En?' dringt Toko aan.

Haar blik schiet naar mij, dan naar Toko en ten slotte weer naar mij. 'Dan blijft ze misschien.'

Ik doe mijn ogen dicht nu ik besef dat dit de reden is waarom mijn zus me zomaar dat geld wil geven.

'Ah, nu begrijp ik het. Je verlangt ernaar om je zusje in de buurt te hebben en je denkt dat op deze manier te kunnen bereiken,' vat Toko samen.

Evie likt haar lippen. Een enkele traan glijdt over haar wang, en zodra ik dat zie, wordt er zo'n groot gat in mijn hart geslagen dat ik niet weet of ik dat ooit kan dichten.

'Evie...' fluister ik, want ik heb geen woorden om uit te drukken wat ik voel.

'Ik wil dat je een rol in mijn leven speelt, Kaye. Toko woont hier, maar mama is er niet meer en papa doet ergens in Polen iets heel geheimzinnigs voor het leger.' Ze maakt een gebaar. 'En jij, mijn allerbeste vriendin, reist maar een beetje de wereld rond. Ik lig elke nacht wakker, bang dat ik jou ook ga verliezen. Dat ik hoor dat je bij een van die bespottelijke avonturen van je bent omgekomen. Van een rots springen! Jezus, Kaye, als die surfer er niet was geweest, was je verzopen.'

'Maar dat ben ik niet.'

'En die keer in Italië, toen je door een brommer werd aangereden en je je arm brak?'

'Je weet vast nog wel dat ik een erg aardige verpleegkundige had, Alfonzo, die er een kusje op gaf, zodat ik weer heel snel beter was,' zeg ik grinnikend.

'En toen je wekenlang met die boswachter in een tent in de Zwitserse Alpen hebt geslapen?'

'O ja, Elias. Dat was pas een echte man. Ik heb hem met zijn blote handen in de rivier zien vissen.' Ik glimlach bij de herinnering.

Evie vervolgt op gespannen toon: 'Je had daar in de wildernis kunnen omkomen, verscheurd door een beer of een wolf. Je kende die Elias amper.'

'Eh, dat ben ik niet met je eens.' Ik laat mijn stem zakken, want ik wil in het bijzijn van onze grootvader geen al te openlijke toespeling maken. 'We hebben elkaar erg goed leren kennen.'

Evie haalt haar hand door haar haar. 'Kaye, ik kan niet zonder je. Dat snap je toch wel? Je mag niet doodgaan. Ik wil je gezicht kunnen zien, ik wil weten dat je gezond en gelukkig bent.'

Ik schud mijn hoofd en reik naar haar hand. 'Evie, ik red me wel. Ik ben gezond en erg gelukkig. Er zijn maar weinig momenten in mijn leven geweest waarop ik ongelukkig was. Mama heeft ons geleerd dat we elke dag moeten zoeken naar iets wat ons blij maakt.

Kleine dingen. Aan dat advies houd ik me al mijn hele leven. Je hoeft echt niet over me te waken.'

'Dat weet ik, maar ik kan niet zonder mijn zusje.' Ze slaat met haar vuist op haar borst. 'Ik kan niet zonder je, Kaye. Ik geef je dat geld omdat ik je goed genoeg ken om te weten dat je een succes van die winkel gaat maken en dat je dat geld niet over de balk gaat smijten. En voor mij is het alleen maar geld, Kaye. Jij,' ze pakt mijn hand en knijpt erin, 'jij in mijn leven, dat maakt me gelukkig.'

Verdorie. Nu springen de tranen weer in mijn ogen. Ik sta op en trek mijn zus met me mee, totdat ze ook staat en haar armen om me heen kan slaan. Na een tijdje maakt ze zich van me los. Ze veegt de tranen van mijn wangen, maar de hare stromen vrijuit. 'Ik hou van je gezicht, Kaye. Dat wil ik zien. Elke dag. De hele tijd. Misschien is dat egoïstisch, maar dat is dan jammer. Dan ben ik maar egoïstisch.'

Ik glimlach en druk mijn wang tegen haar hand. 'Nee, zus, dat ben je niet. Het maakt je mens. En ik heb jou ook gemist, weet je dat? Elke week een belletje was zeker niet genoeg. Ik wilde altijd meer, maar...'

Ze doet haar ogen dicht en strijkt over mijn haar. 'Ik weet het. Je moest het doen.'

Ik knik en veeg de tranen weg. 'Maar nu ben ik hier.'

Ze zet haar tanden in haar onderlip en stelt die ene vraag die ik niet kan beantwoorden. Het enige wat ik niet kan zeggen, uit angst dat ik haar angst aanjaag of pijn doe. 'Ja, maar voor hoe lang?'

'Ev...'

Ze trekt me tegen zich aan en slaat een arm rond mijn middel. 'Het maakt niet uit, ik neem overal genoegen mee.'

Tahsuda slaat ons gade met een kalmte die mij niet gegund is, maar hij is dan ook een van de meest wijze oude mannen die ik ooit heb ontmoet.

'Rustig maar, kom en eet verder. Taabe, huutsuu, ik ben zo blij dat jullie bij me aan tafel zitten. Ik zal met de oudsten bidden dat jullie de rust vinden waarnaar jullie zoeken. Alles zal zijn zoals het hoort te zijn.' Hij klinkt alsof dat vanzelfsprekend is, en voor hem is dat waarschijnlijk ook zo.

'Dank u, Toko.' Evie gaat glimlachend zitten en pakt haar lepel om de nog steeds dampende soep op te lepelen.

Ik volg lachend haar voorbeeld. 'Wat bedoelt u als u het over bidden hebt? De vredespijp roken? Want daar ben ik heel erg voor.' Ik steek mijn lepel in de soep en schep wat vlees en groenten op.

Evie geeft me een tik op mijn arm. 'Kaye!' Ze giechelt.

'Nou, ik zou het heel graag eens willen doen,' zeg ik met volle mond. Ik doop nog wat fry bread in mijn soep en neem een flinke hap. De smaak is even vertrouwd als die van geroosterd brood met boter. Bij Toko thuis komt altijd soep met fry bread op tafel, om je vingers bij af te likken.

'Daar ben je nog niet oud genoeg voor,' zegt Toko op vlakke toon. Hij lepelt nog wat van die heerlijke vleessoep zijn mond in.

Ik hou halverwege een hap op met kauwen en Evie doet haar best om haar lachen in te houden.

'Toko, ik ben achtentwintig,' werp ik tegen.

'Inderdaad. Dus niet oud genoeg. Je mag met me mee als je ouder bent.'

'Hoe oud moet je zijn om met de oudsten te roken?'

Hij lacht fijntjes. 'Heel oud.'

'Nou, dan kan ik dus nooit met u samen roken.'

'Inderdaad.'

'Sommige dingen veranderen nooit,' zeg ik verongelijkt.

Evie steekt een hand uit naar mij en naar Toko. 'Je hebt gelijk, sommige dingen veranderen nooit,' zegt ze met een brede lach.

Ik schud haar hand af. 'Hou je mond en eet je soep, sukkel. Je kiest zijn kant.'

Ze haalt haar schouders op. 'Je moet respect hebben voor de ouderen, dat weet je.'

De volgende morgen zit ik op de veranda van mijn grootvader te genieten van het mooiste uitzicht dat er is. Open land, zo ver als het oog reikt. Bomen, heuvel, de prairie. Rechts van me grazen dieren op de open plekken en in de verte zijn stipjes aan de horizon te zien. Dat zijn andere huizen; dicht bij het hart van de gemeenschap, maar afgelegen genoeg voor voldoende privacy. Ik adem de geur van aarde in. Het muskusachtige luchtje van de grond en de bomen roept een vlaag van nostalgie op die troostend is.

Evie komt in een zomerjurk naar buiten, met een kop koffie in haar hand. Zo ontspannen heb ik haar sinds mijn terugkeer nog niet meegemaakt. Het perzikroze van haar jurk geeft haar een zachte, uitnodigende uitstraling. Hier bij onze grootvader lijkt mijn zus een zekere rust te hebben gevonden. Haar schouders zijn ontspannen en losjes, haar rug is niet langer stokstijf en haar glimlach is onbekommerd.

Deze Evie zie ik zo graag.

Het komt niet vaak voor dat ze zo relaxed is. Die vrouw lijkt altijd de last van de gehele wereld mee te torsen. Ze heeft Tahsuda geholpen om mij groot te brengen toen we als kind bij hem woonden en ze heeft in Pueblo mama verzorgd tijdens haar ziekte. Ze bracht me naar school en haalde me op, ze smeerde mijn boterhammen en zorgde elke dag voor het ontbijt en het avondeten. Zelfs toen Evie na de dood van mama ging studeren, regelde ze alles wat ik nodig had voor in elk geval het eerste half jaar op school.

Dat was het zwaarste half jaar van mijn leven. Ik moest de middelbare school afronden, zonder moeder, en ik moest met mijn zus van negentien een kleine tweekamerwoning delen. Ik had me kunnen verzetten, ik had kunnen weigeren om te doen wat zij zei, maar ik was niet de enige die na de dood van mama moeite had om verder te gaan. Evie was zoals altijd degene die de boel bij elkaar hield.

Ze gaat naast me zitten en slaat haar blote benen over elkaar. 'Het is prachtig hier, hè?'

Ik neem een slokje van mijn eigen koffie. 'Het is een thuis. Min of meer. Voor mij ben jij mijn thuis. Waar jij bent, dat is de mooiste plek van de hele wereld.'

De blik in haar blauwe ogen schiet naar de mijne en ik zie een ernst in haar ogen die ik al heel lang niet meer heb gezien. 'Meen je dat?'

Ik wend mijn blik nog geen seconde af. Ik blijf haar strak aankijken en probeer alles wat ik voel met mijn ogen uit te drukken. 'Ja, dat meen ik.'

'Daar reken ik op,' zegt ze cryptisch, en dan kijkt ze de andere kant op, in de verte. Er verschijnt een frons op haar voorhoofd. 'Wie is dat?'

Er komt een gigantische zwarte Ford pick-uptruck aangereden die naast Evies SUV parkeert. Het portier zwaait open en er stapt een man met donker haar uit. Zodra hij om het portier heen is gelopen, zie ik wie het is.

'O, nu wordt het leuk.' Ik breng lachend mijn kop met beide handen naar mijn gezicht terwijl mijn zus meteen rechtop gaat zitten.

'Je zegt geen woord!' bijt Evie me op gedempte toon toe, waarna ze opstaat.

De man blijft vlak voor ons staan. Hij kijkt me heel even aan en ik wuif ter begroeting met de vinger rond mijn mok, en daarna gaat zijn blik naar Evie.

'Milo, ik had geen idee dat je hier was. Het is... Wauw. Het is fijn je weer te zien.' Evie spreidt haar armen en loopt naar de grote, erg knappe man toe. En met knap bedoel ik dus echt om op te eten. Hij is lang, zeker een meter negentig, en zijn rode overhemd spant strak over zijn brede borstkas. Rond zijn hals draagt hij een *bolo tie*, zo'n leren stropdas die in het midden bij elkaar wordt gehouden door een zilveren sieraad met een turkoois, dat in de holte van zijn keel rust. De das bestaat uit lange reepjes gevlochten leer die op zijn borst rusten en bijna als een pijl naar zijn goed passende zwarte broek wijzen.

Zijn zwarte haar is met een stel bij elkaar passende bandjes samengebonden en hangt in een lange staart tot halverwege zijn rug. Maar ik glimlach vooral vanwege die hoge jukbeenderen, die volmaakte bruine huid en het vuur in de blik waarmee hij Evie aankijkt.

Hij slaat zijn armen om Evie heen en houdt haar voor mijn gevoel erg lang vast. 'Evie, *nizhóní*, dat is lang geleden.'

Nizhóní. Navajo voor schoonheid. Goed gedaan. Ik lach achter mijn beker terwijl Evie naar achteren leunt, met haar handen nog altijd op Milo's omvangrijke bovenarmen.

'Eh, volgens mij is het een jaar of zeven geleden dat we elkaar in het echt hebben gezien. Maar we hebben contact gehouden via social media.' Ze trekt haar handen terug en speelt met de zoom van haar zomerjurk, die tot halverwege haar bovenbenen valt.

Nu kijken die donkere ogen mij aan. 'En Suda Kaye is terug. Het is fijn je weer te zien.'

Ik glimlach. 'Het is altijd fijn om jou te zien, Milo. Ja toch, Ev?'

Mijn zus draait zo snel haar hoofd naar me om dat ik bang ben dat ze haar nek verrekt. 'Ja, natuurlijk. Altijd leuk om iemand tegen te komen die we nog van vroeger kennen.'

'Ik ben hier om een aantal mensen met hun financiën te helpen,' zegt hij, 'en toen dacht ik: weet je wat, ik ga eens kijken hoe het met de oudste Tahsuda Tahsuda is en hem vragen of hij nog ergens hulp bij nodig heeft.' Hij noemt de naam van onze grootvader bewust twee keer, want dat is zijn officiële naam. Bij zijn geboorte waren

Native Americans nog verplicht om een geboortebewijs met een voor- en achternaam te hebben, maar zoals zovelen had hij maar één naam. Zijn ouders hadden voor een Engelse achternaam als Jones of Smith kunnen kiezen, maar als daad van verzet tegen de wet kozen ze ervoor om zijn naam twee keer te gebruiken en daarom is hij officieel Tahsuda Tahsuda. Mijn grootvader, de rebel.

'O, wat aardig van je. Je heeft echt veel om anderen, hè? Dat is toch mooi, Evie?' Ik leg het er duimendik bovenop, genietend van het ongemak van mijn zus. Milo is de jongen op wie ze haar hele jeugd verliefd is geweest. De jongen die nooit naar mijn zus keek alsof ze de zon en de maan tegelijk was. Vroeger op school en in het reservaat verdrongen de jongens zich om een woord met Evie te kunnen wisselen; ze dromden om haar heen en snakten naar een kruimel van haar aandacht, maar Evie had alleen maar oog voor een jongen die een paar jaar ouder was en buiten haar bereik lang. De lange, grote Milo Chavis.

'Het is erg aardig van je om onze grootvader te bezoeken,' zegt Evie. 'En het is toevallig dat we elkaar nu tegenkomen, want ik wilde je nog mailen om je om een gunst te vragen. Dit komt goed uit.'

Milo kijkt mijn zus glimlachend aan. 'Zeg het maar, nizhóní.' Hij legt een hand op haar schouder en knijpt er even in.

Ik weet bijna zeker dat ik mijn zus naar hem toe zie bewegen zodra hij haar aanraakt. Verdorie, die twee moeten echt iets met elkaar beginnen. Ik vraag me af of hij nog vrij is. De vorige keer toen Evie het over hem had, was zij vierentwintig. Hij is vier jaar ouder en had toen net zijn familie aan een vriendin voorgesteld met wie het serieus was. Daarna heb ik Evie niet meer over hem gehoord. Hij is nu vierendertig. In zes jaar kan er veel gebeuren.

'Het is eigenlijk voor mijn zusje Kaye.' Ze wijst met haar duim over haar schouder en ik kom dichterbij om het gesprek beter te kunnen volgen.

Milo wacht geduldig totdat ik bij hen ben komen staan en Evie verdergaat.

'Tahsuda vertelde me een paar jaar geleden dat je bezig was met een project voor een van je cliënten hier in het reservaat,' begint Evie, maar hij valt haar in de rede met: 'Ik moet je even duidelijk maken dat ik het nooit met anderen over mijn cliënten heb.' Zijn stem is laag en zwaar en erg opwindend.

Ze wuift met haar hand. 'Nee, nee, dat bedoel ik niet. Tahsuda vertelde me dat je iemand hier had geholpen die een bedrijf wilde beginnen. Dat je die in contact had gebracht met een stichting die ondernemers hielp om startkapitaal bij elkaar te krijgen. Die is werkzaam in de regio van Pueblo, Colorado Springs, Denver. Gaat er een belletje rinkelen?'

Hij knikt en slaat zijn armen voor die brede borst over elkaar. Dat ziet er lekker uit. Mijn zus staat hem bijna aan te gapen, zo indrukwekkend zijn die armen. Mooi, dan is ze in elk geval nog niet dood. Evie likt haar lippen en ik zie dat Milo dat ook ziet en dat de hitte in zijn blik onmiskenbaar is.

Opeens is dit allemaal een stuk interessanter. Hij ziet haar duidelijk zitten.

'Kaye wil graag een winkel in Pueblo beginnen,' vervolgt Evie, 'en ze kan zelf vijfenzeventigduizend op tafel leggen, maar ze heeft iemand nodig die nog eens vijfenzeventigduizend wil investeren en haar kan helpen de zaak op te zetten. Haar over het reilen en zeilen van een eigen bedrijf kan vertellen. Ik moest aan jou denken omdat Tahsuda toen vol lof over je was. Hij vond het zo goed dat je iemand uit onze gemeenschap hielp om een eigen zaak op te zetten, omdat je daarmee uiteindelijk ons hele volk helpt.'

Milo lacht, diep en vol. Dat klinkt verleidelijk en trekt wederom Evies aandacht. Ze zet haar tanden in haar onderlip en kijkt Milo met een overduidelijk dromerige blik aan. Ik geef haar een zachte duw tegen haar schouder om haar te wekken uit een dagdroom waarin Milo ongetwijfeld zijn tanden in die lip zet.

'Dat klinkt erg interessant. Weet je of die stichting nog steeds beginnende ondernemers helpt?' vraag ik.

Milo geeft geen antwoord. Al zijn aandacht is op het gezicht van mijn zus gericht.

Geweldig.

Hij schudt zijn hoofd, alsof hij zo zijn gedachten kan ordenen. 'Eh ja, dat doen ze. De voorzitter is de jongere broer van een oude studievriend van me, een grote naam in die regio. Het is een groep investeerders die één keer per maand bij elkaar komt om te bespreken in welke projecten ze kunnen instappen. Ik kan zeker een afspraak voor je regelen, maar je moet je goed voorbereiden. Ze willen cijfers zien, de verwachte omzet, winst en verlies, een budget en een overzicht van alle investeringen die je moet doen. Een ondernemingsplan met projecties voor de eerste drie tot vijf jaar. Locatie. Huur. Alles zwart op wit. Niks achterhouden. Ze willen volledige openheid en zetten zich in ruil daarvoor echt in voor de ondernemer in kwestie.'

Hij noemt termen waarover ik Evie ook al heb gehoord, maar een deel ervan is abracadabra voor me. De afgelopen tien jaar heb ik bij mensen op de bank geslapen en alleen gewerkt als het echt nodig was. Winst en verlies, ondernemingsplannen, dat klinkt allemaal erg ingewikkeld.

Evie grinnikt. 'Regel jij die afspraak maar, dan zorgen wij ervoor dat alles op papier staat. Je hebt mijn e-mailadres, hè?'

Hij glimlacht vriendelijk. 'Zeker weten.'

'Mail me als je meer weet. In de tussentijd gaan wij ons huiswerk doen. Ja toch, Kaye?'

'Absoluut. Dank je, Milo.'

'Dames.' Hij knikt naar ons allebei en knipoogt nog eens naar

Evie voordat hij bij onze grootvader naar binnen loopt.

Zodra hij buiten gehoorsafstand is, spring ik gillend op en neer. Evie doet hetzelfde en slaat haar armen om me heen. We beginnen allebei op hetzelfde moment te praten.

'Hij gaat een afspraak voor je regelen!' zegt zij, en ik zeg: 'Hij vindt je heel erg leuk!'

'Wacht, wat?' roepen we door elkaar heen.

'Milo. Hij kon zijn ogen niet van je afhouden,' zeg ik. 'Geloof me, hij keek naar je alsof je een lekker hapje bent en hij rammelde van de honger.'

Evie slaat met haar vlakke hand tegen haar voorhoofd. 'Kaye, even opletten. Hij zei net dat hij een afspraak met de broer van die vriend van hem gaat regelen, die al eerder mensen heeft geholpen bij het opzetten van een bedrijf. Hij gaat een goed woordje voor je doen!'

Ik schud mijn hoofd. 'Nee, hij gaat vanwege jou een goed woordje voor mij doen. Als je denkt dat je na dat mailtje niks meer van Milo Chavis hoort, dan heb je het mis, let op mijn woorden. Er is één ding wat ik uit duizenden herken en dat is een man die een oogje heeft op een vrouw. En hij heeft een oogje op jou, zus.'

'Het zal wel. Ik ben vooral blij dat hij die afspraak gaat regelen. En de vorige keer dat ik hem tegenkwam, was het zo dik aan met zijn vriendin dat het me niks zou verbazen als ze nu getrouwd zijn.'

'Heb je op een van die social media waarop je hem stalkt soms gezien dat hij getrouwd is? Ik zag namelijk geen ring aan zijn vinger.'

Ze knijpt haar ogen tot spleetjes. 'Ik stalk hem niet.'

Ik trek een gezicht. 'Nee, dat is niks voor jou, daar ben je veel te netjes voor. Nou, dan hebben we voor vanavond dus huiswerk.'

'Ja, we moeten met jouw ondernemingsplan beginnen,' zegt Evie op hetzelfde moment dat ik zeg: 'Kijken wat we online over Milo Chavis kunnen vinden.'

Evie buigt zich naar me toe. 'Je houdt er niet over op, hè?'

'Zeker weten van niet.' Ik haak mijn arm door de hare, zodat we kunnen gaan ontbijten met Toko en nog een blik op de gespierde Milo kunnen werpen.

'God sta me bij.'

Ik lach spottend. 'Misschien kan God je in Milo's bed laten belanden.' Ik geef haar een por in haar zij.

'Dit trek ik niet,' mompelt Evie mismoedig, maar ik gooi mijn hoofd achterover en lach totdat ik er buikpijn van krijg.

'Het is zo fijn om weer thuis te zijn!'

4

'Goedemorgen, Suda Kaye,' zegt een diepe, zware stem.

Ik kijk op van mijn ondernemingsplan, dat ik voor misschien wel de honderdste keer door zit te lezen. 'Milo!' Ik sta op en sla mijn armen stevig om zijn grote lijf heen. 'Gelukkig, je bent er. Evie staat in Denver in de file, dus die kan nooit op tijd hier zijn. Ik werd gek van de zenuwen.' Ik knijp hem in zijn gespierde schouders.

Milo glimlacht vriendelijk en wrijft over mijn armen. 'Daarom ben ik hier, je zus heeft me gebeld. Ik zat thuis in Colorado Springs en kon mijn agenda wel even omgooien.'

Ik maak me van hem los en vraag met een lachje: 'Woon je in Colorado Springs?'

Hij houdt zijn hoofd scheef. 'Ja.'

Mijn lach wordt breder. 'Je weet dat Evie daar ook woont?'

Hij kijkt verbaasd. 'O ja? Ik dacht dat ze in Denver zat.'

Ik schud mijn hoofd. 'Nee hoor, daar rijdt ze een paar keer per week naartoe voor haar werk. Je weet hoe het gaat in dat financiële wereldje.'

Zijn lippen trillen van een ingehouden lachje. 'Ik ben blij dat ik je kan helpen.'

'Wees eerlijk, je bent blij dat je me kunt helpen omdat je dan iets van mijn zus tegoed hebt.' Ik zet mijn hand in mijn zij en kijk hem strak aan.

'Het kan nooit kwaad als een mooie vrouw bij je in het krijt staat, dat is waar.'

'Ben je getrouwd?' Ik wil niet om de hete brij heen draaien.

Op hetzelfde moment roept de receptioniste naar ons: 'U mag naar binnen.'

Ik trek een gezicht en Milo steekt glimlachend een hand naar me uit. Samen lopen we naar de vergaderzaal.

'Zullen we?' Hij gaat me voor en doet de deur open.

Ik loop achter hem aan naar binnen en zie een lange vergadertafel waaraan vijf mannen en twee vrouwen zitten. Mijn blik gaat langs alle gezichten en blijft op het laatste rusten. Twee hartslagen lang verstijf ik van top tot teen. En dan breekt het hel los. Het zweet springt in mijn handen, mijn zicht wordt wazig en vlinders stijgen op in mijn buik.

Milo wijst de aanwezigen een voor een aan om hen aan me voor te stellen, maar ik hoor niet eens wat hij zegt. Mijn aandacht is volledig gericht op die ene man.

Donkerblond haar, langer dan in mijn herinnering, dat tot vlak boven de kraag van zijn zwarte pak valt. Een combinatie van snor en baard die de aandacht niet van zijn knappe trekken afleidt, maar die juist benadrukt. Hij is ouder. Ruim tien jaar, dat zie je aan iedereen af, maar die tien jaar hebben hem alleen maar aantrekkelijker gemaakt. In zijn groenbruine ogen wordt de kleur van zijn olijfgroene overhemd weerspiegeld. Geen stropdas. De twee bovenste knoopjes open, eronder gebruinde huid.

Hij staat op en ik ben er zeker van de kamer krimpt. Zijn gespierde gestalte vult de hele ruimte. Nu hij vlak voor me staat, is hij langer dan in mijn herinnering. Bijna net zo lang als Milo, minstens een meter negentig. Duidelijk langer dan mijn een meter zeventig.

Hij steekt een hand uit en ik leg mijn inmiddels koude hand in die van hem. Hij voelt warm. De tintelingen gaan als een elektrische schok door me heen. Bijna trek ik mijn hand terug, maar hij houdt die vast, hij legt zelfs zijn andere hand boven op die van mij, zodat mijn vingers door de zijne worden omsloten.

'Het is net alsof ik een spook zie,' fluistert hij.

Ik slik moeizaam, ik kan geen woord uitbrengen doordat mijn keel gortdroog is, maar dat hoeft ook niet, want Camden neemt de leiding.

Hij stapt naar me toe, met onze handen tussen ons in, en houdt zijn hoofd naast mijn wang, zodat ik zijn warme adem tegen mijn oor voel. Mijn knieën knikken omdat hij zo dichtbij is en zijn vertrouwde frisse geur van citroengras en muskus in mijn neus dringt. Ik steek mijn andere hand uit naar zijn arm en zet mijn vingers erin, niet alleen om mezelf overeind te houden, maar ook om dichterbij te kunnen komen.

'Wat fijn je weer te zien, Suda Kaye.'

Zodra ik zijn stem hoor, danst er een opgewonden rilling over mijn rug, want ik moet denken aan al die andere keren dat hij met die diepe stem van alles in mijn oor fluisterde.

Ik blijf zijn arm vasthouden. Mijn knieën knikken nog steeds. 'Camden...' zeg ik ademloos.

Hij geeft me een kus op mijn wang en trekt zich even snel van me terug als hij zich over me heen boog. Nu voel ik alleen maar kou. Ik knipper verdwaasd en reik naar de riem van mijn tas, die over mijn schouder hangt. Ik moet iets vastpakken, als steun, maar dan voel ik een warme hand op mijn onderrug.

Milo gaat voor me staan en ontneemt me het zicht op de man die ik al die jaren geleden in de steek heb gelaten. 'Gaat het?' vraagt hij zacht.

Ik lik mijn lippen, die opeens kurkdroog zijn. 'Nee, helemaal niet,' geef ik toe. Hij fronst en ik voeg er snel aan toe: 'Geen zorgen, ik kan dit wel aan.'

Glimlachend laat ik me door Milo meevoeren naar een stoel die recht tegenover Camden aan de andere kant van de tafel staat.

'Dames en heren, dit is Suda Kaye Ross. Ik ben Milo Chavis, zoals de meesten hier wel weten. Bedankt voor jullie komst. Suda Kaye zal vandaag haar ondernemingsplan aan ons presenteren. Suda Kaye, ga je gang.'

Ik haal het onberispelijk uitgetikte plan uit mijn tas, samen met de aanvullende documentatie die ik met de hulp van Evie heb verzameld. Gelukkig hebben we het talloze keren doorgenomen en heb ik, zodra ik de eerste bladzijde opsla, het gevoel dat ik een vooraf opgenomen bericht aanzet. Ik slaag erin om tijdens het voorlezen van elke pagina de indruk te wekken dat ik weet waarover ik het heb, want dat is ook zo. Grotendeels.

Tijdens het voorlezen merk ik dat ik niet naar Cam moet kijken, want dan kan ik niet verdergaan. Godzijdank stelt hij geen enkele vraag, en pas wanneer ik klaar ben en glimlachend de tafel rondkijk, durf ik mijn blik op zijn knappe gezicht te laten rusten.

'Bent u ook voorbereid op periodes met weinig inkomsten, mevrouw Ross? Soms moet een ondernemer jarenlang hard werken voordat er eindelijk een fatsoenlijke winst wordt gemaakt. Dat vereist het nodige doorzettingsvermogen. Beschouwt u zichzelf als een doorzetter?' Een van zijn blonde wenkbrauwen gaat omhoog.

Ik lik mijn lippen, bijt in mijn onderlip en ben er bijna zeker van dat ik iets in zijn ogen zie flitsen voordat hij zijn gezicht weer in de plooi trekt. Hij laat niet merken dat ik effect op hem heb.

Zelf moet ik mijn best doen om niet onrustig heen en weer te schuiven. Ik leg mijn handen in mijn schoot, recht mijn rug en kijk hem strak aan. 'Ik wil er honderd procent voor gaan. Ik steek een behoorlijke hoeveelheid eigen geld in deze zaak, en zoals mijn plan ook al vermeldt, teken ik een contract voor twee jaar voor een winkelpand aan Main Street, waarvoor ik ook een borg dien te betalen. Twee jaar is een lange tijd...' zeg ik.

'Niet voor een beginnende ondernemer. Twee jaar is een druppel op de gloeiende plaat. Veel ondernemers maken tijdens de eerste jaren geen cent winst, ook al steken ze hun hele ziel en zaligheid in hun bedrijf. En dat zijn degenen die de beginperiode overleven. Ook dat is niet zeker.'

Nu hij het over de eerste jaren heeft, heb ik het gevoel dat ik mijn hoofd op het hakblok leg. In zijn stem is een zweem van woede te horen die volgens mij alles te maken heeft met mijn plotselinge vertrek, en niets met mijn verzoek om financiering en hulp bij het starten van mijn eigen bedrijf.

'Ik ga alles doen wat nodig is om mijn dromen waar te maken,' zeg ik behoedzaam, met een blik op de andere investeerders. Misschien kunnen zij me uit deze van haaien vergeven wateren redden.

'Ik kan me nog heel goed herinneren dat ook ik ooit een droom had, eentje die zo echt leek dat ik die dacht te kunnen waarmaken, mits ik maar hard genoeg werkte en alles gaf. Maar dat bleek niet genoeg.' De blik in die ogen dringt als een laserstraal mijn hart binnen.

Hij noemde mij altijd zijn droom die werkelijkheid was geworden. Hij heeft zo vaak gezegd dat hij niet kon geloven dat hij al zo jong de vrouw had gevonden met wie hij oud wilde worden. Vier jaar lang heb ik die droom gevoed. En toen ben ik ervandoor gegaan.

Weer lik ik mijn lippen, en ik adem langzaam uit. 'Ik begrijp heel goed dat het bestaan als ondernemer vol valkuilen zit en dat ik niet mag falen. Dat gaat ook niet gebeuren.' Ik kijk de aanwezigen opzettelijk een voor een aan, ook Milo. Hij plooit zijn lippen tot een lachje waarvan ik hoop dat het trots uitdrukt.

Cam tikt met zijn vingers op het tafelblad, schraapt zijn keel en leunt dan naar achteren. Heer en meester over deze ruimte. 'Goed zo. Ik ga ervan uit dat we uw plan vandaag nog kunnen bespreken en u voor uw vertrek al een antwoord kunnen geven.'

'Oké.' Ik haak mijn vingers op mijn schoot in elkaar en knijp erin, in de verwachting dat hij me elk moment weer met een verwijzing naar ons verleden om de oren gaat slaan.

'Ik weet niet of Milo heeft uitgelegd hoe we te werk gaan? Als we ermee instemmen om u te helpen bij het opzetten van uw bescheiden onderneming, doen we meer dan alleen maar geld naar u overmaken.'

'Ik heb begrepen dat u met een zekere regelmaat op de hoogte wilt worden gehouden...'

Cam schudt zijn hoofd, waardoor er een lok haar voor zijn rechterwang valt. 'U krijgt een van de leden van onze groep toegewezen als vaste contactpersoon. Diegene zal indien nodig dagelijks of wekelijks met u in uw winkel samenwerken. Natuurlijk geen hele dag en ook geen volledige veertigurige werkweek, maar wel met een zekere regelmaat. Een van ons gaat u begeleiden om ervoor te zorgen dat onze investering volgens plan wordt aangewend en dat u alles doet wat nodig is om een succes van uw zaak te maken.'

Ik houd mijn hoofd scheef en kijk de tafel rond. 'Eh, dat is goed.'

Hij gaat verder, zonder zijn blik van me los te maken. 'We zijn hands-on, zowel financieel als bij de begeleiding. Tijdens uw eerste jaar zijn we aanwezig bij elke stap die u zet. We zijn, simpel gezegd, de experts. We hebben zelf ook allemaal een bedrijf opgericht of zijn betrokken bij een onderneming die net begint te groeien. We weten wat er nodig is om een bedrijf tot een succes te maken en we willen dat alle ondernemingen in Pueblo slagen. Deze stad is immers ons thuis, hier wonen wij ook. We geven u niet zomaar een zak geld waarmee u het zelf mag uitzoeken. We willen dat u het goed doet en daarom helpen we u het eerste jaar door.'

'Ja, dat klinkt allemaal uitstekend.' Ik strijk een lok haar achter mijn oor.

Cam is nog niet klaar. 'Bovendien neemt onze stichting een aandeel in uw zaak. Zodra u onze bijdrage in zijn geheel heeft terugbetaald, bezit de stichting tien procent van uw bedrijf, totdat u in staat bent om ons eventueel uit te kopen. Dankzij dit soort constructies beschikken we over voldoende kapitaal om andere startende ondernemers te helpen en dragen we bij aan een gezond bedrijfsklimaat waarvan onze hele gemeenschap profiteert.'

'Tien procent?' zeg ik met een hoog stemmetje. Dat is nieuw voor me. Ik dacht dat ik klaar zou zijn zodra ik hun lening had terugbetaald, maar ik snap ook dat ze er meer aan willen overhouden. Anders heeft het voor hen geen zin om dit soort investeringen te doen.

Hij knikt. 'Als u het eens bent met onze voorwaarden, zullen we uw voorstel meteen bespreken en kunt u hiernaast wachten totdat we een besluit hebben genomen.'

Milo steekt zijn hand uit en legt die op de mijne om er een kneepje in te geven. Dat gebaar ontgaat Cam niet, die even fronst en dan zijn blik afwendt.

'Het is een goede deal, Suda Kaye. Dat zou je zus ook zeggen,' fluistert Milo met zijn hoofd vlak bij dat van mij.

'Denk je dat?'

'Ik zit in de financiële sector en dit is een heel goed aanbod,' bevestigt hij.

Ik slik mijn angst weg en adem diep in. 'Ik stem in met uw voorwaarden.'

Mijn maag maakt een fikse buiteling. Als ik iets te lang denk aan het weerzien met Camden, in combinatie met de eerste stap naar een eigen zaak, dan geef ik vast over op de smetteloze vloer van de wachtruimte.

'Er zijn maar twee mogelijkheden,' merkt Milo op. 'Ja of nee.'

Ik doe mijn ogen dicht en laat mijn hoofd tegen de muur achter me rusten. Ongevraagd komen er herinneringen aan Camden en mij in onze tienerjaren boven. Mijn hoofd tolt ervan. We hielden zo veel van elkaar, we hebben zo met elkaar gelachen. God, wanneer hij lachte, kreeg ik het over mijn hele lijf heerlijk warm. Totdat ik dat licht zelf heb uitgedaan.

Na mijn vertrek mocht ik van mezelf een jaar lang spijt hebben van mijn besluit om Camden en Evie in de steek te laten. Evie kostte me minder moeite, want ik wist dat ik haar weer zou zien en spreken. Toen ik uit het leven van Camden verdween, rekende ik erop dat ik hem nooit meer zou tegenkomen.

Een jaar lang heb ik tegen mezelf gezegd dat ik er goed aan had gedaan om hem te verlaten. Dat er geen andere keuze mogelijk was. Ik wilde de wereld zien, ik wilde door niets gehinderd kunnen leven, en hij moest hier blijven om eerst te gaan studeren en daarna in het familiebedrijf te gaan werken. Zijn pad was al helemaal uitgestippeld, er was geen ruimte voor andere dingen. Hij wilde een vrouw die het thuis gezellig kon maken, die 's avonds met het eten op hem zat te wachten en de kinderen ging grootbrengen die na hem de scepter over het bedrijf zouden zwaaien. Ik wilde reizen, ik wilde risico's nemen en al die dingen doen waarvan ik tot dan toe alleen maar had gedroomd.

Het heeft niet zo mogen zijn. We hielden zielsveel van elkaar, maar mijn moeder had gelijk. Ze wist eerder dan ik wat ik nodig had. Nu is het anders. Nu ik hier zit, op een plek die uiterst ongemakkelijk voelt, heb ik beslist geen vrede met dat besluit dat ik jaren geleden heb genomen. En ook niet met mijn recente beslissing om terug te komen.

Door dit weerzien komt het allemaal weer boven. Dat we zo hoopvol en opgetogen uitkeken naar een toekomst samen. Pas toen mijn moeder overleed en die brieven voor me achterliet, kon ik mijn lot aanvaarden en had ik de moed om weg te gaan. En nu zit ik hier. Daarnet nog stond ik tegenover de enige man van wie ik ooit heb gehouden en vroeg hem om voor mijn toekomst te kiezen, terwijl ik tien jaar geleden niet hetzelfde voor hem wilde doen.

'Dit is verschrikkelijk.' Mijn handen beginnen te trillen. Ik grijp de leuning van de stoel zo stevig vast dat mijn knokkels wit worden.

'Waarom? Tenzij je bedoelt wat er net tussen Camden en jou gebeurde. Als ik af moet gaan op de vertrouwde manier waarop hij je begroette en het feit dat hij zijn ogen niet van je af kon houden, neem ik aan dat jullie een gedeeld verleden hebben. Zin om daar wat meer over te vertellen?'

Ik schud mijn hoofd. 'Niet echt.'

Milo kijkt me indringend aan.

'We, eh, kenden elkaar in onze tienertijd.'

'Kenden, als in... jullie hadden verkering?'

Ik knik. 'Ja. Vier jaar lang.'

Die donkere rechte wenkbrauwen schieten omhoog naar zijn haargrens. 'Dat is lang.'

'Mmm-hmm.'

'En het liep zeker niet zo goed af?'

'Dat is nog zacht uitgedrukt.'

Milo wil net weer iets zeggen als de deur naar de vergaderzaal openzwaait en Camden de wachtruimte in beent.

'Mevrouw Ross, kan ik u onder vier ogen spreken?' Camden wijst naar een deur verderop in de gang.

Ik sta op. Shit, mijn handen trillen nog steeds. Het laatste wat ik wil, is een persoonlijk gesprek met Camden Bryant. 'Eh, goed hoor. Wil jij even op mijn spullen letten, Milo?'

Hij knikt, maar hij houdt zijn blik streng en strak op Camden gericht.

Camden doet de deur open van een veel kleinere kamer waar een ronde tafel met vier stoelen eromheen staat. Zodra ik de deur achter me dicht hoor vallen, voel ik een hand rond mijn pols. Ik word omgedraaid en met mijn rug tegen de deur geduwd. Camden staat vlak voor me, met zijn lijf een paar centimeter van dat van mij, en houdt me zo gevangen. Hij staat zo dichtbij dat ik zijn warmte kan voelen.

'Waarom ben je teruggekomen? Wat moet je hier?' bijt hij me toe.

Ik schud mijn hoofd. 'Cam, ik had geen idee dat je bij deze stichting betrokken bent. Milo heeft alles voor me geregeld. Jouw stichting heeft al eerder een cliënt van hem geholpen.'

'En wat is hij van jou? Je vriend?'

'Milo? Nee, zeg.' Ik knipper snel en vraag me af waar hij met dit gesprek naartoe wil.

'Waarom ben je naar me toe gekomen? Zo oogverblindend, met je haar op die manier waarvan je weet dat ik het mooi vind? Wil je me soms laten zien wat ik na jouw vertrek allemaal ben misgelopen? Nou, Suda Kaye? Wil je me kwellen? Mijn hart uit mijn lijf rukken?' Zijn toon is kwaad en gekwetst.

'Nee! Mijn hemel, je kent me toch goed genoeg om te weten dat ik dat nooit zou doen?'

Hij snuift minachtend en ik ruik munt en een zweem van koffie in zijn adem. 'O ja? Ken ik je? Tien jaar geleden zou ik misschien ja hebben gezegd, maar dat was niet zo. Want de vrouw van wie ik hield, met wie ik oud wilde worden, die liet me in de steek tijdens dezelfde nacht dat ik haar ontmaagdde,' zegt hij bot.

'C-Camden...' zeg ik hakkelend. Dat ene woordje is vervuld van wanhoop. Het voelt alsof ik door een hele zwerm bijen wordt gestoken, zo hevig is de pijn die telkens weer over me heen spoelt.

Hij gaat onverdroten door. 'Het meisje dat ik heb gekend, zou me nooit zo hebben achtergelaten. Ik werd gekweld door de vraag wat ik verkeerd had gedaan, ik was bang dat ik haar die nacht misschien pijn had gedaan, dat ze me haatte omdat we het met elkaar hadden gedaan. Dat meisje zou zijn gebleven. Dit meisje...' Hij laat zijn blik van top tot teen over me heen gaan. 'Dit meisje ken ik niet. Dus vertel eens, wat kom je hier doen?'

'Ik... ik...'

'Voor de draad ermee, Suda Kaye. Je hebt drie seconden de tijd, daarna loop ik weg en kun je fluiten naar een investering van mijn stichting.'

'Cam...'

'Drie,' zegt hij stijfjes. Zijn ogen vonken van withete woede. 'Twee.'

'Ik heb alleen maar een investeerder voor mijn winkel nodig! Dat zweer ik!'

'Is dat alles?' Hij klemt zijn kaken op elkaar en ik zie een spiertje trillen in zijn wang. 'Dat is de enige reden?' Hij brengt zijn hoofd dichter bij dat van mij.

Ik doe mijn ogen dicht en leg, zonder te weten wat ik doe, mijn handen rond zijn middel. 'Camden... Ik ben...'

Hij beweegt zijn hoofd, en nu zijn neus bijna mijn hals raakt, strijken de haartjes van zijn korte baard langs mijn gevoelige huid. Terwijl hij zijn mond naar mijn oor brengt, verandert hij mijn droefheid in iets heel anders. In een geladen hitte. 'Vertel eens waarom je hier bent. De echte reden. Je hebt één seconde de tijd,' fluistert hij bijna geruststellend.

'Ik zoek een investeerder. Ik had geen idee dat jij hier zou zijn.'

'Ik geloof je niet.' Hij houdt zijn hoofd nog dichter bij dat van mij en ademt diep in. Dan doet hij zijn ogen dicht, en met opeengeklemde kaken zegt hij: 'Je ruikt nog altijd naar kersen.' Zijn gezicht is nog steeds verstrakt als onze blikken elkaar kruisen. Hij doet een stap naar achteren en ik ben koud en opgelucht tegelijk.

Ik blijf roerloos staan. Alleen de lucht in en uit mijn longen beweegt. Het voelt alsof ik een tijdlang keihard op een loopband heb staan rennen, maar ik sta zwijgend tegenover de enige man van wie ik ooit heb gehouden. Dat is meer dan genoeg om me zo in de war te brengen.

Hij schudt zijn hoofd. 'Je gaat me niet vertellen waarom je hier echt bent, hè?'

Ik doe mijn mond open en weer dicht, verloren in zijn blik. Droefheid daalt als een deken over de kamer neer en wikkelt ons allebei in melancholie.

Cam tuit zijn lippen, zet zijn handen in zijn zij en kijkt me met zijn groenbruine ogen aan. Zijn blik is vervuld van vertrouwdheid, daarin zie ik iets wat ik nooit had verwacht.

Verdriet.

Verlies.

Hartzeer.

Na al die jaren is het er nog steeds, diep in de ogen van deze mooie man. En dat komt door mij.

'Eén,' zegt hij, voordat hij langs me loopt en de deur opendoet. Ik blijf sprakeloos en ademloos staan. Terwijl hij naar buiten loopt, zie ik dat hij zijn hand door zijn haar haalt. 'Jezus,' zegt hij met een grom, 'na al die jaren maak je me nog steeds zo in de war.'

Hij loopt de wachtruimte in en ik kan eindelijk in beweging komen. Stijfjes loop ik hem achterna. Het is me nog steeds niet duidelijk wat er net is gebeurd.

Bij Milo aangekomen draait Cam zich nog eens naar me om. 'We hebben besloten dat we in je bedrijf gaan investeren. Het geld wordt later vandaag overgemaakt naar het rekeningnummer dat in je ondernemingsplan is vermeld. We wijzen je een mentor toe die in de komende twee weken je nieuwe pand zal bezoeken. Je kunt met de verbouwing beginnen. We nemen contact met je op.'

Ik staar Cam aan. Ik zie er vast uit alsof ik net door de mangel ben gehaald, zo voelt het in elk geval wel.

'Eh, dat is geweldig nieuws. Maar Cam, ik denk dat we het moeten hebben over...' Ik wijs met mijn duim over mijn schouder naar de kamer waarin we net nog met elkaar stonden te praten. Het laatste wat ik wil, is in ons verleden duiken of de gevoelens bespreken die dit weerzien heeft opgewekt, maar als we met elkaar moeten samenwerken, is het verstandig om de lucht te klaren.

Cam geeft geen antwoord en kijkt me alleen maar strak aan. Terwijl wij een staarwedstrijdje houden, loopt er een vrouw de wachtruimte in.

'Dag, suikerhartje! Ik ben blij dat ik je nog tref.' Het is een prachtige vrouw met lange benen, die van haar blonde haar tot aan haar naaldhakken in lichtroze is gehuld. Ze slaat haar armen om Camdens middel en vlijt zich tegen hem aan. Haar jurk zit zo strak dat je duidelijk ziet dat ze het figuur heeft van een Playboy-model. Dat platinablonde haar past bij het plaatje.

Camden knippert en kijkt dan naar de vrouw naast hem. Even flitst er een zekere ergernis op in zijn blik, maar dan doet hij zijn ogen dicht en haalt diep adem. Hij slaat zijn arm om haar heen, kijkt even naar mij en trekt haar zo dicht mogelijk tegen zich aan. 'Dag honingbeertje, wat kom jij hier doen?'

Honingbeertje?

De vrouw met de bruine ogen lacht als een kandidaat van een schoonheidswedstrijd haar spierwitte tanden bloot. 'Hopen dat ik mijn lekkere hapje kan meelokken voor een lunch met zijn meisje. We hebben elkaar de afgelopen week amper gezien en ik mis je!'

God nog aan toe.

Op dat moment schraapt Milo zijn keel en dringt het tot de vrouw door dat ze gezelschap heeft. 'O, wauw. Jij bent echt een reus, zeg.' Ze kijkt Milo stralend aan. 'Zijn dit cliënten van je, suikerhartje?' vraagt ze aan Cam, maar dan valt haar blik eindelijk op mij. Ze bekijkt me aandachtig, van top tot teen, en trekt een zuinig mondje, alsof ik op een bepaalde manier tekortschiet.

Er valt niets te zeggen. Ik heb net een paar minuten lang uiterst emotioneel tegenover haar geliefde gestaan. Mijn hart bonkt hevig en mijn hele lijf is warm. Ik onderdruk al die gevoelens die in me naar boven komen en besluit die voor me te houden totdat ik terug ben in het huis van mijn zus en me helemaal kan laten gaan. Daar ga ik mijn ogen uit mijn kop janken en idioot veel tequila achteroverslaan, net zo lang totdat Camden Bryant en zijn schoonheidskoningin niets meer zijn dan een smetje op een verder geweldige dag. Een dag waarop ik alles heb gekregen wat ik wilde.

Als in: geld voor mijn eigen zaak. Niet de man naar wie ik het grootste deel van mijn volwassen leven heb verlangd.

Ik ben een Ross. Het laatste wat ik doe, is hem mijn zwakke plekken laten zien. 'Ja, dat klopt. Ik ben een gloednieuwe cliënt van meneer Bryant.' Ik zwaai even. 'Suda Kaye Ross,' zeg ik, en ik zie dat ze mijn naam herkent. De glimlach verdwijnt van haar gezicht, haar mond verandert in een strakke lijn en een frons neemt bezit van haar voorhoofd. 'Uw vriend heeft er net mee ingestemd om mijn bedrijf te financieren. Geweldig, hè?'

'Brittney Cooperland. Van de keten Cooperland Sporting Goods.' Vast een rijkeluiskind. Alleen mensen met geld beginnen meteen over hun afkomst en het familiebedrijf.

Brittney strijkt bezitterig met haar hand over Cams borst. 'Mijn verloofde is zo gul.' Ze beweegt de vingers van haar linkerhand op en neer om de knots van een diamant aan haar ringvinger te laten zien. 'In de beste betekenis van het woord. Dat is een van de redenen waarom ik zo veel van hem hou.' Ze kruipt nog dichter tegen hem aan en geeft hem een natte zoen op zijn kaak.

Mag ik een teiltje?

Milo komt naast me staan en slaat een arm rond mijn schouders. Dat voelt als broederlijke bijstand. Die man deugt echt.

Het ontgaat Camden natuurlijk niet dat Milo me vastpakt. Zijn mond verstrakt even. 'We houden contact. En mevrouw Ross... Zoals altijd was het me een genoegen.'

Mevrouw Ross. Ik doe mijn ogen dicht om de tranen tegen te houden. Milo geeft me mijn tas aan en ik hang het hengsel over mijn schouder. Als hij me naar buiten leidt, kijk ik niet om. Dat kan ik niet.

Het zou niet moeten voelen alsof ik mijn grote liefde opnieuw verlaat, maar zo voelt het wel. Ik ben de reden waarom hij nu met die vrouw samen is en het leven leidt dat voor hem was bestemd. Dit is mijn eigen schuld, deel van mijn boetedoening.

Met een zwaar gemoed zet ik de ene voet voor de andere.

Zoals mijn moeder altijd al zei: er is geen weg terug, we kunnen alleen vooruit.

5

'Kun je nogmaals uitleggen waarom je niemand inhuurt om je studio te verven?' zegt Evie klagelijk, terwijl ze een roller met paarse verf over de muur haalt die ik al eerder heb voorbehandeld. Haar blonde paardenstaart zwaait heen en weer als ze met de verlengde steel zo hoog mogelijk probeert te komen.

Ik doop lachend mijn kwast in de pot met oranje verf aan mijn voeten. Ik sta in de kleine badkamer, die van de rest van de studio wordt gescheiden door slechts een deur en een L-vormig muurtje van glazen bouwstenen. Als in de badkamer het licht brandt, kun je het silhouet van degene daarbinnen zien. Dat is raar, maar ik raak er al aan gewend. En ik woon hier toch in mijn eentje.

'De aannemer heeft het al druk genoeg met de winkel,' zeg ik. 'Evie, je weet toch dat ik een week eerder dan gepland open wil gaan? Hoe sneller de winkel open is, des te eerder ik geld kan verdienen en Camdens stichting terug kan betalen.' Ik breng met een geconcentreerd gezicht een dot verf in een van de moeilijke hoekjes aan, die ik als eerste wil hebben gedaan.

Ik hoor haar voetstappen al voordat ik haar in de spiegel zie. Ze slaat haar armen over elkaar heen en leunt tegen het deurkozijn. 'Weet je, je hoeft er echt niet zo'n vaart achter te zetten. Dat die sukkel toevallig aan het hoofd staat van de stichting die in jouw onderneming investeert, betekent nog niet dat je hem iets hoeft te bewijzen. Je hoeft alleen jezelf iets duidelijk te maken, en dat is dat je een geweldige, getalenteerde vrouw met een fantastisch idee bent die het lef heeft om haar droom waar te maken.'

Ik laat met zo'n zwierig gebaar mijn kwast in de pot vallen dat er wat verf over de rand op de betonnen vloer spat. Fronsend veeg ik het weg. 'Ze komen hier toch nog tegels leggen. Een beetje verf kan geen kwaad.'

Evie grinnikt. 'Zo ken ik je weer. Goed, ben je er al klaar voor om te bespreken dat Cam je vorige week bijna heeft gezoend?'

Mijn ooglid trilt bij die vraag en mijn frons keert terug. 'Hij heeft me niet "bijna gezoend". Er is geen enkele reden om het over hem te hebben. Hij is verleden tijd. En hij is verloofd. Nu ik hem weer zag, kwamen er natuurlijk tig gevoelens bij me boven, maar dat is normaal als je elkaar tien jaar niet hebt gezien. En nogmaals, hij is verloofd. Met een vrouw die eruitziet als miss Colorado. Dus nee, ik ga het niet over Cam hebben. Dat is over en uit. Ik ben hem nu alweer vergeten. Camden wie?' roep ik, terwijl ik onnodig met de kwast in de pot roer.

'Mmm-hmm. Lukt het een beetje, tegen jezelf liegen?'

Ik kijk mijn zus boos aan. 'Lukt het een beetje, Milo de gespierde reus ontlopen?'

'Hou daarover op, Kaye. Milo is een vriend van me, meer niet.' Ze blaast haar lange pony uit haar gezicht.

Ik rol met mijn ogen en ga weer verder met verven, dit keer rondom de spiegel boven de wastafel, waarbij ik mijn best doe om niet op de opvallende houten lijst te morsen. Geen idee wie hier eerder heeft gewoond, maar het was iemand met een bijzondere smaak. Niet dat ik het erg vind, want dat buitenissige heeft wel iets.

'Hoor eens, ik wil het niet over Cam hebben en jij wilt het niet over Milo hebben,' ga ik verder. 'Ik wil alleen nog opmerken dat het erg raar is, opeens oog in oog staan met een vroegere geliefde die zomaar een smak geld op tafel legt en vlak voor mijn ogen met zijn verloofde gaat staan pronken.'

Evie slaakt een zucht en laat haar schouders zakken. 'Oké, dan houd ik erover op als je dat zo graag wilt. Voorlopig.'

'Afgesproken.'

Opeens schrikken we allebei op van een luide bons. Ik sla van schrik met de kwast tegen mijn bovenlijf en kijk dan kermend naar mijn gele tanktop, waarop nu een oranje vlek prijkt. 'Goeie god, hij is weer bezig.'

'Wie?' vraagt Evie, terwijl ik de kwast in de pot steek. Ik duw haar opzij en ren naar de trap die naar mijn winkel beneden voert.

'Die verrekte aannemer!' zeg ik vol ergernis. 'Ik heb hem al vaker verteld dat ik graag wil weten wanneer hij begint, zodat ik er niet zo van schrik.'

Evie loopt achter me aan. 'Wat is dit allemaal?' We horen dat iemand een cirkelzaag aanzet.

Onder aan de trap blijf ik met een ruk staan. De man die de winkel voor me opknapt en me tot waanzin drijft, is niet alleen. Achter hem staat een reus van een kerel. Een erg gespierde kerel, die er in zijn strakke, spierwitte T-shirt erg opwindend uitziet.

'Jezus...' Evie botst tegen me aan, net wanneer ik er 'Die is lekker' uit flap.

Opwindend Wit T-shirt schenkt ons allebei een zelfingenomen lachje en hangt de gereedschapsriem rond zijn volmaakt slanke heupen recht.

Dat zal ik nog eens herhalen. Rond zijn volmaakte heupen.

Als mijn zus en ik die beweging allebei met onze blikken volgen, voel ik de hitte van ons opstijgen.

Opwindend Wit T-shirt lacht nu breeduit. 'Dag, dames.'

Heel even kan ik alleen maar staren. Naar die lange, in jeans gestoken benen, naar die riem natuurlijk, naar dat T-shirt en naar dat dikke, donkerbruine haar dat een week of twee geleden al de schaar van een kapper had moeten zien. Op zijn vierkante kin zit een gezonde hoeveelheid stoppels, alsof hij het niet de moeite vond om vandaag een scheermes te pakken, en waarom zou hij ook, met een gezicht als dat van Henry Cavill en van die indringende blauwe ogen?

'Ik zal mezelf even voorstellen.' Hij steekt een hand naar me uit waar ik de mijne op de automatische piloot in leg. 'Kyson Turner, eigenaar van bouwbedrijf Turner.' Hij schudt mijn hand.

'Eh, Suda Kaye. Wie ben jij ook alweer?'

Evie geeft me grinnikend een por tegen mijn schouder. 'Dat zegt hij net. Let eens op en sta niet zo te kwijlen. Ik ben Evie Ross.'

Opwindend Wit T-shirt laat mijn hand los en schudt die van Evie. Ik mis zijn warmte meteen. Terwijl hij mijn zus de hand schudt, blijft hij naar mij kijken.

'Jullie kennen mijn broer Lincoln al.' Hij knikt in de richting van het stuk chagrijn dat ik inderdaad maar al te goed ken. Die nooit de moeite neemt om te zeggen dat hij er is, maar me aan het schrikken maakt door meteen te gaan hameren en boren. Al mag ik niet klagen, want hij verspilt mijn tijd niet en levert goed werk af. Hij verstaat zijn vak en ziet er ook goed uit, maar is het nu echt te veel gevraagd om even hallo te komen zeggen en me niet de stuipen op het lijf te jagen?

'Ik ben de eigenaar, we hebben elkaar natuurlijk al aan de telefoon gehad toen je op zoek was naar een klusjesman.' Hij lacht spottend en volgens mij wordt mijn slipje een beetje nat.

Mijn wangen worden warm, dus ik leg snel mijn handen rond mijn gezicht. 'Eh ja, dat klonk misschien neerbuigender dan ik het bedoelde. Ik had nogal veel aan mijn hoofd en dan let ik niet altijd goed op mijn woorden.'

Zijn lippen trillen en zijn blik blijft even op mijn mond rusten. 'Dan kan ik je in elk geval van een paar zorgen bevrijden... Qua verbouwing.' Hij knipoogt.

Hij knipoogt. Opwindend Wit T-shirt knipoogt naar me. Geloof ik. Het ging zo snel dat ik het niet zeker weet. Misschien was het mijn verbeelding.

'Goed, nu we elkaar wat beter kennen,' gaat Kyson verder, 'ga ik verder met datgene waaraan Lincoln eerder deze week is begonnen. Met een beetje geluk kunnen we de komende dag flink opschieten. Wat zeg je daarvan, meisje met de mooie bruine ogen?'

Evie grinnikt achter haar hand en kijkt me aan. 'Meisje met de mooie bruine ogen,' zegt ze geluidloos. Ze lacht als een bezetene.

'Dat klinkt als een droom die uitkomt, meneer de klusjesman.' Ik tuit mijn lippen en buig mijn hoofd, zogenaamd verlegen, zodat hij weet dat ik weet dat hij met me flirt en dat ik dat niet erg vind.

'Een droom die uitkomt. Ik ga mijn best doen om daarvoor te zorgen.' Hij lacht een stel smetteloze, kaarsrechte tanden bloot.

God, ik heb zo'n zwak voor een fraaie lach. Daar smelt mijn slipje spontaan van.

Ik antwoord met mijn verleidelijkste lach en draai me om, zodat ik mijn arm door die van Evie kan haken. Haar schouders beven van het ingehouden lachen en een gegiechel ontsnapt haar. Zodra we de trap terug naar boven op lopen, laat ze zich gaan. Het lukt haar amper om in het krappe trappenhuis overeind te blijven.

'Weet je, Evie, daarom heb je dus al eeuwen geen beurt meer gehad. Je kunt niet eens rustig blijven tegenover een knappe bouwvakker.'

Ze richt zich in haar volle lengte op en legt haar hand op haar buik. 'Ik kan er niks aan doen, die vonken tussen jullie waren net vuurwerk. Is dat vaste prik voor je? God, dan mogen alle knappe mannen wel uitkijken.'

Ik haal mijn schouders op. 'Ik moet toegeven dat die vent ongelooflijk lekker is, maar het is allemaal onschuldig vermaak. Ik ga echt niet met mijn aannemer naar bed.' Ik rol overdreven met mijn ogen.

Evie kijkt me aan met haar beste 'Je lult uit je nek'-blik.

'Nou ja, niet zolang hij mijn aannemer is. Misschien als het werk gedaan is.' Ik schiet in de lach en nu gieren we het allebei uit.

Zodra we tot bedaren zijn gekomen, pakken we een paar koffiemokken en de fles pinot grigio die Evie heeft meegebracht.

'Ik ga wijnglazen voor je regelen.' Evie schenkt de mokken vol die ik bij het café aan de overkant heb gekocht. Ze geeft me de blauwe aardewerken beker met het grote oor aan, formaat soepkom, en neemt zelf het zonnig gele exemplaar.

'Wijn is wijn, of je die nu uit een mok, een kopje of een duur wijnglas drinkt.' Ik neem de eerste slok van de fruitige smakende drank. 'Deze is lekker. Dank je.'

Evie steekt haar mok uit om met me te proosten. 'Op nieuwe kansen en nieuwe avonturen, maar dan op dezelfde plek.'

Ik tik met mijn beker tegen de hare. 'En op lekkere kerels in strakke witte T-shirts en op inheemse knapperds met brede schouders, grote handen en mooier haar dan ik.' Ik trek suggestief mijn wenkbrauwen op en neem nog een slokje.

'Jij weet van geen ophouden,' zegt ze, waarna ze ook een slok neemt.

'Nee, zus. Wen er maar aan, want dit is nu je nieuwe leven.'

Ze kijkt me aan en zegt dan, uitermate serieus: 'Ik heb nooit anders gewild.'

'Zus...' fluister ik, maar ik word door zo veel emoties overvallen dat ik geen woord kan uitbrengen.

Ze ademt diep in, haalt haar schouders op en laat ze weer zakken. 'Tijd om aan de slag te gaan en dit huisje voor jou in orde te maken. Ik voel me veel beter als alles is geregeld en jij een eigen plek hebt, hier thuis.' Ze loopt naar haar verfbakje, zet haar mok op de vloer en pakt haar roller op, die ze in de donkerpaarse verf doopt.

'Een eigen plek,' fluister ik. Woorden die ik nooit met mijn eigen leven in verband heb gebracht, maar waarvan ik opeens de waarde en de betekenis begin te begrijpen.

Een week later buig ik me over een stuk triplex van een bij twee meter dat op een stel schragen rust en waarop een grote bouwtekening ligt uitgespreid. Kyson staat zo dicht naast me dat ik de warmte van zijn lichaam voel. Samen bekijken we zijn ontwerp.

Hij wijst naar het deel van de winkel waar ik de kassa en de vitrines met sieraden wil neerzetten. 'Hier kun je het een en ander ophangen, bijvoorbeeld kunstwerken die een echte blikvanger zijn. Dan vallen ze meer op dan in een standaard op de vloer.' Kyson tikt met zijn vinger op een paar lijnen van de bouwtekening.

Het geluid van een deur die opengaat leidt hem af. Hij kijkt snel op, maar gaat dan weer verder met wijzen en tikken.

Ik leg mijn hand op zijn gespierde bovenarm, in gedachten nog bij het idee om kunst op te hangen. 'Kyson, wat een geweldig voorstel,' zeg ik. De mogelijkheden schieten als een caleidoscoop van licht en donker door mijn hoofd. 'Wat denk je, kunnen we zoiets ook langs de muren maken, voor kleren en handgemaakte spulletjes?'

Mijn lach splijt bijna mijn gezicht in tweeën. Het is alsof hij me net heeft verteld dat hij Jimi Hendrix en Bob Marley voor me tot leven kan wekken, zodat ze als episch duo de opening van mijn winkel kunnen opluisteren.

Kyson legt een hand laag in mijn zij en drukt zijn vingers in mijn vlees, waardoor hij me iets dichter naar zich toe kan trekken. Met zijn hoofd vlak bij dat van mij zegt hij: 'Als je zo naar me blijft kijken met die mooie bruine ogen van je kun je alles krijgen wat je maar wilt, en dan bedoel ik echt álles.' Rond zijn lippen verschijnt zo'n sexy lachje dat mijn keel meteen droog aanvoelt.

'Stoor ik?' Een diepe, bekende en geïrriteerde stem haalt me uit mijn onderonsje met mijn aannemer en ik draai mijn hoofd om naar de nieuwkomer.

Verdomme. Daar staat Camden Bryant, in een perfect passende pantalon en een blauw overhemd dat tot aan zijn ellebogen is opgestroopt, zodat zijn gespierde onderarmen te zien zijn. Een tribal bedekt zijn arm tot onder zijn mouw. Geen stropdas, jasje achteloos over zijn ene schouder. Zijn haar valt in golven rond zijn gezicht, tot voorbij zijn bebaarde kaken. Hij ziet eruit alsof hij pauze neemt tijdens een fotosessie voor dure herenkleding.

'Cam.' Ik maak me van Kyson los alsof ik me gebrand heb. Later moet ik maar, pakweg een keer of honderd, analyseren waarom ik reageer alsof ik iets verkeerd deed terwijl dat niet zo was. Ik ben ongebonden. Vrij als een vogel. Honderd procent in staat om te doen en laten wat ik wil en wanneer ik dat wil. Zo is het altijd al geweest. Ik weet alleen niet of dat nog steeds bij me past.

Kyson kijkt me fronsend aan, slaat zijn enorme armen over elkaar heen en wendt zich tot Camden, zodat hij zijn blik over de nieuwe man op het strijdtoneel kan laten gaan. 'En jij bent?'

'Investeerder, zakenpartner, oude... vriend.' Hij spreekt dat laatste woord uit alsof het pijn doet. 'Jij bent zeker de aannemer?' Hij steekt zijn hand uit en stapt naar Kyson toe.

Kyson schudt zijn hand. 'Kyson Turner, eigenaar van bouwbedrijf Turner.'

Camden kijkt om zich heen, naar de winkel die in verschillende stadia van verbouwen verkeert maar over het geheel genomen een chaos is. Tegen een van de bakstenen muren staan de planken die nog moeten worden opgehangen, met ernaast hout voor extra kasten. De etalage is al voor de helft af, en hoewel de achterkant nog moet worden afgewerkt, zie je nu al hoe mooi het wordt. Uit het hoge plafond bungelen draden en stekkerdozen, maar daar komt nog een deels verlaagd plafond, terwijl we elders stof tegen het plafond willen spannen zodat het hier wat minder op een loods en wat meer op een gezellige winkel lijkt.

'Zo te zien zijn jullie druk bezig. Als ik af moet gaan op de tekeningen die Suda Kaye me heeft laten zien, wordt het erg mooi. Ik kijk uit naar het eindresultaat. Als dat even goed is, moet mijn bedrijf jullie ook maar inhuren.'

Kyson klemt kort zijn kaken op elkaar, houdt zijn hoofd scheef en haalt dan zijn hand door zijn haar. 'En wat doet jouw bedrijf? Je bent investeerder, zei je?'

Cam legt zijn jasje over zijn onderarm. 'Ik zit in het bestuur van een stichting die beginnende ondernemers op weg helpt. Dit is een van de projecten waarin we geld hebben gestoken. We zijn altijd op zoek naar een betrouwbare aannemer die kwalitatief uitstekend werk levert, voor verbouwingen en nieuwe projecten. Ik ben de directeur van Coltrane & Sons Steel.'

Kyson spert zijn ogen open. 'Ja, je kwam me al bekend voor. Ik zag laatst in de krant dat je een of andere onderscheiding had ontvangen, vanwege die nieuwe fabriek van jullie die goed is voor minstens tienduizend banen hier in de regio. Er wordt beweerd dat je de rijkste man van Colorado bent.'

Camden grinnikt. 'Zou best kunnen, maar daar houd ik me niet mee bezig. Mijn vader heeft het bedrijf vanuit het niets opgebouwd en daarmee een steentje bijgedragen aan de economie van dit land. Ik zet alleen maar zijn werk voort.'

'Goed zo.' Kyson klopt Cam een paar keer op zijn arm. Zijn houding is veranderd, nu straalt hij respect en dankbaarheid uit. 'Een van mijn ooms en een paar neven werken in een van jullie fabrieken. Het is zwaar werk, maar het salaris is goed, met uitstekende arbeidsvoorwaarden. Die jongens hoor je niet klagen.'

'Dat is mooi,' antwoordt Camden beleefd, op een toon alsof hij dit al tientallen keren heeft gehoord.

Mijn hart gaat als een razende tekeer nu ik hoor hoeveel werknemers het bedrijf van Camden heeft. Dat zijn heel veel gezinnen die fatsoenlijk kunnen rondkomen en later van een goed pensioen kunnen genieten omdat hij er een goedlopend bedrijf van heeft gemaakt. Al had hij dat natuurlijk niet zonder al die mensen kunnen doen. Als tiener stond ik er nooit bij stil, ik wist alleen dat hij bij zijn vader en broers in de zaak ging werken. Toen had ik geen idee dat hij op een dag aan het roer van zo'n enorme onderneming zou staan.

'Hoeveel mensen werken er momenteel bij jullie?' vraag ik op zachte toon. Ik kan mijn ontzag niet verborgen houden.

'Een paar honderdduizend, verdeeld over het hele land.'

Mijn mond valt vanzelf open. 'Ongelooflijk,' zeg ik. Ik kijk in zijn groenbruine ogen. 'Ik heb altijd al geweten dat je kon bereiken wat je maar wilde, met dat doorzettingsvermogen van je, maar Camden... Wauw... Dat is niet te geloven.'

Camden stapt naar me toe en steekt zijn hand uit om een lok haar uit mijn gezicht te strijken en achter mijn oor te stoppen. 'Ik denk dat we allemaal wel eens wensen dat we toen wisten wat we nu weten, hè?' Zijn zachte blik wordt hard en de luiken voor het venster op zijn ziel slaan dicht. Daardoor voel ik me opeens alleen, van iets beroofd, en sijpelt een ijzige kou mijn botten in. Mijn ingewanden trekken samen en ik moet mijn arm voor mijn buik leggen om de spanning te verdrijven.

'Cam.' Ik steek mijn hand naar hem uit en wil iets zeggen, maar ik weet niet wat. Ik weet niet of ik wel in woorden kan uitdrukken wat ik op dit moment voel. Mijn emoties zijn verwarrend en schieten alle kanten op.

Hij redt me door zijn hoofd te schudden en opzij te stappen voor een blik op de bouwtekening. Ik laat mijn hand zakken en krab in plaats daarvan aan mijn bovenbeen.

'Waarom laat je me niet even zien wat je van plan bent en wat er voor deze week op de agenda staat?' zegt hij. 'Misschien kan ik nog ergens mee helpen. O, dat doet me eraan denken: heb je al een afspraak met de burgemeester gemaakt voor de officiële opening?'

Ik frons. 'Had ik dat moeten doen?'

Hij glimlacht vriendelijk.

Kyson komt tussenbeide door een hand in mijn nek te leggen en even zachtjes te knijpen. Ik ruk me los van Cams betoverende blik en kijk in Kysons diepblauwe ogen.

'Ik ga verder met dat klusje waarover we het net hadden,' zegt hij, 'mits je natuurlijk instemt met de plaats van de kassa. De hoek waar de klanten afrekenen en het personeel de koopwaar inpakt wordt door saloondeuren afgescheiden van de rest van de winkel, dat geeft een beetje de sfeer van een café.'

Ik knik. 'Ja, dat is echt een goed idee.'

'Ik heb heel veel goede ideeën die ik graag werkelijkheid laat worden.' Kysons blik gaat over mijn knalblauwe mouwloze vestje. Ik laat de bandjes van mijn roze kanten beha er onderuit piepen, voor een speels effect, en ik draag vijf kralenkettingen. Dat in combinatie met mijn donkere, bijna zwarte jeans die me als gegoten zit en waarin ik een goddelijk stel billen heb. Het geheel wordt afgemaakt met mijn supersexy, uiterst verleidelijke roze linnen sandalen met sleehakken en open neuzen, zodat je kunt zien dat ik mijn teennagels gisteravond glanzend roze heb gelakt.

De hitte slaat me over mijn hele lijf uit en mijn wangen lijken in brand te staan, zo erg dat ik met mijn handen moet wapperen om af te koelen. Kyson schenkt me een sexy knipoog die iedere vrouw gek kan maken van verlangen en loopt daarna weg. Zonder te beseffen wat ik doe, loop ik deze heerlijke man achterna naar het voorste gedeelte van de winkel, maar dan pakt iemand opeens stevig mijn bovenarm vast en word ik met een ruk omgedraaid.

En wel zo snel dat ik struikel over mijn eigen sleehakken en tegen de verrukkelijke borst aanbots van de enige man op aarde die ik echt tegen me aan wil voelen.

'Leuke voorstelling. Ben je nu met hem?' Camden knikt naar Kyson en kijkt dan weer naar mij. 'Ik dacht dat je met die grote vent met dat lange zwarte haar ging.'

Voor de tweede keer in twee weken beland ik opeens in de armen van Camden. Mijn hoofd tolt ervan. Ik leg mijn handen op zijn borst, die hard als steen is, en veel gespierder dan op zijn negentiende.

'Eh... Huh?' mompel ik, terwijl zijn bedwelmende geur in mijn neus dringt. Ik ruik citroengras en muskus en adem diep in, want ik wil hier geen seconde van missen. Zo vertrouwd, als een vage, mooie herinnering aan hoe we hand in hand in zijn auto rondreden, door geen enkele zorg geplaagd.

Hij laat zijn hand over mijn rug op en neer gaan en duwt me niet van zich af, maar tot mijn ongenoegen trekt hij me ook niet dichter tegen zich aan. 'Milo Chavis?'

Ik strijk met mijn vingers over de prachtige blauwe stof van zijn overhemd, dat zo zijdezacht aanvoelt dat ik zin heb om er met mijn wang overheen te wrijven. Dan dringt zijn vraag tot me door. 'Milo?' Ik trek met een ruk mijn hoofd terug. 'Nee, zeg.'

Camden fronst. 'Meen je dat? Want ik heb hem al een paar keer ontmoet en iedere vrouw valt als een blok voor hem.'

Ik slaak een zucht en schud mijn nek los. 'Hij ziet er erg goed uit, dat geef ik meteen toe, en de meeste vrouwen zijn inderdaad bereid om binnen een paar tellen na de eerste kennismaking met hem zijn kinderen te baren, maar nee, ik niet. Mijn zus is al haar hele leven verliefd op hem en ik beschouw hem als familie. Hopelijk kan ik op een dag zeggen dat hij dat echt is. Dus vandaar: nee.'

Camden kijkt me aan en ik kijk terug. Er verschijnt een brede lach op zijn gezicht. 'Dit heb ik gemist. Iemand in mijn leven die niet op haar mondje gevallen is.'

Ik doe mijn ogen dicht en besef waar ik sta. In de armen van Camden, waardoor ik de warmte van zijn lichaam onder mijn handpalmen en vingertoppen voel, zelfs in mijn borst, maar dat is niet oké. Dit is helemaal niet oké. Dit is zelfs heel erg fout. 'Cam... Dat soort dingen moet je niet zeggen.'

'Waarom niet?' Hij laat zijn hoofd zakken en trekt me dicht tegen zich aan, zodat zijn gezicht bijna mijn hals raakt. Hij ademt diep in en dan weer uit, en dat voel ik op de huid vlak boven mijn borsten. Ik huiver, opeens bedekt door kippenvel.

'Cam,' zeg ik waarschuwend. Ik wil dit niet zeggen, maar ik weet dat het moet.

'Ja?' fluistert hij. Hij negeert mijn toon en wrijft met zijn neus over mijn wang.

Ik doe mijn ogen dicht en sta mezelf heel even toe om van zijn nabijheid te genieten, maar dan zeg ik: 'Cam, je bent verloofd.'

Meteen verstijft hij in mijn armen, maar hij blijft staan waar hij staat. Zijn borst gaat op en neer door zijn diepe ademhaling.

'Dat betekent dat je gaat trouwen,' zeg ik op een iets dwingender toon. We laten elkaar los en stappen allebei naar achteren.

Hij laat zijn handen zakken en grijpt met een ervan zijn jasje zo stevig vast dat zijn knokkels wit worden. Dan schraapt hij zijn keel en wendt zijn blik af, met zijn kaken zo stevig op elkaar geklemd dat het hem zijn tanden kan kosten. 'Je hebt gelijk, ik moet mijn excuses aanbieden. Ik, eh, heb even kunnen nadenken over wat het betekent dat je weer terug bent, en ondanks wat er tegen het einde tussen ons is gebeurd... Je was mijn beste vriendin, Suda Kaye, en ik zou graag willen dat je dat weer wordt. Zeker als we allebei ons best gaan doen om van deze onderneming een succes te maken.'

Volgens mij is mijn hart gestopt met kloppen en ben ik doodgegaan, allemaal binnen een minuut. Ik lik mijn lippen en slik iets weg, terwijl ik ondertussen mijn gedachten op een rijtje probeer te zetten. 'Begrijp ik het nu goed en wil je...' Ik schud mijn hoofd, amper in staat om de woorden uit te brengen. 'Je wilt vrienden met me zijn? Jij en ik, vrienden?'

Er trilt een spiertje in zijn kaak en zijn adamsappel gaat op en neer. Ik wacht totdat hij de woorden uitspreekt die ik niet kan geloven. 'Dat is de juiste beslissing,' zegt hij ten slotte. 'We moeten met elkaar samenwerken, ondanks alles wat er in het verleden tussen ons is gebeurd.'

Ik krab in mijn nek en druk mijn hand tegen mijn borst om mezelf eraan te herinneren dat ik moet ademhalen en om mijn hart duidelijk te maken dat het hoort te kloppen. 'Camden en Suda Kaye, vrienden.' Die woorden rollen als knikkers op beton door mijn hersenpan, die schieten alle kanten op en blijven geen moment liggen.

'Ja, dat is voor nu het plan.' Hij vraagt om vriendschap, maar ik hoor het wantrouwen en een zweem van wrok in zijn toon en ik zie de spanning in zijn lichaamstaal. Er is nog zo veel onuitgesproken tussen ons dat ik wel kan bedenken wat hij echt tegen me wil zeggen. Vroeg of laat moeten we het daarover hebben, al loop ik liever over hete kolen dan dat ik dat gesprek voer.

Mijn realistische kant geeft al antwoord voor mijn professionele dat kan doen. 'Cam, we zijn nooit vrienden geweest. We waren altijd een "ons". Ik was vanaf het allereerste moment verliefd op je,' flap ik eruit, en dan kan ik mezelf wel voor de kop slaan omdat ik de waarheid er zomaar uit gooi.

Zijn schouders verstijven en zijn blik wordt fel. 'Dat weet ik. Daar was ik namelijk bij.'

Zijn woorden zijn als een oerkracht die de herinneringen aan betere, gelukkiger tijden naar boven duwt, aan die tijd waarin we bij elkaar hoorden en de hele wereld aan onze voeten lag.

Die herinneringen schud ik van me af. 'Je denkt toch niet dat wij, met ons verleden, vrienden kunnen worden en samen een bedrijf kunnen leiden?' Ik wrijf over mijn borst en dwing mezelf om in en uit te ademen. 'Je moet me een andere begeleider geven. Dit is voor geen van ons beiden gezond.' Ik steek mijn hand uit en pak die van hem vast.

Hij knijpt zijn vingers als een bankschroef om de mijne, alsof hij me nooit meer los wil laten. 'Er is niemand anders beschikbaar. En ik neem graag risico's,' zegt hij op vlakke toon.

Ik schiet terug met het enige wat ik kan bedenken. 'Sinds wanneer?'

'Ik geef toe, dat was vroeger anders. De jongen van toen deed wat hem werd gezegd en leefde het leven dat voor hem was uitgestippeld, binnen het familiebedrijf. Nu doe ik dingen op mijn eigen manier. Ik heb een goede middenweg gevonden. Een compromis tussen verplichtingen en vrijheid.'

Verplichtingen en vrijheid. Precies waar ik me nu ook bevind.

'Ik ben blij dat je nu gelukkig bent, Cam. Dat was altijd mijn grootste wens.' Ik klem mijn kaken op elkaar, steek mijn kin vooruit en hoop vurig dat ik mijn tranen kan inhouden. Als ik dat niet doe, verpest ik het evenwicht tussen ons.

'En jij?'

'Hoe bedoel je?' Mijn stem klinkt schor van alle emoties.

'Ben jij gelukkig?' Die drie woorden graven als een bovenmaatse spade in mijn ziel.

'Ik vind altijd wel ergens schoonheid,' zeg ik als vanzelf.

'Dat vroeg ik niet.' Hij zet een stap in mijn richting. Die mosgroene ogen zijn nu onstuimig donkergroen door alle heftige emoties die hij probeert te verbergen. 'Heb je in al die jaren dat je op reis was gevonden wat je zocht?'

Ik vertel hem de waarheid. 'Ik heb heel veel gevonden wat me gelukkig maakte.'

Hij laat zijn hoofd zakken en kijkt dan weer op. In die ogen zie ik zo veel gevoelens dat ik amper adem kan halen, zo hevig is de spanning tussen ons. 'Waarom ben je dan terug?' Hij stapt nog dichter naar me toe en haalt zijn vingers langs de zijkant van mijn gezicht. Hij raakt heel teder mijn wang aan en lijkt amper te beseffen dat hij het doet.

Heel even vallen mijn ogen dicht en geef ik me over aan zijn aanraking, maar dan doe ik ze weer open en laat mijn hart spreken. 'Omdat niks me zo gelukkig maakte als ik hier was geweest.'

Zodra hij beseft wat ik zeg, is de betovering verbroken. Hij laat zijn hand zakken en knikt. 'Goed bezig, ga hier vooral zo door. Ik, eh, kom snel weer eens kijken.'

Deze keer laat Camden mij achter. Hij loopt mijn winkel uit, maar verlaat niet mijn leven. Dit was een glimp van wat hij al die jaren geleden kan hebben gevoeld. Mijn hart breekt.

Wat heb ik hem in vredesnaam aangedaan?

6

'Hij zei wát? Nadat hij jou en Kyson had gestoord en je zo'n beetje in zijn armen had genomen?' Evie zit op het aanrecht in de keuken, met haar benen over elkaar en een groot glas rode wijn in haar hand.

Ik snij een komkommer voor onze salade in precies even dikke plakjes. 'Dat hij vrienden wil zijn. Vríénden.'

'Hm.' Evie neemt een slokje van haar wijn en steekt haar hand uit om een plakje komkommer te pakken. 'En wat wil jij?'

Ik haal mijn schouders op, leg het mes neer en pak mijn wijn. Ik neem een grote slok van de zinfandel die mijn zus voor me heeft ingeschonken en geniet van de smaak van bessen en bramen. Een zucht ontsnapt me als ik tegen het aanrecht leun. 'Eerlijk gezegd heb ik geen idee. Het is raar en tegelijkertijd ook heel vertrouwd om in zijn buurt te zijn. We lijken allebei heel erg te zijn veranderd, maar toch worden we door een onzichtbare kracht naar elkaar toe getrokken. Snap je wat ik bedoel? Dat heb je vast ook wel een beetje met Milo.'

'Milo?' Mijn zus schudt haar hoofd. 'Nee, helemaal niet. Als kind deden we altijd vriendelijk tegen elkaar, en ik was op afstand verliefd op hem, en daarna werden we online kennissen. En nu kom ik hem opeens voortdurend tegen.'

Zij fronst en ik glimlach.

'Goddelijke tussenkomst.' Ik draai me om en voeg de komkommer toe aan de volle slakom.

Evie springt van het aanrecht. 'Dat kun je net zo goed over jou en Cam zeggen.'

Ik tuit mijn lippen en beweeg mijn hoofd van links naar rechts, nadenkend over haar woorden. 'Misschien. En natuurlijk is onze lekkere klusjesman in zijn strakke witte T-shirt er ook nog.' Ik lik mijn lippen. 'Smakelijk hapje, hoor.'

'Ja, hij ziet er goed uit, maar er is iets met hem. Alsof hij een player is en ook weer niet.'

Ik neem lachend een slokje van mijn wijn en wijs naar mijn zus omdat me iets invalt. 'Je hebt gelijk, hij lijkt vast meer op me dan ik in eerste instantie doorhad. In voor een verzetje, maar niks serieus.'

Evie pakt de slakom en loopt ermee naar de kleine eethoek. 'Krijg je daar nu nooit genoeg van? Telkens weer een nieuwe vent omdat je er toevallig zin in hebt?'

Ik pak de pan met de pasta die zij heeft klaargemaakt, met een pannenlap tegen de bodem, zodat ik op weg naar de tafel niet mijn hand verbrand. 'Zo gaat het niet, Ev. Het is eerder zo dat ik, als ik een man tegenkom met wie ik een leuke tijd kan hebben, het simpel probeer te houden. Geen verplichtingen. Geen beloftes van trouw. We hebben samen lol, en als een van ons serieuzer wordt of iets anders wil, besluiten we samen om er een punt achter te zetten en ieder ons weegs te gaan.'

Evie knikt en gaat aan de tafel zitten. Ik volg haar voorbeeld.

'Ik gun je gewoon meer.' Ze steekt haar hand uit naar de mijne, die op tafel rust, en knijpt er even in.

Ik houd haar hand vast en kijk in haar prachtige blauwe ogen. 'En ik wil jou de hele wereld op een presenteerblaadje aanbieden. Ik wil dat je leeft alsof morgen niet bestaat. Dat je uitvliegt totdat je vleugels moe worden en je diep vanbinnen voelt dat je weer vaste grond onder je voeten moet hebben.'

'Werkt het zo voor jou? Voel je iets vanbinnen?' Evie vraagt het op een ontspannen toon, maar ik weet dat er meer achter zit. Ze wil weten waarom ik ben weggegaan en nu pas ben teruggekomen.

Ik schep wat salade op haar bord en daarna op dat van mij. 'Op een bepaalde manier wel, ja. Het is een bepaald gevoel, er kriebelt iets vanbinnen, en dat gebeurt vrij plotseling. Ik heb altijd gedacht dat het mijn intuïtie was die me naar een volgende bestemming leidde.'

Evie likt haar lippen en bijt in haar onderlip. 'Denk je dat mama het ook zo voelde?'

Ik glimlach vertederd bij de herinnering aan al die keren dat mama ons door de kamer liet zwieren, dat ze met ons danste en liedjes met ons zong en in haar handen klapte. Dat was altijd een voorbode op de mededeling dat ze weer door het reisvirus was aangestoken. Dat ze gegrepen was door die onrust die haar dwong om weg te gaan. Een tijdlang vonden we dat vermakelijk. We lachten en dansten met haar mee, volkomen zorgeloos. En dan, een paar dagen later, met mijn stiefvader uitgezonden naar een of ander ver oord, pakte ze haar koffer, dumpte ons bij Tahsuda in het reservaat en liet weken achter elkaar niks van zich horen.

'Ja, ik denk het wel. Zij had het idee dat iets haar riep en dat ze moest antwoorden.'

Evie krimpt in elkaar en perst haar lippen samen. 'Had ze maar antwoord gegeven op de roep om haar dochters op te voeden.'

Ik pakt de hand vast waarmee ze net het deksel van de pan pasta wil tillen. 'Taabe... je weet dat mama van ons hield en dat ze ons miste als ze op reis was,' probeer ik met zachte stem.

Mijn zus schudt mijn hand af, pakt de lepel en schept eerst mij en dan zichzelf op. 'Ik hield heel veel van onze moeder. Hield ze van ons? Ja, dat weet ik zeker. Hield ze genoeg van ons?' Ze snuift minachtend. 'Dat zullen we nooit weten, hè?'

Ik doe mijn ogen dicht en laat haar felheid over me heen komen. 'Evie...' fluister ik.

Ze wappert met haar handen om aan te geven dat dit gesprek wat haar betreft voorbij is. 'Ik wil het niet meer over haar hebben. Wel over jou en Camden en wat je gaat doen aan het feit dat hij je gaat begeleiden.'

Ik laat mijn schouders zakken en leun achterover op mijn stoel. Nadat ik een slok wijn heb genomen, laat ik die even door mijn mond gaan voordat ik slik. 'Ik kan maar één ding doen.'

Evie rijgt een stukje pasta aan haar vork en houdt het voor haar gezicht. 'Wat dan?'

'Kijken hoe het loopt en improviseren.'

Mijn zus glimlacht met een mond vol pasta en schudt haar hoofd. 'Natuurlijk. Goh, leek ik maar een beetje meer op jou en mama.'

Door die opmerking klaar ik op, en ik prik met hernieuwde eetlust in mijn pasta. 'O ja? Hoezo?' Ik stop de romige fettucine in mijn mond en kreun gelukzalig. Evie kan heel erg goed koken. Op haar tiende nam ze al het grootste deel van ons eten voor haar rekening, tenzij Tahsuda een traditionele maaltijd klaarmaakte of mama eten liet bezorgen.

'Soms wens ik dat ik net zo weinig angst zou kennen. Mama maakte zich nooit zorgen, die was niet bezig met dingen waarover ze geen controle had, en aangezien ze vermoedde dat ze over de meeste dingen geen controle had, was ze oprecht gelukkig. Jij lijkt op haar. Je reist de wereld rond en zuigt in zo weinig mogelijk tijd zo veel mogelijk in je op. Zonder je ergens zorgen over te maken.'

'Dat is niet waar, ik maak me wel degelijk zorgen.' Ik schraap mijn keel en knipper de tranen weg die door alle emoties opwellen.

Ze grinnikt en laat de wijn ronddraaien in haar glas. Een wijnboer in Italië heeft me ooit verteld dat de wijn dan beter kan ademen. Dat wist Evie blijkbaar instinctief al, of misschien heeft ze het in een boek gelezen of in een duur restaurant gehoord.

'O, dat moet ik horen. Waar maakt mijn vrije, ontembare, flierefluitende zusje zich zorgen over?' Evie lacht met een mond vol pasta.

'Over jou.'

Ze trekt met een ruk haar hoofd terug. 'Over mij? Ik sta van iedereen die jij kent het meest met beide benen op de grond. Ik heb een studie afgerond, ik heb een succesvol eigen bedrijf opgericht en mijn pensioen geregeld, mijn appartement en mijn auto zijn allebei afbetaald en ik ben zo gezond als een vis. Waar moet jij je in vredesnaam zorgen over maken?'

'Over al die dingen. Over alles wat je net zei. Die maken me gek van bezorgdheid. Snap je dat niet?'

Evie schudt haar hoofd.

'Je leeft niet. Vanaf je tiende heb je al een rol van verzorger op je genomen. Voor mij. Voor mama. Je hebt je tijdens je studie kapotgewerkt om binnen de kortste keren je bachelor en je master te halen. Je bent een bedrijf gestart dat inmiddels meerdere filialen telt en je werkt je nog steeds suf. Je hebt altijd supersaaie vriendjes gehad, en de enige keren dat je op reis bent geweest, was toen je mij kwam opzoeken. En dan had je vaak nog je laptop mee zodat je in het hotel, bij het zwembad of op het strand kon werken. Ik heb je nog nooit dronken gezien. Ik heb je nooit uit de band zien springen...'

Evie pakt haar wijnglas en drukt het tegen haar borst. 'Dat moet jij zeggen. Jij hebt nog nooit langer dan een half jaar voor dezelfde baas gewerkt. Je bent met meer mannen naar bed geweest dan je vingers en tenen hebt en je gelooft dat iedereen die je tegenkomt goed en aardig en vriendelijk is, wat op zich al gestoord is. De meeste mensen zijn namelijk knettergek. Je doet alsof de wereld aan je voeten ligt en loopt maar een beetje te lanterfanten, zonder je af te vragen waarvan je volgende maand moet leven. Of wie er voor je moet zorgen als je oud bent. Of wat er gebeurt als je ziek wordt, net als mama. Wat dan? Kom je dan terug naar die o zo betrouwbare Evie en mag ik het dan voor je opknappen?'

'Evie...' zeg ik. De emotie blijft als een dot watten in mijn strottenhoofd steken.

Ze staat op, duwt haar stoel zo krachtig naar achteren dat hij bijna omvalt en wijst met haar vinger naar me. 'Word eens volwassen, Suda Kaye. Je bent inmiddels achtentwintig en hebt besloten om een eigen zaak te beginnen. Jouw geld, het geld dat ik je heb gegeven, en het geld dat de stichting heeft geïnvesteerd staan op het spel. Ik ben als de dood dat je er vroeg of laat achter komt dat het verdomd hard werken is om langere tijd op een bepaalde plek te blijven. Een bedrijf runnen vereist toewijding. En ik ben bang dat jij uiteindelijk alles uit je handen laat vallen en de benen neemt, en dan kunnen Cam en ik de scherven bij elkaar rapen.'

De tranen prikken in mijn ogen, maar ik weet ze tegen te houden. 'Toe, ga zitten, dan praten we erover. Praat met me, loop niet weg.' Ik noem bewust het enige wat mijn zus nooit zal doen. Ze loopt niet weg voor haar problemen.

Evie leunt tegen de achterkant van haar stoel, ademt diep in, knikt en gaat weer zitten. 'Sorry, het was niet mijn bedoeling om zo tekeer te gaan. Ik weet dat je je best doet.'

Ik pak haar hand. Ze draait zich naar me om en legt allebei haar handen op de mijne.

'Dit keer is het anders,' zeg ik.

'Waarom?' Ze haalt haar neus op en schraapt haar keel.

'Daar kan ik mijn vinger niet op leggen, Evie. Dit keer heb ik niet dat onrustige gevoel vanbinnen, die knagende drang waardoor ik elke keer weer een andere plek opzoek. En voor de allereerste keer in mijn leven staan mijn voeten niet te trappelen om ervandoor te gaan. Op de een of andere manier voelt het goed, omdat ik die winkel heb en jou elke dag zie. Het voelt alsof het zo moet zijn.'

'En als je wel weer die drang voelt?' Ze heft haar hoofd en kijkt me met een indringende blik in haar droevige ogen aan.

'Dan ga ik op vakantie. En misschien sleep ik mijn werkverslaafde zus wel mee om haar te laten zien wat ze mist. Dan wordt er niet gewerkt en doen we alleen maar leuke dingen.'

Ze glimlacht en knikt. 'Denk je dat dit genoeg is?'

'Op dit moment kan ik je alleen maar zeggen wat ik voel en wat ik voor me zie. Jij. Ik. Nomade. Tahsuda. Colorado. Meer niet. Zus, ik ben gelukkig. Voor het eerst in heel lange tijd ben ik gelukkig.'

'Echt waar?' vraagt Evie met bevende stem.

Ik steek mijn hand uit en leg die rond haar wang. 'Echt waar. En eet nu je bordje leeg, meid, want het is verrukkelijk.'

'Ja, hè?' Ze glimlacht aarzelend en pakt haar vork.

'Ja. Je bent echt een keukenprinses. Al heb ik tijdens mijn reizen ook een paar dingen geleerd waarvan je versteld zult staan. Morgenavond kook ik.'

Evie kijkt me aan met een mengeling van twijfel en verbazing. 'Heb je leren koken? Ik kan me nog heel goed herinneren dat je op je achttiende nog water en geroosterd brood liet verbranden.'

Ik neem lachend een slokje wijn. 'Tja, als je naar bed gaat met een Franse chef-kok en een Italiaan met een restaurant vang je wel eens iets op.' Ik geef haar een knipoog en we barsten allebei in lachen uit.

'Dat geloof ik graag, maar had dat ook met eten te maken?' Ze giert van het lachen en ik gooi mijn servet naar haar hoofd.

'Vervelend mens!'

Ze haalt haar schouders op, rijgt een plakje komkommer aan haar vork en stopt het in haar mond. 'Wat je zegt ben je zelf.'

Ik rol met mijn ogen. 'Ja, ja.' Ik eet glimlachend verder, samen met mijn zus, en ik geniet van hoe normaal dit is. Een heerlijk maal delen met iemand van wie je houdt. Een intiem gesprek met je zus voeren. Moeilijke dingen bespreken om te voorkomen dat ze je blijven achtervolgen. Een ander aan het lachen proberen te maken. Ontspannen na een lange dag hard werken. Samen waardevolle tijd doorbrengen.

Het blijkt dat ik er langzaam achter kom dat normaal ook erg mooi kan zijn.

Ik word uit een diepe slaap gewekt door gebonk op de deur. Ik ga rechtop zitten en kijk naar de deur, helemaal aan de andere kant van mijn etage. Er wordt weer gebonkt en nu hoor ik ook het kenmerkende geluid van een zaag, maar dat klinkt anders dan het bonken.

Vloekend gooi ik de dekens van me af. Ik stap poedelnaakt mijn bed uit, strijk mijn haar uit mijn gezicht en wrijf in mijn ogen. Het gebonk wordt luider.

'Suda Kaye, als je nu niet de deur opendoet, gebruik ik mijn sleutel!' hoor ik Cam aan de andere kant van de deur roepen.

Sleutel?

'Shit!' Ik pak snel de paarse kamerjas van satijn en zijde die op de rand van mijn bed ligt. Die komt maar tot halverwege mijn bovenbenen, maar het is beter dan in mijn blootje opendoen. 'Ik kom eraan, even rustig, ja?' gil ik, en het gebonk houdt op.

Opgezweept door ergernis draaf ik naar de deur. Ik haal hem van het slot en doe hem met een zwaai open. 'God nog aan toe, Cam! Het is nog maar net licht!' zeg ik knarsetandend.

Cam trekt eerst zijn wenkbrauwen heel ver op en laat dan zijn blik van top tot teen over me heen gaan. 'Jezus!' zegt hij bars. Hij legt zijn hand in zijn nek en draait zich om naar de trap.

Ik kijk naar beneden en zie dat de kamerjas is opengevallen, zodat je een groot deel van mijn borsten ziet. Meer niet, gelukkig. Snel grijp ik de voorpanden vast en trek die voor mijn bovenlijf over elkaar. ‘Wat moet jij hier zo vroeg?’

‘Snoepje, het is tien uur.’

Snoepje.

Meteen krijg ik geen lucht meer. Dat woord heb ik al tien jaar niet meer gehoord. Hij noemde me al zo voordat hij wist hoe ik heette, en op zo veel verschillende manieren.

Lachend, gefrustreerd, vrolijk, met een sexy grom, tijdens het zoenen tegen mijn lippen. Ik heb van die man vaker dat woord gehoord dan dat hij me zoenen heeft gegeven. En nu ik hem dat hoor zeggen, komen er zo veel herinneringen aan die tijd in me op. Het is alsof ik door een poel ervan waad; langs sommige kan ik me met moeite een weg banen, maar andere, zoals deze, houden me op een plek gevangen waarvan ik me niet kan losmaken.

‘En?’ mompel ik. Ik probeer met een geeuw te verbergen dat ik opeens compleet van de leg ben, maar als ik hem aankijk, zie ik dat er een spottend lachje over zijn gezicht schiet. God, wat hield ik van dat lachje. Camden Bryant was altijd al knap, als jongen al, maar als volwassen man nog meer. Als hij glimlacht of meesmuilt, dan is hij meteen honderd keer zo sexy en zou je spontaan voor hem in katzwijm vallen. Mijn knieën knikken en mijn tepels worden hard onder de gladde zachte stof. Ik leun tegen de deur en doe mijn best om relaxed over te komen en zijn geur te negeren. Die zweem van zeep met citroengras en mannelijke muskus windt me enorm op.

Hij grinnikt, diep in zijn keel, en ik kan nog net voorkomen dat me een zucht ontsnapt. ‘Slapen was altijd al een hobby van je.’

‘Even terug naar wat je hier doet,’ mompel ik. Ik probeer mijn warrige haar uit mijn gezicht te strijken, dan hebben mijn opeens bevende handen in elk geval iets te doen.

Cam volgt die beweging. Zijn lippen trillen. ‘Werken. Ik blijf hier de hele dag.’

'Eh... Wat?'

'Ik ben je begeleider, weet je nog? Ik heb mijn secretaresse gevraagd of ze een paar dagen per week in mijn agenda hiervoor kan inplannen, zodat ik je vanaf het begin kan helpen. Ik kan bijspringen waar het nodig is, je laten zien hoe bepaalde dingen werken en ervoor zorgen dat alles op rolletjes loopt. De grote opening is al over vier weken en er is nog heel veel te doen. Hup, aan de slag!' Hij klapt in zijn handen.

Ik kijk hem knipperend aan. Niet al zijn woorden zijn tot mijn nog altijd slaperige hoofd doorgedrongen.

'Koffie.' Hij drukt met zijn knokkels tegen mijn buik, zodat ik een stap naar achteren doe en hij naar binnen kan lopen. Nadat hij om zich heen heeft gekeken, zet hij koers naar de keuken. 'Echt ingericht is het hier nog niet.'

Ik kijk ook om me heen en probeer alles met zijn ogen te zien. Een tweepersoonsbed staat met het hoofdeinde tegen de muur achterin, met aan weerszijden ervan twee nachtkastjes. Op eentje staan een lamp en een wekker, op het andere ligt een stapel boeken die ik van mijn zus beslist moet lezen. Omdat ik me zo veel mogelijk op mijn winkel wil concentreren en de verloren tijd met mijn zus wil inhalen, ga ik niet 's avonds de stad in, en ik heb ontdekt dat ik het fijn vind om voor het slapengaan nog even te lezen. Dan dommel ik eerder in, omdat mijn verstand dan niet voortdurend bezig is om telkens weer te herhalen wat ik allemaal nog in de winkel moet doen.

Tegenover het bed staat een gigantische klerenkast. Die heb ik nodig voor al mijn kleren, want er zijn geen inpandige kasten. En dit is een prachtexemplaar: massief wit eiken, antiek, voor een zacht prijsje overgenomen van een weduwe die haar hele inboedel van de hand deed omdat ze naar Florida ging verhuizen. Ze zei dat ik haar deed denken aan hoe ze zelf op mijn leeftijd was en gaf me dat ding daarom bijna voor niks mee. Ik dwong haar om er honderd dollar voor aan te nemen en zei dat ze, als ze ooit weer in de buurt zou zijn, op een fikse korting in mijn winkel kon rekenen. Daar stemde ze mee in, ze wenste me veel geluk en regelde zelfs dat twee van haar kleinzonen dat enorme geval kwamen brengen en het ook nog de trap op sjouwden.

Mijn slaapkamer is dus aardig ingericht. De woonkamer is een ander verhaal. Ik moet nog flink orde op zaken stellen in mijn leven voordat dat een plek is waar ik graag mijn tijd doorbreng, maar voor nu is het voldoende.

'Ja, ik ben er nog mee bezig. Zoals je ziet is de slaapkamer min of meer klaar, maar ik moet de woonkamer en de keuken nog inrichten.' Ik kijk naar de hoek van de etage waar ik een eethoek wil neerzetten. Daar staan nu de tafel en de klapstoelen die ik van Evie mag lenen totdat ik zelf iets heb gevonden.

Camden trekt het kastje boven het koffiezetapparaat open en pakt koffie, filters en bekers. 'Hoe oud is dit ding?' Hij knikt nors naar het koffiezetapparaat dat ik een week geleden tijdens een garageverkoop op de kop heb getikt.

'Geen idee, maar volgens de vrouw die me het heeft verkocht werkte het nog als een zonnetje en ze had gelijk. Het paste niet meer bij de inrichting van haar keuken.'

'En wel bij die van jou?'

Ik wijs om me heen. 'Hier staat nog niet veel. Het is niet zo simpel of goedkoop om opnieuw te beginnen. Sterker nog, het is peperduur.'

'Ben je dat aan het doen?' Hij legt de filter in de houder, schept er wat gemalen koffie in en loopt dan met de kan naar de kraan. 'Je begint opnieuw?'

'Min of meer.'

'Na tien jaar?'

'Eh... Ja.'

Cam bijt op zijn onderlip, schenkt de kan vol, giet het water in het apparaat en drukt het knopje in. Het oude beestje komt pruttelend tot leven.

Tot mijn verbazing draait Cam zich om, een beweging waardoor zijn jasje verleidelijk opwaait en ik zijn slanke middel zie. 'Wat heb je gedaan? Al die jaren?'

Ik laat hem in de open keuken achter en loop naar mijn klerenkast. 'Ik moet me aankleden.'

'Suda Kaye, je kunt mij en dit gesprek niet voor eeuwig vermijden. Vroeg of laat moeten we er toch over praten.'

'Ik niet.' Ik haal nonchalant mijn schouders op, maar inwendig ben ik een tornado van tegenstrijdige gevoelens.

'Ja, ja. Elke keer als ik bij je in de buurt ben, sta je te beven als een riet. Jij hebt mij laten zitten, weet je nog? Er is geen dag voorbijgegaan waarop ik me niet afvroeg waar je was en wat je deed en of het goed met je ging. En of je mij, ons, miste.'

Ik adem diep in, trek de kast open en slik mijn verdriet in. Ik ben hier nog niet klaar voor. Het is te snel, maar ik moet hem iets geven. Moeizaam schuif ik mijn kleren voor warm weer opzij en pak een tanktop en daarna de eerste jeans van de stapel op de onderste plank.

'Je moet iets fatsoenlijks aantrekken.'

Ik draai me met een ruk om, smijt de kleren op mijn bed en zet mijn handen in mijn zij. 'Ga me nu niet vertellen wat ik moet aantrekken of wat ik moet doen.'

Hij steekt zijn handen op. 'Sorry, ik bedoelde er alleen maar mee dat een tanktop en jeans niet erg professioneel overkomen.'

Ik kijk naar zijn kleren. Donkerblauw pak, glimmende schoenen van bruin leer en een lichtgeel overhemd dat het goud in zijn donkerblonde haar benadrukt. Ik onderdruk een zucht en moet me tot het uiterste beheersen om hem niet te bespringen. Ik bedoel, het is al moeilijk genoeg om dat op een willekeurig moment niet te doen, maar nu ik bijna in mijn blootje sta en hij chagrijnig-knap is en ik chagrijnig-opgewonden ben, met alleen een lap zijde om me heen, lijkt het complete universum tegen me samen te spannen. 'Waarom moet ik er professioneel uitzien?' vraag ik ten slotte.

'Omdat we vandaag met de burgemeester gaan lunchen.' Hij kijkt op zijn horloge. 'Over anderhalf uur, om precies te zijn.'

Zonder nog iets te zeggen draai ik me weer om en grabbel rechts in mijn kast, waar Evie twee van haar beste mantelpakjes voor me heeft opgehangen. Eentje heb ik al eerder gedragen, naar die eerste afspraak met Cams stichting, dus dat valt af. Ik pak de rode mouwloze jurk en de zwarte blazer met de rode biesjes langs de revers en de zakken. Ik houd de jurk en de blazer voor Cam omhoog. Hij kijkt naar de outfit en slikt langzaam. Zijn ogen kleurden donkerder, het donkergroen dat aangeeft dat iets hem heel erg bevalt. 'Dat... eh... kan ermee door.'

'Fijn,' zeg ik droogjes, en ik gooi de kleren op het bed. 'En het is niet dat ik er nu niet over wil praten, of wanneer dan ook, maar ik, eh...' Ik pak de kleren weer op en loop om het bed heen naar de badkamer. Vlak langs hem, want hij is midden in de kamer blijven staan. 'Nou, eh...' Ik blijf in de deuropening staan en draai me om. 'Ik heb je elke dag gemist.' Die betekenis rolt zomaar over mijn lippen, voordat ik die woorden kan tegenhouden. Hij zet een stap in mijn richting, maar ik steek een hand op, met de palm naar hem toe. 'Niet doen.' Die woorden zijn een smeekbede.

'Snoepje.' Dat koosnaampje lijkt uit zijn keel te worden getrokken.

Ik schud snel mijn hoofd. 'Zo is het wel genoeg. Drink jij je koffie maar, dan ga ik douchen en me aankleden.'

Hij propt zijn handen in zijn zakken en wiegt op zijn hakken heen en weer, met zijn blik op de vloer gericht. 'Goed, Suda Kaye, als je dat zo wilt.' Hij kijkt op en zijn blik is zo scherp, zo veelbetekenend, dat ik gewoon weet dat hij iets verborgen houdt. Als ik nog steeds dezelfde vrouw zou zijn als tien jaar geleden, had ik kunnen raden wat dat is, maar nu dobber ik rond op een zee van onzekerheid en er is nergens een reddingsboot te bekennen.

'Voor nu,' voegt hij er op lage, ernstige toon aan toe. 'Voor nu laat ik het rusten.' Zijn stem is een en al belofte.

Ik doe mijn ogen dicht en knik. Dan doe ik de deur achter me dicht en sluit hem en het verleden met één beweging buiten.

Dat wil zeggen... voor nu.

7

'Kun je me nog eens uitleggen waarom we een afspraak met de burgemeester hebben?' Ik loop aangekleed de badkamer uit, maar zonder hoge hakken en met mijn haar in een wilde bos krullen op mijn rug. Dat ik nu een apenpakje aanheb, wil niet meteen zeggen dat ik ook voor een stormvast kapsel kies. Door mijn haar woest te laten krullen, voelt het alsof ik stiekem een middelvinger opsteek naar al de regeltjes die de maatschappij heeft bedacht.

Cam, die net de knalgele beker naar zijn mond brengt om een slok te nemen, kijkt me aan. Hij leunt tegen de ontbijtbar, met zijn enkels over elkaar, volkomen op zijn gemak met dat lange lijf van hem. Dat doet me eraan denken: ik moet echt een paar barkrukken opscharrelen.

'Jouw badkamer bevalt me wel,' luidt zijn cryptische antwoord. Mijn vraag wordt volkomen genegeerd.

Ik kijk hem even onderzoekend aan en loop dan naar mijn bed, dat van laden is voorzien. Ik trek de la open die tot aan de rand met schoenen is gevuld en pak de zwarte naaldhakken die Evie me heeft gegeven. Daarna draai ik me om en laat mijn kont op het bed zakken, zodat ik mijn benen over elkaar kan slaan en een schoen kan aantrekken. 'Hoe bedoel je? Je hebt mijn badkamer niet gezien.'

Hij lacht, heel erg in zijn nopjes. 'Ik bedoel dat de muur van je badkamer me bevalt. Die is helemaal van glazen bakstenen gemaakt. Geniaal ontwerp. Heb je wel eens aan deze kant gestaan terwijl er iemand onder de douche stond?' Hij knikt met zijn kin in de richting van de glazen stenen.

Mijn hele gezicht wordt gloeiend heet omdat ik besef dat hij me naakt onder de douche heeft zien staan. 'Nee...'

Zijn lach is sluw en verlekkerd tegelijk. 'Zoiets opwindends heb ik al heel lang niet meer gezien.'

'Viezerik.' Nadat ik mijn tweede schoen heb aangetrokken wil ik met een ruk rechtop gaan staan, maar ik wiebel behoorlijk en kan, nu ik me zo opgelaten voel, moeilijk mijn evenwicht bewaren.

'Ik ben een vent.' Op een toon alsof dat genoeg reden is om me tijdens het douchen te begluren. 'En ik heb het allemaal al eens eerder gezien.'

Ik knijp mijn ogen tot spleetjes en probeer hem met een vernietigende blik aan te kijken. 'Ik heb zo'n hekel aan je.'

Cam begint bulderend te lachen en zet zijn beker op het aanrecht. 'Nee, dat heb je niet, maar ik zie het voor dit keer door de vingers.' Hij wijst naar mijn meeneembeker van Starbucks. 'Ik heb koffie voor je gemaakt. Met koffieroom met pumpkin spice, net zo zoet als jij. Tenzij je je koffie nu anders drinkt dan tien jaar terug?'

Ik schud mijn hoofd en pak de beker uit zijn uitgestoken hand. 'Dank je.'

Hij glimlacht vriendelijk en houdt zijn hoofd scheef. 'Geen zorgen, snoepje, ik zag alleen maar je silhouet.' Hij stopt een lok haar achter mijn oor en strijkt met zijn vinger over mijn wang, van mijn oor naar mijn kaak. Dan legt hij zijn hand rond mijn kin en brengt zijn gezicht naar dat van mij. Ik voel zijn adem op mijn lippen als hij fluistert: 'Mijn verbeelding moest de rest invullen.' Hij schenkt me een uiterst sexy combinatie van een lachje en een knipoog waardoor de hitte me uitslaat.

Mijn mond valt open, maar net als ik hem streng wil toespreken laat hij me los. Hij draait zich om en pakt zijn sleutels van het aanrecht. 'Tijd om te gaan. Ben je zover?'

'Ja, en je mag je vunzige verbeelding voortaan voor jezelf houden.' Ik loop achter zijn lange, brede gestalte naar de voordeur. 'En hoe kom jij eigenlijk aan een sleutel?'

Cam houdt de deur voor me open, zodat ik als eerste naar buiten kan lopen. 'Die heb ik van de eigenaar van het pand gekregen, natuurlijk nadat ik had aangetoond dat ik deels eigenaar van jouw bedrijf ben. De sleutel van de winkel past ook op deze deur.'

Ik frons, maar ik zeg niks, want ik heb al mijn aandacht nodig om op de torenhoge hakken de trap af te lopen. Het is me een raadsel hoe Evie hier elke dag op kan lopen. Geef mij maar een stel sleehakken.

'Vroeger was je trouwens dol op mijn vunzige verbeelding.' Zijn woorden lijken door de muren van de smalle gang te worden weerkaatst.

Bij die opmerking verlies ik mijn evenwicht, maar ik voel meteen zijn arm om mijn middel. Hij trekt me tegen zich aan en houdt me stevig vast. Onwillekeurig leun ik tegen zijn warme lichaam aan. Zijn kin raakt mijn hals en daardoor gaat er een rilling door mijn hele lijf. 'Ik heb je vast, Suda Kaye.'

Met al mijn kracht recht ik vastberaden mijn rug, en ik maak me los uit zijn beschermende greep. 'Nee, hoor.'

Pak Brittney maar vast, wil ik zeggen, maar dat doe ik niet.

Na mijn laatste opmerking draaf ik sneller dan gewoonlijk de trap af, met mijn hand stevig rond de leuning, en als door een wonder kom ik heelhuids beneden.

Lichamelijk dan.

Mijn hart kan zo veel emoties niet aan.

***

'Fijn u weer te zien, mevrouw Browning', zegt Cam glimlachend, met zijn hand op mijn onderrug. 'Dit is de vrouw aan wie ik u wilde voorstellen. Suda Kaye Ross, de drijvende kracht achter onze nieuwste investering, die naar we hopen de nieuwste trendy zaak aan Main Street wordt.'

Ik steek mijn hand over de tafel uit naar de burgemeester. Ze is een kleine, welgevormde vrouw, gekleed in een simpele rok en bijpassende trui, die me met een oprechte glimlach en een nuchtere blik in haar blauwe ogen bekijkt. 'Aangenaam, mevrouw Ross. Onze stad kijkt uit naar de opening van uw winkel. Gaat u zitten.' Ze gebaart naar de tafel, waarop al borden en glazen staan.

Cam trekt een stoel voor me onder de tafel vandaan en schuift die weer aan zodra ik ben gaan zitten. Het is een beweging die hij na onze tijd samen blijkbaar vaak genoeg heeft kunnen oefenen. Cam was altijd al erg hoffelijk. Toen we nog tieners waren en het er nog niet zo deftig aan toe ging, hield hij al de deur voor me open, maar ik kan me niet herinneren dat hij toen al mijn stoel voor me uittrok en aanschoof.

Hij wacht totdat de burgemeester ook is gaan zitten en neemt dan zelf plaats. 'Ik wilde u graag spreken omdat mijn stichting in Nomade investeert en we u om een gunst willen vragen.' Hij glimlacht naar de burgemeester.

De vrouw knikt, maar er ontsnapt geen haartje uit de strakke donkere knot achter in haar nek. 'Dat vermoedde ik al. Iemand met de naam Bryant klopt uitsluitend bij me aan als ze een bouwvergunning nodig hebben, om een gunst willen vragen of een donatie aan een goed doel in de stad willen doen. Ik hoop natuurlijk op het laatste.' Ze laat haar kin een stukje zakken en kijkt Cam indringend aan.

Cam grinnikt, terwijl de ober naar ons toe komt om onze bestelling voor drankjes op te nemen. Omdat Cam en de burgemeester allebei iets zonder alcohol bestellen, kies ik voor ijsthee.

Een paar minuten lang bespreken de burgemeester en Cam de gang van zaken in de stad. Ze hebben het over de vakbond voor arbeiders in de metaal, over de nieuwste fabriek van Coltrane & Sons Steel en over jonge tieners die door vandalisme en graffiti voor onrust zorgen.

'Misschien vervelen ze zich alleen maar,' opper ik.

De burgemeester kijkt mij aan. 'Woont u al lang in Pueblo, mevrouw Ross? Ik kan me niet herinneren dat ik u eerder bij een bijeenkomst van de Kamer van Koophandel of een vergadering van de gemeenteraad heb gezien.'

Cam leunt achterover op zijn stoel en steekt een arm uit, zodat hij die op de leuning van mijn stoel kan leggen. Hij draait zich iets meer naar me om, zodat hij me bij hun gesprek kan betrekken.

'Ik heb hier als tiener gewoond,' zeg ik. 'Mijn zus Evie en ik hebben hier allebei op school gezeten...'

'Evie Ross?' Mevrouw Browning pakt een broodje, breekt het in tweeën en doopt een van de helften in de olijfolie die ze op haar bord heeft gegoten.

Ik knik. 'Ja, dat is mijn zus.'

'We zijn heel blij met Evie. Haar bedrijf is erg gul met donaties aan plaatselijke goede doelen en sponsort sportteams voor de jeugd. Ze heeft een groot hart. Echt een vrouw uit Colorado,' zegt ze stralend.

Dat vervult me met trots. De ober komt weer naar ons toe om de bestelling voor het eten op te nemen.

'Voor mij graag de gemengde salade met de dressing met blauwe kaas.' Ik geef de ober de menukaart terug.

'En zonder wortel of ui,' zegt Cam tegen de ober, en daarna tegen mij, als ik hem fronsend aankijk: 'Suda Kaye, in zo'n salade zit wortel en ui.'

'O!' Ik steek mijn hand op. 'Geen wortel en ui.' De ober knikt en neemt daarna de bestelling van Camden en mevrouw Browning op. Zodra hij ons alleen heeft gelaten, wend ik me tot Cam. 'Dat je dat nog weet, dat ik geen wortel lust.'

Hij knikt en pakt zijn glas. 'En geen ui.'

Ik laat mijn adem verrast ontsnappen en wend me dan tot de burgemeester.

'Dus jullie kennen elkaar goed?' vraagt ze.

'Eh...' begin ik, op hetzelfde moment dat Cam 'Ja' zegt.

De burgemeester leunt glimlachend achterover en veegt met een servet de kruimels en de olie van haar mond en haar vingers. 'Interessant. En u hebt hier op school gezeten?'

'Ja. Na mijn eindexamen heb ik... een tijdje gereisd.'

Cam schraapt zijn keel en ik kijk eerst naar het servet op mijn schoot en wend dan mijn blik af. 'Een hele tijd, eerlijk gezegd.'

'O ja? Waar bent u allemaal geweest?'

Ik adem diep in en kijk met opzet niet naar Cam. Hier hebben we het niet over gehad, maar het is geen geheim wat ik tijdens mijn afwezigheid allemaal heb gedaan. 'U kunt misschien beter vragen waar ik niet ben geweest,' zeg ik grinnikend.

'Dat klinkt erg boeiend. Ik ben zelf alleen maar op vakantie geweest in Mexico, en mijn man en ik hebben een reis naar Engeland gemaakt om te vieren dat we tien jaar getrouwd waren. Bent u ook in die landen geweest?'

'Ja, Engeland is erg mooi. Ik heb vooral genoten van Windsor Castle en Stonehenge. En ik ben in Bath geweest, dat is een prachtige stad. In Mexico heb ik heel erg lekker gegeten.'

'Ja, dat kun je daar zeker doen.' Ze tikt met haar knokkels op het tafelkleed. 'En wat hebt u verder nog bezocht?'

Ik werp een steelse blik op Cam. Hij zit wat opzij geleund en heeft alleen maar aandacht voor mij, maar zijn gezicht verraadt niets. Hij verbergt zijn emoties, of misschien laat het hem volledig koud waar dit gesprek naartoe gaat.

‘Eh, ik heb door heel Europa gereisd en de meeste landen daar bezocht. Ik ben ook door India, Zuid-Amerika, Australië en Nieuw-Zeeland getrokken. Maar we hebben het nu wel genoeg over mij gehad. Die reislust van mij is vast erg saai.’

‘Helemaal niet.’ De burgemeester kijkt Cam aan. ‘Wat zeg jij ervan, Camden?’

‘O, ik wil er heel graag meer over horen.’

‘Ik ook. Laten we het eerst over leuke dingen hebben, dan bespreken we na het eten wel de serieuze zaken. Welk land vond u het leukst?’ vraagt ze.

Om die vraag moet ik hard lachen. ‘Reizigers naar hun favoriete land of plaats vragen is net zoiets als boekenwurmen naar hun lievelingsboek vragen. Een echte reiziger kan overal schoonheid vinden, maar ik moet eerlijk bekennen dat ik Parijs een van de allermooiste steden vind, waarnaar ik ook regelmatig terugkeer. Mijn zus Evie is ook dol op die stad en vond het helemaal geen straf om me daar op te zoeken.’

‘Ik wil zo graag eens naar Parijs,’ zegt de burgemeester met een zucht.

‘Die stad heeft iets speciaals, die straalt een romantiek uit die je nergens anders vindt. Maar als we het over de schoonheid van de natuur hebben, moet ik beslist Noorwegen noemen. Het uitzicht vanaf de springschans die voor de Olympische Spelen in Oslo is gebouwd is letterlijk adembenemend.’ Ik kijk door het raam achter de burgemeester en denk terug aan het moment dat ik boven op die berg stond en die overweldigende natuurlijke schoonheid voor de eerste keer zag.

‘Nou, u hebt heel wat meegemaakt. En dat voor iemand die nog zo jong is.’

'Mijn moeder heeft me al op jonge leeftijd verteld dat ik mijn vleugels moest uitslaan en van de vrijheid moest proeven. Die raad heb ik ter harte genomen, bij alles wat ik deed,' zeg ik, voordat ik besef hoe dat moet klinken voor de man die naast me zit.

Cam staat opeens op en knoopt zijn jasje dicht. 'Als u me even wilt excuseren, dames.'

Ik doe mijn ogen dicht en houd adem in totdat hij met snelle stappen naar de toiletten is gelopen.

Verdorie! Ik spreek mezelf in gedachten streng toe en frunnik wat aan mijn rietje, ik pak het op en zet het weer terug in mijn glas ijsthee, waardoor ik meteen het schijfje citroen verpulver.

'Raad ik het juist en had u samen een relatie voordat u op reis ging?' De burgemeester leunt over haar bord heen en laat haar forse boezem bijna op de tafel rusten.

Ik neem een vergelijkbare houding aan, met mijn onderarmen op de tafel en mijn bovenlijf naar haar toe gebogen, zodat ze kan zeggen wat ze wil zeggen.

'Het is duidelijk dat er nog steeds iets tussen u twee speelt,' gaat ze verder. 'Grijp uw kans, zou ik zeggen. Die man mag er zijn, jongedame. Zo iemand mag een vrouw niet door haar vingers laten glippen.'

Ik steek mijn hand op, zodat ik een klopje op de rug van haar hand kan geven. 'Bedankt voor het advies, maar ik vrees dat het iets ingewikkelder ligt.'

'Dat is altijd zo als het om ons hart gaat.' Ze knijpt even in mijn hand.

Dan komen mijn nekhaartjes overeind en weet ik al dat hij terug is, nog voordat ik hem zie.

'Jullie redden het ook heel goed zonder mij, zie ik. Zal ik maar gaan?' zegt Cam bij wijze van grap, maar zijn toon is behoedzamer dan bij het begin van onze lunch.

De burgemeester kijkt eerst naar hem en dan naar mij. Nadat ze even heeft geglimlacht trekken we allebei onze handen terug en ik leun weer achterover op mijn stoel.

Cam is net gaan zitten als ons eten wordt gebracht. Dat komt natuurlijk doordat een van ons naar het toilet ging, dat trucje werkt altijd.

Als ik zie dat hij een salade als bijgerecht heeft gekregen, vraag ik de burgemeester of ze het zout en de peper wil doorgeven, zodat ik die naar hem toe kan schuiven. 'Alsjeblieft.' Hij kijkt me verbaasd aan en ik knik nadrukkelijk naar zijn bord. 'Voor je salade.'

Hij pakt grinnikend de vaatjes op en doet peper en zout op de groene blaadjes.

'Er ontgaat jullie niet veel. Jij weet nog wat ze niet lust en zij herinnert zich dat je peper en zout op je sla doet. Hoe lang was u ook alweer op reis?' De burgemeester trekt vragend een wenkbrauw op.

'Maar liefst tien jaar lang,' zegt Cam hoofdschuddend. Hij prikt zo hard in zijn sla dat de tanden van zijn vork over het bord schrapen.

Ik ben daarentegen een slappeling, want ik houd mijn grote mond dicht.

Daarna laat ik Cam twintig minuten lang het woord voeren. De burgemeester en hij bespreken de problemen met de tieners en geven me gelijk, de kans is groot dat er voor de jongelui veel te weinig te doen is. Vervolgens zitten we met ons drieën te brainstormen over de vraag wat de gemeente, de plaatselijke middenstand en de scholen kunnen doen om daar verandering in te brengen.

Na het dessert legt Camden zijn servet neer en komen we eindelijk toe aan de reden voor deze lunch. 'Ik heb u vandaag hiernaartoe laten komen omdat ik u wil vragen of u tijdens de feestelijke opening van Nomade een lint wil doorknippen.'

'Is dat alles? Dat is de gunst?'

Hij leunt grinnikend achterover en legt zijn enkel op zijn knie, nu wat meer op zijn gemak. 'Eh, ja.'

'Dat doe ik graag.' De burgemeester lacht. 'Je bent uit een heel ander hout gesneden dan je vader, jongeman.'

'O ja?' zegt hij.

'Zeker weten. Hem mag ik ook graag, hij doet zijn best om een bijdrage aan de stad te leveren, niet alleen in de vorm van banen, en hij is een erg geschikte vent. Maar als zijn kantoor me vroeger belde, ging het altijd om veel grotere dingen. Of ik een andere zakenman kon overhalen om een project van hem te steunen, of ik de bewoners duidelijk kon maken dat zijn plannen ook in hun belang waren, dat soort dingen. Hij heeft me zelfs een paar keer gevraagd of ik hem toestemming wilde geven om harder te rijden dan in de stad is toegestaan, maar dat is hem natuurlijk nooit gelukt.'

Ze kijkt ons allebei met een uitermate zakelijke uitdrukking aan. 'Hij heeft me al helemaal nooit gevraagd om een lintje door te knippen, maar dat doe ik graag voor jullie. Sterker nog, ik kan regelen dat de plaatselijke krant er een stukje over schrijft, met foto's erbij. Wat zeggen jullie daarvan?'

Ik sta stralend op van mijn stoel en val bijna om door die hoge hakken, maar Cam slaat meteen een arm om me heen om me overeind te houden. Ik schud hem af en omhels de burgemeester. Dat trekt in deze chique tent vast de nodige aandacht.

Ze geeft me een klopje op mijn arm. 'Dit soort verzoeken krijg ik wel vaker, ik knip regelmatig lintjes door, dus ik trek u echt niet voor. En nu ik u heb gesproken, kijk ik ernaar uit om uw winkel te bezoeken. Als u mijn team laat weten wanneer de opening is, maken we een plaatsje vrij in de agenda.'

'Dank u!' Ik klap enthousiast in mijn handen en kijk lachend naar Cam, maar die heeft nog geen woord gezegd. Hij staat voorovergebogen, met een hand op de rugleuning van de stoel, en steekt zijn andere hand uit naar zijn keel. Hij trekt zichtbaar wit weg en maakt een erg gespannen indruk.

Snel loop ik naar hem toe. Ik leg mijn hand op zijn rug en buk me om zijn gezicht beter te kunnen zien. 'Wat is er? Voel je je niet goed?'

Hij schudt zijn hoofd, grijpt naar zijn keel en zegt met krakende stem: 'G-geen lucht... K-keel d-dicht...' En dan zakt hij in elkaar op de vloer.

'O god, bel een ambulance!' Ik draai Cam op zijn rug en kijk in zijn groene ogen. Zijn blik is wazig en vervuld van angst. Ik doe zijn mond open om te zien of er iets in zijn keel is blijven steken, maar dat is niet het geval. Ik zie wel dat het weefsel achter in zijn keel vurig rood en opgezwollen is.

Nee. 'Nee, nee, nee. Wat zat er in dat taartje?' krijs ik, terwijl ik hem op zijn wangen klop. 'Kun je door je neus ademen? Doe dat maar, heel langzaam. Probeer lucht binnen te krijgen, lieverd. Het komt goed.'

Ergens in de verte hoor ik sirenes loeien, maar lang niet zo dichtbij als ik zou willen. Cam ligt letterlijk naar lucht te happen, zo te zien tevergeefs. Zijn ogen draaien weg en ik geef hem weer een tik op zijn wang.

'Nee, schat, blijf bij me. Blijf bij me. De ambulance is er bijna. Laat me niet in de steek!' Ik houd mijn gezicht vlak voor dat van hem en zie dat zijn blik aan de mijne lijkt te zijn vastgekleefd. Hij klauwt nog steeds naar zijn hals.

Op de achtergrond somt iemand de ingrediënten van het vruchtentaartje op. Ik knijp mijn ogen dicht als ik het woord ananaspuree hoor. De angst danst over mijn rug en reikt met een geschubde hand vol scherpe nagels naar mijn hart en knijpt daar eens stevig in.

'Ik moet een EpiPen hebben! Heeft iemand er eentje?' brul ik door het restaurant, waar de andere gasten ontzet en geboeid naar ons kijken. Gelukkig zie ik ook dat er twee mensen in een blauw medisch uniform een brancard op wielen naar binnen duwen.

Ik knijp in Cams hand en leg het ambulancepersoneel uit wat er aan de hand is. 'Hij is allergisch voor ananas, hij heeft een anafylactische shock. Zijn keel en luchtpijp zitten bijna helemaal dicht. Help hem, alstublieft!'

'Wilt u even naar achteren gaan, mevrouw? We nemen het over.'

Ik schud mijn hoofd en schuif een heel klein stukje naar achteren, want ik wil zijn schouder en wang kunnen aanraken. Ze geven hem een injectie, leggen een infuus aan, verbinden hem met een monitor en doen hem een zuurstofmasker op.

Ik geef zo goed als ik kan antwoord op hun vragen, maar het lijkt allemaal een eeuwigheid te duren en alles lijkt in slow motion te gaan. Eindelijk leggen ze hem op de brancard. Met snelle, efficiënte bewegingen gorden ze Cam vast. Hij is amper wakker, maar hij lijkt gemakkelijker te kunnen ademen. Ze zetten het hoofdeinde van de brandcard omhoog en vinden het goed dat ik zijn hand vasthoud en mee naar buiten loop, op de voet gevolgd door de burgemeester.

Ze geeft me mijn handtas aan. 'Ga maar met hem mee. Ik neem wel contact op met zijn familie.'

Ik knik kort en loop achter de brancard aan. De hele weg naar de ambulance blijf ik Cams hand vasthouden.

Hij is er niet helemaal bij, maar ik pak zijn hand met beide handen vast. Gelukkig draait hij zijn hoofd naar me toe en kijkt me recht aan.

Tijdens de rit naar het ziekenhuis doen de verpleegkundigen hun werk, maar dat heb ik niet eens door. Ik heb alleen maar oog voor deze man.

In gedachten herhaal ik keer op keer hetzelfde gebed, bedoeld voor wie er maar wil luisteren.

Laat hem dit overleven, hij mag niet doodgaan.

Laat hem dit overleven, hij mag niet doodgaan.

Laat hem dit overleven, hij mag niet doodgaan.

Ten slotte komen we aan bij het ziekenhuis, waar hij meteen bij de spoedeisende hulp naar binnen wordt gereden. Op het allerlaatste moment, als zij de brancard door een stel dubbele deuren naar binnen duwen en een verpleegkundige mij tegenhoudt, ben ik gedwongen om hem los te laten. Zijn ogen vallen dicht, zijn lichaam verslapt. De deuren zwaaien dicht. Ik ga voor een van de vierkante raampjes staan en kijk hen na totdat ze uit het zicht zijn verdwenen.

Laat hem dit overleven, hij mag niet doodgaan.

8

Zijn hand voelt zo koud aan in de mijne. Te koud. Ik strijk telkens weer met mijn duim over de rug van zijn hand en weet niet eens waarom ik dat doe, om hem of mezelf gerust te stellen. Dat maakt eigenlijk niet uit.

Camden kreunt en draait zijn hoofd opzij, waardoor er een lok van zijn donkerblonde haar voor zijn gezicht valt. Ik strijk het weg en leg mijn hand rond zijn wang. Zijn groene ogen fonkelen fel als hij een scheef lachje laat zien. 'Wat is er gebeurd?' vraagt hij. Zijn stem klinkt als een krant die wordt verfrommeld.

De emotie die mijn borstkas bijna vermorzelde en me het ademhalen belemmerde, komt in een golf van opluchting naar buiten. Ik druk mijn voorhoofd tegen dat van Cam en laat de tranen stromen. 'God, je hebt me zo laten schrikken.'

Hij legt een warme hand in mijn nek en dan rond mijn achterhoofd. 'Sorry.'

'Het was... het was de ananas. Die stond niet op de menukaart vermeld omdat er maar een heel klein beetje in zat. De bedrijfsleider van het restaurant is er kapot van.'

'En jij?'

Ik blijf zo zitten, met onze neuzen bijna tegen elkaar, en ik kijk hem indringend aan. 'Hoe bedoel je?'

'Suda Kaye, het laatste wat ik me herinner, is dat jij me smeekte om je niet in de steek te laten.'

Ik knijp mijn ogen tot spleetjes en slik de onrust weg die zich in mijn borst heeft genesteld. Daardoor is er nu plaats voor ergernis. 'Dat is niet eerlijk! Je ging bijna dood!' Ik wil me van hem losmaken, maar hij drukt zijn gezicht tegen me aan en geeft me een kus op mijn wang.

Zijn adem strijkt warm langs mijn huid als hij in mijn oor zegt: 'Bedankt dat je mijn leven hebt gered.'

Omdat ik niet al te veel waarde wil hechten aan zijn woorden en zo ver mogelijk uit de buurt van deze emotionele landmijn wil blijven, recht ik mijn rug en stap bij het bed vandaan. Op hetzelfde moment komen er twee stel luide voetstappen de kamer in.

'Jongen!' roept de oudste van de twee. Dat is Coltrane Bryant, de vader van Camden. Hij wordt op de voet gevolgd door Patty, Camdens moeder. Dit is niet bepaald mijn geluksdag. Van deze twee mensen heb ik bijna net zo veel gehouden als van hun zoon. Ik stap opzij om Patty door te laten, die zich over haar zoon heen buigt om hem een kus te geven. De tranen lopen over haar gezicht. 'Ach, lieverd toch, je hebt het overleefd. Godzijdank.'

Coltrane legt zijn hand op Cams schouder en knijpt er even in. Met schorre stem zegt hij: 'Jongen, je moeder en ik maakten ons zo'n zorgen. Toen de burgemeester ons belde om te zeggen dat je in dat restaurant in elkaar was gezakt...' Hij schraapt zijn keel. 'En ik... Nou, we zijn blij dat je er weer bovenop komt. Wat is er precies gebeurd?'

Nu de twee nieuwkomers helemaal op hun zoon gericht zijn, probeer ik stilletjes langs de muur naar de deur te sluipen, die nog geen meter verderop ligt. Ik kan bijna ontsnappen.

Net als ik met mijn vingers het kozijn aanraak, voel ik een kleine hand op mijn schouder. 'Suda Kaye, ben jij dat?'

Ik doe mijn ogen dicht als ik de bevende stem hoor van de vrouw van wie ik altijd net zo veel heb gehouden als van mijn moeder en mijn zus. Patty Bryant.

Ik draai me dapper glimlachend naar haar om. In mijn buik vermengt opwinding zich met angst. 'Hallo, Patty. Wat fijn je weer te zien. De... de omstandigheden hadden beter moeten zijn.'

Patty brengt haar hand naar haar gezicht. Haar mond is opengevallen. 'Mijn hemel, twee wonderen op één dag. Onze jongen heeft het overleefd en onze lieve Suda Kaye is weer thuis!' De tranen springen in haar ogen. Ze spreidt haar armen en trekt me tegen zich aan. Ze wrijft met haar handen over mijn rug en houdt me zo stevig vast dat ik bijna geen lucht krijg. Ten slotte laat ze haar greep verslappen.

'Ach, laat me toch eens naar je kijken.' Patty strijkt met haar handen over mijn armen en geeft er geruststellende klopjes op. 'Je was altijd al het mooiste meisje dat ik ooit had gezien. Dat heb je natuurlijk aan je moeder te danken. Col, lieverd, kom eens kijken. Het is onze Suda Kaye!'

Coltrane bekijkt me van top tot teen. Hij lijkt zijn kaken op elkaar te klemmen, maar dan doet hij even zijn ogen dicht en laat zijn schouders zakken. 'Ik dacht dat ik boos kon blijven, maar nee. Wat heerlijk om je weer te zien, mijn lieve kind. Kom eens hier en geef deze oude man een knuffel.'

Hij trekt me aan mijn arm naar zich toe en drukt me tegen zich aan. Met een van zijn armen helemaal om me heen geslagen houdt hij me stevig vast. Hij legt zijn andere hand rond mijn achterhoofd en drukt zijn wang tegen de mijne, net zoals zijn zoon eerder deed. 'Ik heb je zo gemist, lieve meid. Maar niet zo erg als mijn jongen je heeft gemist.'

Mijn adem stokt en ik kan mijn tranen niet langer inhouden.

'Pa, ze krijgt geen lucht...' roept Cam met lage, gruizige stem.

'O. Sorry, lieverd.' Zijn vader klopt me op mijn arm, net zoals zijn moeder eerder deed. Met zijn groene ogen lijkt hij mijn hele gezicht in zich te willen opnemen. 'Je ziet er goed uit, meisje, maar dat was altijd al zo. Mooiste meisje dat ik ooit heb gezien, op mijn Patty na natuurlijk.'

'Dank u. Ik heb u ook gemist en...'

'O. Mijn. God! Camden! Suikerhartje!' klinkt opeens een schelle stem, gevolgd door snel geklik op de stenen vloer. Een wolk van roze komt de kamer in, blond haar danst achteraan. De suikerspin wringt zich tussen Coltrane en mij door, waardoor ik tegen de muur word geduwd en Cams vader de stoel naast hem moet vastgrijpen om te voorkomen dat hij zijn evenwicht verliest.

Ik stoot mijn elleboog tegen de muur en er gaat een pijnscheut door mijn elektrische botje. Snel druk ik mijn arm tegen me aan en wrijf over de pijnlijke plek.

'Camden, suikerhartje, ik hoorde net wat er is gebeurd. Gaat het goed met je? Ben je gewond? O god, ik liet net mijn nagels doen... Kijk maar!' Miss Colorado Barbie wappert met haar zuurstokroze nagels vlak voor Cams gezicht.

Hij krimpt in elkaar en duwt zijn hoofd verder het kussen in.

'Ze moesten nog vijf minuten drogen toen je broer belde. Ik heb ze meteen onder de droger vandaan getrokken en ben hiernaartoe gekomen. Kijk, nu zijn twee nagels mislukt.' Brittney pruilt door haar dikke opgespoten onderlip naar voren te duwen en houdt haar ene hand voor Cam omhoog.

'Dat stinkt, Brittney.' Hij draait kuchend zijn hoofd de andere kant op.

Ze recht haar rug en zet haar handen in haar zij. 'Nou zeg, knorrepot. Ik wil er voor jou altijd goed uitzien. Wat denk je dat de mensen zeggen als ik met afgebladderde nagellak rondloop? Dan gaan ze roddelen, dat ik mezelf verwaarloos, en jou ook, en je weet dat ik voor jou altijd goed voor de dag wil komen.'

Camden kreunt en steekt zijn hand uit, zodat hij haar bij haar pols kan pakken. 'Sorry, Brittney,' begint hij, maar ze onderbreekt hem.

'Brittney? Ik dacht dat ik je honingbeertje was! Je weet hoe leuk ik het vind als je me zo noemt.' Ze buigt zich over Cam heen en wrijft met haar neus langs de zijne.

Hij doet zijn ogen dicht, maar hij wekt niet de indruk dat hij ervan geniet, eerder dat hij afstand van haar wil nemen. Vreemd. Hoe dan ook, dit is voor mij het sein om te vertrekken.

Ik leg mijn hand op Coltranes schouder en zegt: 'Het was fijn om jullie weer te zien, maar ik moet ervandoor.'

Hij omhelst me nogmaals. 'Hopelijk zien we je vaker.'

Ook Patty slaat haar armen weer om me heen. 'Ben je voorgoed terug, lieverd?' vraagt ze.

'Ja, ik ga een winkel aan Main Street openen. Camdens stichting heeft me geholpen met de financiering.'

Patty legt glimlachend haar hand op haar borst. 'Wat een fortuinlijk toeval. Dat het lot jullie na al die tijd weer bij elkaar brengt.'

'Eh, tja, ik weet niet of het echt fortuinlijk is... Eerder toeval, zoals u al zei?'

Onfortuinlijk toeval, lijkt me, maar die gedachte houd ik voor me. Ik glimlach vriendelijk en loop naar de deur.

'Suda Kaye,' roept Cam, en zijn ouders stappen opzij.

Brittney, die nog steeds Cams hand vasthoudt en tegen de zijkant van het bed leunt, kijkt me met een vernietigende blik aan.

'Ja?' Ik blijf bij de deur staan.

'Dank je, voor wat je vandaag hebt gedaan. Als je niet had geweten dat ik allergisch ben voor ananas... Ik had ter plekke kunnen stikken. Jij bleef kalm en hielp me erdoorheen. Ik weet niet...' Hij kucht en slaakt een zucht. 'Dank je.'

Ik knik glimlachend. 'Jij had hetzelfde voor mij gedaan.'

'Ja.'

'Rust maar lekker uit.' Ik tik tegen de deur. 'We praten wel bij als je weer aan het werk kunt. Ik zal de burgemeester laten weten hoe het met je gaat.'

Hij knikt en legt zijn hoofd weer op het kussen, maar hij blijft me aankijken.

Ik bijt op mijn tong om te voorkomen dat ik nog meer zeg. Het komt goed. Hij overleeft dit wel.

Ik heb Cams kamer net achter me gelaten als ik opnieuw dat jengelende stemmetje van Brittney hoor. 'Ben je allergisch voor ananas? Ik ben gek op ananas, dat is zo gezond.'

Ik ga sneller lopen, totdat ik bijna naar de lift hol, want ik wil zo ver mogelijk bij dat mens vandaan zijn.

'Hé, meisje met de mooie bruine ogen, kom eens van je luie kont en leg die catalogus neer, want ik wil je iets laten zien,' roept Kyson van voor in de winkel.

Het is twee dagen nadat Cam onwel is geworden. Ik ben gisteren bezweken en heb hem geappt om te vragen hoe het ging. Hij antwoordde dat hij nog wel een zere keel heeft, maar dat hij volgens de artsen weer helemaal de oude is.

Nu zit ik in mijn toekomstige magazijn, waarvoor Kyson een grote houten werktafel heeft gemaakt. De ruimte puilt uit van de stoffen, snuisterijen, catalogi, foto's en nog veel meer spullen die ik allemaal moet uitzoeken. Ik wil er zeker van zijn dat ik alles heb wat ik nodig heb. Rechts van de tafel staat een stellingkast die hij ook voor me heeft gemaakt. Daarin kan ik al mijn kralen, leer en rollen stof opbergen, het materiaal voor de handgemaakte artikelen die ik in de winkel als unieke stukken wil verkopen. Ik blijk een kei te zijn in het maken van kleding, tassen, sjaals en andere accessoires. Ik wist wel dat ik goed was in handwerken en dingen maken, maar ik had nooit gedacht dat ik met dat talent mijn brood kon verdienen.

Hierdoor wordt het concept van de winkel des te aantrekkelijker en leuker.

'Suda Kaye!' Dat is Kyson weer.

Ik leg knarsetandend de catalogus neer, plak een geel briefje op de bladzijde waar ik ben gebleven en loop dan met grote stappen naar voren. Hij staat voor het open raam en dat is een aanblik waarvan ik meteen een droge mond krijg. Gespierde benen een stukje uit elkaar, strak wit T-shirt dat over zijn brede rug spant. Ik lik mijn lippen en geef mezelf heel even de tijd om Kysons lekkere lijf waarderend te bekijken.

Kyson Turner is de man van wie vrouwen dromen. Lang, sterk, goed met zijn handen. Vult een jeans alsof die hem letterlijk op het lijf is gesneden. Grote grove werkschoenen die duidelijk maken dat hij niet alleen cool is, maar ook echt dingen kan maken. Veel vrouwen dromen van een man die haar niet alleen alle hoeken van de slaapkamer kan laten zien, maar die slaapkamer ook nog eens voor haar kan verbouwen en inrichten. Kyson is het complete pakket, en de vrouw die hem voor zich weet te winnen, mag in haar handjes knijpen. Zeker weten.

Ik duw mijn heup naar voren en zet een hand in mijn zij. 'Moet je zo brullen?'

Kyson draait zich om. 'Wel als het zo lang duurt.' Hij steekt zijn arm uit en doet een paar stappen naar achteren, zodat ik de etalage kan zien. 'Kijk, het is klaar!'

Langs de hele breedte van het raam heeft hij op kniehoogte een brede plank gehangen waarop ik van alles kan uitstallen. Die heeft de donkere kleur van kersenhout, met hier en daar een zweem van zwart, en de kwasten in het hout komen erg fraai uit. Zo te zien heeft hij de plank ter bescherming al van een laag vernis voorzien.

'Wauw, wat mooi.'

Hij steekt lachend een vinger op. 'Dit is nog niet alles. Ik had nog een idee. Dat heb ik niet met je besproken, dat weet ik, maar ik had het gevoel dat het heel mooi zou worden en ik wilde je ermee verrassen. En het valt binnen het budget.'

Hij loopt naar de muur, waar ik een stel knoppen en schakelaars zie hangen die er vanmorgen nog niet waren. Hij drukt een van de schakelaars in en uit het plafond zakt een metalen draad met een stel zware haken eraan naar beneden. 'Hieraan kun je van alles ophangen, een wandkleed of kleren of kunst, of een van die glazen dingen. Elke haak kan een gewicht van vijftig kilo dragen, dat is getest, en je kunt ze met deze schakelaar in hoogte verstellen.'

'Wa... wat? Dit is ongelooflijk.' Ik sla verrast mijn hand voor mijn mond en raak een van de haken aan.

'Dat is nog niet alles,' zegt hij weer. Zijn donkere gezichtsbeharing vormt een krans rond zijn lachende mond met die witte tanden. Hij drukt op een knop boven een van de schakelaars en boven de haken floept een lamp aan, die niet tot standaard verlichting van de winkel behoort. 'Hiermee kun je je etalage ook 's avonds verlichten en de aandacht van potentiële klanten trekken door bepaalde artikelen zeg maar in het zonnetje te zetten.'

Ik spring van enthousiasme op en neer, bijna niet in staat om mijn ogen te geloven. Alles valt nu op zijn plaats. 'Kyson!' Ik sla mijn armen om hem heen. Hij gromt als onze lijven tegen elkaar botsen en ik hem stevig tegen me aan druk. Hij slaat zijn armen ook stevig om mij heen en vlijt zijn gezicht tussen mijn nek en mijn schouder.

'Verdorie, als ik had geweten dat je zo zou reageren, had ik je eerder met zoiets verrast.' Hij drukt me grinnikend nog steviger tegen zich aan. Dan ademt hij diep in, en ik voel de borstelige haartjes op zijn kin langs mijn gevoelige huid strijken. 'Mmm, je ruikt naar kersen. Heeft iemand je dat al eens verteld?'

Mijn hele lichaam verstijft direct, van top tot teen.

Ja, dat heeft een ander iemand me ooit verteld. Eentje maar.

Ik glip snel zijn armen uit en doe met trillende vingers mijn haar goed. 'Eh, sorry, dat was niet bepaald professioneel van me.'

Hij haakt zijn duimen in de rand van zijn zakken. 'Professioneel? Nee, dat is een omhelzing zeker niet, meisje met de mooie bruine ogen, maar ik ga een gegeven paard niet in de bek kijken. En sinds ik met deze klus ben begonnen draaien we al om elkaar heen. Het is wel duidelijk dat we ons tot elkaar aangetrokken voelen, maar ik zie ook dat je verandert zodra je... Hoe noemde hij het... Je oude vriend hier langskomt. Hebben jullie iets met elkaar?'

Ik ben er vrij zeker van dat mijn ogen zo'n beetje uit hun kassen rollen. 'Cam? Nee. We, eh, hadden heel lang geleden verkering.' Al heb ik er geen bezwaar tegen om nog eens een woeste rit in die trein te maken. Helaas zit dat er niet in.

Hij gaat namelijk trouwen. Trouwen, Suda. TROUWEN.

Een tel later heb ik mijn gevoelens weer onder controle, en ik richt mijn aandacht op Kyson.

'Op de middelbare school zeker?' raadt hij correct.

'Ja. Het is niet zo goed afgelopen, maar inmiddels zijn we, eh, gewoon vrienden.' Ik laat het woord 'vrienden' door mijn mond gaan. Het smaakt vies.

'Vrienden?' Kyson grinnikt en laat zijn blik over me heen gaan. 'Die vent heeft ogen in zijn hoofd en die wil geen vrienden zijn. Hij wil meer. De vraag is alleen of jij dat ook wilt.'

De hitte slaat me uit van pure frustratie. Kermend leg ik mijn hoofd in mijn nek. 'Waarom ik? O god, waarom ik?'

Nu buldert hij van het lachen.

Ik sla mijn armen over elkaar en kijk hem boos aan. 'Je weet helemaal niks over Cam en mij. We zijn gewoon vrienden.'

Jakkes, daar is dat woord weer. Het smaakt nog viezer dan de eerste keer.

'Vrienden kijken elkaar niet aan alsof ze elkaar willen verslinden.'

Ik doe mijn mond open en weer dicht, want ik moet denken aan die ene nacht waarop ik met Cam het bed, of beter gezegd het hooi, in ben gedoken. Dat was heerlijk. En het was tien jaar geleden. Alles is nu anders.

'Hij is verloofd,' merk ik op.

'Ja, en?' Kyson haalt zijn schouders op.

'Dat betekent dat hij gaat trouwen. Met een vrouw die zo met een missverkiezing mee kan doen.' Dat laatste komt er misschien wat vinnig uit, maar het is wel waar. Brittney heeft misschien wel het een en ander laten doen, maar ze is de natte droom van iedere man.

'Misschien wil hij geen plastic als hij ook een lange, donkere en erg knappe vrouw in zijn bed kan krijgen.'

Ik schud mijn hoofd en haal mijn vingers door mijn lange haar. 'Dit is krankzinnig. Zo staan we nog met elkaar te flirten, maar een tel later beweer je dat een ander me wil? Ik snap het niet. Wat kan jou dat schelen?'

Hij zet een paar stappen in mijn richting en staat nu zo dichtbij dat ik zijn lichaamswarmte kan voelen. Hij legt zijn hand rond mijn wang en draait mijn gezicht naar hem toe. 'Ik wil gewoon weten hoe de zaken ervoor staan. In de zandbak van een andere vent spelen is niks voor mij. Snap je wat ik bedoel?' Hij glimlacht, maar de hand rond mijn wang en de blik in zijn blauwe ogen zijn krachtig. Ik ruik de geur van hout en aarde en ik leg mijn handen rond zijn middel en klem mijn vingers rond de stof van zijn T-shirt.

'Ja.' Zelfs ik hoor hoe ademloos en verlangend mijn stem klinkt.

Hij grinnikt. 'Vast niet, maar ik laat het je wel voelen.' En hij drukt zijn lippen op die van mij.

De zoen begint langzaam. Ontspannen. Als een zachte aanraking van lippen. Dan slaat hij een arm om me heen en trekt me tegen zich aan, hij duwt mijn hoofd naar achteren en doet zijn mond open tegen die van mij.

Zodra zijn tong mijn onderlip raakt, doe ik mijn mond ook voor hem open. Hij smaakt naar de citroenkauwgom waar ik hem altijd op zie kauwen en naar verrukkelijke, opwindende mannelijkheid. Ik maak een geluidje, achter in mijn keel, en sla mijn armen om zijn nek om ons nog dichter bij elkaar te brengen. En toch heeft deze zoen niet die intensiteit die je verwacht van een eerste kus met iemand die je heel aantrekkelijk vindt. Onze tongen verstrengelen zich, onze lippen proberen elkaar te leren kennen, die geven en nemen zonder dat een van ons van de ander wint.

Net als hij zijn hand tussen mijn schouderbladen over mijn rug naar beneden laat gaan, zodat hij de ronding van mijn billen kan vastgrijpen, rinkelt het belletje dat hij boven de winkeldeur heeft opgehangen om aan te geven dat er iemand binnenkomt. Door dat geluid schrik ik op uit mijn verdoofde toestand, en we kijken allebei die kant op, nog steeds met onze armen om elkaar heen.

'Ik wilde niet storen,' zegt Camden op effen toon. Zijn gezicht is een ondoorgrondelijk masker dat me niets wijzer maakt.

Ik duw Kyson meteen van me af en breng mijn hand naar mijn mond om het bewijs van onze zoen weg te vegen. Kyson likt zijn lippen en steekt ook zijn hand uit om, zo vermoed ik, wat van mijn uitgelopen lippenstift bij mijn mondhoek weg te halen. 'Ik ga weer aan het werk. We spreken elkaar later nog wel.'

Ik knik en wrijf met mijn handen over mijn armen.

Zodra Kyson de achterkamer in is gelopen, kijk ik Camden aan. 'Dat was niet wat het leek.'

Camdens wenkbrauwen schieten omhoog. 'Het leek erop dat je je aannemer stond te zoenen.'

'Oké, ja, daar leek het misschien op, maar het, eh, had niet mogen gebeuren.' Ik frons, me afvragend waarom ik hem dit in vredesnaam vertel. Ik ben hem geen verklaring schuldig, ook al deed die kus me vrij weinig.

Cam haalt hoorbaar diep adem en laat de lucht weer langzaam ontsnappen, alsof hij een vuurspuwende draak is die zijn kalmte probeert te bewaren. 'Het is niet aan mij om daar iets van te zeggen.'

Ik doe mijn ogen dicht en wend mijn blik af. Natuurlijk niet. Hij wil me niet. Hij wil miss Colorado. Zijn verloofde.

Zijn verloofde.

Zijn verloofde.

Nadat ik mezelf drie keer aan dat uiterst belangrijke feit heb herinnerd, prop ik mijn handen in mijn achterzakken en draai me om. Die zoen met Kyson ban ik voor nu uit mijn gedachten. Daar ga ik het later wel over hebben, met mijn zus, en een paar liter wijn en een doos bonbons.

'Wat staat er voor vandaag op het programma?' Ik tover een neppe glimlach tevoorschijn.

'Nu ik weer de oude ben, leek het me een goed idee om je voorraad te bekijken en te bepalen wat je verder nog aan artikelen voor de winkel moet aanschaffen.'

'Daar was ik al mee bezig voordat jij binnenkwam,' zeg ik behulpzaam, blij dat hij meteen aan de slag wil gaan en niet doorgaat over dat zoenen met Kyson.

Hij loopt grinnikend op me af en slaat met een op het oog vriendschappelijk, maar nog altijd bijzonder platonisch gebaar een arm rond mijn schouders. 'Ja, daar was je mee bezig. Laten we het daar maar op houden.'

Ik draai kermend mijn hoofd naar hem om en kijk hem zo verontwaardigd mogelijk aan. 'Echt waar.'

'Ja hoor, ik geloof je meteen.' Hij tikt met zijn vinger op mijn neus. 'Laat eens kijken wat je voor me hebt, snoepje.'

Snoepje.

Alleen al die bijnaam wakkert mijn libido aan tot een verzengend vuur waarbij die kus met Kyson niet eens in de buurt kwam. Ik ben verdoemd. Verdoemd om voor altijd te verlangen naar wat ik niet kan krijgen, naar wat ik al die jaren geleden heb laten gaan.

'God, wat zijn mannen toch irritant,' mompel ik, en ik maak me los uit zijn armen.

'Nog iets: mijn vader en moeder willen graag dat je zondag bij hen komt eten.' Op een toon alsof dat doodnormaal is.

Ik blijf geschrokken naast mijn tafel staan en leg mijn handen plat op het stevige blad om te voorkomen dat ik mijn evenwicht verlies. 'Je vader en moeder... Wát?'

Hij leunt tegen de houten stellingkast, slaat zijn armen over elkaar en kruist zijn enkels. God, hij ziet eruit om op te eten, in dat strakke pak dat hem op het lijf is gesneden.

Goed, ik weet genoeg. Ik moet een beurt hebben. Eerst sta ik hier met Kyson te zoenen en tegen die lekkere vent aan te rijden, en nu sta ik te watertanden omdat mijn zakenpartner en vroegere grote liefde er zo appetijtelijk uitziet. Ik moet mijn verstand laten doorlichten. Zodra ik die beurt heb gehad.

'Ze missen je. Je kunt niet zomaar hier terugkomen en een leven opbouwen zonder hen te zien.' Camden strijkt met zijn vinger over mijn kin, balt zijn vuist en laat zijn arm zakken. 'Het spijt me.' Hij kijkt opzij, alsof hij iets zoekt, en slaakt een diepe zucht. 'Ze zijn dol op je en hebben je tien jaar niet gezien. Ze willen dat je bij hen komt eten. Je weet hoe ze zijn. Als mijn moeder eenmaal iets in haar hoofd heeft...'

'Dan houdt niemand haar tegen.' Ik kreun. 'Cam, dit is geen goed idee. Ik zag in het ziekenhuis hoe Brittney naar me keek. Ze weet dat we ooit iets met elkaar hadden en nu ben ik weer terug. Dat zit haar natuurlijk niet lekker en eerlijk gezegd kan ik heel goed zonder dat soort gedoe. Ik heb al genoeg aan mijn hoofd, ik wil mijn leven hier op de rails krijgen.'

'Zij is er niet bij.'

Ik haal fronsend mijn neus op, alsof ik iets verdachts ruik. 'Op zondagavond eten jullie altijd met de hele familie. Daar komt niemand onderuit. We zijn vier jaar samen geweest en hebben niet één keer overgeslagen.'

Hij likt zijn lippen en bijt op de binnenkant van zijn wang. 'Tja, nou, zij is nog nooit uitgenodigd.'

Ik hap ontzet naar adem en laat me op de tafel zakken. De catalogus is onaangenaam hard onder het zachte deel van mijn billen.

'Mijn ouders hebben Brittney niet bepaald welkom geheten in de familie.'

Ik schud mijn hoofd. 'Dat meen je niet. Dat maakt het nog erger. Stel dat ze er lucht van krijgt dat ik wel mocht komen en zij niet? Wat maakt dat voor indruk?'

'Dat mijn ouders een vriendin van vroeger te eten hebben gevraagd. Niet meer, niet minder.' Hij probeert de indruk te wekken dat het allemaal niet zo veel voorstelt, terwijl we allebei heel goed weten dat het tegendeel het geval is.

'Waarom accepteren je ouders je verloofde niet?' Dat moet ik weten. Dat wil de kleine heks in me weten. Die wil aardig gevonden worden, die wil dat anderen niet zonder haar kunnen en naar haar verlangen.

'Daar geef ik alleen antwoord op als je belooft dat je komt eten.'

'Mannen zijn niet goed snik,' fluister ik zacht.

'Wat zeg je?' vraagt hij.

Ik sla knarsetandend mijn armen over elkaar. 'Goed, ik zal er zijn. Als een vriendin van vroeger. Maar wel samen met Evie.'

'Afgesproken. Goed, laat me eens je voorraad zien.' Hij reikt naar een stapel stoffen en begint al knikkend de monsters te bekijken.

'Eh, niks daarvan. Je hebt nog geen antwoord gegeven op mijn vraag. Waarom hebben je ouders Brittney niet welkom geheten? Ze is in alle opzichten perfect. Misschien een beetje te veel met zichzelf bezig...' Die laatste zin laat ik met opzet bungelen terwijl ik op zijn antwoord wacht.

Camden stopt zijn handen in zijn zakken, kijkt omhoog, schudt zijn hoofd en kijkt dan weer glimlachend naar mij. 'Ze is jou niet.'

'Ze is mij niet?'

'Ze is jou niet,' herhaalt hij. Dan haalt hij achteloos zijn schouders op, alsof die woorden niets betekenen. Voor mij zijn ze echter als een vloedgolf die mijn hele lijf overspoelt en me meetrekt naar de donkere diepten van een verleden waaraan ik niet kan ontsnappen.

En erger nog, ik weet niet eens of ik dat wel wil.

9

'Je bent me er eentje, huutsuu.' Evie schudt haar hoofd en houdt een prachtige koningsblauwe jurk voor haar atletische lichaam. Ik heb de borsten en billen van onze moeder geërfd, maar Evie heeft haar belachelijk lange benen en sterke karakter. Weliswaar heeft ze niet meer dan cup B, terwijl ik mijn borsten amper in cup C kan proppen, maar ik zou een moord doen voor zo'n indrukwekkend lijf als dat van haar.

'Hoezo? Omdat we gaan eten bij mensen die ons altijd al dierbaar zijn geweest? Mensen die ons hebben geholpen toen mama overleed?' Ik kijk Evie schattend aan terwijl ze eerst naar de jurk kijkt en dan in de spiegel naar mij. 'Ben je soms vergeten dat Patty twee keer per week naar ons toe kwam om samen met ons te eten? Of dat ze vroeg of we bij hen kwamen eten, om te voorkomen dat we ons eenzaam zouden voelen? Ik niet, hoor.'

Evie laat haar schouders zakken, en de jurk ook. 'Je hebt gelijk, maar ik vind het allemaal zo ingewikkeld. Je hebt elke dag al in je winkel met Cam te maken. Wil je nu ook nog je vrije tijd met zijn familie doorbrengen? En, tja, wat doen? Herinneringen aan het verleden ophalen? Daar wil je niet eens met mij over praten.'

'Evie,' zeg ik waarschuwend.

Ze wijst met haar vinger naar me. 'Zie je wel, daarom denk ik dus dat je stapelgek was om hier ja tegen te zeggen.'

Ik pak nog twee kledingstukken van de klerenhangers en geef er een aan haar. 'Hier, pas deze eens.' Ze werpt een blik op de bloemetjesstof van de enkellange jurk en trekt nogal schattig haar neus op.

'Doe het voor mij?' bedel ik.

Mijn zus rolt met haar ogen en pakt de jurk aan. 'Goed dan, ik wil hem voor je passen, maar je weet dat ik zoiets nooit zal aantrekken. Dit is allemaal boho chic. Dat is jouw stijl, niet die van mij. Ik wil maatkleding die goed aansluit, geen lappen die om me heen fladderen.'

Ik reik grinnikend naar het gordijn om dat achter ons dicht te trekken. Ik wist wel dat ze deze jurk niks zou vinden, het is er eentje die ik misschien voor mezelf wil kopen, maar ik plaag haar graag. Als zij wil dat ik zakelijke outfits draag en als een professional overkom, dan wil ik haar in kleren steken die je echt vrijlaten. Ook al is dat het laatste wat ik doe.

Ik wil het gordijn net dichtdoen als ik miss Colorado in hoogsteigen persoon op de paskamers af zie stappen, arm in arm met nog zo'n perfecte vrouw, een brunette. Een vermoeid ogende verkoopster sjokt met een hele berg kleren in haar armen achter het duo aan.

'Zeker weten dat dit de duurste kleren van de hele winkel zijn?' hoor ik Brittney aan de verkoopster vragen. Snel trek ik het gordijn dicht, en ik draai me om naar Evie.

'Ka...' Mijn zus wil me net de jurk laten zien die ze heeft aangetrokken, maar ik leg snel mijn hand voor haar mond en gebaar dat ze stil moet zijn. Haar uitdrukking verandert binnen een fractie van een seconde van verrast in nieuwsgierig.

Ik wijs naar het gordijn.

'Je weet dat ik alleen het allerbeste draag,' meldt Brittney.

'Ja, mevrouw Cooperland, dat weet ik,' zegt een bedeesde stem.

Brittney lacht en ik tuur door de kier tussen het gordijn en de muur. Evie loopt naar de andere kant van het gordijn om daar hetzelfde te doen.

'Binnenkort hoef ik mijn kleren niet meer op mijn creditcards te zetten. Gelukkig maar, want de toelage die pappie me elke maand geeft, is gewoon om te janken. Maar zodra ik mevrouw Bryant ben, neemt Cam alles voor zijn rekening.' Ze lacht hooghartig.

Haar vriendin giechelt en ploft neer in een stoel, zodat ze naar Brittney kan kijken die zichzelf in de spiegel bewondert. 'Die man mag er zijn, meid. Niet te geloven dat je voor hem gaat. Of nou ja, juist wel, want wat ik al zeg, hij mag er wezen. Maar wat vindt Alejandro ervan?'

Alejandro? Ik kijk mijn zus aan, die met grote ogen terugkijkt. Haar mond is opengevallen van schrik.

Brittney schikt voor de spiegel haar haar en tuit haar mond voor een kus naar haar spiegelbeeld. 'Nou ja, die vindt het natuurlijk niks, maar hij is nu eenmaal verliefd op me.'

De brunette haalt een poederdoosje uit haar handtasje en kijkt aandachtig naar haar gezicht. Geen smetje te zien, want ze heeft haar make-up als een masker op haar gezicht geplakt. Ze klapt het doosje weer dicht. 'Je zei dat jij ook verliefd op hem bent.'

O jee, dit is foute boel. Heel erg foute boel. De hitte slaat me uit, mijn zenuwen beginnen te tintelen van woede en ongemak. Ik klem mijn vingers zo stevig rond het gordijn dat mijn knokkels wit worden.

Evie legt een hand op mijn rug en wrijft troostend op en neer. Ik doe mijn ogen dicht en blijf luisteren.

'Ja, maar kun je je voorstellen dat ik, Brittney Cooperland, erfgename van het fortuin van de familie Cooperland, met een tuinman trouw?' Ze schudt haar hoofd. 'Nee, dan zou papa zo kwaad worden dat hij me geheid uit zijn testament schrapt. Je weet dat ik de erfenis van de familie moet beschermen.'

Haar vriendin gaapt en knikt. 'Dus je doet het met hen allebei?'

Brittney grinnikt. 'Ik hoefde die deal met Cam maar één keer te sluiten.'

Wat bedoelt ze daar nu weer mee? Ik kijk Evie aan, die haar schouders ophaalt en haar hoofd schudt, maar we blijven allebei staan luisteren.

'Je hebt me nooit verteld hoe je Camden Bryant eigenlijk aan de haak hebt geslagen. Dat was een paar maanden geleden, toch?'

Een paar maanden? En ze zijn nu al verloofd?

De verkoopster geeft Brittney een jurk aan. 'Hier vroeg u om. De duurste jurk die we hebben, in maat tweeëndertig.'

Tweeëndertig? Daarvoor ben ik veel te dol op taco's. Meestal heb ik achtendertig of veertig, die maten zitten me als gegoten. Bovendien lijken mannen geen bezwaar te hebben tegen mijn rondingen.

'O, dat was een makkie. Hij zat in die tent van zijn broer te zuipen, en flink ook. Ik ben naast hem gaan zitten en heb zeg maar gebruikgemaakt van zijn toestand. We hebben samen zitten borrelen en daarna heb ik hem meegenomen naar mijn kamer. Hij bakte er in bed niet veel van, want hij was natuurlijk katjelam, maar het is me gelukt.'

'Wanneer was dat?'

'Afgelopen augustus. Ergens rond de vijftiende. Hij zei nog dat de datum belangrijk was, maar ik heb niet echt goed opgelet. Blijkbaar zuipt hij zich elk jaar op dezelfde datum helemaal klem. Misschien wel vanwege een of andere vrouw. Ik kan het me niet echt herinneren, ik zat ondertussen de barkeeper met mijn ogen uit te kleden.' Brittney giechelt.

15 augustus. Nog maar vijf maanden geleden, en de datum die we altijd vierden. Dat was namelijk de dag waarop we elkaar op school

leerden kennen, toen ik in de eerste zat. Ik doe een stap naar achteren en leg mijn hand tegen de muur. Deze vrouw heeft misbruik van Cam gemaakt, dat heeft ze zelfs zo gepland. En dat doet ze nu nog steeds, met zijn ring aan haar vinger. Waarom heeft hij haar in vredesnaam een aanzoek gedaan?

'Meid, wat ben jij hard,' zegt de vriendin bestraffend.

Ze haalt haar neus op. 'Nee, dat is Alejandro, dat heb ik gisteravond in bed nog gemerkt.'

'En waar was Camden dan?'

'O, we wonen niet samen. En we zijn na die eerste keer ook niet meer met elkaar naar bed geweest, daar heb ik wel voor gezorgd. Hij is helemaal niet mijn type.'

'Wacht, wát?'

Zeg dat wel. Hoe kan ze nu verloofd zijn met een man met wie ze niet intiem is?

Brittney loopt naar haar vriendin toe en gaat naast haar zitten. 'Meid, je kent me toch. Na die eerste keer hield hij de boot af. Wel een maand lang. Totdat ik naar zijn werk kwam om hem erover aan te spreken en hij me meenam naar zijn kamer. Ik heb hem verteld dat ik zwanger was en dat hij met me moest trouwen, anders zouden onze vaders helemaal door het lint gaan. Ik had zelfs al een ring uitgekozen, zodat ik hem kon vertellen welke ik wilde. In feite heb ik hem voor het blok gezet.'

'Dat meen je niet!' De brunette is duidelijk ontzet. Dat beetje menselijkheid kan ik aan haar waarderen, maar daarmee houdt het wel op. Ik sta op het punt om miss Colorado midden in een dure winkel in Colorado Springs op haar bek te rammen. Waarom is Brittney trouwens zo ver uit de buurt van Pueblo aan het shoppen?

Ik adem diep in. Mijn zus slaat haar arm om mijn schouders en houdt me vast, terwijl ze ondertussen haar hoofd blijft schudden.

'Niet te geloven dat je zwanger bent. Hoe houd je dat zo goed verborgen?'

De moed zinkt me in de schoenen. Ze is dus echt in verwachting? Ja, dan gaat hij natuurlijk met dat nare loeder trouwen. Zo ken ik Camden, die zou nooit de moeder van zijn kind in de steek laten, ongeacht wat hij zelf wil. Hij zou doen wat juist is. Familie is alles voor hem.

'O, ik ben nooit zwanger geweest. Dat heb ik Camden alleen maar wijsgemaakt om die verloving rond te krijgen. Vorige maand kreeg ik natuurlijk heel toevallig een miskraam. En toen ben ik in huilen uitgebarsten, want hoe kon hij het nu uitmaken? Alleen maar omdat ik niet langer zijn kind droeg? En weet je... dat slikte hij ook nog! Zo fatsoenlijk is hij, die loser.' Ze barst uit in een kakelende lach die aan een hyena doet denken.

Mijn zus grijpt me steviger vast als ik aanstalten maak om het hokje uit te lopen, zonder aan de gevolgen te denken. Ik ga dat rotwijf een lesje leren!

Evie brengt haar mond naar mijn oor en fluistert: 'Laat dat nare mens eerst uitpraten, dan kijken we later wat we hieraan gaan doen. Houd je nu nog in, er staat te veel op het spel.' Ze steekt haar telefoon omhoog om me te laten zien dat ze het hele gesprek staat op te nemen.

Ik knik en klem mijn kaken zo stevig op elkaar dat ik voor het lot van mijn gebit vrees. Het kost me de grootste moeite om niet helemaal los te gaan op die griet. Om haar te laten zien hoe het voelt als iemand haar net zo'n pijn doet als zij Cam doet.

'En Alejandro?'

'Die kan mijn lekkere minnaar blijven. Het komt allemaal op zijn pootjes terecht. Papa blij, ik hoef me geen zorgen te maken over geld, ik krijg een flinke erfenis en ik heb een echtgenoot. Oké, als we eenmaal getrouwd zijn, zal ik een keer per maand eens mijn benen wijd moeten doen voor Camden, maar hij is niet lelijk, dus zo erg kan dat niet zijn.'

'En Alejandro? Heeft hij er nog iets over te zeggen?'

Ze maakt een minachtend geluidje. 'Als hij met me om wil blijven gaan, kan hij maar beter zijn mond houden. Ach, zo gaan die dingen. Soms krijg je in alles je zin, soms moet je een andere oplossing vinden. Dat heb ik gedaan en dit komt voor alle betrokkenen goed uit.'

'Behalve voor Camden,' merkte de brunette terecht op.

'Eh, hallo? Denk je dat hij beter kan krijgen dan dit? Hij mag straks een prachtige echtgenote aan iedereen laten zien. Cooperland en Bryant, een betere combinatie is er niet. En de bruiloft wordt een sprookje. Ik twijfel er niet aan dat alle media erover zullen schrijven.' Ze kijkt met een dromerige blik voor zich uit en gaat helemaal op in het wereldje dat ze voor zichzelf heeft geschapen.

'En als hij nou met je naar bed wil? Je zei net dat jullie het nog maar één keer hebben gedaan.'

Ze geeft haar vriendin een klopje op haar been. 'Heb een beetje vertrouwen. In het begin deed ik alsof ik last had van ochtendmisselijkheid. En na die zogenaamde miskraam zei ik dat het daarbeneden pijn deed.' Ze gebaart naar haar onderlijf. 'En nu heb ik hem ervan overtuigd dat het veel romantischer is als we het pas weer tijdens onze huwelijksnacht met elkaar doen, en dan nuchter.'

'En daar trapte hij in?'

'Ja, met open ogen. Hij is zo naïef, en hij wil een echte heer zijn.' Brittney lacht vals.

'Jij bent een ijskoude, weet je dat?' De brunette schudt haar hoofd.

Brittney giert het uit. 'Moet je horen wie het zegt!'

Evie en ik wachten totdat het duivelse duo de winkel heeft verlaten voordat we zelf het pashokje en het winkelcentrum uit lopen en terugrijden naar haar huis.

‘Wat ga je nu doen?’ vraagt Evie met lage, bezorgde stem. Ze houdt haar blik op de weg voor ons gericht.

‘Afgezien van die trut van een Brittney eens flink op haar lazer geven?’ Ik grom.

‘Eh... ja. We gaan vanavond bij de Bryants eten.’

‘Ik moet het hem vertellen, maar hoe?’ Ik schud mijn hoofd. ‘Hoe vertel je iemand dat zijn verloofde niet alleen vreemdgaat, maar ook nog heeft gelogen over een niet-bestaande zwangerschap en bijbehorende miskraam? En hoe zeg je dat ze alleen maar wil trouwen vanwege zijn geld en zijn goede naam?’

De tranen prikken in mijn ogen. Ik knijp ze stijf dicht en druk mijn gebalde vuisten tegen mijn oogkassen. Het kost me de grootste moeite om niet te gaan huilen, om niet te denken aan al die vreselijke dingen die ik haar heb horen zeggen. Het is mijn schuld dat hij in een dronken bui met haar in bed is beland. Ik neem tenminste aan dat het zo is gegaan. We hebben elkaar inderdaad in augustus leren kennen, maar dat was meer dan tien jaar geleden. En wat zei ze nu tegen die vriendin, dat ze na die ene keer niet eens meer met elkaar naar bed zijn geweest?

Is het misschien mogelijk dat hij na al die jaren nog steeds iets voor me voelt?

Ja, dat zou kunnen. Want ik voel ook nog altijd iets voor hem. Hij is mijn grote liefde. Niet dat ik het ooit hardop zal zeggen, maar ik ben altijd van Camden blijven houden en ik mis nog steeds wat wij samen hadden. Toen ik nog met Cam was, was het leven stukken simpeler. Alles klopte gewoon. Ik maakte me nooit ergens zorgen over. Ik had nooit het gevoel dat ik werd tegengehouden, maar ik wilde wel van alles. Veel en groot, dingen waarvan ik wist dat we die niet met elkaar gemeen hadden.

Ik wilde dolgraag meer van de wereld zien. Ik wilde ervaren wat mijn moeder ook had meegemaakt. Ik wilde dat mijn ogen net zo fonkelden wanneer ik over al die plaatsen sprak die ik had bezocht, net zoals die van haar deden wanneer ze Evie en mij over haar avonturen vertelde.

Tegen de tijd dat mijn moeder overleed, was ik nog nooit verder geweest dan Colorado en het reservaat. Mijn moeder nam ons gek genoeg nooit ergens mee naartoe. Wanneer ze thuis was, was ze moe en wilde ze samen zijn met haar dochters en haar man, totdat het voor hem weer tijd werd om te vertrekken. Ze wilde van die moederdingen doen als taarten bakken, ons naar school brengen, tekenles en buikdansles volgen en ons van alles leren over het leven en over jongens, en dat die vroeg of laat altijd wel je hart braken, maar dat we desondanks dol op hen zouden zijn. Na verloop van tijd kreeg ze weer de reiskriebels, en binnen een paar weken dat ze dat had toegegeven, nam ze de benen en zaten wij bij Toko in het reservaat en deden we wensen als we de sterren zagen, precies zoals ze ons had geleerd.

Ik weet nog zo goed dat ze ons dat leerde.

'Huutsuu, taabe, kom eens, mijn mooie meisjes,' zei mama, terwijl ze onze handen vastpakte. We maakten bij zonsondergang een wandeling door de heuvels in het reservaat, dat deed ze vaak voordat ze weer op avontuur ging.

Dit keer ging ze boven op een heuvel zitten, waar ze wachtte totdat de zon was ondergegaan. De lampen langs het pad gaven nog net voldoende licht om iets te kunnen zien. Ik weet nog dat Evie en ik die dag bossen wilde bloemen hadden geplukt, om bij Toko thuis op tafel te kunnen zetten. Hij vond het niet prettig als we zonder nadenken van alles uit de natuur meenamen, maar omdat we nog klein waren, zag hij het door de vingers en gunde hij ons dat plezier. Toch herinnerde hij ons eraan dat we de bloemen elke dag dat ze onze tafel sierden moesten bedanken, totdat ze verwelkten en doodgingen.

‘Kom, meisjes,’ riep mama, en we renden allebei de heuvel op. Mij kostte dat veel meer moeite, want mijn benen waren korter dan die van Evie. Ik was negen, zij elf, en we maakten allebei een groeispurt door, maar zij was altijd de langste van ons twee en ik wilde dolgraag net zo groot worden als zij.

Mama gaf aan dat we naast haar moesten gaan zitten, ieder aan een kant, en ze sloeg haar armen om ons heen en trok ons naar zich toe. ‘Kijk eens omhoog, zien jullie al die sterren?’

Evie en ik keken naar de hemel en knikten.

‘Dat zijn alle wensen van de hele wereld, die wachten totdat ze uitkomen.’

Ik keek op, overweldigd door miljoenen sterren. ‘Echt waar?’

‘Ja, huutsuu, en ik ga jullie leren hoe je bij een ster een wens kunt doen, maar jullie moeten nooit te veel willen. Denk goed na over je wens, want je krijgt er maar eentje, totdat die uitkomt. Pas daarna mag je een volgende wens doen. Al kan het wel heel erg lang duren voordat hij uitkomt.’

‘Wauw.’ Ik was diep onder de indruk van al die wensen, die zo stonden te fonkelen aan de weidse hemel.

‘Hoe moet je er eentje kiezen?’ vroeg Evie.

‘Dat hoeft niet, want die ster roept jou. Net zoals de zon je roept, mijn gouden meisje.’ Ze zoende Evie boven op haar blonde kruin en wendde zich toen tot mij. ‘En zo is het ook voor jou, huutsuu, de wind zal je helpen om te kiezen.’

Evie en ik bleven de hele tijd naar de sterren kijken en vroegen ons af wat we moesten wensen. Ik kan me nog zo goed herinneren dat ik een zacht briesje voelde toen ik een fonkelend sterretje vlak naast de riem van Orion vond waarvan ik geloofde dat het alle antwoorden van het universum bevatte. Dat was mijn ster, dat wist ik gewoon.

‘Hebben jullie er eentje gekozen, lieverds?’

Evie en ik knikten allebei, nog altijd met onze blik op de hemel.

'Goed, dan moeten jullie nu naar jullie ster kijken en mij nazeggen.'

Evie en ik keken ingespannen naar onze sterren.

'Ik wens dat...'

We zeiden haar na, met kleine stemmetjes vol ontzag.

'... de wens die ik...'

'... vanavond doe...'

'... uit mag komen,' besloot mama, en we zeiden haar na.

'Goed, kijk nu naar je ster en doe je wens, maar je mag tegen niemand zeggen wat je wenst, want dan lukt het niet.'

Die avond wenste ik dat ik net zo zou worden als mijn moeder. Een wereldreiziger. Ik wilde alles zien wat er te zien was, totdat ik genoeg had van het avontuur. Die wens is inderdaad uitgekomen, maar ik heb daarvoor wel de liefde van mijn leven moeten verliezen.

Krijg ik nu een tweede kans?

'Kaye. Kaye! Luister je wel naar me?'

Ik schrik op uit mijn herinneringen en kijk naar mijn zus, die uit de auto stapt.

'We moeten ons voorbereiden op dat etentje en we moeten bedenken hoe je Camden gaat vertellen wat je hebt gehoord.'

Daardoor heb ik meteen het gevoel dat de grond onder me wegzakt. 'Ik weet dat ik het hem moet vertellen, maar ik wil niet zijn hart breken. Dat heb ik al eens gedaan en dat wil ik niet nog eens op mijn geweten hebben.'

Evie doet de voordeur van haar appartement open en duwt me naar binnen. 'Hoor eens, ik weet niet precies wat er allemaal is gebeurd...'

Er knapt iets in me en ik gooi de waarheid eruit die ik al tien jaar lang voor iedereen verborgen heb gehouden. 'Evie, ik heb hem in de steek gelaten. Op de avond dat we voor het eerst met elkaar naar bed zijn geweest. Op dezelfde avond waarop ik de eerste brief van mama las.'

'O, Kaye, hoe kon je dat nu doen?' Ze klinkt verdrietig, want ze weet hoeveel ik van hem heb gehouden. En ze weet vooral hoeveel Camden Bryant van mij hield. Iedereen wist dat. Het was altijd Cam en Suda Kaye. Iedereen die ons kende, dacht dat we ons hele leven bij elkaar zouden blijven.

'Ik moest weg, ik kon niet anders. Als ik toen niet weg was gegaan, had ik dat nooit gedaan, dus ik moest...' Ik word door zo'n schuldgevoel overvallen dat mijn keel kurkdroog wordt.

'Je moest gewoon weg. Snap ik. Hetzelfde gold voor mama. Daar was zij het allerbeste in, en jij ook.' Evie slaakt een zucht.

'Dat is gemeen, Evie.' Ik schraap mijn keel en kijk in haar kille ogen.

Evie knikt, kijkt strak terug en laat dan haar armen zakken, met haar beide handen tot vuisten gebald. 'Ik weet wat Cam door moest maken, die avond en nacht en de volgende dag en al die jaren daarna. Wij waren degenen die je in de steek had gelaten. Je gaf niet genoeg om ons, niet genoeg om te blijven. Net zoals jij en ik nooit genoeg voor mama waren.'

'Dat is niet waar!' gil ik. Ik sta nog net niet te stampvoeten. Ze weet toch dat dat onzin is? Ze is de belangrijkste persoon in mijn leven. Dat was ze altijd al en dat blijft ze.

'O nee? Je bent vertrokken, net als mama. Na alles wat we als kinderen hadden meegemaakt, nadat mama ons telkens weer in de steek had gelaten, totdat ze ons ten slotte voor altijd verliet.'

'Totdat ze ons verliet? Jeetje, Evie, mama is overleden. Ik niet! En ik heb contact gehouden.' Ik kijk haar kwaad aan en klem mijn kaken op elkaar, in een poging om al die woede en afkeer van mezelf te onderdrukken die door haar woorden naar boven komen.

Evie haalt haar hand door haar haar en bijt op haar onderlip. 'Nee, je bent niet doodgegaan, maar tien jaar lang was je voor Cam en mij en Toko en iedereen die van je hield wel zo goed als dood. Ja, je belde wel en ik heb je een paar keer opgezocht, maar jeetje, Suda Kaye, je bent tien jaar lang weggeweest! Tien jaar!'

'Ja, dat was zo, en ik heb er geen spijt van,' zeg ik fel, want ik wil haar net zo'n pijn doet als zij mij.

Ze snuift verontwaardigd en loopt hoofdschuddend naar de deur. 'Nee, natuurlijk niet. Dat had mama ook nooit. Weet je waar ik spijt van heb...'

'Nee, ik heb werkelijk geen flauw idee, en dat komt omdat jij om te beginnen nooit echt hebt geleefd,' zeg ik vol minachting.

Ze gaat daar niet op in en vervolgt onaangedaan: 'Ik heb er spijt van dat ik hoopte dat je voor mij terug zou komen. Ik wilde zo graag een rol in je leven hebben, ik wilde zo graag dat jij voor mij terug wilde komen...'

Haar woorden zijn zo'n aanslag dat de klap me naar achteren duwt. 'Maar dat wilde ik ook! Ik wilde een rol in je leven spelen, daarom ben ik nu weer terug.'

Ze knikt. 'Ja, dat zeg je nou wel, en dat wil ik heel graag geloven, maar ik wil niet de sukkel zijn die je hebt achtergelaten. Het zou me niks verbazen als Cam er net zo over denkt. Verscheurd tussen zijn liefde voor jou en de drang om zijn eigen hart te beschermen. Dat hebben hij en ik gemeen, denk ik.'

Ik kijk mijn zus aan met alle liefde en compassie die ik in me heb. Ik hoop tegen beter weten in dat ze voelt dat ik dit meen. 'Evie, dit keer is het anders. Dit keer blijf ik. Ik heb de winkel, daar wil ik een succes van maken. En ik wil een succes maken van ons leven samen. Ik wil een rol in jouw leven spelen.'

'Oké,' zegt ze, maar ze klinkt niet overtuigd.

'Dat zal ik je laten zien. Wensen komen uit, Evie. Die van mij is uitgekomen, al heb ik daarvoor verder alles wat ik had moeten verliezen.'

'O ja?'

Ik knik. 'Mama had gelijk. Weet je nog, die avond dat we naar de sterren zaten te kijken en een wens deden?'

Evie leunt tegen de deurpost en slaat beschermend haar armen over elkaar. Ze wrijft over haar bovenarmen. 'Ja,' mompelt ze.

Ik kan een lach niet inhouden. Ze weet het nog. Mijn zus heeft een uitstekend geheugen. Daarom is ze zo goed met cijfers. Daarom is ze cum laude afgestudeerd.

'Toen we die wens deden, wenste ik dat ik net zo kon worden als mama,' zei ik. 'Dat ik de wereld rond kon reizen en alle avonturen kon beleven die ik maar te pakken kon krijgen.'

Evie doet haar ogen dicht en likt haar lippen. Op haar rimpelloze gezicht verschijnt een verdrietige uitdrukking en haar stem beeft van emotie. 'Je mag anderen niet vertellen wat je hebt gewenst.'

'Snap je het niet?' Ik loop naar haar toe en sla mijn armen om haar heen. Ze doet hetzelfde bij mij en drukt haar gezicht tegen mijn hals. 'Mijn wens is al uitgekomen. Ik ben de wereld rondgereisd. Ik heb meer van mama's plekken bezocht dan ik ooit had durven dromen. En nu ben ik weer thuis. Ik heb vaste grond onder mijn voeten. Ik wil hier wonen, ik wil mijn leven hier delen met de geweldigste vrouw die ik ken. Met mijn grote zus. Mijn Evie.'

Evie beeft tegen me aan en haar tranen maken mijn schouder vochtig. 'Ik heb je zo gemist,' mompelt ze. 'Zo ontzettend. Laat me alsjeblieft nooit meer in de steek. Je bent alles wat ik heb.'

Nu kan ook ik mijn tranen niet meer inhouden. 'Jij bent ook alles wat ik heb.' Ik maak me van haar los, leg mijn handen rond haar wangen en kijk haar indringend aan. 'En Evie, jij bent meer dan genoeg. Mijn liefde voor jou, jouw liefde voor mij, de band die wij als zussen hebben, dat is genoeg. Dat zal altijd genoeg zijn.'

We staan elkaar een hele tijd aan te kijken, en dan neemt zij me weer in haar armen. We houden elkaar stevig vast en laten alles wat er tussen ons in hangt, al die angsten en zorgen en al dat verdriet om die verloren tijd, in een donkere afgrond verdwijnen, in de hoop dat ze nooit meer terug zullen komen. Al ben ik niet zo naïef om te denken dat we nooit meer zullen worden geplaagd door onze problemen of door de kloof die er tijdens en door mijn afwezigheid tussen ons is ontstaan. Maar een volgende keer ben ik er beter op voorbereid.

'We gaan verder,' fluister ik in haar haar.

'We gaan verder. Samen.'

'Zeker weten.' Ik glimlach en haal diep adem.

'En nu moeten we ons gezicht wassen en bedenken hoe we gaan vertellen wat we vandaag hebben gehoord.' Ze veegt de tranen onder haar ogen weg.

Ik leg kreunend mijn hoofd in mijn nek. 'Moest je me daar nu aan herinneren?'

'Kaye, ik sta niet toe dat je hier niks mee doet. Als jij het hem niet vertelt, doe ik het, maar hij verdient het om het van jou te horen. Maar ik laat het je niet alleen doen. Ik ben er voor je als je me nodig hebt.'

'Dat ben je toch altijd?'

'Ja, dat is mijn lot in het leven. Mijn taak als grote zus.' Ze glimlacht aarzelend.

'Ik hou van je, zus,' fluister ik, niet in staat om de woorden luchtig te laten klinken.

Ze duwt me in de richting van de gastenbadkamer en geeft me een tik op mijn billen. 'Hup, ga je opfrissen. Daarna zit ik klaar met shotjes tequila en sinaasappels.'

Ik gooi mijn haar over mijn schouder en trek overdreven mijn wenkbrauwen op. 'O, mijn zus weet wat ik lekker vind.'

'Nee, ik weet wat jij probeert te vermijden, en tequila helpt je om moed te verzamelen als je iets lastigs moet doen. En... ik hou ook van jou, Kaye. Heel veel. Hup, opschieten.'

'Aye aye, kapitein!' roep ik op weg naar de badkamer over mijn schouder. Tijd om me voor te bereiden op een gesprek met de fijnste man die ik ken, met het grootste hart van allemaal, die ik moet gaan vertellen dat de vrouw met wie hij denkt te gaan trouwen een liegende feeks is die alleen maar op zijn geld uit is.

10

Het huis van de familie Bryant ziet er precies zo uit als ik me kan herinneren. Een prachtig boerenhuis met een verdieping en rondom een veranda, gelegen op een enorm perceel. Het briesje voert de geuren van hooi en van het boerenleven met zich mee, maar ook een kilte die zich in mijn botten nestelt. Ik trek mijn denim jack dichter om me heen om de kou af te weren. In de verte hoor ik de geluiden van de dieren die hier rondscharrelen. Varkens knorren en zijn waarschijnlijk bezig met hun avondeten. Kippen tokken, paarden worden voor de nacht op stal gezet.

Het is zo vertrouwd. De herinneringen aan de voor mijn gevoel eindeloze avonden waarop we hier rondliepen, met Cams grote hand rond de mijne, vallen als een lappendeken gemaakt van gelukkiger momenten over me heen. Alles is vrijwel hetzelfde, en toch lijkt het alsof mijn tijd hier een droom was, een heel leven geleden.

Ik ben zo gegroeid. Veranderd. Ik ben een ander mens dan toen. Ik ben niet langer de naïeve jonge tiener die verliefd was op haar vriendje van de middelbare school. Ik ben de wereld rondgereisd. In de afgelopen tien jaar heb ik meer meegemaakt dan de meeste mensen in wel tien levens.

Toch mis ik de stilte. De rust. Langere tijd op dezelfde plek zijn.

Weten dat ik ben waar ik thuishoor. Dat gevoel heb ik alleen hier. Die nacht dat ik met Cam op de hooizolder de liefde heb bedreven was het enige moment in mijn leven waarop ik het gevoel had dat ik voor altijd ergens, daar, kon blijven.

Sla je vleugels uit.

De woorden van mijn moeder weerklinken in mijn gedachten nu ik naar deze vertrouwde plek kijk. Ik heb geen spijt van die tien jaar reizen. Ik heb met volle teugen van al die mooie momenten genoten, maar nu, hier? Nu ben ik anders. Nu ik dit ervaar, terwijl ik tien jaar ouder ben, nu ik door mijn ervaringen rijper ben geworden, zie ik wat ik eerst niet zag.

Thuiskomen is wel degelijk mogelijk. Het voelt precies hetzelfde en tegelijkertijd volkomen anders. Als een oude lappendeken. Warm, vertrouwd, bij elke wasbeurt zachter. Knusser.

'Daar zijn jullie. Ik was al bang dat jullie niet meer zouden komen,' roept een lage stem van boven aan het trapje naar de veranda.

Ik verruil het uitzicht op deze dierbare omgeving voor een blik op de man die ontspannen tegen een van de palen van de veranda leunt. Cam draagt een strakke jeans, versleten motorlaarzen en een donkergrijs shirt met lange mouwen. En hij glimlacht. Zijn golvende, donkerblonde haar, dat gewoonlijk tot aan zijn kaken reikt, is uit zijn hoekige gezicht gekamd en in een knotje achter op zijn hoofd vastgezet.

Mijn hemel, wat is die man toch knap. Hij beneemt me letterlijk de adem, met zijn scherpe blik, zijn krachtige, gespierde nek en zijn sterke kaken. Hij tuit zijn lippen en steekt zijn kin naar voren. 'Evie. Het is veel te lang geleden, zonnetje.'

Evie rent snel het trapje op en stort zich in Cams armen. Ik wil heel graag hetzelfde doen, maar daarvoor ontbreekt me de moed. Zo is het niet meer tussen ons. Toen ik hem tien jaar geleden verliet, liet ik ook die ontspannen genegenheid achter. Er gaat een steek door me heen als ik zie dat hij Evie in zijn armen heen en weer wiegt als een grote broer die zijn zusje heeft gemist.

Ze zoent hem op zijn wang en legt haar handen rond zijn gezicht. 'Je zag er altijd al goed uit, Cam, maar je bent ouder nog knapper, zie ik.' Ze geeft hem een klopje op zijn wang.

'Dat kan ik net zo goed van jou zeggen.' Hij glimlacht en ik krimp in elkaar, jaloers op mijn eigen zus die wel de ontspannen, zorgeloze man krijgt die ik van vroeger ken. Daarentegen krijg ik de gespannen zakenman die me aankijkt alsof ik een vreemde ben aan wie hij nooit is voorgesteld maar die hij wel aantrekkelijk vindt.

'Kom binnen,' zegt hij. 'Mijn moeder heeft zoals altijd een feestmaal bereid.'

'Dat is met vijf mannen onder haar dak vast geen uitzondering.' Ik glimlach en loop langzaam het trapje op. Het lijkt alsof elke stap me naar een onbekende plek voert waarvan ik niet weet of ik daar wel wil zijn.

Cam laat zijn hoofd zakken en laat zijn blik over me heen gaan, van mijn rode cowboylaarzen en blauwe jeans tot aan mijn jack en mijn wijde blouse van witte broderie, die een schouder vrijlaat. Ik draag mijn haar in een simpele paardenstaart, en mijn bungelende oorbellen met veertjes zijn geïnspireerd door pauwen. Ik weet dat Cam me altijd graag met los haar zag, dus daarom heb ik het in een staart gedaan. Vroeger trok hij altijd het elastiekje eruit en gooide dat weg alsof het afval was. Hij zei altijd dat hij zijn handen door mijn haar wilde kunnen halen wanneer hij maar wilde. Misschien is mijn paardenstaart een uitdaging voor hem, waarvan ik niet weet of ik wil dat hij hem aangaat.

'Net een diamant,' fluistert Cam, en nu laat ik mijn hoofd zakken, met mijn ogen dicht.

'Niet doen.' Die woorden krijg ik bijna niet over mijn lippen.

Hij legt een warme hand in mijn nek en de andere in mijn zij en trekt me tegen zich aan. Zijn korte baard kietelt de gevoelige huid van mijn wang als hij me een zoen op mijn slaap geeft. Er loopt een rilling over mijn rug. Dit zou als een doodgewone begroeting moeten voelen, maar met Cam, met deze man, is het zo veel meer.

Ik sla mijn armen om hem heen en houd hem vast. Ik verlang meer naar zijn troost dan naar al die dingen die ik in de afgelopen tien jaar heb meegemaakt.

'Het maakt niet uit wat je aantrekt, een pyjama, een mantelpakje, jeans, wel of niet opgemaakt, je schittert altijd net zo fel als een diamant, snoepje. De mooiste vrouw die ik ooit heb gekend.'

Ik doe mijn ogen dicht en laat zijn woorden die leegte in me vullen die door het gemis van hem is ontstaan. Ik heb zijn vriendelijkheid en zijn compassie gemist, het gemak waarmee hij zelfs de donkerste dag kan opfleuren, gewoon door er te zijn, door me te omhelzen of een compliment te geven waarvan ik niet besefte dat ik het nodig had.

Ik probeer mijn beste beentje voor te zetten en maak me los uit zijn omhelzing. 'Wat staat er vanavond op het menu?' vraag ik met lage, hese stem.

Hij legt zijn hand op mijn onderrug en voert me zo mee naar binnen. 'Je lievelingskostje natuurlijk. Mama's varkenskarbonaadjes met paprika.'

Zodra we de keuken naderen, loopt het water me in de mond door de heerlijke geuren. Rechts is de open keuken, een hele wand aan roestvrijstalen apparatuur en witgelakte kasten, van het plafond tot aan de vloer. Links staat de grootste bank die ik ooit heb gezien en daarop zitten vier mannen met een biertje erbij te kijken naar een sportwedstrijd op de flatscreen die boven de grote stenen open haard hangt.

'O, mijn lieve Suda Kaye, kom verder, kom verder, en ga lekker naast Evie zitten.' Patty wenkt naar me. Evie zit aan het kookeiland op een wortel te kauwen en Patty staat aan de andere kant groene paprika's in stukjes te snijden.

'Mevrouw B brengt me net op de hoogte van de laatste roddels uit Pueblo,' merkt Evie op. 'Ik had niet beseft dat ik, nu ik al een paar jaar in Colorado Springs woon, zo veel nieuwtjes mis.'

Patty knikt en ik loop naar haar toe. Ze slaat haar armen stevig om me heen voor een moederlijke omhelzing. En als ze me daarna een stukje van zich af houdt, zie ik dat haar ogen vochtig zijn. 'Ik heb je zo gemist, lieverd. En Evie natuurlijk ook.'

Ik knijp in haar armen. 'Ik jullie ook, maar ik ben terug en deze keer blijf ik. Jullie moeten over een paar weken beslist naar de opening van de winkel komen.'

Ze knikt een paar keer achter elkaar. 'Dat doen we. Ik heb al tegen mijn zoon gezegd dat zijn vader en ik daar als eersten voor de deur staan om het te vieren.'

Ik lach zo breeduit dat mijn wangen pijn doen.

'Dag, Suda Kaye, tijd niet gezien,' zegt CJ, de oudste van de vier broers, achter me. CJ, oftewel Coltrane junior, is net iets langer dan Cam, gespierd, en compleet anders dan ik me hem kan herinneren.

Tien jaar geleden dacht hij alleen maar aan paardrijden en op de boerderij werken, als hij tenminste niet met zijn neus in de boeken zat om zijn master economie af te ronden. Nu ziet hij er zowaar deftig uit, in een pantalon, een zijden overhemd en dure schoenen. Zijn lichtblonde haar is kortgeknipt en naar achteren gekamd in zo'n modieus kapsel dat je bij keurige zakenlieden in de stad ziet. En hij maakt geen aanstalten om me een knuffel te geven, zoals hij vroeger altijd deed, maar steekt zijn hand naar me uit.

Ik kijk fronsend naar die hand en besef dat die niet bepaald uitnodigend is, maar dit had ik van de gebroeders Bryant kunnen verwachten. Ze vormden altijd al een hechte eenheid en ik heb immers het hart van hun broer gebroken. Ik steek ook mijn hand uit en hij schudt die kort voordat hij zijn handen in zijn zakken steekt.

Preston reageert echter heel anders. 'Komt-ie!' roept hij. Hij zwaait als een Olympische turner zijn benen over de rugleuning van de bank en duikt op me af. Hij legt zijn grote handen rond mijn billen om me op te tillen en draait een rondje met me voordat hij me weer neerzet en zijn armen stevig om me heen slaat. En dat is echt stevig, want deze man is een beresterke reus.

'Jeetje, Pres, ik krijg bijna geen lucht,' zeg ik, maar ik moet er heel erg om lachen.

'Dit moet gewoon, zusje. Ik heb je zo gemist.' Hij drukt zijn gezicht in mijn hals, maakt grommende geluiden en zoent eerst mijn hals en dan mijn wangen. Met zijn handen rond mijn gezicht zegt hij: 'Laat me je eens goed bekijken.'

'Volgens mij heb je dat al genoeg kunnen doen, broertje,' zegt Cam. De woorden komen diep uit zijn keel, als een overduidelijke waarschuwing.

'Even dimmen, bro. Dit is Suda Kaye! Mijn meisje.' Hij knipoogt grijnzend naar me en weet donders goed dat zijn broer zich staat te verbijten. Dit is het welkom dat ik, als de omstandigheden anders waren geweest, van alle broers had kunnen verwachten.

'Strikt genomen was ze mijn meisje...' mompelt Cam met opeengeklemde kaken.

Preston negeert zijn broer en geeft me een klopje op mijn wangen. 'Je bent nog mooier dan op je achttiende. Niet te geloven!' Hij draait me om voor een blik op mijn billen en fluit overdreven. 'Jongen...' Hij wijst naar mijn kont, waarvan ik weet dat die er in deze jeans goed uitziet. Dat zei Evie namelijk nog voordat we vertrokken. 'Doe je aan fitness? Ik heb tegenwoordig een sportschool. Gratis lidmaatschap voor lekkere meiden.' Hij grinnikt en ik schiet in de lach.

Camden duwt zijn broer naar achteren en sleept hem naar de andere kant van de keuken. 'Zo is het wel genoeg.'

'Maar je ziet toch wat voor lekker hapje ze is? Man!'

'Let maar niet op hem,' zegt een stem achter me, en ik voel dat iemand twee keer aan mijn paardenstaart trekt.

Ik draai me om en kijk in de donkere ogen van Porter, de op een na oudste broer van Cam.

'Porter.' Dat is alles wat ik kan uitbrengen bij het zien van zijn knappe gezicht. Hij is een paar centimeter korter dan Cam, maar hij heeft zo'n uitstraling van lang, donker en knap die de anderen niet hebben. Zo zag hun vader er waarschijnlijk ook uit in zijn jonge jaren. Bruin haar, ogen met de kleur van espresso, net genoeg stoppels voor zo'n ruige, sexy look. Als ik niet eerder verliefd op Cam was geworden, had ik net als alle andere meisjes achter Porter aangezeten.

Porter trekt me tegen zich aan en ik vang een flinke zweem op van een lichte, maar aardse aftershave en zeep van het merk Irish Spring. 'We hebben je gemist, Suda Kaye, maar niet zo erg als Cam. Hij zal het nooit toegeven, maar zonder jou was hij nergens. Na jouw vertrek is hij nooit meer de oude geworden.'

Er schiet een flink brok mijn keel in. 'Gemakkelijk was het niet, maar op dat moment kon ik niet anders,' zeg ik, zo zacht dat alleen hij me kan horen.

Porter maakt zich van me los en kijkt me met die donkere ogen van hem aan. 'Ben je echt voorgoed terug?'

Ik lik mijn lippen en denk even over zijn vraag na. Bedoelt hij of ik terug ben op deze plek of in het leven van Cam, in de levens van hen allemaal? 'Ik woon nu in Pueblo, ja.'

Hij lacht spottend. 'Dat vroeg ik niet, maar met dat antwoord neem ik voor nu genoegen.'

'Wat heb jij ondertussen allemaal gedaan?' vraag ik, in een poging van onderwerp te veranderen.

'Ik ben eigenaar van Bryant Brews, bij Main Street om de hoek. Je moet maar eens samen met Evie iets komen drinken. Op mijn kosten natuurlijk.' Hij kijkt naar mijn zus en zijn blik lijkt bewonderend over haar heen te gaan. Hij is altijd al een beetje verkikkerd geweest op Evie, maar zij zou er nooit op ingaan. Volgens mij is de mooiemannenradar van mijn zus kapot.

'Ja, dat doen we, hè Evie?'

Haar wangen kleuren roze. 'Ja, doen we.' Ze hapt in een stengel selderij.

'Ik kijk ernaar uit.' Porter trekt een wenkbrauw op.

'Daar twijfel ik niet aan.' Cam legt hoofdschuddend zijn hand op mijn onderrug en leidt me naar een stoel.

'Ha, zo te zien zijn we compleet!' Coltrane komt de keuken in vanuit een gang waarvan ik weet dat die naar een kelder met bier en wijn leidt. Hij heeft een paar flessen wijn in zijn hand. Hij zet ze neer en loopt om het kookeiland heen, zodat hij me op mijn wang kan zoenen en met zijn duim over mijn schouder kan strijken. 'Lieve meid, wat heerlijk om je weer te zien.' Hij doet hetzelfde bij Evie en ik kan voor de eerste keer echt inademen.

Alles is weer goed.

In elk geval voor nu.

Evie duwt vanuit het niets haar elleboog tussen mijn ribben. We zitten op de bank uit te buiken na een van de sappigste, heerlijkste maaltijden die ik in tijden heb gehad. Patty kon altijd al erg goed koken, maar hiermee heeft ze zichzelf overtroffen.

'Au.' Ik geef haar een por terug. Het warme gevoel van een volle buik, twee glazen verrukkelijke wijn en goed gezelschap heeft me aangenaam loom gemaakt.

Evie knikt met haar kin naar me. 'Je moet het hem vertellen.'

Ik zak dieper weg in de bank.

'Wat moet je me vertellen?' Cam komt aangelopen met nog een

glas wijn voor Evie en een glas water voor mij. Ik ben vanavond de bob, dus twee glazen op een volle maag is voor mij het maximum.

'Hij verdient het om de waarheid te horen, huutsuu.'

Cam kijkt Evie met toegeknepen ogen aan, want hij vermoedt waarschijnlijk dat ze de inheemse naam die onze moeder voor me heeft bedacht gebruikt om me aan te sporen. En dat betekent dat ik niet veel goeds te vertellen heb.

'Dit kan maar beter de moeite waard zijn.' CJ komt onaangekondigd binnen, gaat achter de leren bank staan en slaat zijn armen over elkaar. Zijn gezicht is een masker van wantrouwen. Tijdens het eten zag ik hem al de hele tijd met een weifelende uitdrukking naar me kijken.

Dan komt Preston de gespierde reus de kamer in. Hij ploft naast Evie neer op de bank en trek haar plagend tegen zich aan. 'Wat is de moeite waard?'

Ik kreun. 'Eh, Cam, kan ik je misschien even onder vier ogen spreken?'

'Dat is een erg goed idee.' Evie steekt met een zegevierend gebaar haar glas wijn omhoog en neemt daarna een slok.

Camden schudt zijn hoofd. 'Nee. Ik weet niet wat je tegen me wilt zeggen, maar wat het ook is, dat kun je doen waar mijn broers bij zijn. Kom, voor de draad ermee. Heeft het met de winkel te maken? Krabbel je terug?' Hij draait zijn hoofd een klein stukje om en schuift bijna een halve meter bij me vandaan. Het had net zo goed een kilometer kunnen zijn, zo kwetsend zijn die woorden.

'Dat zou ik nooit doen,' zeg ik verontwaardigd.

'O nee? Ik kan me nog herinneren dat er tien jaar geleden al eerder iemand zomaar is verdwenen die me heel wat had beloofd.'

'Cam, dit gaat niet over het verleden, maar over het heden. Over jouw heden en jouw toekomst, om precies te zien.' Ik lik mijn lippen en adem diep in om zo veel mogelijk moed te vatten.

Hij snuift en maakt een uitnodigend gebaar. 'Laat maar horen.'

Goed, als hij dit op deze manier wil doen, kan hij het krijgen. 'Toen Evie en ik eerder vandaag in Colorado Springs aan het winkelen waren, hebben we iets... verontrustends gehoord.' Ik neem fronsend een slokje van het water dat hij me net heeft gegeven en probeer zo veel mogelijk tijd te rekken door het glas weer op de salontafel voor ons te zetten.

'Oké. En?'

'Het was... eh... nou ja, het was jouw... eh... verloofde. En ze...' Ik probeer de woorden uit te spreken, maar ze liggen zwaar en bitter op mijn tong.

'Brittney? Wat is er met haar?' wil hij weten.

'Hè, ik mag haar helemaal niet, die Brittney,' zeg Preston misprijzend.

Evie, Cam en ik kijken hem allemaal met een ontzet gezicht aan.

'Wat nou? Ze is niet aardig. Er is niks echt aan haar. Niet te geloven dat je nog steeds met haar wilt trouwen.' Preston trekt een zuur gezicht.

Cam staat op. Zijn woede hangt voelbaar om hem heen. 'Daar heb jij niks mee te maken, Pres. En jij ook niet, Suda Kaye.'

'Dat weet ik en het spijt me. Maar ze had het met een vriendin over geld en dat jij binnenkort voor alles gaat betalen...'

Camden begint te ijsberen. Hij legt zijn ene hand in zijn nek en staart naar de vloer. 'Ik wist wel dat dit een slecht idee was. Met zijn allen eten, net als vroeger. Ik wist het, verdomme.'

Ik ga ook staan en steek mijn handen uit. 'Dat is nog niet alles. Cam, ze is nooit zwanger geweest. Ze heeft tegen je gelogen. Ze heeft je gebruikt.'

Patty, die in de open keuken met het dessert bezig is, hapt hoorbaar naar adem. 'Zwanger?' Haar hand schiet naar haar borst.

Ik wilde nu het liefste door de oceaan worden verzwolgen en pas op een andere oever weer aanspoelen. Hier heel ver vandaan. Tahiti, dat lijkt me wel wat. Daar heb ik altijd al eens naartoe gewild. Dit is een uitstekend moment.

Camden blijft staan en kijkt me kwaad aan. 'Hoe kom je daar nu bij? Wat weet jij daar nou van? Je weet niks van Brittney en mij en het kindje dat we hebben verloren.'

'Er is nooit een kindje geweest, Cam. Dat kan ik bewijzen, dat zweer ik...'

'Nee!' onderbreekt hij me. Met een hakkend gebaar van zijn hand maant hij me tot stilte. 'Brittney is een erg lieve vrouw, en ja, ze tut zich graag op en is misschien wel een beetje verwend, maar ze heeft een goed hart. Niet te geloven dat je me dit flikt. Nadat je opeens vanuit het niets bent opgedoken probeer je nu ook nog mijn toekomst te verpesten!'

'Broer, luister eerst eens naar haar,' spoort Preston hem aan. 'Laat haar haar verhaal doen.'

Cam gooit lachend zijn hoofd in zijn nek. 'Ach man, jij moet niks van Brittney hebben omdat ze uit een erg goed nest komt, maar kijk eens in de spiegel, jongen. Dat geldt net zo goed voor jou. Dat geldt voor ons allemaal. CJ en ik dragen in elk geval nog ons steentje bij in de firma, maar jij verstopt je achter je sportschool en je fitness. Je kijkt verdomme neer op wat pa heeft opgebouwd!'

'Nou, nou, dat is allemaal niet nodig,' bemoeit Coltrane zich ermee. Hij heeft zijn handen op de schouders van zijn vrouw gelegd. 'Ik ben trots op jullie alle vier en op wat jullie doen.'

Preston staat op en barst uit als een vulkaan. 'Die griet is alleen maar op je geld uit! Zie je dat niet?' Hij schudt zijn hoofd. 'Je kunt veel beter krijgen dan zij. En wat mijn werk betreft, ik heb mijn aandeel gebruikt om een eigen zaak te beginnen en iets voor mijn toekomstige kinderen op te bouwen. Net zoals pa met zijn bedrijf heeft gedaan. Ga nu niet mij afzeiken omdat je zelf gekwetst bent. Ga je

Porter hetzelfde verwijten omdat hij Bryant Brews is begonnen en niet samen met CJ en jou in het familiebedrijf is gestapt? Huh? Dit is heel iets anders dan wat je vorige week zei, toen je het ene glas na het andere achteroversloeg en zat te jammeren dat je niet weet wat je moet doen omdat Suda Kaye weer terug is. Ga niet tegen mij lopen zeiken als je zelf problemen hebt, broer. Wees een vent en deal met je eigen shit.'

Camden knijpt snuivend in zijn nek. 'Je bent nog niet terug bij mijn familie of je maakt er alweer een puinhoop van,' zegt hij met opeengeklemde kaken en een felle blik tegen mij.

Meteen schiet er een withete woede door me heen. 'Het was niet mijn idee om hiernaartoe te komen. Ja, ik ben dol op je familie en dat zal altijd zo blijven, maar jij wilde dat ik kwam!' Ik wijs naar zijn borst.

'Ja, nou, dat was een slecht idee. Ik wil je hier niet hebben,' zegt hij bars.

Voordat ik de deur uit kan rennen, schalt er een nieuwe, zangerige stem door de kamer. 'Joehoe! Is er iemand thuis? Suikerhartje?' Brittney, dat mierzoete liegbeest, loopt als een roze suikerspin de woonkamer in. Haar blik valt op Evie en mij. 'O, je hebt bezoek.'

Evie pakt mijn hand en staat op.

'Schatje, wat doet je ex bij je ouders thuis op de avond dat jullie met z'n allen eten? Daar word ik nooit voor uitgenodigd en ik ben nog wel je verloofde.' Als op bevel steekt ze pruilend die veel te volle lippen naar voren.

Camden doet zijn ogen dicht en laat zijn schouders zakken. Alle woede is uit zijn lijf verdwenen en hij wekt vooral een verloren indruk. Hij doet zijn ogen weer open en kijkt me aan.

'Sorry,' zeg ik zwakjes.

'Je hebt het mis,' zegt hij op vlakke toon. Hij spreidt zijn armen voor Brittney. 'Kom eens hier, honingbeertje.'

Honingbeertje. Mijn afkeer van haar wordt alleen maar groter. Zo'n liegende slet als zij verdient geen lieve koosnaampjes.

'Kom, Evie, we gaan. Het zit erop.' Ik trek aan de hand van mijn zus.

Evie schudt haar hoofd en verroert zich niet. 'Nee, niks ervan.' En voordat ik haar kan tegenhouden, pakt ze haar telefoon om de opname te laten horen.

Brittneys stem schalt luid en duidelijk uit het toestel. 'Binnenkort hoef ik mijn kleren niet meer op mijn creditcards te zetten. Gelukkig maar, want de toelage die pappie me elke maand geeft, is gewoon om te janken. Maar zodra ik mevrouw Bryant ben, neemt Cam alles voor zijn rekening.' Gevolgd door haar lach.

'Zie je wel, broer. Ik zei toch dat ze op je geld uit is!' Preston wijst naar de blondine die zich aan Camden vastklampt.

Ze fronst. 'Suikerhartje, dat is niet waar! Ik weet niet wie deze vrouwen denken dat ze zijn, maar ze hebben het mis!'

De opname gaat verder en we horen haar vriendin met het bruine haar zeggen: 'Die man mag er zijn, meid. Niet te geloven dat je voor hem gaat. Of nou ja, juist wel, want wat ik al zeg, hij mag er wezen. Maar wat vindt Alejandro ervan?'

Nu fronst Cam. 'Wie is Alejandro? Brittney?'

Brittney bijt op haar lip. De tranen springen in haar ogen.

We horen de brunette zeggen dat Brittney verliefd is op Alejandro. Cam trekt hoofdschuddend zijn arm weg van Brittney.

We horen haar allemaal liegen. Dat ze dit alleen maar heeft gedaan om haar naam en die van haar familie hoog te houden, dat ze bewust misbruik heeft gemaakt van zijn dronkenschap.

'Brittney...' begint Camden.

'Cam, ik hou van je. Dat weet je. Je moet niet naar die onzin luisteren, dat is niet echt. Ik weet niet eens van wie die stem is.'

Uit het opgenomen gesprek blijkt dat ze onlangs nog met Alejandro naar bed is geweest, dat Cam niet haar type is, dat hij de boot af wilde houden en dat ze daarna naar zijn kantoor is gekomen en over haar zwangerschap heeft gelogen.

'O, ik ben nooit zwanger geweest. Dat heb ik Camden alleen maar wijsgemaakt om die verloving rond te krijgen. Vorige maand kreeg ik natuurlijk heel toevallig een miskraam. En toen ben ik in huilen uitgebarsten, want hoe kon hij het nu uitmaken? Alleen maar omdat ik niet langer zijn kind droeg? En weet je... dat slikte hij ook nog! Zo fatsoenlijk is hij, die loser.'

Er valt een doodse stilte in de woonkamer. Ik ben er zeker van dat je Brittneys minachtende lachje over haar eigen bedrog van verre kunt horen, zelfs al klinkt het uit de kleine speaker van de telefoon van mijn zus.

'Mijn huis uit!' Patty beent met grote stappen op Brittney af en pakt haar bij haar bovenarm. 'Mijn huis uit, en verdwijn uit het leven van mijn zoon. En uit die van mijn familie. Je kunt maar beter gaan verhuizen, want zodra ik dit met jouw vader en moeder heb besproken, ga je nog wensen dat je nooit in de buurt van een van mijn kinderen was gekomen.'

'Nee, doet dat alstublieft niet, mevrouw Bryant. Dan geeft papa me geen cent meer. Ik heb geen werk. Dan heb ik geen geld meer!' jammert ze. Haar mascara loopt in zwarte stroompjes over haar wangen. 'Ik ga wel weg. Ik zal u nooit meer lastigvallen. Niemand van u. Maar vertel het alstublieft niet aan mijn ouders. Alstublieft niet!' krijst ze, maar Patty en Coltrane zijn al bezig om haar naar buiten te slepen.

Preston, CJ en Porter lopen naar hun broer toe en ontfermen zich vol medeleven over hem. Camden ziet eruit als een man die alles is kwijtgeraakt. Misschien had ik het mis en verlangde hij niet meer naar mij? Oké, er is een bepaalde aantrekkingskracht tussen ons, maar dat is gewoon biologie. Hij geloofde me niet eens, hij dacht dat ik zijn leven wilde verpesten. Dat ik iets moois kapot wilde maken. Terwijl ik hem alleen maar voor een leven vol leugens wilde behoeden.

En de echte waarheid luidt... dat hij me nooit meer zal vertrouwen.

Dat is vanavond overduidelijk gebleken. De hoop dat Camden ooit weer een rol in mijn leven gaat spelen en dat deze familie opnieuw deel van mijn wereld kan worden, is in één avond de grond in geboord. Ik heb weliswaar niet het wapen geladen dat de relatie met zijn verloofde aan stukken heeft geschoten, maar ik heb wel de trekker overgehaald.

'Kom, Evie, we gaan.'

Evie en ik lopen om de broers heen, die een troostende kring rondom Camden vormen.

Camden steekt zijn hand uit en grijpt de mijne stevig vast. 'Suda Kaye...' De blik in zijn ogen is hartverscheurend. Hij is compleet van slag.

'Tot in de winkel.' Ik trek aan mijn hand totdat hij loslaat.

'Toe...' roept hij me na, op een toon vol wanhoop die ik alleen maar als een teken van groot verlies kan beschouwen. Ik weet niet hoe ik hem moet geven wat hij nu nodig heeft, en hoewel ik het vreselijk vind om te moeten toegeven, ben ik op dit moment ook niet degene die hem moet steunen. Dat recht heb ik lang geleden al verloren.

Ik zet mijn ene voet voor de andere, nog veel moeizamer dan toen ik hem slapend en naakt op de hooizolder achterliet, en ik laat hem en zijn familie alleen met hun verdriet en de verwerking daarvan.

In mijn gedachten hoor ik telkens weer wat hij daarnet tegen me zei.

Je bent nog niet terug bij mijn familie of je maakt er alweer een puinhoop van.

11

De volgende dag lig ik in bed, met mijn moeders brieven om me heen, en probeer ik tijdens het herlezen ervan een verborgen advies in haar woorden te ontdekken. Gewoonlijk kan ik door het lezen alle pijn verzachten die me plaagt en elke wond helen. Ik heb op dit moment niet de energie om naar beneden te gaan, maar ook zonder mij schieten Kyson en zijn sikkeneurige broer flink op met de verbouwing.

Het is al na twaalven, maar ik kan het gewoon niet opbrengen om de dag onder ogen te komen. Mijn hart doet pijn en mijn lijf reageert traag. Beelden van de rampzalig verlopen avond van gisteren gaan keer op keer door mijn hoofd.

Ik doe mijn ogen dicht, raak een van mama's brieven aan en praat zacht met haar, zoals ik sinds haar overlijden al zo vaak heb gedaan.

'Mam, ik heb je hulp nodig. Je goede raad. Ik heb Cam opnieuw gekwetst. Dat kan ik niet meer goedmaken. Het was niet mijn bedoeling, echt niet, maar het... het gebeurde gewoon. En ik zou er spijt van moeten hebben, heel erg, maar er knapte iets in me toen dat vreselijke mens haar mond opendeed en al die vreselijke dingen eruit gooide. Mam, ik hield het niet meer. Ik kon niet toestaan dat hij met die valse slang zou trouwen, niet nadat ik had gehoord dat zij niet van hem hield. Cam verdient zo veel beter. Hij verdient het beste.'

Ik slaak een zucht, doe mijn ogen open en houd een van haar brieven omhoog. Die is gedateerd op mijn vijfentwintigste verjaardag. Dit is de brief waarin ze bekende dat ze een buitenechtelijke verhouding had gehad met mijn biologische vader, Ian. Ze heeft me nooit zijn achternaam verteld en ook geen andere details die meer over zijn identiteit konden onthullen. Telkens als ik ernaar vroeg, zei ze dat Adam Ross, haar echtgenoot en Evies biologische vader, net zo goed mijn vader was en dat ik de kwestie moest laten rusten. Ten slotte hield ik op met vragen.

Ik weet meteen waarom het universum of mijn moeder zelf me juist deze brief op dit moment heeft laten oppakken.

Omdat hieruit blijkt dat ze spijt had. In de meeste brieven vertelt ze opgetogen over haar nimmer aflatende zoektocht naar nieuwe ervaringen, hetzelfde verlangen dat ze in mij herkende. Maar niet in deze.

Mijn liefste huutsuu,

Vandaag ben ik verdrietig. Ik voel me verloren. Ik wil dolgraag iets van betekenis opschrijven voor jou en je zus, woorden waaraan jullie iets hebben als ik er niet meer ben, zodat jullie weten dat ik altijd van jullie heb gehouden. Ik was misschien niet altijd een goede moeder, of nee, ik weet dat ik dat niet was. Ik hoop dat je weet dat ik mijn uiterste best heb gedaan en dat ik altijd alles van mezelf heb gegeven als ik bij jullie was.

Als klein meisje voelde ik al die onrust, die drang om weg te gaan, die altijd sterker is geweest dan al het andere in mijn leven. Ik kan het niet precies uitleggen, maar mijn lieve Suda Kaye, ik geloof dat jij het begrijpt en dat je diezelfde leegte in je binnenste voelt. Die dorst die alleen kan worden gelest door

alles na te jagen wat het leven te bieden heeft. Al wens ik soms dat ik iets stabieler was geweest. Normaal. Een moeder volgens het boekje, een perfecte huisvrouw voor Adam.
Als ik alleen al aan Adam denk, doet mijn hart pijn. Hij is zo'n goede man. Hij heeft het me vergeven dat ik al die jaren geleden ben vreemdgegaan met Ian en hij heeft jou als zijn eigen kind onder zijn vleugels genomen. Ik weet niet of ik mezelf dat verraad wel kan vergeven, maar zonder die ervaring had ik jou niet gehad. En jij, mijn huutsuu, bent alles voor me.
Mooi. Bruisend. Wild. Medelevend.
Ik geloof dat jij in staat bent om uit te vliegen zonder anderen zo te kwetsen als ik heb gedaan. Om niet zomaar pardoes te verdwijnen. Jij bent slimmer, verstandiger. En hopelijk kunnen mijn brieven en ervaringen je de juiste weg wijzen. Waarheen die ook mag leiden.
Beloof me één ding, lieverd.... Houd je ogen open. Zie de wereld zoals die is. Een en al schoonheid. Elke vorm van leven is een geschenk. Elke stap die je zet, is er eentje op een pad vol mogelijkheden. Neem alles in je op. Op een dag zal het moment aanbreken waarop je tevredenheid vindt. En dat zal net zo mooi zijn als al die andere ervaringen bij elkaar.
Helaas heb ik te laat ontdekt dat jullie, mijn meisjes, en ons leven in Pueblo me die tevredenheid schonken. Maak niet dezelfde fout. Houd tijdens het ontdekken van de wereld je ogen goed open. Vind jouw plek. Je hart zal je ernaartoe leiden. En blijf tot dan vliegen, mijn vogeltje.
Heel veel liefs,
Mama

De tranen stromen over mijn wangen. Deze brief heeft me altijd al achtervolgd. Op de een of andere manier leek ze te weten dat ik op een bepaald moment niet langer mijn vleugels kon uitslaan. En voor het eerst in tien jaar tijd staan mijn voeten stevig op de grond. Hier

Hier. Bij mijn zus.

In Colorado.

In mijn winkel.

Bij... Camden.

'Ugh.' Ik schop het beddengoed van me af en veeg de tranen van mijn gezicht. 'Dit heeft geen zin. Ik moet uitzoeken hoe ik het goed kan maken met Cam. Als dat al mogelijk is.'

Ik buig me over het bed heen om de brieven bijeen te rapen. Ik vouw ze zorgvuldig op en stop ze allemaal in de juiste envelop, en daarna leg ik de stapel in de la van mijn nachtkastje.

Als ik eenmaal naast mijn bed sta, met mijn handen in mijn zij, kijk ik om me heen. Ik heb enige vooruitgang geboekt, maar een lege woonkamer zegt niet bepaald 'gesetteld', en als mijn moeder me in haar brief inderdaad duidelijk probeerde te maken wat ik denk, dan moet ik volledig kiezen voor de plek waar ik thuishoor. En dat betekent terug naar alles waarvan ik hou, en niet alleen maar een winkel beginnen.

Opeens komt er een gedachte in me op waarvan ik moet glimlachen. Ik pak mijn telefoon, trek hem van de lader en kies een nummer.

Het toestel gaat twee keer over voordat mijn zus opneemt. 'Hoe gaat het nu? Als je niet had gebeld, was ik later met avondeten voor je langsgekomen.'

'Zus, ik heb een beter idee.' Ik loop om mijn bed heen naar de klerenkast om een yogabroek, een tanktop en een hoody te pakken.

'Waarom heb ik nu het gevoel dat ik hier spijt van ga krijgen?' mompelt ze.

'Omdat ik onvoorspelbaar ben en dat vind je juist zo leuk aan me.'

'Zo zou ik het niet willen noemen. Ik vind het eerder eng.' Ze grinnikt.

'Dat kan wel zijn, maar ik zit in een flinke dip en daar wil ik uit. Jij bent mijn zus, dus jij moet me helpen. Dat ga ik namelijk ook voor jou doen als jij in een dip zit.'

Evie kreunt. 'Goed, waar hebben we het over?'

Ik lach breeduit. 'Trek je yogakleren aan en haal me op.'

'Yogakleren? Gaan we aan yoga doen?'

'Zoiets.' Ik lach snuivend. 'Kleed je nu maar om en kom me halen. Als ik een auto had, was ik jou komen halen.'

'Nu we het daar toch over hebben... Een auto regelen is een van de eerste dingen die je had moeten doen,' zegt Evie met een zweem van zusterlijke strengheid.

Ik kreun overdreven. 'Dat maakt mijn humeur niet beter.'

'Goed, goed, jij wint. Dit keer wel. Ik stop vandaag eerder met werken, ga naar huis om andere kleren aan te trekken en ben over een uurtje bij je.'

'Ik kijk ernaar uit! Ga je me missen?'

'Jij mij nog meer?' kaatst ze terug.

'Altijd!' Ik hang giechelend op en zoek dan meteen op Google naar wat ik nodig heb. Binnen een paar minuten heb ik beet.

'Dank je voor het zetje, mam,' roep ik tegen de lege kamer, en daarna dans ik de paar meter naar mijn badkamer om te douchen.

'Dit meen je niet.' Eva kijkt naar de half ontklede vrouwen om ons heen, terwijl ik mijn hoody en mijn shirt uittrek. Ik heb nu alleen nog mijn knalroze sportbeha en grijze yogabroek aan.

'Dit roept vast herinneringen aan vroeger bij je op, maar ik ben er nooit mee opgehouden. Al ben ik wel wat stijfjes omdat ik nog geen nieuwe groep had gevonden om mee te dansen.'

Evie laat haar schouders zakken en kijkt naar de andere vrouwen. Sommige deelneemsters dragen lange wijde rokken, korte topjes en kettingen rond hun buik, andere zijn in sportkleding, maar de meeste lopen er net zo bij als ik. Zonder al te veel kleren, maar met alle belangrijke lichaamsdelen bedekt.

'Goed, dames, kies een plekje uit en kom in beweging!' roept een beeldschone, welgevormde vrouw met donker haar boven het geroezemoes uit.

Evie trekt haar sweater uit, maar niet haar tanktop, en loopt achter me aan naar een hoekje van de zaal waar we de lerares wel goed kunnen zien, maar niet bang hoeven te zijn dat we haar aandacht trekken.

Ik grinnik in mezelf als Evie haar handen in haar zij zet en op instructies wacht. Alsof ze die nodig heeft. Evie en ik hebben het de laatste tijd misschien niet meer gedaan, maar we zijn al met buikdansen begonnen toen we nog klein waren. Mama heeft ons de Turkse variant geleerd, met vingerbekkens, en de meer vloeiende versie uit Egypte. Ik heb bijna een jaar door Europa gereisd met een groep buikdanseressen die allerlei verschillende stijlen beoefenden.

Alle vrouwen in de zaal kiezen een plek uit. De lerares gaat op een verhoging staan en zet muziek uit het Midden-Oosten aan die ik herken van een van mijn laatste optredens met de dansgroep.

'Dit is een les voor halfgevorderden, dus we werken meteen aan de heupen. Ik doe de dans voor en daarna kunnen jullie in je eigen tempo meedoen.'

Evie werpt me een vernietigende blik toe en zegt geluidloos: 'Halfgevorderden.'

Ik haal met een brede lach mijn schouders op.

Ze rolt met haar ogen en concentreert zich op de bewegingen van de lerares. Binnen een paar minuten bewegen Evie en ik onze heupen eerst schokkend op en neer, duwen we onze buiken naar voren en laten onze heupen vervolgens afzonderlijk van andere lichaamsdelen heen en weer wiegen. Ik word steeds meer één met de dans en beweeg mijn armen op de maat van de muziek. Evie doet me zonder het zelf door te hebben na, en al snel verschijnt er een glimlach op haar gezicht.

Een uur lang bewegen we onze heupen heen en weer, we draaien soepele, maar heel precieze rondjes en gebruiken onze buikspieren zoals onze moeder ons dat heeft geleerd. Al snel worden we er zo door meegesleept dat we niet eens merken dat de lerares haar verhoging heeft verlaten en naast ons is komen staan. Ze doet onze vaak geoefende bewegingen na en danst met ons mee.

De hele zaal doet met ons mee, aangemoedigd door de lerares die elke draai of verandering in de volgorde opnoemt. Ik heb nog maar zelden zoiets bijzonders en indrukwekkends samen met mijn zus gedaan.

Ten slotte doet Evie haar ogen open en ziet ze dat iedereen met ons meedoet. Een lach rolt van haar lippen als ze haar handen opsteekt en zich helemaal overgeeft aan de muziek. Ze is zo mooi als ze danst, bijna onaards. Ze heeft zo'n talent. Ik heb behoorlijk goed leren dansen, maar bij Evie is het meer dan dat. Zij ís de dans, zij beweegt vanuit haar ziel, al zou je op grond van haar koele voorkomen nooit denken dat ze zo zorgeloos kan zijn.

Ik weet wel beter. En onze moeder wist dat ook.

Misschien is het aan mij om haar uit de schulp te laten kruipen waarin ze zichzelf en haar leven heeft verborgen. Om haar te laten zien hoe ze haar eigen ketenen kan losmaken.

Ten slotte loopt de lerares terug naar de verhoging om, zodra het nummer is afgelopen, de muziek uit te zetten. Het zweet loopt van onze gezichten, over onze buiken en onze ruggen. We zien er niet uit, maar ik heb me nog nooit zo goed gevoeld.

Evie, die hier helemaal in is opgegaan, spreidt haar armen voor een zweterige, zusterlijke omhelzing en geeft me een kus op mijn wang. 'Ik was helemaal vergeten hoeveel ik van dansen hou! Ik heb het zo lang niet meer gedaan, maar het was weer meteen net als vroeger.'

Ik strijk haar haar uit haar gezicht en stop het achter haar oor. Haar wangen blozen, haar zeeblauwe ogen fonkelen warm en haar lippen zijn roze en vol.

'Wat zie je er blij uit, zus.'

Ze glimlacht breeduit. 'Dat ben ik ook. Jij bent weer terug, dus wat kan ik me nog meer wensen?' Ze houdt haar hoofd scheef en kijkt me recht aan. En ik voel dat die blik, zo open en eerlijk, de leegte in mijn binnenste vult met pure vreugde.

Ik sla een arm rond haar schouders en de lerares komt naar ons toe. 'Dames, jullie waren echt geweldig. Jullie zijn beslist gevorderde dansers, een echte inspiratie voor mij en de andere leerlingen. Jullie zijn er de volgende les toch weer bij?' Ze drukt smekend haar handen voor haar volle boezem tegen elkaar.

'Zeker weten.' Ik duw met mijn heup tegen die van mijn zus en knijp in haar schouders. 'Ja toch, Evie?'

Ze lacht droogjes. 'Ja, ik wil wel een paar lessen per maand volgen.'

'Nou, hier is mijn kaartje. Ik zit bij een buikdansgroep die vaak optreedt op bedrijfsfeesten, festivals en dat soort dingen, mits ons dagelijks werk het toestaat. Gelukkig zijn we met zo veel dansers dat er altijd wel iemand kan. En ik weet zeker dat onze manager heel blij zal zijn als er nog twee bijzonder bedreven dames met ons mee willen dansen.'

'Ja!' Ik pak haar kaartje aan en steek het in het kleine zakje van mijn yogabroek. 'Ik neem beslist contact op. Toen ik in het buitenland woonde, zat ik ook bij een dansgroep, maar sinds ik weer terug ben, heb ik nog geen nieuwe groep gevonden.'

'Jullie zijn van harte welkom. En natuurlijk ook bij de volgende les.' De lerares knikt ons toe en loopt dan terug om haar spullen in te pakken.

'Je kunt op ons rekenen!' roep ik haar na. Dan laat ik me glimlachend door Evie meevoeren naar onze spullen.

'Heb je het niet druk met de winkel, Kaye?' Evie raapt haar sweater op en hangt haar tas over haar schouder.

Ik knik. 'Ja, maar ik moet zien te voorkomen dat ik alleen nog maar met Nomade bezig ben en vergeet wat mij míj maakt. Snap je wat ik bedoel?'

Evie fronst en knikt dan, maar ik weet niet of ze het wel met me eens is. Ze lijkt echter niet te willen doorvragen of haar eigen mening te willen geven.

'Wat nu?' vraagt ze als we naar haar auto lopen.

'Wat nu? Eten en drinken, meid.' Ik dans lachend naar het linkerportier.

Evie wil altijd graag dat ik rij als we met ons tweeën op pad zijn. Dat is altijd al zo geweest, zelfs als we met haar auto gaan. Dat komt vast omdat ze ooit een ongeluk heeft gehad toen onze vader haar leerde autorijden. Hij werd met zijn hoofd tegen het raampje aan de rechterkant geslingerd en liep een wond op die moest worden gehecht. Ook stak hij instinctief zijn arm uit om mijn zus te beschermen toen de airbag openging en daardoor brak hij zijn onderarm. Het duurde een paar maanden voordat hij weer kon werken.

Sindsdien is ze echt een watje als het om autorijden gaat. Ze rijdt alleen als ze in haar eentje is. Daarom komt ze waarschijnlijk nooit ergens. Dat is zeker iets om aan te denken als ik haar uit die schulp van haar wil halen.

Op weg naar Pueblo stuiten we op een leuk klein sportcafé. Dit lijkt ons de juiste plek voor onze stemming en onze outfit, want we lopen nog steeds in yogakleren, met ons haar in een knot. Ik had beter naar huis kunnen gaan om andere kleren aan te trekken, want zodra we naar binnen lopen, valt mijn blik op de brede lach op het ongeschoren gezicht van niemand minder dan Kyson.

Hij staat op, een beweging waardoor dat onafscheidelijke witte T-shirt op magische wijze over zijn borst spant. Hij trekt zijn jeans een stukje op en loopt om zijn broer Lincoln heen onze kant op.

'Dag, dames, wat doen jullie hier? Jullie lijken me geen types voor een sportkroeg.' Hij kijkt naar onze comfortabele Uggs, strakke yogabroeken en hoody's.

'Zijn we ook niet,' antwoordt Evie gevat. 'Maar we zijn wel dol op bier en hapjes uit de frituurpan.'

Hij kijkt haar aan met een stralende lach waarvan de meeste vrouwen zouden gaan watertanden. En daarna zouden ze die lach van dat ruige gezicht zoenen.

'Kijk eens aan.' Kyson strijkt met zijn duim over zijn onderlip en kijkt me schattend aan. 'Daar ben ik toevallig ook dol op. Wat zeggen jullie ervan als jullie bij Linc en mij aanschuiven?'

Evie staat op het punt om nee te zeggen, maar ik ga snel voor haar staan en flap er 'Heel graag' uit.

Evie trekt me aan mijn elleboog naar zich toe, zodat ze in mijn oor kan fluisteren. 'Je speelt met vuur, Kaye. Die man is maar op één ding uit.'

Ik lik mijn lippen en geniet van wat er voor me staat. Misschien is hij de man die al die nare, verwarrende gevoelens kan verdrijven die me sinds de confrontatie met Cam van gisteravond achtervolgen. Ik ben namelijk bang dat ik mijn vroegere geliefde en zijn familie voor altijd heb verloren.

'En denk je dat ik daar niet op uit ben?' Ik tuit mijn lippen en kijk mijn zus nadrukkelijk aan.

Ze trekt een geïrriteerd gezicht. 'Het is niet verstandig.'

'Hé, hé, hier hoeven jullie niet zo lang over na te denken, dames. Ik bied alleen maar goed gezelschap, veel plezier, een schaal met de beste kiphapjes ter wereld en ijskoud bier. Meer niet.' Kyson steekt met een berustend gebaar zijn handen op.

Evie kijkt hem met toegeknepen ogen aan. 'Dat is je geraden, meneer de klusser, anders ga ik met mijn zus aan dat tafeltje daar zitten.'

Ze wijst naar een eenzaam ogende tafel in de buurt van de toiletten.

'Bah, Evie, ik wil niemand horen plassen en geen vieze luchtjes ruiken als ik zit te eten en te drinken.' Ik frons en kijk haar dan bedelend als een jong hondje aan.

Ze ademt heel diep en lang in en slaakt een overdreven zucht. 'Ga maar voor.' Ze gebaart naar Kyson.

Hij houdt grinnikend zijn hoofd schuin. 'We zitten daar. Ik bestel meteen nog wat bier en vleugeltjes.'

'Dank je,' zeg ik met mijn liefste stemmetje.

Terwijl hij wegloopt en wij naar de hoge tafel lopen, duwt Evie tegen mijn schouder. 'Ik hoop dat je weet wat je doet.'

'O, ik heb geen flauw idee. Ik weet alleen dat ik al maanden geen beurt heb gehad, dat Kyson er bijzonder lekker uit ziet en waarschijnlijk erg goed weet wat hij in bed moet doen, en dat hij vriendelijk is en geen vastigheid wil,' zeg ik schouderophalend.

Ze houdt me tegen voordat we bij de tafel zijn. 'Denk je er serieus over om met hem de koffer in te duiken?'

Ik lach proestend. 'Evie, rustig maar. Niemand zegt dat nog, de koffer in duiken, en ik ben een grote meid die uitstekend op zichzelf kan passen.'

Ze schudt haar hoofd. 'Nou, juist niet. Niet als je denkt dat naar bed gaan met die man hier de pijn kan verzachten van de aanvaring die je gisteravond met die andere man had.'

Ik draai me om naar mijn zus, leg mijn hand in haar nek en druk mijn voorhoofd tegen dat van haar. 'Ik pas goed op. Maak je over mij maar geen zorgen. Ik heb nog niks besloten. Ik weet alleen wat ik voel, en als iets pijn doet, dan heb ik verschillende manieren om die pijn te verzachten. Een daarvan is iets leuks doen met mijn zus. Een andere is genieten van een lekkere snack en een koud biertje. En de laatste is een geweldige nacht met een aardige vent die me alleen maar wil laten genieten.'

Evies ogen vonken als een gasvlam. 'Wees verstandig, Kaye. Leg het niet aan met je aannemer. Niet als je verdriet hebt omdat je van Cam niet kunt krijgen wat je wilt. Dat is niet eerlijk tegenover jezelf en dat is al helemaal niet eerlijk tegenover Cam,' fluistert ze met geknepen stem.

Ik knars met mijn tanden. 'Meid, ik red me wel. Het komt goed.'

Er klinkt gefluit. We kijken allebei om naar Kyson en zijn broer, die aan het tafeltje zitten. Kyson houdt met een uitnodigende glimlach een kan pas getapt bier omhoog.

'Het komt allemaal in orde.' Ik knipoog en loopt naar de jongens toe.

'Dit kan niet goed aflopen, dat weet ik gewoon,' mompelt Evie, maar ze loopt toch achter me aan.

12

‘Rustig aan, meisje met de mooie bruine ogen, rustig aan,’ zegt Kyson waarschuwend als ik struikel op de tweede trap naar mijn appartement. Achter me giert mijn zus van het lachen en daardoor ga ik ook los. Ik laat me tegen de muur vallen en begin als een hyena te grinniken.

‘God, met zo veel gekte heb ik geen rekening gehouden.’ Kyson haakt lachend zijn ene arm rond mijn middel en de andere rond die van Evie en hijst ons zo’n beetje allebei de trap op.

Bovenaan laat Evie zich met haar volle gewicht tegen hem aan vallen. Stomdronken kijkt ze naar hem op, met een blik vol ontzag. ‘Wauw, je bent echt heel knap,’ zegt ze bewonderend. Dat is de drank die spreekt.

Hij zoent haar op haar voorhoofd. ‘O ja, schoonheid?’

‘Ja.’ Ze knikt voor misschien wel de honderdste keer.

Ik klop Kyson op zijn indrukwekkende biceps. ‘Je bent zó sterk. Je kunt vast van alles met al die spieren. Echt heel, heel veel.’ Ik schenk hem een glimlach die naar ik hoop verleidelijk is, maar die vast doet denken aan hoe Elvis altijd zijn lip optrok.

‘Dames, als ik minder fatsoenlijk was geweest, had ik jullie allebei mijn bed in gesleept en jullie laten smeken om meer. Maar zo’n eikel ben ik niet, dus wat zeg je ervan, meisje, als je nu die deur voor me opendoet, zodat ik jullie naar binnen kan brengen en jullie je bed kunnen gaan opzoeken?'

'Een bed opzoeken?' Met een brede lach laat ik me tegen hem aan vallen. 'Dat klinkt goe-hoed.' Ik rek het laatste woord uit om aan te geven hoe opgetogen ik ben.

Kyson schudt zijn hoofd. 'Doe de deur open, Suda Kaye,' beveelt hij streng.

Ik graaf pruilend in mijn gigantische tas. Zodra ik mijn sleutels heb gevonden, houd ik ze triomfantelijk omhoog. 'Joehoe! Bingo!'

Mijn zus geeft me een slordige high five.

Kyson pakt de sleutels van me over en ik frons. Het voelt alsof hij mijn winst heeft afgepakt en daarom sla ik met een verontwaardigd geluidje mijn armen over elkaar. Hij heeft met zijn alfamannetjesgedrag mijn humeur verpest.

Evie heeft daar helemaal geen last van. Ze zit zo'n beetje aan hem vastgeplakt en wrijft met haar wang langs zijn arm. Dat snap ik wel. Het is een geweldige arm die er erg comfortabel uitziet.

Kyson doet de deur open en leidt mijn zus en mij naar binnen. Alleen zijn we niet de enigen hier.

'Wat de fuck?' roept Kyson uit.

Camden staat op van de rand van mijn bed. Zo te zien heeft hij geen beste dag; zijn pak zit vol kreukels en zijn gewoonlijk zo keurig gekamde haar valt in woeste golven rond zijn gezicht, alsof hij er voortdurend zijn handen doorheen heeft gehaald.

'Wat doe jij hier?' vraag ik, gevolgd door een hikje. 'O nee.' Ik draai me fronsend om naar Evie. 'Ik heb de hik. Daar heb ik zo'n hekel aan.'

Evie maakt zich los van Kyson en zet een paar aarzelende stappen in mijn richting. Dan steekt ze met een sussend gebaar haar hand uit en wijst naar onze ongenode gast.

'O ja, vergeten.' Ik draai me om en staar Cam aan. Een paar keer doe ik mijn ogen dicht en weer open, om er zeker van te zijn dat hij niet aan mijn dronken verbeelding is ontsproten. Die zie ik namelijk tot alles in staat, zo geweldig ben ik.

Cams gezicht verstrakt tot een brok graniet. 'Zijn jullie dronken?' brengt hij met opeengeklemde kaken uit. Zijn fonkelende blik gaat van mij naar Evie en dan naar Kyson. 'Heb jij deze vrouwen dronken gevoerd om misbruik van ze te kunnen maken?' Zijn stem zwelt steeds verder aan.

Ik wapper met mijn handen en schud mijn hoofd. 'Nee, nee, nee! Ik en Evie zijn helemaal alleen dronken geworden. Of nou ja, niet alleen. We zaten met Kyson en die chagrijnige Lincoln in de kroeg en er was heel veel bier en... Huh.' Ik laat mijn handen zakken en staar Cam aan. Ik trek aan een lange pluk van mijn haar, wikkel die rond mijn vinger en druk hem tegen mijn mond voordat ik hem weer loslaat. 'Waar hadden we het ook alweer over?'

Camden stapt met een grom naar me toe en legt zijn grote handen rond mijn gezicht.

Met een zucht kijk ik naar hem op. 'Je bent de mooiste man van de hele wereld,' zeg ik dromerig.

'Wat moet ik toch met je beginnen?' Hij doet heel even zijn ogen dicht en berooft me zo van die groenbruine pracht.

Ik trek een pruillip, maar begin meteen weer te lachen zodra hij me omdraait en zijn armen rond mijn middel slaat, zodat hij me naar zich toe kan trekken. Dat voelt heerlijk. Ik sla mijn armen om hem heen, kruip tegen hem aan en druk mijn gezicht tegen zijn borst. De subtiele geuren van citroengras, muskus en koffie strelen mijn neus.

'Ik vroeg je iets,' blaft Cam tegen Kyson, die aan de andere kant van de kamer Evie overeind houdt.

'Je zit op het verkeerde spoor, man. En trouwens, jij hoort hier niet te zijn. Hoe ben je hier in vredesnaam binnengekomen?' Kyson houdt zijn arm om Evie heen geslagen. Haar ogen vallen langzaam dicht, maar ze doet haar best om wakker te blijven. Waarschijnlijk wil ze niks van de voorstelling missen.

O, nu wil ik popcorn!

Daar heb ik opeens zo'n trek in.

Ik probeer me net te herinneren wat er in mijn keukenkastjes staat als ik voel dat de borstkas waar ik tegenaan leun op en neer beweegt. Ik trek mijn neus op en hef mijn hoofd, dat loodzwaar aanvoelt. Cam staat te brullen, maar de woorden zijn een brij en ik kan hem helemaal niet volgen.

Kyson zegt iets over Evie naar huis brengen aangezien hij op weg naar zijn huis toch langs het hare rijdt.

Het duurt niet lang voordat mijn blik wazig wordt en een intense behoefte om te gaan slapen bezit van me neemt. Ik hoor de deur dichtvallen. Mijn hoofd is zo zwaar.

'Suda Kaye, schat, wakker blijven. Ik breng je wel naar bed, oké?' Hij duwt me voor zich uit naar het slaapgedeelte van mijn etage, maar ik kan bijna niet op mijn benen blijven staan.

'Mmm, ja, graag,' zeg ik, maar dan word ik getroffen door een plotseling moment van helderheid omdat de waas van de alcohol heel even optrekt. 'Wacht, nee, niet doen. Geen bed voor jou, meneertje verloofd-met-bimbobarbie.' Ik knipper een paar keer, de kamer draait rond en ik verlies mijn evenwicht, meegesleept door die draaikolk.

Cam vangt me op en neemt me in zijn armen. 'Stil maar, ik ben niet meer met haar verloofd. Daar heb ik eerder vandaag voorgoed een einde aan gemaakt.'

Zijn woorden banen zich een weg naar mijn hart. Ik probeer te applaudisseren, maar dat lukt niet omdat mijn coördinatie ruk is.

Ten slotte beland ik op een stapel zachte dekens. 'O, wat fijn.' Ik kruip er dieper in weg en slaak een tevreden zucht.

Even later voel ik een sterke arm rond mijn middel en word ik naar een nog veel knusser plekje verplaatst. Het voelt als een elektrische deken die om me heen wordt gewikkeld, de fijnste warmte van de hele wereld.

Ik klamp me er uit alle macht aan vast. 'Zo knus,' mompel ik.

'Ja, snoepje, nog beter dan ik me kan herinneren. Welterusten, Suda Kaye.'

'Welterusten, Cam. Hou van je,' prevel ik, waarna alles zwart wordt.

Ik schrik wakker van het geluid van een boor. Ongeveer een minuut lang heb ik geen idee waar ik ben. Dat geluid komt me bekend voor. Het is dezelfde irritante herrie die ik al een paar weken hoor. Chagrijnige Lincoln begint steevast elke ochtend om acht uur. Volgens Kyson zou zijn broer zelfs om zes uur beginnen als ik dat toestond, want dat is zijn gebruikelijke tijdstip, maar aangezien ik boven de bouwplaats woon en hij weet dat ik graag slaap, heeft hij besloten om er acht uur van te maken.

Kyson.

Een warme hand gaat over mijn zij omhoog, over mijn blote schouder naar mijn haar. Ik doe mijn ogen dicht en adem diep in, terwijl ik me ondertussen probeer te herinneren wat ik heb gedaan en met wie.

Mijn huid zit vol watten, maar ik heb nooit van die katers die gepaard gaan met misselijkheid en hoofdpijn, en nu dus ook niet. Ik word zelden zo dronken dat ik niet meer weet met wie ik het bed in ben gedoken, en als dat bij wijze van uitzondering al eens gebeurde, waren het mannen met wie ik toch al aan het daten was. Ik heb nog nooit een onenightstand mee naar huis genomen om vervolgens te vergeten wat ik ook alweer met die vent heb gedaan.

Evie en ik hebben gisteravond met Kyson en zijn broer in de kroeg gezeten, dat weet ik nog. We hebben flink wat drank weggewerkt en veranderden in cheerleaders die de thuisploeg toejuichten en boe riepen als het andere team scoorde.

De eigenaar van de warme hand bedekt mijn lichaam met dat van hem en wrijft met zijn neus langs mijn oor en mijn hals. Hij ademt hoorbaar in en drukt zijn lippen vlak onder mijn oor op mijn huid, en ik slaak een zucht. Hij beweegt zijn armen, legt een hand op mijn buik en drukt een erectie met een indrukwekkend formaat tegen mijn billen.

'Goedemorgen, snoepje,' zegt een lage ochtendstem die ik al heel lang niet meer heb gehoord.

Camden.

O god. O god. O. God.

Ik blijf doodstil liggen. 'Eh... Wat? Eh... Cam?' Ik heb geen flauw idee wat ik moet zeggen. Dit is Cam, die me met zijn indrukwekkende apparaat tegen mijn billen goedemorgen wenst op een manier waarvoor ik onder andere omstandigheden meteen helemaal was gegaan.

Hij rolt me op mijn rug, steunt op zijn ene onderarm en buigt zich over me heen. Zijn haar valt als een woeste golvende massa rond zijn gezicht. Hij draagt geen shirt en ik probeer te bepalen hoe het met mij zit.

Heb ik kleren aan? Ja, een sportbeha en een yogabroek. Godzijdank.

Is hij helemaal naakt? Eh... misschien. Ik durf niet mijn armen om de man van mijn dromen heen te slaan om dat zelf te kunnen vaststellen.

Zonder het te beseffen begin ik te beven.

Cam strijkt mijn haar van mijn schouders en beweegt zijn hand langs mijn hals omhoog, zodat hij die rond mijn achterhoofd kan leggen. 'Suda, liefje, wat lig je te rillen.'

'Hebben we... Eh... Hebben we het vannacht met elkaar gedaan?' vraag ik met overduidelijk trillende stem.

Hij glimlacht, een lach die tot zijn ogen reikt en zijn hele gezicht zo doet oplichten dat ik niets liever wil dan mijn armen om hem heen slaan en hem duidelijk maken wat die lach met me doet.

'Ik weet dat het voor ons al een hele tijd geleden is, maar geloof me, als we dat hadden gedaan, dan had je het geweten, schat. Dan had je dat in elke porie en in elke zenuw gevoeld. En dat had je zeker gemerkt als je probeerde te lopen.' Hij buigt zijn hoofd en raakt met zijn lippen de mijne aan voor een uiterst vluchtige kus.

Wat gebeurt hier in vredesnaam?

Ik probeer me al kronkelend te bewegen.

'Ontspan je maar,' fluistert hij op die gedempte, lieve toon die ik nog uit onze tienertijd ken. Zijn gezicht is zo dichtbij dat ik zijn adem op mijn huid voel.

Meteen doe ik wat hij vraagt, want ik ben zo van slag dat ik zelfs niet gevat reageer op iemand die me vertelt wat ik moet doen.

'Nee, we hebben geen seks gehad,' zegt hij met enige humor. 'Je was stomdronken en je zus ook, zij misschien nog wel erger.'

Ik sper mijn ogen open en bijt op mijn lip. 'Is alles goed met haar? Waar is ze?'

'Het gaat uitstekend met haar. Weet je het niet meer?' vraagt hij vriendelijk.

Ik schud mijn hoofd.

'Wat weet je nog wel?' Zijn ogen kleuren een tint donkerder, dit is het mosgroen dat ik altijd zag wanneer hij gefrustreerd was.

Met iets meer inspanning dan ik doorgaans nodig heb, denk ik terug aan gisteravond. 'Buikdansles. Dat was trouwens ontzettend leuk. Evie was geweldig. Echt heel, heel erg goed. Ik neem haar vaker mee naar zo'n les.'

Camden bedekt nog meer van mijn lichaam met dat van hem en

zijn extreme warmte ligt als een vurige deken op mijn borst. Het is niet mijn bedoeling, maar ik probeer kreunend dichter tegen hem aan te kruipen. Cam is de man van mijn dromen, zijn naakte lijf is tegen mijn lichaam aan geplakt en zijn gezicht is zo dichtbij dat ik hem zou kunnen zoenen. Echt zou kunnen zoenen.

Hij strijkt met zijn zachte lippen langs de mijne en ik slaak een zucht.

O, hemel. Cam zoende me net. In mijn bed. Nee, het was niet zo'n zoen die zegt 'ik hou zo verschrikkelijk veel van je en ik wil je terug want ik kan niet zonder je', maar onze lippen hebben elkaar beslist aangeraakt.

'Waarom zoende je me net?' vraag ik, van onderwerp veranderend.

'Omdat je zo schattig bent. Dat ben je altijd, maar juist nu verdiende je een zoentje. Net zoals je er weer eentje verdient, omdat je nog steeds schattig bent.'

Ik sper mijn ogen open, maar dat weerhoudt hem er niet van om zijn mond weer op de mijne te drukken. Deze keer strijkt hij ook met zijn tong langs mijn lippen. Als vanzelf doe ik mijn mond voor hem open. Ik wil niets liever dan Cams tong in mijn mond voelen, maar dat gebeurt niet. Hij zuigt aan mijn onderlip en haalt zijn tong er even langs, maar dan trekt hij zich terug.

'Ga verder. Je bent met Evie gaan buikdansen. En toen?'

Ik frons nadenkend. 'We zijn naar een sportcafé gegaan. Daar kwamen we Kyson en zijn broer Lincoln tegen. Ze nodigden ons uit voor bier en kiphapjes, maar volgens mij hebben we meer bier dan hapjes gehad.'

'Dan zou heel goed kunnen. En daarna?'

'Eh... Hij heeft ons naar huis gebracht. We hebben Evies auto bij die kroeg laten staan. Hij heeft ons als He-Man de trap op gedragen. Dat was heel opwindend. En ook heel cool.'

Cams uitdrukking verhardt. Hij duwt mijn ene been opzij en laat zich met een bijzondere bezitterige beweging tussen mijn gespreide dijen zakken.

'Was dat te veel info?' Ik bijt op mijn onderlip en hap dan naar adem omdat Cam met een verrukkelijke stoot zijn harde erectie tegen me aan beweegt.

Ik sla mijn armen om zijn middel en strijk met mijn handen over zijn blote, sterke rug. Die is veel breder dan vroeger, een en al strakke pezen en spieren.

'Ja, snoepje, dat is te veel,' zegt hij grinnikend. 'Je kunt maar beter niets over andere knappe mannen zeggen als er eentje naast je ligt, hard als graniet en klaar om je alle hoeken van het bed te laten zien.'

Na die opmerking zet ik mijn nagels in zijn rug, waardoor er vast halvemaantjes in zijn huid achterblijven. 'Ik wil dit heel graag, jij en ik, op deze manier samen... Maar Cam... Ik weet niet of dit wel zo'n goed idee is. Ik wil niet dat je hier spijt van krijgt.'

'Dit is een geweldig goed idee en ik krijg er in geen miljoen jaar spijt van. En maak nu maar je verhaal af, dan kunnen we aan het beste gedeelte beginnen, namelijk dat ik jou zo hard en goed ga pakken dat zelfs die sukkel beneden je hoort genieten en ervan doordrongen raakt dat hij achter het net vist.'

Ik geef hem een tik tegen zijn arm. 'Dat meen je niet!' Ik knijp mijn ogen toe en grom.

'Jawel. We moeten ophouden met om elkaar heen draaien en ontdekken hoe het precies zit tussen ons. En dat doen we doordat ik me in jouw heerlijke lijf begraaf.' Cam zet zijn woorden kracht bij door zijn hand tussen mijn dijen te leggen, om mijn poesje heen.

Die opwindende woorden vervullen me met een vlaag intens verlangen. Het bloed klopt in mijn klit, de hitte slaat me uit. Ik duw mijn heupen tegen zijn hand, want ik wil veel en veel meer.

Hij lacht om mijn vanzelfsprekende beweging. 'Je bent vast al heel erg nat. Ik verwacht niet anders. Je was altijd zo snel opgewonden dat ik mijn uiterste best moest doen om niet voor je achttiende verjaardag te nemen wat je me aanbood. Maar ik wilde het juiste doen voor de enige vrouw van wie ik ooit heb gehouden. En toen ging je weg, voordat we nog meer van elkaar konden genieten, en daardoor zijn we zo veel heerlijks misgelopen.'

De spanning tussen ons neemt meteen toe, maar ik moet het zeggen. Hij verdient op zijn minst een excuus, dat verdient hij al tien jaar lang. 'Cam, het spijt me zo... Maar ik moest wel gaan. Dat kun je niet begrijpen.'

Hij drukt zijn hand nog steviger tussen mijn dijen en strijkt geniepig met zijn duim over dat strakke knopje, dat smeekt om zijn aanraking. Binnen een mum van tijd vindt hij precies het juiste plekje, als een darter die zijn pijl recht in de roos gooit.

'Leg het me dan uit.' Hij brengt zijn gezicht naar me toe, zodat zijn lippen de mijne raken, maar het is geen echte zoen.

Ik pak zijn armen vast, zet mijn nagels in zijn huid en beweeg opnieuw mijn heupen. 'Niet nu. We moeten dit nu niet doen, we moeten eerst met elkaar praten...'

Hij haalt zijn hand over mijn bovenlijf en legt die rond mijn borst, hij duwt die een stukje omhoog, net zoals hij vroeger altijd deed, en daarmee verdwijnt mijn laatste mogelijkheid om hem met een helder hoofd tot een gesprek over te halen. Ik krom mijn rug en bied mezelf aan. Hij buigt zijn hoofd en bijt door mijn sportbeha in mijn tepel. Ik maak een kermend geluidje als hij de voorsluiting losmaakt en met zijn warme tong het gevoelige puntje van mijn rechterborst beroert.

'God, ja, Cam!' Ik maak mijn rug zo hol mogelijk en hij trekt zijn hand tussen mijn benen vandaan en legt die rond mijn linkerborst, hij kneedt en plukt aan mijn tepel terwijl hij ondertussen de andere blijft verwennen. Hij beweegt zijn mond heen en weer tussen die bruine puntjes en schenkt ze allebei evenveel aandacht, totdat ik ten slotte hijg van het verlangen om hem in me te voelen.

Cam trekt zijn hoofd een klein stukje terug en blijft aan mijn tepel zuigen, en dan laat hij die met een zacht kloppend geluidje tussen zijn lippen vandaan glijden. Zijn ogen zijn groen als klaver, zijn blik kolkt van een lust waarvan ik me afvraag of ik die wel kan bevredigen. Als hij hetzelfde voelt als ik kan het wel even duren voordat hij echt verzadigd is.

Cam schenkt me een prachtige glimlach en pakt mijn kaak vast, hij laat zijn hoofd zakken om zijn lippen op de mijne te drukken. Mijn lichaam raakt vervuld van schoonheid, die glijdt en stroomt knetterend door me heen, zonder een mogelijkheid tot ontsnappen, en daarom voelt die verzengende zoen waarmee hij mijn mond in bezit neemt steeds intenser. Cam houdt mijn gezicht vast en duwt het een klein stukje opzij, zodat hij zijn tong dieper mijn mond in kan laten glijden.

Ik rijs op van het bed, verlangend om dichter bij hem te zijn. Met zijn andere hand streelt hij eerst mijn buik en dan mijn kont, hij grijpt mijn billen vast en trekt me dichter tegen zich aan, tegen dat lijf, tegen die indrukwekkende erectie die ik zo graag beter wil leren kennen.

Het is een woeste zoen, een mengeling van tongen en tanden en lippen. We verlangen allebei zo hevig naar de smaak van de ander. Het is de beste zoen van mijn hele leven. Nog beter dan toen we tieners waren, beter dan de zoenen van al die mannen na hem.

Camden Bryant is niet alleen geschapen om te zoenen, maar vooral om míj te zoenen.

Het voelt alsof onze monden elkaar eindeloos lang opnieuw leren kennen, maar in werkelijkheid is het vast niet meer dan een paar minuten. Hij hapt naar mijn onderlip, ik knabbel aan zijn bovenlip. Zijn tong zinkt dieper weg in mijn mond, die ik nog verder voor hem opendoe. Actie en reactie. Alsof we dit al duizend keer eerder hebben gedaan, en dat is ook zo, alleen was dat jaren geleden.

Ik zuig aan zijn mond, ik haal plagend mijn tong langs die volle onderlip. Hij gromt en verandert de zoen van lief in uitgehongerd, zodat een terugkeer niet langer mogelijk is. Het voelt alsof ik koorts heb, de begeerte stroomt dik door mijn aderen, en ik kan alleen maar denken dat ik hem zo graag wil.

Dat ik dit wil.

Zijn lijf, zijn mond, zijn handen, overal op me.

Ik heb meer nodig. Zo veel meer. Ik duw hem een klein stukje van me af en hij kijkt naar me als ik mijn yogabroek uittrek. Samen met mijn slipje. Daarna trek ik ook mijn sportbeha uit en laat al die kleren op de vloer vallen.

'Suda, schatje, wat ben je toch mooi. Ik ken niemand die zo aantrekkelijk is als jij.' Zijn woorden zijn zo oprecht, die lijken recht uit zijn hart te komen.

Ik leun lachend achterover, spreid zonder enige schaamte mijn benen en ontbloot me voor zijn begerige blik.

Hij likt zijn lippen en spert zijn neusvleugels open. Ik verwacht dat hij ook achterover zal leunen om zijn broek en boxershort uit te trekken, de enige kleren die hij nog draagt, maar hij verrast me door zich als een uitgehongerde, wanhopige man tussen mijn dijen te laten vallen. Hij houdt mijn benen met zijn armen en handen ver uit elkaar, bedekt mijn hele spleet met zijn mond en geeft me een enkele, maar ongelooflijk bevredigende lik.

We kreunen allebei op hetzelfde moment. Ik begraaf mijn vingers in zijn lange lokken en grijp zijn haar stevig vast als hij zijn mond naar dat kleine knopje brengt dat zo veel genot brengt en begint te zuigen. Hard.

Een hele tijd blijft Cam vol overgave van me genieten. Hij zuigt, likt, draait rondjes met zijn tong en hapt naar me, net zoals ik me van vroeger kan herinneren. Binnen een paar minuten lig ik al te kreunen en beven van extase. De hitte begint tussen mijn benen te kloppen en verspreidt zich steeds verder door mijn lijf. Het duurt niet lang voordat mijn tepels tintelend van verlangen hard en stijf naar voren priemen. Ik laat mijn hoofd zakken en zet me met mijn ene hand schrap tegen het hoofdeinde, zodat ik mezelf nog dichter tegen zijn uitgehongerde mond aan kan drukken. Met mijn andere hand duw ik zijn hoofd dieper tussen mijn benen.

Die beweging maakt Cam helemaal gek. Hij gromt en klemt zijn handen rond mijn benen, zodat hij die tegen het bed kan drukken. Ik kan me niet bewegen, ik kan alleen maar ondergaan wat hij me geeft.

Mijn orgasme explodeert in mijn lijf, maar ik kan me nog steeds niet bewegen. Zijn begeerte maakt hem meedogenloos, dat verlangen naar meer. Hij strijkt telkens weer met zijn hete tong over dat strakke knopje vol zenuwen, net zo lang totdat ik zo hard lig te hijgen dat mijn longen elk moment lijken te kunnen barsten.

'Liefste, toe, kom in me,' zeg ik smekend.

Cam antwoordt niet met woorden en luistert ook niet naar mijn verzoek. Hij gaat juist harder likken en gebruikt nu ook zijn vingers. Twee glijden er in me, en ik slaak een kreet van genoegen als hij blijft likken en zuigen totdat ik niet meer weet wie ik ben. Voortdurend stoot hij met die vaardige vingers in me.

'Cam, Cam, Cam,' zeg ik telkens weer, totdat hij die twee vingers zo diep mogelijk in me ramt en hard aan mijn klit zuigt. Daardoor word ik opnieuw helemaal gek, ik schreeuw zijn naam en roep God aan en verder iedereen die me maar van dit onophoudelijke genot kan redden.

'Verdorie, ik was vergeten hoe luidruchtig je kunt zijn.' Hij baant zich zoenend en grinnikend een weg over mijn slappe lijf. Zijn tong draait een rondje om mijn navel en likt die plagend.

Daardoor klopt het bloed alweer verlangend tussen mijn benen. God nog aan toe, het is een begerige boel daarbeneden. Ik krijg er maar geen genoeg van.

Ik haak mijn armen en benen om Cam heen. Hij zoent zich een weg over mijn lijf naar boven, hij hapt onderweg naar alles wat hem boeit. Ik lig daar en onderga het, ik voel alles wat hij doet, ik prent het allemaal in mijn geheugen, want als ik dat doe, heb ik in elk geval nog de herinnering hieraan. Voor later, als we allebei beseffen wat we hebben gedaan.

Cam legt weer zijn handen rond mijn borsten. 'Ze zijn veel groter dan vroeger. En mooier.' Hij strijkt met zijn tong rond mijn tepel.

'Ik ben volwassen geworden,' zeg ik met schorre stem. Ik haal mijn vingers over zijn lange gespierde rug en schouders. 'En jij ook.'

Hij laat glimlachend zijn hoofd zakken, zodat hij me een natte zoen kan geven. Ik proef mijn eigen scherpe smaak op zijn tong en daardoor leeft mijn sletterige klit nog meer op. Verraadster.

'Ja, snoepje, volwassen ben je zeker. En onvoorstelbaar mooi.' Hij duwt zachtjes zijn pik tegen me aan en ik kerm. Ik wil hem zo graag in me voelen. 'Slik je de pil?' vraagt hij.

Ik lach, want ik vind het fijn dat hij me wil beschermen. 'Ik heb een spiraaltje. Dat gaat jaren mee. Ik heb net een nieuw laten plaatsen, vlak nadat ik hier in Pueblo kwam wonen. En ik heb me meteen laten testen. Zo gezond als een vis. Heb jij je nog laten testen sinds, eh...'

'Ja, schat. En zoals ze al zei, we hebben het maar een keer gedaan en dat kan ik me niet eens herinneren.'

Ik doe mijn ogen dicht en frons. Mijn opwinding dreigt af te zakken nu miss Colorado en alles wat ze hem heeft aangedaan ter sprake komt.

'Cam...' Ik probeer iets te zeggen, maar de woorden ontglippen me als hij weer op me duikt en me met een verzengende zoen de adem beneemt. Een zoen die gepaard gaat met veel tong en zelfs wat geknabbel. En daardoor wil ik hem in me voelen.

'Er kan je niks gebeuren,' zegt hij, 'maar voordat we dit doen, wil ik je horen zeggen dat je dit echt wilt.'

'Ik wil dit.'

Hij zet grinnikend een hand op het bed en laat het gewicht van zijn bovenlijf erop rusten. 'Ik wil je ook horen zeggen dat dit nog maar het begin is.'

'Het begin waarvan?' Ik haal mijn vingers door zijn prachtige haar, dat nog altijd zacht als zijde is. Er gaat een rilling door me heen, ik wil zijn warmte weer voelen.

Met een verzengende blik kijkt hij me aan, terwijl hij ondertussen zijn broek losknoopt. Ik help hem om die van zijn heupen naar beneden te trekken. Hij beweegt een paar keer van links naar rechts om zijn broek en boxershort uit te trekken en gooit die kleren op de vloer. Dan laat hij zich tussen mijn dijen zakken, met het puntje van zijn pik voor mijn opening. Ik kreun en houd afwachtend mijn adem in.

'Het begin van ons.' Hij duwt even en glijdt in me.

'Schat...' Ik slaak een zucht en beweeg mijn heupen naar voren, ik neem hem steeds verder in me op en geniet van elke centimeter. 'Kom in me.' Ik zeg de woorden die hij wil horen, maar ik leg me niet vast. Dat gesprek kan ik nu niet voeren. Dit, wat het ook is, onttrekt zich aan elke vorm van logica.

'Ik heb nooit nee tegen je kunnen zeggen.' Hij gromt en laat zijn hoofd zakken om mijn lippen in bezit te kunnen nemen. Op hetzelfde moment zinkt hij helemaal in me.

En dat voelt alsof alles op zijn plaats valt. Nu ik zo met Camden Bryant verbonden ben, houdt die onrust in mijn binnenste op, trekt dat rare gevoel weg en is er niets meer over van die leegte waardoor ik al jaren word geplaagd.

Hij trekt zich bijna helemaal terug, totdat alleen het topje nog in me is. Mijn tanden klapperen en mijn hart zwelt op van geluk.

Hij legt zijn hand rond mijn wang. 'Doe je ogen open, Suda Kaye.'

Ik moet denken aan mijn moeder, die precies hetzelfde tegen me heeft gezegd, en in eerste instantie verzet ik me ertegen. Ik wil niet zien wat er vlak voor me ligt. Wat ik vrees. Maar hoewel ik bang ben, heb ik me nooit beter gevoeld, of meer tevreden, dan nu ik met Cam de liefde bedrijf.

'Suda Kaye, liefje, doe je ogen eens open,' zegt hij opnieuw, en ik gehoorzaam. Zijn blik is vervuld van verlangen, begeerte, en nog iets wat ik in geen miljoen jaar had verwacht te zullen zien: hoop.

Cam wiegt met zijn heupen, als een prachtige symfonie van bewegingen. Ik sla mijn ene arm rond zijn schouders en klem mijn vrije hand rond zijn bil, en zo help ik hem om tegen me aan te rijden totdat ik alleen nog maar uit ongelooflijke vreugde en oneindige lust besta.

'Ik heb hier zo lang op gewacht. Kijk ons toch eens, snoepje. We zijn samen zo mooi.'

Ik volg zijn blik en kijk tussen onze lijven in. Zijn lange, harde pik is dik en glanst van mijn sappen. Ik heb mijn benen wijd gespreid om hem in me op te kunnen nemen, en bij elke stoot zie ik mijn lijf precies dat doen. Het houdt hem vast, de spieren in me trekken samen, en hij slaakt een kreet en begint sneller te bewegen. Het is zo mooi om hem genot te zien schenken en ontvangen.

Weer neemt die hitte tussen mijn benen toe en kronkelt het genot door mijn lichaam. Dat moedigt Cam nog meer aan. Hij beukt zijn lijf tegen het mijne en we grijpen elkaar stevig vast. Onze heupen wiegen telkens weer hard en snel tegen elkaar aan.

Ten slotte kunnen we het geen van beiden langer volhouden. Het voelt te lekker, het is te fijn. Samen tuimelen we over de rand, ik met al mijn spieren gespannen en mijn armen en benen als een bankschroef om hem heen. Hij begraaft zijn gezicht in mijn hals en zet zijn tanden zo hard in me dat het pijn doet, daar waar mijn hals overgaat in mijn schouder. Hij beeft, hij trilt van top tot teen en spuit zijn hete ontlading in mij.

We blijven elkaar een hele tijd vasthouden, zonder te bewegen, verstild in een houding die we niet willen opgeven.

Cam plant loom de ene na de andere zoen in mijn hals, op mijn sleutelbeen en op mijn lippen. 'Gaat het?' Hij pakt mijn kin vast en kijkt met een schattende blik in mijn ogen.

'Ja. Met jou ook?'

'Zeker weten.' Hij lacht.

Ik lik mijn lippen en hij kruipt dichter tegen me aan.

'Geef me tien minuten, dan ben ik klaar voor ronde twee,' mompelt hij tegen mijn huid. 'Ik ben niet meer de jongste.'

'Ronde twee?' Serieus? Hij denkt over tien minuten de allerbeste, ongelooflijkste goedmaakseks te kunnen overtreffen?

'Eh, ja, schat, ronde twee. Denk je echt dat ik, nadat ik eindelijk weer van je heb kunnen genieten, niet ga doen wat iedere man in mijn situatie zou doen? Namelijk je nog eens duidelijk maken dat we bij elkaar horen? Ik heb je beloofd dat ik je alle hoeken van het bed ga laten zien. En ik wil van je mond genieten. Jij hebt drie orgasmes gehad, ik nog maar eentje, dus je mag je best doen voor de gelijkmakers.' Hij grinnikt speels tegen mijn huid.

'Houd je echt de stand bij?'

Hij kijkt naar me op. 'Wat? Wil je mijn pik niet in je mond nemen? Daar was je vroeger zo gek op. Je zei altijd dat je dat, na door mij te worden gebeft, het allerlekkerste aan seks vond. Is dat soms veranderd?'

Ik trek een gezicht en wend mijn blik af. Nee, dat is nog steeds een van mijn favoriete seksuele handelingen. Ik vind het geweldig om de baas te zijn over het genot van een man.

'Dat dacht ik al,' mompelt hij.

'Ik heb honger,' zeg ik spottend.

Hij beweegt zijn heupen, en ongelofelijk maar waar, hij wordt alweer hard.

'Dat verbaast me niet. Alleen zul je tot na ronde twee moeten wachten.' Hij komt overeind en gaat op zijn knieën zitten, waardoor zijn pik uit me glijdt.

Ik maak een kermend geluidje en hij laat een gemeen lachje zien. Hij weet heel goed dat ik hem niet kwijt wil raken.

Mijn blik valt op zijn opzwellende pik. Ik ben diep onder de indruk omdat hij zo snel alweer toe is aan meer. Hij laat zich schrijlings op mijn bovenlijf zakken en ik kijk naar het vochtige topje van zijn mannelijkheid. Verdomme, hij heeft gelijk. Ik wil hem in mijn mond nemen, ik wil hem tot achter in mijn keel voelen. Ik wil zoenen, likken en zuigen totdat Cam er gek van wordt. Net als vroeger.

'Je hebt dus trek. Is er nog iets anders wat je wilt proeven?' Hij lacht zelfverzekerd.

Ik knijp mijn ogen tot spleetjes en pak hem krachtig bij zijn heupen. 'Wat ben je toch erg.'

Hij grinnikt.

'En je gaat me nu geven wat ik wil.' Ik lik mijn lippen.

'Altijd, schatje, altijd.' Hij duwt zijn heupen naar voren en zet zich met zijn handen schrap tegen het hoofdeinde. Dit is de perfecte houding, vlak voor mijn gezicht, met zijn eikel bijna op mijn lippen.

Ik lik het puntje en hij legt met een sissende kreun zijn hoofd in zijn nek.

'Als ik klaar ben, mag jij roerei met spek en toast voor me klaarmaken.' Ik zuig aan het brede topje en geniet watertandend van die vertrouwde smaak.

'Als je mij nu klaarmaakt, zorg ik voor je ontbijt, lunch en diner.'

Ik geef lachend een zoen op zijn eikel en zie dat er opnieuw een verhitte blik in zijn ogen verschijnt. 'Die uitdaging neem ik graag aan.'

'Lekker.'

'Zeg dat wel.' En daarna zeg ik niks meer, want ik heb mijn mond ergens anders voor nodig.

Uiteindelijk geef ik hem zijn gelijkmakers en krijg ik er zelf twee orgasmes voor terug.

Uitdaging gewonnen.

13

'Ik wil mijn spek knapperig!' roep ik. Ik trek een schone yogabroek en tanktop aan, maar geen ondergoed. Ik weet niet of ik Camden met opzet wil uitdagen door zonder beha en slip rond te lopen of dat ik het gewoon simpel wil houden voor het geval we aan een derde ronde toekomen. De eerste twee waren fenomenaal, de beste seks die ik ooit heb gehad, en ik kan zeggen dat ik de nodige ervaring heb, dus ik sta zeker open voor een vervolg. Ook al vraag ik me af of dat wel verstandig is.

'Weet ik!' roept hij meteen terug. Hij staat met zijn gezicht naar het fornuis en biedt mij zo onbelemmerd uitzicht op zijn gespierde blote rug. Cam is heel erg mooi, met of zonder pak. Verrukkelijk sexy in jeans en T-shirt, maar nog lekkerder met alleen zijn broek aan, bovenste knoop niet dicht, op blote voeten in mijn keuken. Ik weet niet hoe het komt, maar een man, zeker deze man, is veel en veel aantrekkelijker als hij een beetje kwetsbaar is.

Ik loop om het aanrecht heen naar de pot met koffie. 'Misschien was je het vergeten. Tien jaar is een hele tijd,' merk ik op.

'Ja, dat weet ik als geen ander,' zegt hij nors. Hij keert de plakjes om in de koekenpan.

Dit is niet de eerste keer dat hij een verstoorde opmerking maakt over de tijd dat we niet bij elkaar waren. Ik had gehoopt dat we dat na die ongelooflijke seks misschien een beetje achter ons konden laten. Helaas niet. Ik klem mijn kaken op elkaar en pak twee mokken. De hitte breekt me uit van ergernis.

'Moeten we het daar echt over hebben? Want dat doe ik liever niet. Het was net heel erg fijn en ik...'

Cam draait zich met een vleestang in zijn hand naar me om. 'Nee, ik denk dat we belangrijkere dingen te bespreken hebben dan het feit dat je tien jaar geleden mijn hart hebt gebroken.'

Ik krimp in elkaar door zijn overduidelijke vinnigheid en dien hem van repliek met: 'Ja, bijvoorbeeld de vrouw die sinds kort je ex-verloofde is.'

Op hetzelfde moment zegt hij: 'Je aannemer'.

'Nou, zo te horen hebben we afgezien van ons verleden allebei het nodige om mee te dealen.' Ik schenk lachend een kop koffie voor hem en mij in.

Hij loopt naar de koelkast om mijn favoriete koffieroom en de melk te pakken en zet die allebei naast de mokken met koffie. Het is duidelijk dat hij nog weet dat ik graag room in mijn koffie heb en ik weet dat hij die van hem met melk en een klontje suiker drinkt.

Nadat ik melk en suiker in zijn mok heb gedaan, zet ik die naast hem bij het fornuis, binnen handbereik, en ik leun zelf al nippend van mijn heerlijke drankje tegen het aanrecht. Zeker een minuut lang zeg ik niks, want ik vraag me af wat ik moet zeggen.

'Kyson is... Hm. Een vriend?' Ik beëindig die uitleg met een vraag omdat ik zelf even moet wennen aan het idee van Kyson als een vriend.

'Zoen je altijd met je vrienden?' Hij kijkt me over zijn blote schouder kwaad aan en trekt een wenkbrauw op. Vervolgens haalt hij het spek uit de pan en legt het op een stukje keukenpapier op een bord naast het fornuis.

Ik adem diep in en druk mijn lippen tegen de rand van mijn gigantische mok. 'Soms wel, ja,' antwoord ik eerlijk.

Hij snuift en breekt de eieren boven een tweede pan, die net zo heet is. 'Vroeger deed je dat niet.'

'Dat is niet eerlijk, Cam. Jij was de eerste jongen met wie ik ooit heb gezoend, de enige met wie ik in mijn tienerjaren iets seksueels had gedaan.'

'En daarna?' Hij draait zich om en leunt tegen het aanrecht, met zijn lange benen bij de enkels over elkaar geslagen en zijn armen voor zijn blote borst. Zijn tattoo, een tribal waarnaar ik tot nu toe niet echt goed heb gekeken, loopt van zijn onderarm over zijn biceps naar zijn schouder. Net een klimplant die zich langs een gevel omhoog slingert. Het ziet er prachtig uit en ik wil die versiering dolgraag beter bekijken, maar dit is niet het juiste moment.

Ik houd mijn hoofd schuin en schenk hem mijn volledige aandacht. 'Daarna deed ik wat ik wilde, wanneer ik dat wilde.'

'Oké.' Hij klemt zijn kaken op elkaar, waardoor zijn gezicht verstrakt en zijn jukbeenderen nog meer uit lijken te steken. 'Je leek er wel erg in op te gaan toen je Kyson vorige week zoende. Vervolgens ben je met hem gaan drinken en zo dronken geworden dat hij jou en je zus naar huis moest brengen.'

'Heeft hij Evie naar huis gebracht?' Ik kan me vaag herinneren dat we het gisteravond over iets dergelijks hebben gehad.

Hij fronst. 'Ja, natuurlijk. Denk je dat ik haar dronken in de auto laat stappen?'

Meteen schud ik mijn hoofd. 'Nee, ik wilde alleen even horen dat ze veilig thuis is gekomen.'

'Blijkbaar woont hij in Colorado Springs. Hij wilde haar vandaag ophalen en haar naar haar auto brengen. Ik neem aan dat hij dat al heeft gedaan, want hij is inmiddels al een paar uur aan het werk.'

‘Waarom is ze niet even boven gekomen?’

Hij laat me die stralende lach van hem zien. ‘Ik denk dat ze mijn auto buiten zag staan en aannam dat we nog steeds met ons tweeën boven zaten.’

‘O. Ja, dat soort dingen merkt zij wel op.’

Hij lacht fijntjes.

‘Maar goed, Kyson is zeker niet lelijk,’ zeg ik, ‘en het is niet vreemd om je aangetrokken te voelen tot knappe mannen. Nu ik...’ Ik gebaar van hem naar mij, bang dat ik een etiketje moet plakken op wat dit ook is, ‘... wij... Ik weet niet wat dit...’

‘We gaan exclusief,’ zegt hij op effen toon.

Ik kijk hem met toegeknepen ogen aan. ‘Daar hebben we het niet echt over gehad, Cam.’

‘Jawel.’ Hij knikt in de richting van het bed, alsof dat het enige antwoord is dat ik nodig heb.

Ik zet mijn mok op het aanrecht en plant een hand in mijn zij. Nu ik niet langer word afgeleid door mijn eigen lust is mijn felle houding weer helemaal terug. ‘Seks staat niet gelijk aan een relatie.’

‘Je zei in bed zelf dat dit het begin van ons is. Toen je tijdens de vierde keer dat ik je liet klaarkomen mijn naam riep, maakte je duidelijk hoe het zat. Hier gaan we niet over onderhandelen, Suda Kaye. We gaan hiermee door totdat we weten wat het betekent.’

‘En als ik daar nu geen zin in heb? Ik ben niet zo’n meegaand type.’ Hoewel, het ligt eraan wat je me voorstelt, maar dat zeg ik niet hardop.

Cam wijdt zich weer aan de eieren en draait ze om zonder de dooier kapot te maken. Dat is knap. Bij mij sneuvelen er altijd minstens twee van de vier.

‘Snoepje, ben je niet twintig minuten geleden in dat bed daar heftiger klaargekomen dan ooit?’

Bij wijze van antwoord kijk ik hem kwaad aan.

'En heb je me gisteravond voordat je in mijn armen in slaap viel niet verteld dat je van me houdt?'

Bij die onthullende woorden verdwijnt mijn felheid onmiddellijk. Ik hap naar adem en sla mijn hand voor mijn mond. Een onverklaarbare golf aan zenuwen slaat door me heen, waardoor ik begin te wankelen. Ik grijp de rand van het aanrecht vast en kijk hem aan.

'Dat heb ik niet gedaan,' fluister ik. Maar dat ik van Cam hou, is al tien jaar lang mijn best bewaarde geheim. In al die jaren dat we niet bij elkaar waren, ben ik van hem blijven houden. En nu ik zie wat voor man hij is geworden, zelfverzekerd, sterk, onvoorstelbaar knap, leider van een groot bedrijf, een grote hulp bij het opzetten van mijn eigen zaak, ben ik nog gekker op hem geworden. Ik doe alleen mijn uiterste best om die angstaanjagende gevoelens zo diep mogelijk weg te stoppen, veilig opgeborgen in een doos van Pandora die nooit meer mag worden opengemaakt.

'Schat, dat heb je wel gedaan. Vlak voordat je in slaap viel. Ik had net mijn armen om je heen geslagen toen jij zei dat je van me hield.'

'Ik was katjelam. Straalbezopen. Dat had ik tegen om het even wie kunnen zeggen. Ook tegen Evie.'

'Maar dat heb je niet gedaan. Je hebt het tegen mij gezegd. Je hebt mijn naam genoemd, snoepje. Dat betekent iets voor me, en het kan me niet schelen dat je dat nu, de volgende ochtend, probeert weg te moffelen. Dat sta ik niet toe. In elk geval niet voor altijd.'

Ik slik mijn angst weg en schud mijn hoofd. 'Cam,' fluister ik, 'niet doen.' Het klinkt als een smeekbede.

Hij likt zijn lippen en knikt. 'Ik zie dat het je deze morgen allemaal nogal zwaar valt. We hebben allebei tijd nodig om het te laten bezinken. Die ga ik je geven, dat beloof ik. Maar terwijl we proberen te ontdekken wat dit voor ons betekent, wil ik dat je me belooft dat we exclusief zijn. Dat er geen ruimte is voor een ander.'

'En dat ga jij mij ook beloven?'

Hij laat een scheef en sexy lachje zien. 'Ja, snoepje. Zoiets ga ik niet van je vragen als ik jou niet hetzelfde bied. Dus dat betekent voor jou geen Kyson meer. En niet meer flirten met iedere knappe man die je tegenkomt.'

Mijn ergernis laait op, en daarmee ook mijn felheid. 'Ik flirt niet met iedere man die ik tegenkom, Cam.'

Hij glimlacht en stopt de sneden brood in de broodrooster. 'Dat doe je wel, schat. Dat heb je zelf misschien niet eens door; je hebt niet alleen zo'n vrije, hippieachtige uitstraling, als de nazaat van een bloemenkind of Janis Joplin, maar je hebt ook een ongelooflijk lekker lijf. En prachtig haar. Daar willen mannen hun handen in begraven, ze willen er eens goed aan trekken. Je hebt de lekkerste kont en de mooiste lach die ik ooit heb gezien. Je bestaat om te kunnen flirten met iedere man die je tegenkomt.'

Wauw. Dat klinkt echt ongelooflijk. Ik zie dat hij gelooft wat hij zegt en daardoor heb ik zin om mijn tanden in iets heel anders dan een ontbijtje te zetten. In hem. Hier in mijn krappe keukentje.

Dat doe ik niet. Wel zeg ik op felle toon: 'Ik kan er niks aan doen dat mannen met hun leuter denken. Ik ben gewoon mezelf.'

'Ja, dat klopt, en dat ben je altijd al geweest. En geloof me, iedere heteroman die jou tegenkomt, droomt ervan om jou in zijn leven te hebben. Of op zijn minst in zijn bed.'

'Dat is niet eerlijk! Ik ben niet de baas over wat mannen denken,' zeg ik, maar hij negeert me en gaat gewoon door.

'Ik vraag je alleen maar om je best te doen en niet meteen iedere man die je tegenkomt het hoofd op hol te brengen.' Hij pakt de pan met eieren en op hetzelfde moment springt het brood de rooster uit. Hij legt de eieren op de borden, met vier plakken spek voor ieder van ons erbij. Daarna smeert hij een flinke dot boter op de geroosterde sneden brood en legt die bij de eieren met spek.

Met bewegingen die even soepel zijn als die van een leeuw op jacht zet hij mijn bord voor me neer. Dan buigt hij zich voorover om me een flinke smakkerd op mijn mond te geven. Niet zijn beste zoen, maar wel een lieve, met een bepaalde bedoeling. Geen bedoeling waarop ik zit te wachten, want ik neem aan dat hij hiermee wil benadrukken dat ik moet veranderen.

'Dus je denkt dat je, alleen maar omdat we met elkaar naar bed zijn geweest, kunt bepalen dat ik me anders moet gedragen?' vraag ik met schorre stem. Het dringt tot me door dat hij me niet wil om wie ik ben.

Cam zet zijn bord neer, draait zich naar me om en plant zijn handen aan weerszijden van me op het aanrecht. 'Dat bedoel ik helemaal niet.' Hij tilt zijn handen weer op, haalt ze allebei door mijn haar en legt ze dan rond mijn wangen, zodat hij mijn kin omhoog kan duwen en me recht in mijn ogen kan kijken. 'Wat ik je duidelijk probeer te maken, Suda Kaye, is dat jij het complete pakket bent. Ik kan wel tien mannen noemen die een moord zouden doen voor wat jij hun zou kunnen bieden, voor alleen al de belofte daarvan. Ik wil dat je me zo'n man laat zijn. Laat dit het begin van ons zijn.'

De tranen prikken in mijn ogen. Hier staan we dan, tien jaar later, opnieuw tegenover elkaar, en we vragen ons af of we onze relatie een tweede kans moeten geven. Ik heb altijd al met Cam samen willen zijn. Hij is de man die ik al die jaren geleden heb laten gaan, maar nu biedt hij zich opnieuw aan. Alleen snapt hij niet dat we de draad van toen niet zomaar kunnen oppakken. 'Het kan nooit echt een begin zijn, Cam. We hebben al jaren samen gehad.'

Hij laat me zo'n prachtige glimlach zien dat mijn hart even stilstaat en mijn adem stokt. 'Kom me dan tegemoet, snoepje. Doe dit samen met mij. Laat ons samen halverwege beginnen.'

Halverwege beginnen.

Dat klinkt erg goed.

'Dat kan ik wel.' Ik knik, en als die woorden verder tot me doordringen, bevallen ze me steeds beter. Misschien kan dit slagen. We beginnen niet opnieuw, maar halverwege.

'Dank je wel.' Hij buigt zich naar me toe en zoent me. Zacht, lief en grondig. Bijna als een verbond of een kinderlijke belofte.

Als hij klaar is met mij zoenen, draait hij zich om en leidt hij me naar de kruk. 'Eet je eieren op voordat ze koud worden.'

'Aye, aye, kapitein.'

Hij grinnikt. 'Je bent niet goed snik. Sommige dingen veranderen ook nooit.'

'Nee, zeker niet.'

Na het ontbijt nemen Cam en ik samen een erg productieve douche. Dit leidt tot orgasme nummer vijf en zes voor mij en nummer vier voor hem. Hoewel we de stand strikt genomen niet bijhouden, vind ik het wel fijn om veel punten te halen en dus onthoud ik dit allemaal.

Later sta ik naast Cam voor de spiegel en werp hem, terwijl ik mijn mascara opdoe, van opzij een blik toe. Hij smeert wat van mijn mousse in zijn haar om de golven te temmen.

'Je hebt zulk mooi haar.' Ik geef hem een knipoog en ga verder met mijn wimpers.

'Ik weet dat je het kunt waarderen, want elke keer als ik je zoen, haal je je vingers erdoorheen of trek je eraan.'

'Vind je dat erg?' Ik houd mijn hand stil en kijk hem nu recht aan.

'Helemaal niet.' Hij buigt zijn hoofd voor een snelle zoen op mijn lippen en daarna eentje in mijn hals. Hij ademt diep in en zegt: 'Snoepje, wat ruik je toch lekker. Echt verrukkelijk.'

'Dank je. Mijn moeder heeft ons geleerd hoe we ons eigen parfum konden maken, weet je nog?'

'Ja, Catori was een bijzondere vrouw. Ik was dol op haar en ik mis haar.'

Mijn hart trekt pijnlijk samen nu ik aan mijn moeder denk, maar de tranen springen niet langer in mijn ogen. Het heeft jaren geduurd, maar uiteindelijk kon ik aan mijn moeder denken zonder in huilen uit te barsten of zwaarmoedig te worden.

'Dus, eh...' Ik schraap mijn keel. 'We hebben het nog niet gehad over wat er is gebeurd toen je miss Colorado duidelijk maakte dat het voorbij was.'

Hij trekt met een ruk zijn hoofd terug en houdt het een tikje scheef. Met een schattende blik kijkt hij me aan. Omdat ik nadat ik heb gezegd wat ik wilde zeggen niet recht in zijn ogen wil kijken, pak ik mijn wenkbrauwpotlood om mijn wenkbrauwen bij te tekenen.

'Noem je haar miss Colorado?'

'Meestal wel, ja.' Dit lijkt me niet het geschikte moment om te vertellen welke bijnamen Evie en ik nog meer hebben bedacht.

'Waarom?'

Ik kijk hem in de spiegel fronsend aan, hij kijkt terug. 'Schat, ze zag er in alle opzichten uit als een miss, met dat perfect gekapte lichtblonde haar en die onberispelijke make-up, dat slanke lijf en die dure kleren.'

Hij grinnikt en ik ben meteen opgelucht omdat hij niet denkt dat ik hem belachelijk maak. Dat doe ik namelijk niet. Brittney leek perfect, ook al had ze een beetje een plastic uitstraling. Helaas bleek ze in werkelijkheid een gore trut die alles bij elkaar loog en hem ongelooflijk voor de gek heeft gehouden.

'Nou, ik zou nooit iets beginnen met iemand die me niet interessant lijkt, maar ik leerde Brittney op een ongewoon moment kennen. Mijn ouders bleven maar zeuren dat het tijd werd dat ik eens aan een vrouw en kinderen begon, zodat ik de traditie kon voortzetten. Dat was vlak nadat ik een einde had gemaakt aan een relatie die een jaar had geduurd omdat ik tot de conclusie was gekomen dat die vrouw niet de ware voor me was.' Hij laat zijn schouders hangen en ik zie aan hem dat hij moeite heeft met wat hij nu gaat vertellen.

'Het was toevallig net de datum waarop het tussen ons aan was geraakt en daardoor zat ik nogal in de put. Brittney overrompelde me op een zwak moment. Toen ze me de volgende dag duidelijk maakte dat ze iets van me wilde, hield ik de boot af. En zoals je weet nam ze een paar weken later contact op om te vertellen dat ze zwanger was. Ik had geen idee dat ze loog. En weet je, schat, op dat moment zat ik er zo doorheen en wilde ik zo graag iets voor mezelf hebben, helemaal van mij, dat het vanzelf ging.'

'Hoe bedoel je?' Ik frons en leun tegen de wasbak, een en al aandacht voor hem.

Hij haalt zijn hand door zijn haar. 'Ze was er op het juiste moment, met het juiste verhaal. Volgens haar pasten onze families bij elkaar. Ze zag er goed uit. Oké, ze was verwend en soms wat irritant, maar ik nam aan dat ze wel wat meegaander zou worden als ze eenmaal een kind had gekregen. En als dat niet zo was, zou ik er wel aan wennen. In elk geval zou mijn kind opgroeien in een fijne, liefdevolle familie. Ik was zo dom...' Hij schudt zijn hoofd.

Ik gooi het potlood in mijn toilettas en zet de paar stappen in zijn richting die nodig zijn om hem klem te zetten tegen de muur. Ik leg mijn handen in zijn zijden en druk mezelf tegen hem aan. 'Je was niet dom, Cam, je kon er niks aan doen. Ze heeft je gebruikt. Misbruik van je gemaakt op een moment dat je op je zwakst was. Er is niks mis met een gezin willen, met een kind het best mogelijke leven willen bieden, met twee ouders die bij elkaar wonen. Dat is lovenswaardig.'

'Vind je dat echt?'

Ik glimlach en zoen hem op zijn borst, vlak boven zijn hart. Vroeger deed ik dat voortdurend, en de herinnering van mijn lippen op zijn huid is me al die jaren bijgebleven. Het is zo magisch dat ik hem weer echt kan voelen. Met een zucht laat ik mijn handen troostend over zijn zijden op en neer gaan. 'Het is misschien wat ouderwets, maar er is niks mis mee. Al is er nog één dingetje dat ik me afvraag, en dat is misschien... gemeen van me.' Ik strijk met mijn hand over zijn borst, over zijn hart.

'Wat dan?'

'Waarom ben je bij haar gebleven? Ook toen ze zei dat ze een miskraam had gehad?'

Hij tuit zijn lippen en klemt zijn kaken op elkaar. Een paar tellen lang blijf ik dicht tegen hem aan staan, met zijn hand op dat grote, lieve hart van hem, en ik wacht rustig af.

Ten slotte slaakt hij een zucht. 'Ze ging er maar over door, ze moest telkens zo hevig huilen dat ze begon te hyperventileren. Zelf voelde ik me ook heel ellendig. Ik had gedacht dat ik vader ging worden, dat gaf me een doel, naast het bestieren van het familiebedrijf. Toen dat doel me werd ontnomen, was dat een groot verlies. En Brittney was zo overtuigend na die zogenaamde miskraam dat het eindelijk close tussen ons voelde. We hadden allebei iets heel zwaars en persoonlijks meegemaakt, namelijk het verlies van ons kind, en dat zorgde voor een hechte emotionele band.'

Ik knik en klop hem op zijn borst, daar waar zijn hart zit. 'Dat snap ik.'

Cam haalt zijn schouders op. 'Ik wilde doen wat juist was. Ik kampte niet alleen met dat verlies, ik moest ook rekening houden met een vrouw die met me wilde trouwen en een gezin wilde stichten. Dat dacht ik althans. Je weet dat ik dat altijd al heb gewild en ik word er ook niet jonger op...'

'Shhh.' Ik zoen hem nogmaals op dat prachtige hart van hem en leg mijn hoofd op zijn borst, zodat ik het kan horen kloppen. 'Ik begrijp het. Je bent echt een goede vent, Camden Bryant.'

Hij slaat zijn armen om me heen en haakt zijn handen achter mijn rug, vlak boven mijn billen, in elkaar.

'Wat heb je zondag tegen haar gezegd, nadat je had ontdekt hoe het echt zat?' vraag ik. 'O, daar wil ik trouwens nog mijn excuses voor aanbieden. Ik had het je liever onder vier ogen verteld, maar het liep opeens helemaal mis.'

Hij wrijft met zijn handen over mijn rug, maar nu troost hij mij. 'Het geeft niet. Mijn broers en ik hebben geen geheimen voor elkaar. We hebben geleerd dat we eerlijk moeten zijn over onze problemen, zodat we elkaar van advies kunnen dienen en er beter mee om kunnen gaan.'

Ik knik en vraag me af wat zijn broers tien jaar geleden na mijn vertrek hebben gedaan. Ze hebben zich vast over hem ontfermd en hem duidelijk gemaakt dat ik het verdriet niet waard was. Als de rollen omgedraaid waren geweest, had Evie dat geheid voor mij gedaan.

'Hoe ging het?'

Hij ademt diep in. 'Mijn ouders zijn er kapot van. Ze vinden het vreselijk dat ik zo voor de gek ben gehouden, dat Brittney me tot een huwelijk wilde verleiden en dat ze tegenover hen over een kleinkind heeft gelogen. Ik heb begrepen dat ze vandaag met haar ouders op de countryclub hebben afgesproken om de situatie te bespreken. Ik heb gezegd dat ze het los moeten laten, maar dat kunnen ze niet. En ik ga haar echt niet tegen haar eigen ouders beschermen. Ze kan wel een goede preek gebruiken, wie weet wordt ze dan eindelijk volwassen.'

'Vast wel.' Ik glimlach. 'En jij hebt er vrede mee?'

Hij haalt zijn schouders op. 'Ja, grotendeels wel. Aan de andere kant is het veel gemakkelijker om er vrede mee te hebben nu ik weer met jou ben.'

'O nee!' Volgens mij worden mijn ogen groot als schoteltjes.

'Wat is er?' Zijn gezicht verstrakt.

Ik laat me tegen hem aan vallen. 'Dit is echt ruk.'

'Wat is er?' wil hij weten. Zijn toon heeft iets scherps.

Ik druk mijn hoofd tegen het midden van zijn borst en hij legt zijn hand in mijn nek. 'Wat is er, schatje?'

Ik maak een kermend geluid, tuit mijn lippen en kijk weer naar hem op, met mijn kin tussen zijn borstspieren. 'Ik ben je rebound.'

Na die woorden slaat hij zijn armen stevig om me heen. Hij kijkt bulderend van het lachen op naar het plafond. Die lach stuitert door zijn borst en laat zijn hele lijf en daardoor ook mij beven.

Ik geef hem een speelse tik. 'Hé, ik meen het.'

Hij grinnikt. Zijn ogen fonkelen van pret. 'Weet ik, en dat maakt het nog veel grappiger.'

'Hoe bedoel je?' vraag ik pruilend.

'Suda Kaye, je kunt nooit van zijn leven mijn rebound zijn. Jij bent mijn eerste keuze. Van je kruin tot aan je fraaie tenen.'

Ik knijp mijn ogen tot spleetjes en laat zijn compliment een paar keer door mijn hoofd gaan.

'En trouwens, iedere vrouw die na jou kwam is een rebound geweest. Jij bent nu weer terug waar je hoort, in mijn armen, en we kunnen halverwege beginnen.'

Ik glimlach breeduit. 'Halverwege.'

'Inderdaad. En om dit onderwerp af te sluiten: Brittney heb ik binnen een dag achter me kunnen laten. Dat meen ik. We hadden samen een kind moeten grootbrengen, en toen ze me vertelde dat ze een miskraam had gehad, leed ik daar nog het meeste onder. Toen ik ontdekte dat er nooit een kind is geweest, was ik woedend, beschaamd en meteen klaar om verder te gaan en haar voor altijd te vergeten.'

Er kruipt een zeker ongemak langs mijn rug omhoog. 'Ja, maar ze was je honingbeertje. Je moet iets voor haar hebben gevoeld.'

'Die bijnaam heeft ze zelf bedacht, ze wilde zelf zo worden genoemd. Dat vond ik eerst wat vreemd, maar het maakte mij verder niet uit. In het begin was ze heel fatsoenlijk, en ze droeg mijn kind, dus ik vond het best om haar zo te noemen. En laten we niet vergeten dat ze een knappe vrouw was die dol op me was en graag bij onze familie wilde horen.'

Ik leun met een zucht achterover. 'Ja, dat is ook weer zo. Afgezien van al dat liegen en bedriegen en anderen voor de gek houden is ze werkelijk perfect.'

Cam grinnikt en draait me om, zodat ik met mijn gezicht naar de spiegel sta. 'Ga maar verder met je opmaken, dan kijken we daarna hoe het met het werk beneden staat. De opening is binnenkort, nog een maar een paar weken en Nomade is een feit. En ik moet naar huis, schone kleren aantrekken, naar kantoor en een etentje met mijn meisje plannen. En jij moet nog een aannemer teleurstellen.'

Hij loopt de badkamer uit, ik vermoed om zijn gekreukte pak aan te trekken, en dan dringt het opeens tot me door. 'Je meisje?'

'Ja, snoepje, mijn meisje.'

'Ik heb niet gezegd dat je me zo mag noemen!' zeg ik op felle toon, terwijl ik blusher aanbreng op mijn wangen.

'Je went er vanzelf wel aan!' roept hij vanuit de andere kamer.

'En ik hoef niet met Kyson te praten,' flap ik eruit, hoewel dat natuurlijk een dikke vette leugen is.

Cams gezicht verschijnt weer in de spiegel. 'Waag het niet om me voor de gek te houden, snoepje. Jij gaat die aannemer vertellen dat hij geen enkele kans bij je maakt, en als jij dat niet doet, maak ik het hem duidelijk.' Zijn woorden gaan vergezeld van een blik die geen tegenspraak duldt.

Nu ik denk aan Cam die met Kyson gaat praten zie ik meteen twee gladiatoren voor me, licht en donker, die om de schone jonkvrouw duelleren. Die jonkvrouw ben ik natuurlijk, gehuld in een geweldige fluwelen japon met een korset dat mijn borsten flink omhoogduwt, en met een bloemenkrans in mijn haar. Dan wordt het beeld uit die geweldige film verdrongen door dat van Cam die met een gigantisch glanzend zwaard Kyson neerslaat, waardoor het bloed alle kanten op spat.

Het zou heel goed op een handgemeen kunnen uitdraaien en Kyson lijkt me wel het type dat een klap zou kunnen uitdelen. En Cam? Tja, die heeft drie broers, dus vechten is hem niet vreemd.

'Goed, ik ga wel met hem praten,' bied ik aan, want ik zit er niet op te wachten dat twee mannen die ik graag mag elkaar figuurlijk of zelfs letterlijk in de haren vliegen. We moeten immers alle drie nog met elkaar samenwerken.

Daarom had ik Kyson dus nooit moeten zoenen. Evie zei al dat ik het strikt zakelijk moest houden en ze had gelijk. Hoewel, het was ook niet bepaald zakelijk dat ik net een heerlijke morgen lang seksueel ben verwend door de man die nota bene investeert in mijn bedrijf.

'Vandaag nog,' zegt hij beslist.

Ik schiet in de lach omdat hij zo overdreven beschermend en overduidelijk jaloers is. Maar ik kijk er niet naar uit om een gesprek met Kyson te moeten voeren dat ik liever niet voer. Niet omdat ik plannen met hem had, maar omdat het gênant is, zeker nu ik weet dat hij zichzelf min of meer heeft aangeboden en ik niet voor hem heb gekozen. Wel voor Cam, en dat terwijl ik Kyson heb verteld dat Cam en ik gewoon vrienden zijn.

Het is allemaal erg verwarrend.

Cam bekijkt me van top tot teen. Een bootcut jeans en een donkerpaarse beha, meer heb ik niet aan.

'Ben je zover?' vraagt hij.

Met een uitdagend lachje zet ik een hand in mijn zij. Zijn lippen trillen van pret vanwege mijn reactie.

'Ja, ik ga in deze kleren naar beneden.'

Hij slaat een arm rond mijn schouder en duwt me naar mijn klerenkast. 'Trek een shirt aan en hou op met mij plagen.'

'Maar plagen is leuk!'

'Hm, daar dacht je onder de douche anders over. Toen smeekte je me om ermee op te houden en je hard te pakken.'

Ik kijk hem zogenaamd ontzet aan, terwijl ik net een leuk truitje met lange mouwen en een v-hals pak. 'Wat ben jij erg!'

Hij grinnikt. 'Nogmaals, daar dacht je...'

Dit keer stuif ik op hem af en leg mijn hand op zijn mond. 'Stil, ik ben me aan het aankleden. Waarom ga je er niet vandoor en kom je me later voor het etentje ophalen, zoals je hebt beloofd?'

Hij schudt zijn hoofd. 'Suda Kaye, als je denkt dat ik zonder jou aan mijn arm naar beneden ga, dan heb je het mis. Ik wil iedereen duidelijk maken wie er vannacht en de hele ochtend bij je was.'

Ik trek het truitje over mijn hoofd, pak mijn stoere brede riem van bruin leer met de zilveren gesp met een turkoois en doe die om. Ook trek ik suède enkellaarsjes aan die perfect bij de riem passen.

'Goed, ik ben zover. Laten we Kyson eens onder de neus wrijven dat jij hebt gewonnen.'

Cam slaat een arm rond mijn middel en laat zijn hoofd zakken om me een snelle, hartelijke zoen te geven. Ik doe mijn ogen dicht en hij strijkt met zijn bebaarde kaak langs mijn kin in de richting van mijn oor, waarna hij me op die plek zoent en zegt: 'Ik ben blij dat jij er net zo over denkt.'

Voordat ik weer een gevatte opmerking kan maken, zoent hij me opnieuw. Dan pakt hij mijn hand en lopen we de trap af naar mijn winkel.

14

Cam houdt de hele tijd opvallend mijn hand vast, eerst op de trap en daarna wanneer we door de winkel naar Kyson en Lincoln lopen, die bezig zijn om een paar planken op te hangen. Ik kijk om me heen, voor de zoveelste keer verbaasd dat dit nu allemaal van mij is.

De fantastische etalage, de unieke tafels om de spullen op uit te stallen, de toonbank met de kassa, al die bijzondere hoekjes; we zijn erin geslaagd om Nomade een geheel eigen gezicht te geven. Over een paar dagen worden alle wanden donkerpaars geverfd, een kleur die perfect past bij de lichtgrijze stof waarmee we het open plafond hebben bespannen. Eerst wilde ik het plafond onbedekt te laten, om de ruimte de uitstraling van een pakhuis te geven, maar dat paste niet bij de knusse, eclectische en sensuele sfeer waarnaar ik streef.

Cam schraapt zijn keel. 'Kyson.'

Lincoln draait zich als eerste om en bekijkt Camden van top tot teen. Dan gaat zijn blik van Camden naar onze verstrengelde vingers en ten slotte naar mij. Hij trekt een zuur gezicht. 'Hé, turbo. Je hebt haar eindelijk haar bed uit laten komen. Het verbaast me dat ze nog steeds op die sletterige laarsjes kan rondlopen nadat jij haar zo hebt liggen palen.' Zijn toon is woedend en vol walging.

Ik kan niet voorkomen dat ik geschokt naar adem hap. Cam zet een stap naar voren en meteen knettert de lucht van intense woede. Lincoln, die vanmorgen een blijkbaar nog beroerder humeur heeft dan gewoonlijk, straalt al net zo'n razernij uit.

Lincoln recht zijn schouders en zet zich schrap voor wat Cam van plan is, maar Kyson strekt zijn arm voor het bovenlijf van zijn broer om hem tegen te houden. 'Laat mij maar. Linc, dit zijn jouw zaken niet en er is geen enkele reden om zo grof te zijn, zeker niet tegen Suda Kaye. Bied je excuses aan.' Hij klinkt ernstig en onbuigzaam.

Lincoln richt, voldoende terechtgewezen, zijn blik op mij. 'Sorry, Suda Kaye, dat was onbehoorlijk van me. Maar als je nog eens een avondje zo tegen mijn broer doet als gisteren, met al dat geflirt en telkens weer dat aanraken... Laat dat voortaan.'

Ik deins voor de mannen terug alsof ik een klap heb gekregen.

'Doe niet zo bot! Suda Kaye is me niks verschuldigd, en zeker geen uitleg of excuus, als je daar soms op doelt,' zegt Kyson kwaad.

Lincoln schudt zijn hoofd en kijkt me nog eens aan met die donkere ogen van hem. Hij heeft zijn lippen opgetrokken, als een kwade rottweiler die een inbreker te grazen wil nemen. 'Vrouwen als jij zijn allemaal hetzelfde. Jullie houden de goede kerels aan het lijntje en proberen overal een slaatje uit te slaan.'

Mijn mond valt open, de tranen springen in mijn ogen en mijn keel wordt gortdroog.

Voordat ik iets kan zeggen duwt Cam Kyson opzij. Hij gaat vlak voor Lincoln staan. 'Je gaat te ver. Je werkt voor Suda Kaye, dus toon eens respect.' Zijn toon duldt geen tegenspraak. Cam trekt een kwaad gezicht en werpt een snelle blik op Kyson. 'Hetzelfde geldt voor jou. Jullie moeten je plaats kennen.'

Lincoln snuift minachtend, maar hij zegt niets.

'Je hebt gelijk. Ik regel dit verder wel, hij hier snapt dat niet.' Kyson legt zijn hand op Cams schouder, als een gebaar van solidariteit, hoewel het zijn broer is met wie Cam de confrontatie aangaat.

'Ik wil dat hij vertrekt. Nu meteen,' zegt Camden knarsetandend. 'Geen man hoort zo tegen een vrouw te praten, en jij praat al helemaal niet zo tegen mijn meisje en al helemaal niet tegen je opdrachtgeefster. Is dat duidelijk?' Cam is witheet van woede, die golft voelbaar van hem af en laat alles om hem heen knetteren.

'Het zal wel, man,' zegt Lincoln vol minachting.

'Dat helpt niet, broer,' merkt Kyson op.

Cam klemt zijn kaken op elkaar en balt zijn handen tot vuisten. 'Ik meen het. Ik wil je hier niet meer zien. Pak je spullen en rot op. Desnoods huren we een andere aannemer in.'

Ik stap tussen hen in en leg mijn hand op Camdens arm voor een geruststellend kneepje. 'Cam, het geeft niet. Laat maar, dat meen ik. Het is gewoon een misverstand...' probeer ik, maar Lincoln gooit al vol verontwaardiging zijn gereedschap in zijn kist.

Hij steekt zijn kin naar voren en lacht smalend. 'Ja, ja.' Hij bukt zich om zijn gereedschapskist op te pakken, trekt zijn honkbalpetje over zijn hoofd en loopt naar de deur. Terwijl hij die opendoet, werpt hij me nog een laatste blik toe. 'Ze is helemaal voor jou. Veel succes ermee.'

Ik hap verontwaardigd naar adem en laat blozend mijn hoofd zakken.

'Ja, rot vooral een flink eind op!' roept Cam hem na, waarna hij zijn handen in zijn zij zet. Zijn gezicht is verstrakt, zijn lippen zijn opgetrokken van withete woede als hij zich tot Kyson wendt. 'Geef me een goede reden om je niet ter plekke te ontslaan,' eist hij.

Kyson ademt diep in en langzaam weer uit. 'Die heb ik niet voor je. Wat hij daarnet zei, is zo ongepast dat er geen excuus voor is. Ik kan alleen maar zeggen dat mijn broer erg beschermend is. Ik, eh... ben ooit ongelooflijk belazerd door een vrouw, een vrouw van wie we dachten dat ze deugde. Maar daar gaat het nu niet om.' Hij strijkt met zijn hand over zijn nek en kijkt naar zijn werkschoenen. 'Blijkbaar heeft Lincoln een verkeerde indruk gekregen van Suda Kaye en mij, niet alleen door onze samenwerking hier in de winkel, maar ook door het gezellige avondje van gisteren. En toen hoorden we vanmorgen hoe, eh, leuk jullie het boven hadden, en vervolgens komen jullie samen naar beneden en dat brengt Lincoln in verband met wat er tussen Suda Kaye en mij is. Dat is trouwens niet veel...'

'En dat is nu helemaal niks meer,' zegt Camden beslist.

Kyson likt zijn lippen en kijkt naar mij. 'Ik zou het niet niks willen noemen, maar ik begrijp dat jullie weer bij elkaar zijn. Eerlijk gezegd heb ik nooit iets serieus te bieden gehad, maar ik heb wel geflirt. Die bruine ogen, dat snap je wel.'

Eindelijk krijg ik de kans om iets te zeggen. 'Ja, natuurlijk is er geflirt. Wat dat betreft lijken we erg op elkaar. We hoeven geen vastigheid, gewoon vriendschap en lol...'

'Vroeger misschien, maar zo ben je niet meer.' De stem van Camden is als een scherp mes dat door ons alle drie heen snijdt.

Ik slik mijn zenuwen weg en knik. 'Ja. Cam en ik willen kijken hoe het loopt tussen ons.' Ik probeer het uit te leggen, maar ik weet niet hoe ik moet beginnen en laat me maar al te graag onderbreken door Kyson, die een geruststellend gebaar maakt.

'Rustig maar, je hoeft niks uit te leggen. Ik ben blij voor jullie, dat jullie elkaar weer hebben gevonden. Nu kunnen jullie gaan werken aan wat jullie allebei willen. En dat is iets anders dan wat ik wil. Dat neemt echter niet weg dat mijn broer veel en veel te ver is gegaan. Hij had dat nooit mogen zeggen en dat ga ik hem duidelijk maken. Het is geen probleem om hem voor de rest van de klus door een ander te vervangen, dat regel ik wel, maar het spijt me heel erg dat hij zo tekeer is gegaan. Als jullie je daaroverheen kunnen zetten, wil ik het werk hier graag afmaken.'

Zijn blauwe ogen zijn zacht en op zijn gezicht is frustratie met een zweem van droefheid te zien. Wat zijn broer heeft gedaan, grijpt hem heel erg aan, maar hij wil het goedmaken met ons.

'Als hij maar niet terugkomt,' zegt Cam, 'en als jij maar doorhebt dat die bruine ogen niet voor jou zijn, maar voor mij, komt het allemaal wel goed.'

Kyson grinnikt en steekt zijn hand uit. Cam tuit zijn lippen en bekijkt de ander aandachtig, maar Kyson laat zich niet kennen. Hij is een integere vent, een volhouder.

Ten slotte beseft Cam dat hij geen nee kan zeggen als iemand vrede wil sluiten, en ze schudden elkaar de hand. Kyson blijft grinniken en kijkt naar mij.

En hij verbaast me met zijn volgende opmerking. 'Er zit een stoere vent onder dat dure pak, die gun ik je van harte.'

Ik werp een blik op het plafond en verklaar hardop tegen het opperwezen en mijn moeder dat mannen stapelgek zijn.

Kyson en Camden moeten allebei lachen.

'Ik ga weer aan de slag en regel een vervanger. Nogmaals sorry voor mijn broer. Dat zal niet nog eens gebeuren,' belooft Kyson.

'Daar ga ik van uit. Dank je.' Camden steekt zijn hand naar me uit. 'Loop je even mee naar mijn auto?'

'Graag.' Ik pak zijn hand en loopt met hem mee naar buiten.

Daar duwt hij me met mijn rug tegen zijn glanzende zwarte Range Rover en slaat zijn armen om me heen. Met zijn voorhoofd tegen dat van mij vraagt hij: 'Gaat het?'

Ik kijk op en grinnik zacht. 'Met mij wel. Jij was degene die daarbinnen helemaal uit je plaat ging.'

Hij wrijft fronsend met zijn neus langs de mijne. 'Ik sta niet toe dat iemand zo tegen je praat, Suda Kaye. Dat hoeft geen enkele man te proberen. Hij ging veel te ver.'

'Je snapt toch wel dat ik mezelf uitstekend kan verdedigen? Dat doe ik al tien jaar. Zodra de eerste schrik was afgenomen, had ik hem beslist eigenhandig op zijn nummer gezet, en goed ook.' Ik wijs over mijn schouder naar de plek waar het drama zich heeft afgespeeld. 'En dat daar was nog niks. Ik heb veel erger meegemaakt.'

Cam slaakt een diepe zucht die mijn gezicht kietelt. 'Maar je hoeft nu niks meer in je eentje te doen. Je kunt op mijn steun rekenen.'

Dat zorgt voor een kriebelende warmte in mijn binnenste. Ik sla mijn armen steviger om hem heen, begraaf mijn handen in zijn haar en breng zijn mond naar die van mij. Ik zoen hem hard, ik proef koffie en munt en mijn lievelingssmaak... Camden.

Hij laat zijn tong mijn mond in glijden, op zoek naar de mijne, en zuigt aan mijn onderlip. We blijven een hele tijd staan zoenen, ik tussen hem en de auto, onder de zon van Colorado waar iedereen ons kan zien. Het kan me niet schelen of dat zo is, maar we staan op een druk moment van de dag midden op Main Street, dus vrijwel alle voorbijgangers kunnen hier getuige van zijn.

Als we, in elk geval voor nu, genoeg hebben gezoend, maak ik me van hem los. Ik kijk in die betoverende ogen van hem en zeg: 'Dit gaat vreemd en lastig voor me worden, want sinds jou heb ik geen relatie meer gehad. Ik weet niet eens hoe dat moet, als het echt aan is.'

Hij fronst. 'Hoe is het mogelijk dat jij niemand had?'

Ik haal mijn schouders op. 'Wat ik eerder zei, was waar. Na mijn relatie met jou heb ik met niemand nog langere tijd iets serieus gehad. Als er al een man in mijn leven was, dan was dat hoogstens voor een paar maanden. Daarna kreeg ik altijd weer de drang om verder te reizen, dat was als een steek in mijn binnenste, dan kreeg ik de kriebels. De enige oplossing was vertrekken. Aan een volgend avontuur beginnen.'

Cam legt een hand rond mijn kin. 'Snoepje, als je dat weer eens voelt, moet je ertegen vechten.' Zijn toon wordt scherp, maar zijn blik is nog altijd zacht en hoopvol.

Hij wil dat ik hem vertrouw.

Ik wil zijn vertrouwen verdienen.

Hoofdschuddend slaak ik een zucht. 'Het is raar, en ik snap ook niet hoe het werkt, maar ik zit hier nu al een paar maanden en ik heb nog geen last van die kriebels gehad. Niet één keer. Meestal krijg ik wel een waarschuwing, dan word ik rusteloos of voel ik me niet op mijn plaats. Dan bid ik, of praat ik er met mijn moeder over, of ik sla haar boekje open en wijs een bepaalde pagina aan. En, poef, dan ga ik weer, per auto of vliegtuig of boot, op naar mijn volgende bestemming.'

'Haar boekje?' Cam grijpt me steviger vast.

Shit, dat had ik niet met hem willen delen.

Ik probeer van onderwerp te veranderen. 'Het is niet belangrijk.'

'Wat voor boekje, Suda Kaye?' dringt Cam aan, maar ik blijf mijn hoofd schudden. 'Een ander keertje.'

'Dat zijn dus drie onderwerpen die we vermijden,' zegt hij waarschuwend.

Ik knijp mijn ogen toe en trek een vragend gezicht.

Cam drukt zijn neus tegen die van mij. 'Snoepje, het eerste is waarom je tien jaar geleden zomaar bent weggegaan en waarom je zo lang bent weggebleven. Het tweede is dat je me gisteravond voordat je in slaap viel vertelde dat je van me houdt.'

'Hallo, ik was dronken! Dat zag je toch?' Ik wil niets liever dan dat hij die ongelukkige opmerking zo snel mogelijk weer vergeet.

Daar gaat hij niet op in. 'En het derde is dus een geheimzinnig boekje. Ik hou niet van geheimen en ik wil al helemaal niet dat er een donderwolk boven ons komt te hangen als ik geen paraplu bij me heb. Snap je wat ik bedoel?'

Ik knik snel en merk dat angst en zenuwen me ver van dit onderwerp willen houden en naar vertrouwder terrein willen voeren.

Dit is niet het juiste moment.

Misschien is er wel nooit een goed moment.

Cam zegt geen woord, maar zijn blik is op mijn gezicht gericht. Hij kijkt recht bij me naar binnen en probeert antwoorden op te graven die ik hem niet wil geven. Dan trekt hij een melancholiek gezicht, klemt zijn kaken op elkaar en knikt. 'Goed, een ander keertje. Nu alleen goede dingen.'

Ik glimlach breeduit en zie dat die melancholieke uitdrukking verdwijnt nu hij me ziet lachen.

'We gaan vanavond uit eten. Ik neem je mee naar Twenty One Steak.'

'Op chic?'

Hij grinnikt. 'Een sexy jurkje wordt zeker gewaardeerd. En zoen me nu nog eens, dan kan ik naar huis om andere kleren aan te trekken en daarna door naar kantoor.'

Ik trek hem tegen me aan en geef hem een innige zoen. Weer loopt dat al snel uit de hand. Ten slotte maakt hij zich van me los. Hij ademt hoorbaar uit. 'Jeetje, schat, dit heb ik zo gemist.'

'Wat bedoel je, liefje?'

'Het gevoel dat ik altijd bij mijn meisje wil blijven. Dat er een vuurtje in me brandt dat haar in mijn armen wil houden, met onze harten tegen elkaar. Voordat ik jou leerde kennen, had ik dat nooit, en daarna ook niet meer. Ik ben blij dat het weer terug is.'

Ik ben niet langer in staat om mijn tranen tegen te houden en laat ze vrijuit over mijn wangen stromen. Hij veegt ze met zijn duimen weg, zoent me zacht en stapt dan bij me vandaan.

'Ga aan het werk,' zegt hij knorrig, alsof het mijn schuld is dat hij naar zijn werk moet. Ik was veel liever met hem bij mij thuis gebleven. Bij voorkeur in mijn bed.

'Goed, lieverd.'

'Blijf hier, Suda Kaye,' zegt hij zacht, en dan draait hij zich om naar het portier van zijn kloeke, glanzende Range Rover.

Zodra zijn woorden tot me doordringen frons ik mijn voorhoofd. 'Wat bedoel je daarmee?'

Hij glimlacht en legt zijn ene arm op het dak van zijn SUV en houdt met zijn andere hand het portier open. Zijn goudblonde haar danst op en neer in het briesje en daardoor lijkt zijn gezicht zachter, minder ruig. Geknipt voor de cover van een duur mannenblad. De zon schijnt, hij knijpt zijn ogen toe en lacht verleidelijk naar me.

'Blijf hier,' herhaalt hij.

'Blijf hier.' Ik schud mijn hoofd en kijk hem glimlachend aan.

'Ja, snoepje, blijf hier... Voor altijd.' Hij trommelt met zijn vingers op het dak van zijn auto.

Zonder verder commentaar stapt hij in. Hij trekt het portier dicht, start de motor en rijdt naar huis, zodat hij straks in schone kleren op kantoor kan verschijnen.

Ik zie dat hij zich tussen het overige verkeer voegt en de straat uit rijdt. In gedachten stuur ik een gebedje naar mijn moeder, naar God, naar wie er maar wil luisteren, om te smeken of ik die wens mag vervullen.

Of ik kan blijven.

'Zijn jullie weer bij elkaar?' gilt Evie aan de andere kant van de lijn.

Ik trek mijn telefoon bij mijn oor vandaan om mijn trommelvlies voor schade te behoeden, zet hem op de speaker en leg hem op de houten plank. Ik pak de priem en houd die boven het midden van de brede reep lichtbruin leer en maak de eerste van de vele gaatjes in de gelooide huid. Deze riem wordt, net als de vijftien andere in verschillende kleuren leer die ik al af heb, een superstoer accessoire voor bijna alle maten. De hele riem krijgt gaatjes en een ingebrand motief, en mijn klanten kunnen straks kiezen uit verschillende gespen. Alles kan met elkaar worden gecombineerd, dus zeker als ze twee, drie of meer gespen kopen, hebben ze eindeloos veel mogelijkheden.

'Daar kan ik niet echt een duidelijk antwoord op geven,' zeg ik. '"Ja" is te simpel. Ik bedoel, twee avonden geleden was hij nog verloofd, weliswaar met een vrouw die hem gebruikte en voor de gek hield en op wie hij helemaal niet verliefd was, maar aan de andere kant, ik ben wel tien jaar lang weggebleven.'

'En...' spoort Evie me aan, maar het valt niet mee. Ik weet zelf nog niet goed wat ik ervan moet denken.

Met een diepe zucht leg ik de priem opzij. 'Het is eng, Evie.' Ik haal mijn handen door mijn haar. 'Ik wil dit niet verpesten, maar dat hoopte ik de vorige keer ook.'

'Deze keer is mama er niet om iets te verpesten,' zegt ze op giftige toon.

'Evie...' Ik hap ontzet naar adem. 'Ik heb het niet vanwege mama met Cam uitgemaakt.'

Ze snuift hoorbaar en laat een lachje horen waarvan ik weet dat het nep is. Daardoor is duidelijk hoe ze denkt over wat er toen is gebeurd. 'Ja, ja.'

'Dat is al de tweede keer vandaag dat ik iemand dat hoor zeggen, en weet je, dat hoef ik niet van jou te horen. Misschien dat mama's brief al die jaren geleden de aanzet gaf, maar ik was toch wel weggegaan, die drang zat nu eenmaal in me. Dus wat moet ik hiermee? Dat gevoel, dat verlangen, dat zal er altijd zijn. Ik weet alleen niet wat ik moet doen. Evie, ik kan hem niet nog eens zo'n pijn doen.'

Evie verandert meteen van toon en wordt weer de zus die ik ken, die me altijd steunt. 'Huutsuu, dat ga je niet doen. Je bent geen achttien meer.'

'Wat heeft dat ermee te maken?'

'Kaye, je hebt nu andere prioriteiten. Je bent ouder, volwassen. Kijk eens wat je in de paar maanden dat je hier bent allemaal voor elkaar hebt gekregen. Over twee weken open je je eigen winkel. Daar mag je trots op zijn, en je snapt ook wel dat een eigen zaak betekent dat je je nu aan het settelen bent. Je begint deze plek als een thuis te beschouwen. Eindelijk.'

Ik laat haar woorden tot diep binnen in me doordringen, daar waar ik die onzekerheid voel. 'Denk je dat het genoeg is?'

Ze ademt diep in en ik wacht met bonzend hart totdat ze haar gedachten uitspreekt.

'Dat kun alleen jij bepalen, zusje, maar ik denk dat je met Nomade, mij, Toko en nu ook Cam iets hebt...' Het duurt een hele tijd voordat ze weer iets zegt. 'Ik moet geloven dat het genoeg is, anders zijn we allemaal verloren.'

Dan zijn we allemaal verloren.

Ook ik.

Dat zegt ze niet, maar dat bedoelt ze wel.

'Je weet dat ik niemand ken die zo slim is als jij, hè?' zeg ik.

'Eh, ja?' Haar trotse lach vult mijn hart met de lichtheid die ik nu zo hard nodig heb. 'Goed, wat is de volgende stap voor Camden en Suda Kaye, part deux?'

'Afgezien van hem helemaal suf neuken, bedoel je?'

Evie kermt en zegt zangerig: 'Lalalalalalaaa.'

'Alsof jij niet wilt weten of we afgelopen nacht hebben gesekst.'

Weer een stilte... en...

Drie.

Twee.

Eén.

'Ja, oké, dat wil ik weten. Hebben jullie het afgelopen nacht gedaan?'

'Nee,' antwoord ik op onbewogen toon, en strikt genomen is dat geen leugen. We hebben het niet afgelopen nácht gedaan.

'Zijn jullie niet met elkaar naar bed geweest? Maar zijn auto stond bij jou. Kyson heeft me naar de kroeg gebracht, zodat ik mijn auto kon ophalen, en op de terugweg wilde ik bij jou langsgaan, maar toen ik zijn Range Rover zag staan besloot ik jullie niet te storen.'

'Ik zei niet dat we helemaal niet met elkaar naar bed zijn geweest.'

Ze jammert, duidelijk geïrriteerd, en ik barst in lachen uit. Het is zo leuk om haar te plagen.

'Dat slapen kwam neer op naast elkaar in hetzelfde bed liggen en echt slapen.'

'O.' Ze klinkt ronduit teleurgesteld. 'Meer heb je niet te vertellen?'

'Waar hoopte je op?'

'Weet ik niet,' zegt ze snel. 'Iets anders. Woeste seks, die jou liet gillen van pure extase.'

Mijn keurige zus termen horen bezigen als 'woeste seks' en 'gillen van pure extase' is bijna net zo lekker als een perfecte chocoladecupcake aangereikt krijgen, vers uit de oven, met een dikke laag glazuur.

'Nou, dat hebben we vanmorgen gedaan. En wel zo luid dat meneer de aannemer en zijn chagrijnige broer ervan konden meegenieten.'

'Lieve hemel...'

'En toen we daarna beneden kwamen, noemde Lincoln me min of meer een goedkope slet die zijn broer aan het lijntje hield.'

'Wát?'

'Dat viel natuurlijk niet goed bij Cam, die uit zijn vel sprong en hem dwong om zijn excuses aan te bieden.'

'Dat meen je niet!'

'Jawel. En daarna heeft Camden Lincoln ontslagen en dreigde hij hetzelfde met Kyson te doen.'

'Nee!'

'Reken maar van yes. Kyson heeft zich uitgeput in excuses en ze hebben het keurig uitgepraat. Cam neemt me mee uit eten bij Twenty One Steak, maar voordat hij naar zijn werk vertrok, maakte hij nog even duidelijk dat hij wil dat ik voor altijd blijf.'

'Ho, ho, tikkie terug. Ten eerste: gaat het weer een beetje, nadat Lincoln zo naar tegen je heeft gedaan?'

Ik haal mijn schouders op, hoewel ze dat niet kan zien, en pak de priem, want ik heb opeens zin om ergens gaten in te rammen. 'Ja. Weet je, mensen zullen me altijd veroordelen, wat ik ook zeg of doe. Dat heb ik al heel lang geleden geleerd. En bovendien heeft Cam het voor me opgenomen.'

'Ja, dat geloof ik graag. Als zo'n verliefde man die het niet kan uitstaan dat iemand lelijk doet tegen zijn meisje.' Evie klinkt een beetje dromerig.

'Hou op, Ev. We hebben seks gehad, strikt genomen drie keer. Hij is voor me in de bres gesprongen tegenover mijn aannemer en de broer van mijn aannemer. Hij neemt me mee uit eten. We hebben een verleden. Ik probeer me nu op de positieve dingen te concentreren en van het moment te genieten. Snap je wat ik bedoel?'

'Van het moment genieten. Duidelijk. Snap ik helemaal.' En dan haalt ze in een moeite door een herinnering op. 'Dat zei mama altijd, weet je nog? "Geniet van het moment, lieverds, want je weet nooit wanneer het voorbij is".'

Ik glimlach bij de herinnering aan die uitspraak van haar. 'Ja, ze wist altijd wat ze moest zeggen, en wanneer.'

'Inderdaad. Nou, ik hoor graag meer over hoe dat etentje gaat. Bel je me morgen?'

'Zeker weten.' Ik verander van onderwerp. 'Hoe is het met Toko?'

'Als je dat wilt weten moet je hem bellen. Hij vindt dat je dat eerst moet doen voordat je weer langs kunt komen, maar ik heb hem overgehaald om naar de opening te komen.'

'Nee!' Ik hap naar adem, niet in staat om mijn oren te geloven. 'Hij wil naar de stad komen?'

Evie grinnikt. 'Ja, hij heeft zelfs al geregeld dat iemand hem heen en weer rijdt. Hij logeert bij mij en zegt dat hij heel graag wil zien dat zijn vogeltje haar vleugels uitslaat en aan iets nieuws begint. Iets wat haar laat vliegen zonder haar tegen te houden.'

Ja, zulke wijze woorden zijn echt iets voor onze grootvader. Zo is Toko.

'En nogmaals, dat had je allemaal al geweten als je hem had gebeld,' zegt Ev. 'Wil je dat doen?'

'Ja, daar moet ik een gewoonte van maken. En papa? Hoe is het met hem?'

Toen we nog klein waren, was mijn stiefvader vaker niet dan wel thuis. Het leek wel alsof het leger hem elke keer weer opnieuw uitzond. Het was geweldig als hij weer eens thuiskwam, omdat onze moeder er dan ook altijd was. Twee of drie keer per jaar vormden we een echt gezin. Maar dan werd hij vroeg of laat weer uitgezonden en werden Evie en ik vlak daarna bij Toko in het reservaat gedumpt omdat mama op avontuur moest. Eerlijk gezegd brachten we, totdat de kanker haar het reizen onmogelijk maakte, meer tijd door met onze grootvader dan met onze ouders.

Evie schraapt haar keel en kreunt zachtjes. 'Dat weet ik niet. Ik word er nogal zenuwachtig van, hij heeft mijn twee laatste mailtjes niet beantwoord. Ik weet dat hij Polen heeft verruild voor een of andere supergeheime operatie ergens in het Midden-Oosten, maar ik heb verder niets meer van hem gehoord.'

'Hoe lang al niet?' Ik denk aan het laatste mailtje dat ik van hem heb ontvangen. Dat was al maanden geleden. Meestal hebben we contact op verjaardagen, die van mij, die van hem, en zeker die van mama, en op haar sterfdag, en tussendoor ook nog een paar keer. Nu realiseer ik me dat ik mijn stiefvader het grootste deel van het jaar niet meer heb gesproken en dat stemt me droevig. We zijn allebei lui geweest, te veel met onszelf bezig.

'Een paar weken.'

'Ach, lieverd, dat is helemaal niet zo lang. Als hij het druk heeft, duurt het soms wel een maand voordat je iets van hem hoort. Geef het nog wat meer tijd, oké?' maak ik haar duidelijk, want ik wil niet dat ze zich zorgen maakt over onze vader. Hij is militair, hij kan uitstekend op zichzelf passen.

'Ja, oké. Goed, ik moet naar mijn werk. Bel je me morgenochtend?'

'Ga je me missen?' vraag ik zacht.

'Jij mij nog meer?'

'Altijd, zus, altijd. Ik hou van je.'

'Ik ook van jou.'

15

'Suda Kaye, je bent een lust voor het oog,' zegt Cam op diepe, goedkeurende toon. Hij laat zijn blik uitgebreid over me heen gaan.

Ik grinnik en houd met mijn ene hand in mijn zij de deur voor hem open. 'Is dit chic genoeg voor je?' Met de deur in mijn hand draai ik me een stukje om, in een houding waarvan ik weet dat die mijn jurkje het beste tot zijn recht laat komen.

Voor onze eerste avond uit als een stel, of wat we ook zijn, heb ik voor een indrukwekkende look gekozen. Heel veel blote huid, heel veel sexappeal. Dit jurkje heeft ragdunne bandjes en een laag uitgesneden watervalhals die een fiks deel van mijn decolleté laat zien. Het glimmende oranje satijn heeft een schaduweffect en het model valt schuin over mijn lichaam, zodat het aan de ene kant in een lage punt eindigt en aan de andere kant flink wat been laat zien. Ik draag er frambooskleurige sleehakken met open neuzen bij, waardoor mijn lange benen nog meer opvallen. Om het helemaal af te maken hangt mijn haar los, in dikke golven, heb ik de nagels van mijn handen en tenen donkerrood gelakt en glanst mijn hele lijf door een bodyscrub en bijpassende lotion. Subtiel en stijlvol, maar ook opvallend door de grote ovalen gouden ring aan mijn vinger en mijn gouden oorhangers.

Camden staat zeker een minuut lang naar me te kijken, met zijn handen tot vuisten gebald langs zijn zijden. Zijn halflange haar zit in een strak knotje achter in zijn nek en zijn heerlijke lijf ziet er in dat onberispelijke donkerblauwe pak zo goed uit dat ik hem als een cadeautje wil uitpakken.

Blijkbaar denkt Cam er net zo over, want voordat ik een paar intelligente woorden tot een zin aaneen kan rijgen, duwt hij me naar binnen en smijt de deur achter ons dicht.

'Liefje, wat doe je nu?' Ik hap verbaasd naar adem als hij zijn armen om me heen slaat en me aan mijn billen omhoogduwt, zodat ik mijn armen wel rond zijn nek moet leggen. Hij draagt me met een rechte rug door mijn huis naar mijn bed. Daar laat hij me weer zakken, waarbij mijn lijf op een heerlijke manier dat van hem raakt.

Ik hoor een woeste grom, vermengd met onvervalste lust. 'Draai je om.'

Ik lik mijn lippen. 'Cam, we hebben gereserveerd,' breng ik hem in herinnering.

'Omdraaien, nu.' Hij klinkt als een holenmens, jij vrouw, ik man, en dat zou me niet moeten opwinden, maar dat doet het wel, op heel veel manieren.

'O jee.' Mijn huid begint te tintelen en mijn hart gaat onregelmatig kloppen, maar ik doe wat hij vraagt en draai me op die dikke zolen om. Zodra ik met mijn gezicht naar het voeteneinde sta, laat hij zijn handen over de achterkant van mijn benen op en neer gaan.

'Buig eens voorover, Suda Kaye, ik wil weten wat er onder dit jurkje zit.'

Ik krijg bijna geen lucht als ik me vanuit mijn middel naar voren buig en mijn handen op de rand van de matras zet. Hij trekt de gladde stof over mijn inmiddels verhitte huid omhoog totdat die opgestroopt rond mijn middel zit.

'Kijk eens aan,' zegt hij met een afkeurend geluidje, 'wat ben jij een stoute meid.' Hij grijpt mijn ene heup stevig vast, met zijn vingers diep in mijn zachte vlees, en raakt met de andere mijn blote billen aan.

Als hij zijn hand tussen mijn dijen laat glijden en voelt hoe nat ik ben, sta ik onmiddellijk te kronkelen op mijn hoge schoenen. 'Lief... je.'

'Dacht je dat ik dat niet zou merken, snoepje? Dat ik binnen een meter afstand van je kon komen zonder door te hebben dat mijn meisje helemaal niks draagt onder dit dunne lapje stof?' Hij knijpt in mijn kont en ik wil naar voren schieten door die plotselinge pijnscheut, maar die hand rond mijn heup houdt me op mijn plaats.

Hij maakt weer dat berispende geluidje. 'Een andere man had je misschien gevraagd om iets fatsoenlijkers aan te trekken, maar ik hou wel van een zelfverzekerde, blije vrouw, dus ik zal op een andere manier moeten laten merken dat je van mij bent. Wat denk je, wordt dat duidelijk als je in dit jurkje rondloopt nadat je net goed bent gepakt? Wat denk jij? Vertel dat me eens, Suda Kaye.' Hij steekt twee vingers diep in mijn warmte.

'O, Cam. Já.' Ik duw mezelf tegen de vingers aan die hij in me beweegt.

'Lijkt dat je fijn, snoepje? Wil je dat ik je nu zo'n goede beurt geef dat je me nog steeds tussen je benen voelt als we aan het hoofdgerecht zitten?' Hij draait zijn vingers en spreidt ze, en ik duw mijn heupen naar achteren om hem dieper in me te voelen.

'God, ja! Cam, schat, doe het, nu.'

Al snel trekt hij zijn vingers terug en hoor ik het getinkel van zijn gesp en het gekraak van zijn rits. Elke seconde voelt als een uur, want ik knap bijna uit elkaar van verwachtingsvolle spanning. Ik draai rondjes met mijn heupen in de koele lucht terwijl hij zich voorbereidt om me te nemen. Het is zo geil, het idee dat hij elk moment in me kan stoten, dat ik mijn armen bijna niet kan strekken om de houding aan te nemen waarin hij me wil hebben.

Een paar tellen later laat hij zijn handen over mijn rug gaan en geniet ik van zijn verhitte lijf tegen het mijne. Een heerlijke warmte verspreidt zich over mijn rug en mijn benen. Cam buigt zich over me heen, strijkt met zijn handen over mijn armen en duwt mijn haar opzij, zodat hij met zijn lippen mijn hals kan beroeren, en daarna mijn opgestroopte jurk en mijn rug.

'Zet je schrap, schatje, want ik ga je keihard nemen,' waarschuwt hij me, twee tellen voordat hij het brede topje naar mijn opening brengt en in me stoot.

Instinctief ga ik op mijn tenen staan om hem zo diep mogelijk in me te kunnen opnemen. Hij pakt een van mijn heupen en mijn schouder vast en doet wat hij net heeft beloofd. Hij beukt keihard in me.

Ik ben me met elke vezel van mijn lijf van hem bewust.

Van zijn lange pik die in me beweegt.

Van de warmte van zijn lichaam, die me als een beschermende cocon omhult, zelfs nu hij zo ruw met me is.

Van zijn geur, die de kamer vult met een zweem van citroengras en een vleugje aarde.

Van zijn ademhaling, die snel en hijgend is omdat hij zich zo inspant, met zijn hele lijf.

Het duurt niet lang voordat hij een arm om me heen slaat, zijn hand in de diepe halsopening van mijn jurkje steekt en zijn vingers rond mijn borst wikkelt. Eerst raakt hij me nog voorzichtig aan, maar dan heeft hij door dat ik het harder wil. Hij knijpt in mijn tepel, hij trekt eraan, zonder genade, en ik duw verlangend mijn heupen naar achteren.

'Ik wil wat van mij is, Suda Kaye. Geef het me. Nu, liefje,' gromt hij in mijn oor. Hij buigt zich nog verder over me heen, hij masseert mijn borst, knijpt in mijn overgevoelige tepel en beweegt zijn heupen nog sneller en harder.

Meer is er niet nodig. Die woorden in mijn oor, dat hij opeist wat hij wil hebben, daardoor spat ik uit elkaar, als vuurwerk aan de hemel. Ik leg mijn hoofd in mijn nek en schreeuw het uit, verslonden door het orgasme. Het begint groot, het neemt mijn hele lichaam in beslag totdat ik alleen nog maar uit open zenuwen lijk te bestaan, gevangen in een kringloop van genot.

Terwijl ik nog steeds klaarkom, laat Cam mijn borst los. Hij recht zijn rug en stoot van achteren in me, hij rekt mijn ontlading uit tot een van de langste die ik ooit heb meegemaakt. Ik kan niet meer ophouden met hijgen, ik blijf mijn billen tegen hem aan beuken, zo hard dat mijn oorhangers tegen mijn wangen slaan en mijn knokkels spierwit worden.

'Genoeg, schat!' brul ik. Ik klem mijn kaken op elkaar en span de spieren van mijn schede zo hard aan dat Cam ophoudt met zijn krachtige stoten. Dan ramt hij een laatste keer met zijn hele lijf tegen me aan en verstijft hij. Zijn diepe, aanhoudende kreun vult de verder stille ruimte.

Zodra hij leeg is en zijn pik in me verslapt, laat hij zijn hand over mijn rug op en neer gaan. Hij glijdt uit me, wat mij een kreetje van protest ontlokt, want ik wil niet dat hij me alleen laat. Een tel later buigt hij zich alweer over me heen, om een hele rij zoentjes op mijn rug te planten, van mijn billen naar mijn rug.

'Rustig maar, schat. Ik haal een doekje.'

'Goed.' Ik adem een paar keer in en uit en probeer na de wildste seks die we ooit hebben gehad weer tot bedaren te komen.

Terwijl ik daar zo sta, onderdanig, met mijn handen op het bed, dringt het tot me door dat Cam me net woest van achteren heeft geneukt, als een holenmens, staand en met zijn kleren aan. Daardoor kan ik mijn lachen niet meer inhouden.

Cam komt de badkamer uit met een warm, vochtig doekje en ziet mij dubbel liggen van het lachen.

'Wat is er zo grappig?' vraagt hij op lieve toon. Hij veegt het vocht tussen mijn benen weg en geeft me daarna een zoentje op mijn kont. Daarna trekt hij mijn jurkje terug over mijn heupen.

'Jij.' Ik ga rechtop staan, schud mijn haar uit en duw mijn borsten op hun plaats, zodat ze niet uit de hals van mijn jurkje rollen.

Hij grinnikt en brengt het doekje terug naar de badkamer. Ik hoor dat hij de kraan opendraait. 'Wat is er zo grappig aan jou neuken?' Hij komt de badkamer uit en droogt zijn handen af aan een handdoek.

Ik loop glimlachend naar hem toe en sla mijn armen om zijn nek. 'Schat, je nam niet eens de moeite om me eerst te zoenen.' Ik giechel als een schoolmeisje dat eindelijk de jongen van haar dromen heeft veroverd.

Hij legt lachend zijn handen rond mijn gezicht. 'Jij. Dat jurkje. Jouw rondingen. Je haar dat alle kanten op vliegt. Die sexy lach. Je bent de allermooiste vrouw die ik ooit heb gezien.' Hij haalt zijn schouder op. 'Dan is het onvermijdelijk dat ik zo reageer.'

'Dat noem je reageren?' Ik kijk hem met opgetrokken wenkbrauwen aan.

'Ja,' zegt hij, maar meer laat hij niet los.

'Reageer je vaak zo?' Ik houd mijn hoofd schuin en kijk hem diep in zijn donkergroene ogen, waarin een verzadigde blik ligt.

'Alleen op jou, Suda Kaye.'

Ik schiet in de lach. 'Dan zal ik je niet tegenhouden.'

Nu grinnikt hij, een geluid dat diep vanuit zijn borst komt, en die lach voel ik in zijn hele lijf. Dat vult een andere leegte, met schoonheid en licht.

'Dat zal ik onthouden, voor het geval ik in de stemming ben om te "reageren"... Het is goed om te weten dat jij wel te porren bent voor toekomstige reacties.'

Ik buig me naar hem toe en breng mijn mond naar de zijne. 'Op die manier? Altijd. En ga je me nu zoenen en me daarna op een etentje trakteren?'

'Heel graag, maar pas op, schat, ik heb heel erg veel trek,' zegt hij waarschuwend, voordat hij me hard en diep zoent.

We komen twintig minuten later aan dan het tijdstip waarvoor we hadden gereserveerd, maar nadat Camden even met de gastheer heeft gesproken, kunnen we nog geen tien minuten na onze aankomst aan tafel.

We bestellen meteen onze voorafjes, een selectie van plaatselijke kazen, vleeswaren, noten, jam en nog veel meer. In een moeite door bestellen we ook meteen ons hoofdgerecht, steaks, zodat de bediening ons later niet al te vaak hoeft te storen.

Ik smeer een spread met groene chili op een geroosterde snee baguette, leg er een plakje vleeswaar op en maak het geheel af met een dot jam van kersen en dadels. Genietend neem ik een hap. 'Dit is echt zalig.'

Cam kijkt naar mijn mond als ik mijn lippen lik, voor het geval er een paar kruimels van het knapperige brood rond mijn mond zijn blijven kleven. Een van zijn wenkbrauwen gaat omhoog. 'Dit heb ik gemist,' zegt hij cryptisch.

Ik kauw, slik de hap door en neem een slok van de verrukkelijke rode wijn die Cam heeft uitgekozen. 'Wat heb je precies gemist?'

Hij pakt zelf ook een stukje brood, legt er een plakje salami op en voegt er daarna een stukje kaas en een augurk aan toe. Terwijl hij het perfect gelaagde hapje optilt, antwoordt hij: 'Jou zien eten. Of nee, jou zo'n beetje alles zien doen.'

'Dat is heel erg aardig van je, Cam.'

Hij steekt het hele stuk brood in zijn mond en kauwt even bedachtzaam, terwijl ik ondertussen mijn tweede meesterwerkje van kaas en vleeswaren in elkaar knutsel.

'Het is echt zo. Zoals jij dingen doet, het maakt niet uit wat, dat is altijd heel bijzonder. Eten, kleren, mensen.' Zijn ogen kleuren donkerder, groen als mos. 'Seks.' Hij schiet in de lach als er een blos over mijn wangen schiet. 'Jij leeft, Suda Kaye. Elk moment, elke ervaring, is even spannend. Jij kunt naar een wasserette gaan en daar toevallig een gesprek aanknopen met iemand die je hun hele levensverhaal vertelt en je vervolgens uitnodigt voor een barbecue met de hele familie. En dan ga je ook nog en heb je de tijd van je leven.'

'Waarom ook niet?'

Hij pakt zijn glas wijn en neemt een flinke slok. 'Niet iedereen ziet een nieuwe dag als een kans waarvan je gebruik moet maken. Er zijn veel te veel mensen die met het verkeerde been uit bed stappen, die met tegenzin naar hun werk gaan, waar een baas op hen wacht aan wie ze een bloedhekel hebben, en als ze dan 's avonds thuiskomen, maken ze eten klaar waar ze geen trek in hebben, in een huis waarvoor ze krom moeten liggen.'

'Dat is helaas voor veel mensen maar al te vaak het geval,' moet ik hem gelijk geven.

'Maar niet voor jou. Niet voor mijn Suda Kaye.'

Ik vind het heerlijk dat hij me zijn Suda Kaye noemt, maar hij is nog niet klaar met wat hij me wil vertellen. Tot nu toe is dit allemaal erg interessant en heel verhelderend. Mijn huid wordt warm als Cam achteroverleunt en me op nog meer eerlijkheid trakteert.

'Snoepje, je gaat regelrecht in tegen wat de maatschappij van ons verwacht, en door dat te doen, leef je, daardoor leef je echt. Ik vind dat geweldig en ik denk dat je moeder trots op je zou zijn geweest. Dat ben ik in elk geval wel.'

De lucht om ons heen lijkt te gonzen en mijn hart gaat sneller slaan nu zijn woorden tot me doordringen. 'Vind je dat echt?'

'Ja.'

'Ook al ben ik weggegaan.'

Hij steekt zijn hand uit en haakt onze vingers in elkaar. 'Maar nu ben je weer hier. We zijn halverwege, weet je nog? We moeten kunnen praten over de tijd dat we van elkaar gescheiden waren, over wat we samen hadden en over waar we naartoe willen. We zijn nu anders dan toen, maar schat, de belangrijke zaken, hoe we over bepaalde dingen denken, dat we van elkaars gezelschap genieten, dat we ons elke keer weer zo tot elkaar aangetrokken voelen, dat is niet veranderd. In elk geval niet voor mij.'

'Voor mij ook niet.' De woorden fluister ik, maar ik weet dat hij ze hoort, want hij beantwoordt ze met een brede glimlach.

'Goed, dan zijn we het daarover eens. Laten we beginnen met de jaren dat we niet bij elkaar waren. Vertel me eens wat je toen hebt gedaan, wat je hebt meegemaakt. Misschien kun je me daar een keer iets van laten zien?'

Ik grijp zijn vingers steviger vast en kijk naar zijn knappe gezicht. 'Ik zou je zo graag eens Oslo willen laten zien. Je hebt de schoonheid van de natuur altijd kunnen waarderen, en daar vind je prachtige wegen door de bergen. Er is er een die je naar een klein restaurantje brengt, op ongeveer een half uurtje rijden van de stad. Daar heb je een geweldig uitzicht over de fjorden. Het is net alsof sommige bergen door het water in tweeën zijn gespleten. Toen ik daar voor het eerst was, heb ik, met een heerlijke latte en een scone, alleen maar naar het uitzicht zitten kijken. Ik wil je dat zo graag laten zien.'

'Dat klinkt echt als iets voor mij. Daar ben ik zeker voor in.' Hij laat mijn hand los om nog een stukje brood te kunnen pakken en ik merk dat ik wens dat hij dat niet had gedaan. Nu ik hier zo met hem zit, zo op mijn gemak, genietend van heerlijk eten en nog heerlijkere wijn, wil ik dichter bij hem zijn, niet verder weg.

'Jouw beurt,' zeg ik. 'Vertel me iets over jezelf wat ik nog niet weet.'

Hij strijkt met zijn hand over zijn korte baard en tuit nadenkend zijn lippen. 'Oké. Een jaar of twee, drie geleden heeft Porter me overgehaald tot een fietstocht langs bierbrouwerijen.' Volgens mij beginnen mijn ogen te fonkelen, want Cam schudt lachend zijn hoofd. 'Nee, niet meteen van alles in je hoofd halen.'

'Het klinkt nu al heel leuk,' zeg ik lachend. Ik gebaar dat hij verder moet gaan en neem een hap van een augurkje.

'Dat was het ook, maar toen ik ja zei, wist ik niet dat het vijf dagen ging duren.'

Ik sla mijn hand voor mijn mond om mijn lach te smoren. 'Dat is wel heel veel uren fietsen.'

Hij knikt. 'Dat zeker, en het was nog veel meer bier proeven. We zijn naar Fort Collins gereden, want daar begon de rondrit. We namen onze eigen fietsen mee, ik moest er voor die tocht zelfs eentje kopen.'

'Het was toch geen tocht voor ervaren fietsers?' Ik slik een overheerlijke hap weg en buig me over de tafel heen, nieuwsgierig naar meer.

'Nee, zo gemeen is hij niet. Het was voor een beginner prima te doen, maar als je al jaren niet meer hebt gefietst, is het een marteling voor je kont en je ballen. Laat ik dat meteen even duidelijk maken.'

Ik schiet in de lach bij de gedachte aan Cam die in een glimmende wielrenbroek op het zadel heen en weer schuift, op zoek naar een gemakkelijke houding. Ik moet zelfs zo hard lachen dat ik snel een servet tegen mijn mond druk, want ik wil mezelf niet voor schut zetten of de aandacht van de andere gasten trekken.

Cam grinnikt. 'Het viel vies tegen.'

'Wat heb je toen gedaan?'

Hij haalt zijn schouders op. 'Wat kon ik doen? Ik ben elke dag dronken geworden om het vol te kunnen houden. Daarmee ben ik op dag twee begonnen, dus die hele tocht was geweldig.'

Ik veeg grinnikend mijn mond af met mijn servet. 'Heeft Porter toen besloten dat hij een brouwerij wilde beginnen?'

Cam houdt met een nadenkend gezicht zijn hoofd schuin. 'Nee, hij had al een paar jaar eerder onder leiding van een meesterbrouwer het vak geleerd. Die rondrit was voor hem een mooie manier om contacten in dat wereldje aan te knopen en nog meer bier te proeven. We hebben elke dag wel drie tot vijf rondleidingen in brouwerijen gehad en natuurlijk hun producten geproefd.'

'Dat klinkt als een geweldige reis. Ik zou er meteen voor gaan.' Ik pak een stukje gedroogde salami en stop het in mijn mond.

'Ja, jij wel,' zegt hij speels.

Het duurt niet lang voordat onze hoofdgerechten worden geserveerd en ik vaststel dat ik in tijden niet zo'n mals stuk vlees heb geproefd.

'Jouw beurt,' zegt Cam voordat hij een hap van zijn steak neemt.

'Hmm, Frankrijk is altijd goed. Ik ben dol op Parijs, dat is natuurlijk een stad voor geliefden.'

'Dus er was een man in je leven toen je daar zat.' Hij kijkt me met een indringende blik aan, maar zonder bezorgdheid of jaloezie. Hij is alleen maar geboeid.

'Eh, min of meer wel...' Ik neem een hap aardappelpuree en kijk uit het raam.

Hij legt een warme hand op de mijne. 'Vergeet niet dat we allebei een verleden hebben. Vroeg of laat moet ik jou ook over Val vertellen.'

'Val?' Dat moet de vrouw vóór Brittney zijn geweest.

'Ga door, jij was aan de beurt,' zegt hij met een spottend lachje, en ik rol met mijn ogen.

We eten verder en ik probeer een plek te bedenken waarvan hij zou kunnen genieten, en dan weet ik het opeens. 'Ik zou je graag Lissabon laten zien,' zeg ik knikkend. 'Ja, daar zou je het geweldig vinden.'

'Waarom? Wat is er zo leuk aan Lissabon?'

'Heel veel, maar om te beginnen vind je daar een heel bijzondere boekwinkel. De oudste boekwinkel ter wereld. Die heet Livraria Bertrand. De gevel is, zoals zo veel gebouwen daar, versierd met mozaiektegels van bijna tien bij tien centimeter. Binnen ziet alles er eigenlijk vrij eenvoudig uit. Diepe ingebouwde boekenkasten, van de vloer tot aan het plafond, en tafels met stapels boeken.'

Hij kauwt op een hap van zijn steak en neemt een slok wijn. 'En de stad zelf?' vraag hij.

Ik slik mijn eigen hap door voordat ik antwoord geef. 'Die is prachtig. De trottoirs zijn bestraat met klinkers in verschillende kleuren, zodat er bepaalde patronen ontstaan. Vooral in zwart en wit, en soms zijn het heel ingewikkelde ontwerpen. Je vindt ze door de hele stad. Soms sla je een hoek om en dan loop je opeens over gigantische zwarte cirkels, of juist over heel kleine steentjes die samen het gezicht van een vrouw vormen.'

'Dat zou ik graag eens zien.'

'En we kunnen er een ritje maken in een tuktuk. Dat is een klein voertuigje, met plaats voor drie of hoogstens vier passagiers, dat meestal wordt bestuurd door een gids. Die brengt je snel overal naartoe, door drukke smalle straatjes, en laat je alle bezienswaardigheden zien. Dat is geweldig.'

'Ik ben voor. Het maakt niet uit waar je naartoe je wilt, ik ga graag met je mee. Dat had ik tien jaar geleden trouwens ook gedaan... en nu weer.' Zijn gezicht verzacht en er verschijnt een tedere lach rond zijn lippen.

Helaas zijn die woorden als een stomp in mijn maag, die meteen in opstand komt. Mijn adem stokt. 'Wat zei je?' breng ik met krakende stem uit.

'Snoepje, ik ga graag met je mee, wat je bestemming ook is. Toen en nu.'

Meteen slaat de hitte me van top tot teen uit. Het zweet staat op mijn voorhoofd en mijn mond vult zich met zuur speeksel, een teken dat ik elk moment kan gaan overgeven. Ik sta zo snel op dat mijn stoel met een dreun op de houten vloer valt. Cam staat ook op en loopt naar me toe om hem overeind te zetten.

Ik ren weg van onze tafel alsof valse honden me op de hielen zitten, rechtstreeks naar het toilet. Daar smijt ik de deur achter me dicht. Ik druk mijn voorhoofd tegen de koele tegels en doe mijn best om adem te halen, maar de paniek kruipt op langs mijn rug, gevolgd door kippenvel. Het wordt zwart voor mijn ogen, ik zie alleen nog maar speldenprikjes licht. Ik hoor ook bijna niets meer, het is alsof mijn hoofd onder water wordt geduwd. Het duurt niet lang voordat ik heftig sta te beven.

'Suda Kaye, doe eens open!' Zijn stem lijkt van heel ver weg te komen, maar ik weet dat hij juist heel dichtbij is.

Ik druk mijn lijf plat tegen de muur en doe mijn best om zo goed mogelijk adem te halen.

'Doe de deur eens open, lieverd. Steek je hand uit en doe dat slot open.'

Ik hoor hem praten, maar ik kan me niet verroeren.

'Fuck, dan klim ik wel over dat wandje naar je toe,' roept hij, maar zijn woorden klinken vreemd en verwrongen.

Nadat ik een paar keer hakkelend heb ademgehaald, met mijn voorhoofd nog steeds tegen de muur gedrukt en mijn wangen nat van de tranen, staat hij naast me. Hij drukt zijn borstkas tegen mijn rug en slaat zijn armen om me heen.

'Ik ben er, liefje, ik ben bij je. Het komt allemaal goed.' Hij legt een van zijn sterke armen rond mijn buik en houdt me stevig vast. Ik leg mijn handen rond zijn hand en grijp die vast alsof mijn leven ervan afhangt. Hij strijkt mijn haar uit mijn gezicht en drukt zijn gezicht in mijn nek. Ik voel dat hij de duisternis verdrijft die me dreigde op te slokken.

'Suda Kaye, ik ben bij je. Er kan je niks gebeuren. Adem maar met me mee, lieverd. Vier tellen in en vier tellen uit.' Hij begint hoorbaar in en uit te ademen.

Ten slotte lukt het me om in hetzelfde ritme te ademen als hij en sta ik niet langer zo te beven. Ook mijn hart lijkt niet langer uit mijn borst te willen barsten. Hij voelt blijkbaar de verandering in me, want hij trekt me weg van mijn plekje tegen de muur en draait me om. Ik kruip tegen hem aan, steek mijn armen in de mouwen van zijn jasje en leg ze tegen zijn rug. Hij neemt mijn hoofd tussen zijn handen en streelt met een geruststellend gebaar mijn haar. 'Het komt allemaal goed. Ik ben bij je, snoepje. Ik ben er voor je.'

Als dat beangstigende gevoel eindelijk is afgenomen, ben ik kapot, geestelijk, lichamelijk, op alle andere mogelijke manieren.

'Zullen we hier weggaan?' vraagt hij zacht, met zijn mond bij mijn kruin.

Ik knik tegen zijn borst en veeg mijn met tranen bevochtigde wangen droog. Camden neemt me mee naar de wastafel, waar ik mijn gezicht natmaak en de uitgelopen mascara wegveeg. Hij blijft de hele tijd naast me staan, hij geeft me een papieren handdoekje aan en slaat daarna weer zijn arm rond mijn schouders. Ik word getroffen door het overweldigende gevoel dat ik ben waar ik hoor te zijn, met mijn wang tegen zijn borst. Dat is intens, maar hij is er voor me. Hij houdt me overeind, hij houdt me dicht in de buurt.

Als we samen het damestoilet uit lopen, zien we de bedrijfsleider in de gang zenuwachtig heen en weer lopen. 'Mevrouw, is alles in orde? Zal ik een dokter voor u bellen?'

Ik geef geen antwoord, maar Cam wel. 'Bedankt voor uw aanbod, maar dat hoeft niet. Ze mankeert niets.' Hij haalt een visitekaartje uit zijn zak. 'Als u dit nummer belt, regelt mijn assistente dat onze rekening wordt betaald. Mijn excuses voor het ongemak.'

'Geen enkel probleem. Mocht u privacy wensen voor u en mevrouw, dan kan ik u onze uitgang aan de achterzijde aanraden.' Hij wijst naar een deur die gelukkig vlakbij is.

'Dank u wel, daar maken we graag gebruik van.' Camden neemt me mee naar de uitgang.

'Sorry,' mompel ik. Zonder de veilige warmte van zijn omhelzing te verlaten probeer ik te bepalen wat er daarnet in vredesnaam is gebeurd.

Zodra we buiten in de frisse lucht staan, adem ik diep in. Camden loopt snel met me naar zijn Range Rover. Naast het rechterportier blijft hij staan, en nadat hij zijn jas heeft uitgetrokken, wikkelt hij mij daarin en helpt me in te stappen.

Zodra ik zit, loopt hij snel om de auto heen. Hij stapt in en zegt: 'Jij slaapt vannacht bij mij thuis. Ik wil je in de buurt hebben.'

Ik knik, maar ik zeg niks. Ik weet niet wat ik moet zeggen, al is er één ding dat telkens door mijn hoofd blijft gaan.

Snoepje, ik ga graag met je mee, wat je bestemming ook is. Toen en nu.

De tranen prikken weer in mijn ogen. Ik laat mijn hoofd tegen de steun rusten en staar uit het raampje, zonder die tranen tegen te houden.

Hij gaat graag met me mee, wat mijn bestemming ook is. Dat betekent dat hij me al die jaren geleden niet zou hebben gevraagd om in Pueblo te blijven. Hij zou me niet hebben gekortwiekt vanwege al zijn verplichtingen aan zijn familie en het bedrijf.

Misschien hadden we, als ik minder overhaast was geweest, er samen iets van kunnen maken. Op de een of andere manier. Wie weet.

Terwijl ik stilletjes zit te huilen, trekt er opnieuw een rilling door me heen.

Cam steekt zijn hand uit en pakte de mijne vast. Die brengt hij naar zijn mond voor een zoen, midden op mijn handpalm. Dan zoent hij mijn pols en al mijn vingers, een voor een. Ik werp hem een snelle blik toe en daardoor ziet hij mijn betraande gezicht.

'Ik ga voor je zorgen. Wat er daarnet ook gebeurde, dat gaan we samen verwerken. Samen, hoor je dat?'

'Het spijt me zo.' Ik slik de emotie weg die me dreigt mee te sleuren in een tsunami van schuldgevoel en verdriet. 'Het spijt me verschrikkelijk.'

'Wat spijt je, lieverd? Ik snap het niet.' Hij stuurt de auto behendig door het verkeer, maar houdt mij tegelijkertijd met een ingespannen gezicht in de gaten.

Ik doe mijn ogen dicht en laat de tranen stromen. Dan gooi ik het er met een gekwelde zucht uit. 'Het spijt me dat ik ben weggegaan. Ik heb zo'n spijt, van alles.'

16

Cam rijdt over een lange, geasfalteerde weg met aan weerszijden bomen. Die hebben zulke grote takken dat ze elkaar boven het midden van de weg raken en een ronde tunnel vormen. Heel even probeer ik me voor te stellen hoe het is om op een zonnige zomerdag onder dit bladerdak door te rijden. De weg met de bomen eindigt ten slotte bij een groot, gelijkvloers huis met rondom een grote veranda.

Cam parkeert de auto, stapt snel uit en loopt naar mijn kant van het voertuig. Hij maakt mijn gordel voor me los, haakt een arm onder mijn gebogen knieën en mijn rug en tilt me uit de auto. Met zijn voet schopt hij het portier dicht.

'Je hoeft me niet te dragen. Er is niks mis met me, ik kan lopen,' zeg ik op een luide fluistertoon. Mijn keel voelt rauw aan en mijn stembanden lijken met een rasp te zijn bewerkt.

'Snoepje, ik weet dat je dat kunt, maar dat ga je niet doen. Stil nou maar en laat mij voor je zorgen.'

Ik slaak een zucht, maar ik probeer te glimlachen als ik mijn armen om zijn nek sla en mijn gezicht tegen zijn warme huid druk.

Hij draait me om, doet een deur open en knipt een zwakke lamp aan. Ik probeer om me heen te kijken, maar merk dat ik daar de energie niet voor heb. Ik ben zo moe dat ik niet eens mijn hoofd kan heffen, laat staan dat ik alles om me heen kan bekijken en een oordeel over zijn huis kan vellen, zoals ik onder normale omstandigheden zou hebben gedaan.

Zonder aarzelen neemt hij me mee door een aantal kamers, totdat ik ten slotte op een bed word gezet, met een dekbed dat, zeker weten, nog zachter is dan een wolk. Hij laat me op de rand van het bed zitten. Ik trek mijn schouders op en merk dat niets me nog iets kan schelen. Ik zit er helemaal doorheen.

Mijn hart breekt omdat ik zo veel verdriet heb om al die jaren die we bij elkaar hadden kunnen zijn, maar het niet waren.

Mijn verstand laat me keer op keer de woorden horen die hij tegen me zei.

Mijn emoties schieten alle kanten op.

En ik ben zo ontzettend moe.

Cam loopt door de kamer, doet een lamp op het nachtkastje naast me aan en komt weer naar me toe. De lamp werpt een krans van zacht licht rond zijn gezicht. Zijn uitdrukking is heel erg bezorgd, met gefronste wenkbrauwen, en ik vind het zo erg dat ik daar de oorzaak van ben.

'Ik doe je telkens weer opnieuw pijn, hè?' Ik bijt zo hard op mijn onderlip dat ik bang ben dat die gaat bloeden.

Cam laat zijn schouders zakken en haalt iets uit een hoge kast, een meter of drie bij het bed vandaan waarop ik zo rusteloos zit.

'Suda Kaye, ik weet niet wat er precies aan de hand is of waarom je zo in paniek raakte... Maar ik wil graag dat je je nu probeert te ontspannen, dat je goed uitrust. Je hebt me de stuipen op het lijf gejaagd. Steek je armen eens uit.' Hij loopt met een grijs T-shirt in zijn handen naar me toe.

Ik doe wat hij vraagt en hij buigt zich voorover, pakt het satijn rond mijn knieën vast en trekt het omhoog. Ik til mijn billen van het bed, zodat hij de jurk kan uittrekken. Hij stopt snel mijn armen in de mouwen en trekt het shirt over mijn hoofd. Daarna slaat hij het donzige dekbed weer om me heen.

Ik draai me om en kruip op handen en voeten naar het hoofdeinde van het bed. Hij trekt het dekbed helemaal over me heen, stopt me in en geeft me een zoen op mijn kruin.

Voordat hij weg kan lopen, pak ik zijn pols vast. 'Waar ga je naartoe?'

Hij glimlacht. 'Mijn kat eten geven en de deuren op het nachtslot doen. Ik ben zo weer terug.'

'Heb je een kat?' Mijn stemming klaart op bij de gedachte dat deze stoere vent, leider van een imperium, een kat heeft. Hij leek me meer iemand voor een hond. Aan de andere kant, een kat is waarschijnlijk handiger als je een drukbezette CEO bent.

'Ja.' Hij grinnikt. 'Als je bent opgeknapt, zal ik jullie aan elkaar voorstellen. Hij is erg sociaal, dus wie weet maak je sneller kennis dan je denkt.'

Ik glimlach, er zeker van dat ik een donkere schaduw van zijn gezicht zie verdwijnen en dat hij iets meer ontspannen lijkt. Hij buigt zich voorover om me een zachte zoen op mijn lippen te geven. 'Ga slapen. Ik kom dadelijk weer terug.'

'Mmm, oké,' antwoord ik, terwijl ik dieper wegkruip onder die heerlijke wolk.

Nog voordat hij terugkomt, ben ik al diep in slaap.

Midden in de nacht word ik wakker van warmte tegen mijn rug, een zware arm rond mijn middel en het geluid van een motor die vlak voor mijn gezicht staat te draaien. Ik draai mijn hoofd om, knipper een paar keer met mijn ogen, die eerst nog dichtzitten van de slaap en de uitgelopen make-up, en kijk dan in een stel opvallend groene kattenogen, die vanuit een pikzwart bonten kopje terugkijken. Dat geluid is dus geen motor, maar Camdens kat, die heel hard kan spinnen. Hij ligt tegen mijn borst aan, met zijn kopje op het kussen, vlak naast mijn gezicht.

Ik steek mijn hand uit en aai hem voorzichtig tussen zijn oren. 'Dag, nieuwe vriend,' fluister ik.

De kat drukt zijn kopje tegen mijn gezicht en geeft me een neusje tegen mijn wang.

'Wat ben jij een lief huistijgertje.' Ik blijf de kat kroelen totdat de arm rond mijn middel verstrakt en ik Cam achter me voel bewegen. Zijn bebaarde gezicht strijkt langs mijn nek en schouder.

'Dag, makker.' Cam steekt zijn hand uit en aait de kat over zijn wang en tussen zijn oren.

'Hoe heet hij?' vraag ik, terwijl ik het zachte kattenlijfje aai.

'Makker.'

Wacht even. Ik schud mijn hoofd, want ik geloof dat ik hem, nog slaperig, verkeerd heb begrepen. 'Je kat heet Makker?'

'Ja.' Zijn stem is laag en sexy, de stem van een man die net midden in de nacht wakker is geworden.

Ik kan mijn lach niet inhouden. De kat miauwt bij wijze van antwoord, waarschijnlijk geïrriteerd omdat ik het vredige aaien heb onderbroken.

'Je hebt je kat Makker genoemd?'

'Ja.' Hij trekt me dichter tegen zich aan en geeft me een kus op mijn wang.

'Waarom?'

'Omdat hij mijn makker is, en heel vriendelijk en mak. Ik bedoel, jij bent een vreemde voor hem, maar hij is gewoon naast je gaan liggen en in je armen in slaap gevallen. Dat bewijst trouwens ook dat mijn kat een bijzonder goede smaak heeft.' Hij grinnikt tegen mijn rug en ik voel zijn bewegingen tot in mijn tenen.

Ik druk me ook tegen hem aan en draai me half om in zijn armen, zodat ik op mijn rug lig. Hij laat zijn ene arm nog steeds op mijn buik rusten, maar hij leunt nu ook op zijn andere elleboog, met zijn hand onder zijn kin.

'Ja, dat past denk ik wel bij hem. Hij is de makker van iedereen.'

'Inderdaad.' Hij brengt zijn hoofd naar het mijne voor een lieve zoen.

Voordat we echt kunnen gaan zoenen, laat hij me los. Hij pakt een kussen en schuift het onder zijn hoofd. 'Ben je toe aan een gesprek over wat er vanavond is gebeurd?'

Ik kreun en bedek mijn ogen met mijn arm, maar hij pakt mijn hand, brengt die naar zijn lippen en kust mijn vingers. Vroeger deed hij dat nooit, en daarom betekent het des te meer dat hij het nu al een paar keer heeft gedaan. Het lijkt alsof we elkaar opnieuw leren kennen en nieuwe dingen aan elkaar ontdekken die we waarderen en koesteren.

Een paar minuten lang blijven we zo in het donker liggen, op ons gemak in elkaars nabijheid, totdat ik eindelijk de moed bijeen heb geraapt om iets te zeggen.

'Ik weet niet precies wat er is gebeurd. Het was net alsof er iets in me kroop en zijn klauwen in me zette, en ik was bang dat ik zou gaan overgeven.'

'Suda Kaye, waar jij last van had, was geen simpele aanval van misselijkheid, dus probeer me dat niet wijs te maken. Daar trap ik niet in. Je had een onvervalste paniekaanval.'

Ik knik en draai me op mijn zij, zodat ik zijn knappe gezicht kan zien. Het is donker in de kamer, maar er valt net genoeg maanlicht door de ramen naar binnen om zijn scherpe trekken zichtbaar te maken.

'Je bent je ergens kapot van geschrokken en ik wil heel graag weten waarvan.'

Ik lik mijn lippen en haal diep adem. 'Het kwam door iets wat jij zei. Dat deed me iets, en ik weet niet waarom, maar ik raakte helemaal in paniek. Dat heb ik nog nooit eerder meegemaakt, ik vond het zelf ook doodeng. Ik was er zeker van dat ik flauw zou vallen of zou gaan overgeven, of allebei.'

Hij knikt en haalt zijn vingers door mijn haar, eerst voorzichtig bij mijn slaap en dan op mijn achterhoofd. 'Wat was precies de aanleiding?'

Het is nu of nooit.

Nu, hier, ben ik veilig. In Camdens bed is er niets wat me ervan weerhoudt om eerlijk tegen hem te zijn. Alleen mijn eigen angsten en zenuwen. En om de een of andere reden ben ik, op deze leeftijd, in dit lichaam, met al die ervaringen die ik tot nu toe heb opgedaan, heel goed opgewassen tegen de eventuele gevolgen.

'Dat jij zei dat je graag met me mee was gegaan, toen en nu, wat mijn bestemming ook zou zijn geweest,' zeg ik zonder omhaal.

Hij houdt zijn vingers stil in mijn haar en laat zijn hand tegen de zijkant van mijn gezicht rusten. 'Ik heb iets meer nodig dan dat. Ga verder, schat.'

'Cam, ik ben weggegaan om de wijde wereld te verkennen.'

'Je bent bij mij weggegaan,' zegt hij op barse toon.

Ik schud mijn hoofd en kom ver genoeg overeind om mijn handen rond zijn gezicht te kunnen leggen. 'Ik ben niet bij jou weggegaan. Daarom was het zo moeilijk, daarom raakte ik vanavond zo in paniek. Ik... ik...' De woorden ontglippen me, en opeens is het tien jaar geleden, de avond van mijn achttiende verjaardag, toen ik de eerste brief las die mijn moeder Evie en mij had nagelaten.

Evie gaf me de stapel brieven aan die onze grootvader ons na de dood van onze moeder had gegeven. Die bewaarden we in een doos in de woonkamer. We moesten de eerste brief op mijn achttiende verjaardag lezen, toevallig ook de twintigste verjaardag van Evie. Ik zat met mijn rug tegen het gestoffeerde hoofdeinde van mijn bed, trok het satijnen lint los en pakte de eerste roze envelop.

Voor op de eerste envelop stond in haar prachtige handschrift SUDA KAYE – ACHTTIENDE VERJAARDAG, meer niet. Ik draaide de envelop om en zag een afdruk van een stel gestifte lippen op de rand van de flap.

Verzegeld met een zoen.

Ik deed mijn ogen dicht, maakte de envelop open en haalde er een vel stevig, roze papier uit. Toen ik de aanhef las, moest ik een snik wegslikken, maar ik hield mijn emoties in bedwang omdat ik wist dat mijn zus aan de andere kant van de kamer de woorden van onze moeder aan haar zat te lezen. Ik wilde niet dat alle aandacht naar mij ging.

Zodra ik mijn verdriet onder controle had, begon ik te lezen.

Suda Kaye, mijn kleine huutsuu,

Ik begin aan mijn laatste grote avontuur. Ja, veel eerder dan ik had gewild, maar ik heb een prachtig leven vol schoonheid gehad. Mijn meisjes een laatste keer achterlaten, dat is het allermoeilijkste wat ik ooit heb moeten doen.

Vroeger wist ik dat ik altijd weer terug zou keren naar mijn mooie koninginnen, naar mijn wilde bloemen. Mijn vogeltje en mijn zonnetje. Dan waren jullie telkens weer gegroeid, maar ik ook. Dan vertelden we elkaar wat we hadden meegemaakt en brachten we de weken erna met elkaar door, dan leefden we als gezin en spraken we over de dingen die we hadden gemist.

Ik heb van al die ervaringen genoten.

Ik heb voor al die momenten geleefd.

Ik heb elke minuut van elke dag van jullie gehouden.

Evie en jij zijn het beste wat ik ooit heb bereikt. En huutsuu, ik hoop dat je begrijpt dat ik niet al die jaren naar het avontuur heb gesnakt omdat ik ongelukkig was als jullie moeder. Ik ging op avontuur omdat ik jou en je zus meer wilde bieden. Ik heb geprobeerd om een goede moeder te zijn en ik hoop dat ik dat in elk geval een beetje ben geweest. Maar ik wilde vooral een moeder zijn op wie jij trots kon zijn. Eentje die in haar leven dingen had gedaan die de moeite waard waren.

Nee, ik was niet de beste in al die traditionele dingen die veel van de moeders van jullie vriendinnen deden, maar ik heb de wereld met jullie gedeeld. Door dans, kunst, muziek. Door mijn ervaringen.

Dat is mijn grootste wens voor jou, Suda Kaye, dat je iets van de wereld gaat zien. Dat je van alles geniet wat die wereld te bieden heeft en wat dicht bij huis niet te vinden is.

Ik weet dat je verliefd bent op Camden. Hij is een erg fijne jongen en hij zal een geweldige echtgenoot en vader van je toekomstige kinderen zijn. Hij gaat voor het bedrijf van zijn vader werken en een goed leven leiden, stevig verankerd in Colorado. Huutsuu, je moet beslissen of... of jij zo'n leven echt wilt, nu, op dit moment?

Voel je niet dat de aarde onder je voeten beweegt?

Wil je de wonderen ver weg niet met eigen ogen zien?

Tintelen je vingers niet van het verlangen om telkens weer nieuwe ervaringen op te doen?

Er is nog zo veel wat je kunt ontdekken. Kies niet voor een leven vol spijt. Als er iets is wat ik in mijn korte tijd hier op aarde heb geleerd, is het dat je moet beslissen wat je wilt en dat moet zien te bereiken. Als je niet zeker weet wat je wilt, ga er dan naar op zoek. Doe zo veel mogelijk ervaringen op, totdat je weet wat er bij jou past.

Ik heb jou en je zus een bedrag nagelaten. Het is mijn laatste wens dat je dat geld gebruikt om de wereld rond te reizen, lieverd. Geniet van alles wat er is, nu het nog kan. Totdat je er genoeg van hebt. Je merkt het vanzelf wanneer het zover is. Leef zoals je moeder heeft gedaan.

Houd je voeten niet aan de grond als je vleugels je kunnen laten vliegen.

De wereld wacht op je.

Sla je vleugels uit.

'Vertel het me gewoon. Ik wacht al tien jaar op een antwoord en dacht al die tijd dat je was weggegaan omdat we het voor de eerste keer hadden gedaan. Je hebt geen idee wat je me hebt aangedaan. Ik raakte niet alleen de vrouw kwijt van wie ik hield, en nog wel na de eerste keer nadat we onze relatie op die manier hadden bezegeld, maar ik dacht ook dat ik je pijn had gedaan. Dat ik je onherstelbaar had gekwetst.'

Ik schiet overeind, sper mijn ogen open en strijk mijn haar uit mijn gezicht. 'Nee! O god, nee. Cam, je was alles waarvan ik had kunnen dromen. Je hebt die nacht onvergetelijk voor me gemaakt. Het was verreweg de mooiste en ergste nacht van mijn leven.'

Hij gaat ook rechtop zitten, hij zet zich met zijn lange benen af totdat hij met zijn rug tegen het hoofdeinde zit. Hij trekt de deken over zijn schoot, zijn bovenlijf is bloot. Dan haalt hij zijn vingers door zijn golvende lokken en laat zijn achterhoofd tegen het hoofdeinde rusten. 'Maar waarom dan, Suda Kaye? Je hebt door die ene beslissing de levens van ons allebei veranderd.'

Ik doe mijn ogen dicht en wriemel met mijn vingers, die in mijn schoot rusten. 'Omdat ik wist dat ik, als ik nog een dag langer zou blijven, nooit meer weg zou gaan. Jij was alles voor me. Jij en Evie en mijn stiefvader en Toko, meer had ik niet. Ik was helemaal bezeten van jou.'

Hij schudt zijn hoofd. 'Dat is geen antwoord op mijn vraag, en als dat echt zo was, dan is het nog onlogischer dat je bent vertrokken. Leg het eens uit,' dringt hij met meer nadruk aan.

'Goed dan. Tijdens het laatste half jaar van haar ziekte heeft mijn moeder brieven aan Evie en mij geschreven, die onze grootvader na haar dood aan ons heeft gegeven. De eerste moesten we op onze verjaardagen openen. Toen ik achttien werd en Evie twintig.'

'Dat snap ik nog, maar het verklaart nog steeds niets over ons.' Zijn stem klinkt gespannen, maar hij heeft het volste recht om kwaad te zijn. En hij voert dit gesprek een stuk beter dan ik had verwacht, zeker als je bedenkt wat voor streek ik hem heb geleverd.

Ik adem diep in en weer uit. 'Daar kom ik zo op.'

Hij knikt.

'Samen met die brieven ontvingen we ook onze erfenis en het resterende bedrag van haar levensverzekering. Dat kwam neer op een kwart miljoen voor ieder van ons.'

'Wauw, dat had ik nooit verwacht.'

'Wij ook niet. We hoorden het pas toen Toko ons die brieven gaf en ons over haar nalatenschap vertelde. We ontvingen dat bedrag meteen, want onze moeder wilde niet dat we er nog langer op moesten wachten. En ze heeft me op het hart gedrukt om die erfenis te gebruiken om de wereld rond te reizen. Om die ervaringen op te doen waarvan ik altijd al had gedroomd. Want weet je, mijn moeder had me al mijn hele leven van alles verteld over die bijzondere plaatsen die ze had bezocht, over al die geweldige dingen die ze had gedaan, en ik was zo onder de indruk van haar verhalen. Ik wilde dolgraag zien wat zij had gezien en doen wat zij had gedaan. Ik wilde net zulke ervaringen opdoen.'

'Fuck,' zegt hij met een zucht, en hij trekt een knie op.

Ik weet dat hij hier niet blij mee is, maar ik ga door. 'Toen ik las wat mijn moeders laatste wens voor mij was, namelijk op reis gaan en de grote wijde wereld leren kennen, werd ik voor een moeilijke keuze gesteld. Ik kon de laatste wens negeren van mijn moeder, de vrouw die ik net had verloren en op wie ik al mijn hele leven probeerde te lijken, of ik kon de man verlaten van wie ik hield en die me een heel ander leven kon bieden. Een veel veiliger, rustiger leven hier in Pueblo. En jij moest in de voetsporen van je vader treden en voor het familiebedrijf gaan werken. Niet bepaald een positie waarin ik jou kon dwingen om een keuze te maken.'

Cam steekt snel zijn arm uit, grijpt me bij mijn middel en trekt me over het bed naar zich toe. Ik eindig op zijn schoot, oog in oog met hem. 'Suda Kaye, ik was met je meegegaan, wat je ook als bestemming had gekozen. Ik had dat hele familiebedrijf willen opgeven als ik daardoor bij je had kunnen zijn.'

De tranen springen in mijn ogen en stromen over mijn wangen. 'En ik wilde je niet dwingen om die keuze te maken.'

'Je had me de gelegenheid moeten geven. Jouw vertrek maakte me kapot. Ik ging elke dag bij Evie langs, die ook zo veel verdriet had. Ze had net een half jaar eerder afscheid van haar moeder moeten nemen en nu had jij haar ook nog in de steek gelaten. Je had dit met me moeten bespreken. Me de waarheid moeten vertellen. Me deel moeten laten worden van je toekomst, daar hadden we toch altijd van gedroomd?' Nu springen ook zijn ogen vol tranen, maar hij laat ze niet stromen.

Ik leg mijn handen rond zijn wangen en kijk diep in die prachtige, gevoelige ogen.

'God, we zijn ook een fraai stel.'

Ik knik.

'Het had zo anders kunnen gaan,' zegt hij. 'We hadden een oplossing kunnen verzinnen, iets waardoor jij toch had kunnen uitvliegen zonder je wortels hier te verliezen. Je had alles kunnen hebben. Misschien hadden we om de paar maanden op reis kunnen gaan, telkens naar een andere plek, en tussendoor had ik voor mijn vader kunnen werken.'

De tranen blijven maar komen. 'Ik kon niet weten dat jij dat wilde,' zeg ik. 'Je hebt het nooit over reizen gehad. Je zag mijn moeder telkens weer vertrekken, je vond dat zo erg voor Evie en mij. Je zei altijd dat je het zo egoïstisch van haar vond dat ze ervandoor ging om haar eigen dromen na te jagen.'

'Ja, omdat tienermeisjes hun moeder nodig hebben. En uiteindelijk was het te laat.'

Ik houd zijn prachtige gezicht tussen mijn handen. 'Ik heb alles gehad wat ze me kon geven, schat, en dat was genoeg.'

Hij schudt zijn hoofd. 'Snap je het niet? Het was niet genoeg, anders zou je nooit zijn vertrokken. Dat was laf, dat heeft de levens van ons allebei veranderd. Ik kreeg niet eens de kans om afscheid te nemen, om voor je te vechten. Snap je niet hoe erg dat is? Nadat we voor de eerste keer met elkaar naar bed waren geweest ging je er als een dief in de nacht vandoor. Waarom deed je dat nou?'

Ik snik zo hevig dat mijn schouders en borstkas op en neer gaan. 'Ik wilde in elk geval één keer in mijn leven ervaren hoe het was om jou te beminnen. Eén keertje maar, dat was genoeg voor een herinnering die ik met me mee kon nemen, en door de jaren heen is het mijn mooiste herinnering gebleken.'

'Snoepje...' Zijn stem is vervuld van verdriet. Hij trekt me tegen zich aan, met mijn gezicht in de holte tussen zijn hals en schouder, en slaat zijn armen stevig om me heen. 'En vanavond besefte je opeens dat je mij én al die avonturen had kunnen hebben? En dat werd je te veel?' vat hij alles samen.

Ik knik met mijn gezicht tegen hem aangedrukt, en mijn snikken veranderen in een hevige, indrukwekkende huilbui waarbij jaren aan verdriet en spijt naar buiten komen.

Camden houdt me vast terwijl ik huil. Hij houdt me vast terwijl ik naar adem zit te snakken. Hij houdt me vast terwijl ik zit te beven en alles laat gaan wat ik heb opgekropt. Hij houdt me gewoon vast.

Na minstens twintig minuten, of misschien wel een half uur, kalmeer ik eindelijk een beetje. De tranen stromen nog altijd over mijn wangen, maar ik ben niet meer zo van streek. Nu zijn we allebei stil, we denken allebei na.

'Gaat het weer een beetje, snoepje?' Zijn stem is zo diep dat ik die voel trillen in mijn borst.

Ik knik en adem in.

'Kijk me eens aan, schat.'

Ik slik al die angst en pijn weg en kijk hem aan.

'Ik hield toen van je. Ik bleef van je houden toen je weg was. En ik hou nu nog steeds van je. Zo'n liefde als wij hebben, die verdwijnt niet zomaar. Die houdt zich misschien een jaar of tien schuil, maar komt nu weer tevoorschijn, even stralend als de zon. En lieverd...' Hij legt zijn handen rond mijn wangen. 'Die gaat ook niet meer weg. Ik snap nu waarom je bent vertrokken, maar ik vind het zo jammer dat je me niet in vertrouwen durfde te nemen. Dat je me niet de kans hebt gegeven om alles samen met jou te beleven. Maar we kunnen de klok niet terugdraaien, we kunnen alleen maar vooruitgaan. Het hart weet wat het wil, en mijn hart wil jou. We komen hier wel doorheen.'

De tranen stromen nog steeds over mijn gezicht en hij veegt ze met zijn duimen weg. 'Maar... maar... we hadden nu al getrouwd kunnen zijn,' zeg ik, 'en kinderen kunnen hebben... en...' Er zijn zo veel dingen die we nu al hadden kunnen doen, die we nu al hadden kunnen zijn.

Hij pakt mijn hoofd vast en drukt zijn voorhoofd tegen het mijne. 'Suda, je bent achtentwintig, geen achtenveertig. Er is tijd genoeg om te trouwen, om al die kinderen te krijgen over wie we het vroeger hadden, en daar hebben we de rest van ons leven de tijd voor. We hebben elkaar tien jaar niet gezien, tien jaar waarin we ieder onze eigen ervaringen konden en moesten opdoen. Dat gold ook voor mij. Als ik heel eerlijk ben, moet ik toegeven dat ik jouw verlangen om de wijde wereld in te trekken heel gemakkelijk had kunnen smoren door mijn eigen egoïstische behoefte om de man te worden die mijn vader wilde dat ik werd. Ik kan niet toestaan dat jij al die pijn van onze verloren jaren op je neemt. Jij bent de vrouw geworden die je moeder hoopte dat je zou worden. Zoals ik al zei, ze zou zo trots op je zijn geweest. God, ik ben zo trots op je. Ik kon niet met je mee, maar ik snap het nu wel. En we zijn nu ouder, verstandiger, volwassen, en we hebben nu het geld om te doen wat we willen, wanneer we dat willen.'

Ik lach snikkend omdat hij zo begripvol is, terwijl hij eigenlijk alles bij elkaar had moeten schreeuwen en mij het gevoel had moeten geven dat ik een vreselijk mens ben omdat ik hem zomaar in de steek heb gelaten.

'Nu ik weet waarom je het hebt gedaan, ben ik niet kwaad meer.'

Met een ruk trek ik mijn hoofd terug en kijk hem aan. 'Nee?'

Hij schudt zijn hoofd. 'Nee. Wel verdrietig. Omdat je niet met me durfde te praten over die brieven van je moeder en wat die met je deden. Als ik dat had geweten, had het heel anders kunnen lopen. Dan had ik je kunnen steunen. Je was achttien en je moeder vertelde je na haar dood dat het haar laatste wens was dat jij net als zij de wereld rond zou reizen. Ik kan het je niet kwalijk nemen dat je die wens wilde vervullen, daar kan ik niet kwaad om worden. Misschien had ik in jouw plaats wel hetzelfde gedaan, dat weet ik niet. Het doet pijn dat je dacht dat je het niet met me kon delen. Dat je me niet de hele waarheid kon vertellen. En ik vind het zo ontzettend jammer dat we tien geweldige jaren samen hebben laten schieten, maar wie weet wat er in die tijd was gebeurd? Nu zijn we volwassen. We hebben verplichtingen. Familie. We hebben elkaar. We weten allebei precies wat we van het leven willen.'

'Als je het zo zegt, klinkt het zo simpel. Alsof we zomaar de draad kunnen oppakken.'

'Dat is ook zo.'

Ik slik en wrijf een paar verse tranen weg. 'Ik heb je pijn gedaan en ik heb alles kapotgemaakt.'

Hij legt zijn hand in mijn nek en dwingt me zo om hem aan te kijken. 'Nee, lieverd, je hebt een keuze gemaakt. En ja, toen deed dat pijn. Heel erg veel pijn. Ik hield van je. Dat heb ik je al verteld. Ik hou nog steeds van je. Aan het verleden kunnen we niets meer veranderen. We kunnen ons alleen maar richten op het hier en nu. En samen kunnen we een besluit nemen.'

'Wat voor besluit?'

'Dat we geen tijd meer verspillen. Dat we niet toestaan dat iets of iemand voorkomt dat we samen gelukkig worden. Dat we nu halverwege opnieuw beginnen en gaan genieten van alles wat het leven ons te bieden heeft. Dat we eerlijk zijn over onze verlangens, behoeften en dromen. Dat we samen ons best doen om die in vervulling te laten gaan.'

'Als je het zo zegt, lijkt het zo simpel.'

'Met jou samen zijn is dat ook. Het is heel simpel, ik weet dat ik de rest van mijn leven met jou wil doorbrengen. Dat ik van je hou. Als ik maar bij jou kan zijn, dan is alles goed.'

'En we laten alles wat er eerder is gebeurd achter ons.' Ik adem hakkelend uit. Het voelt alsof ik die adem minstens een jaar heb ingehouden.

Hij knikt. 'Je hebt het grotendeels bij het juiste eind. Ik denk dat we heel veel moeten bespreken, maar we kunnen wel afspreken dat het verleden ons niet uit elkaar kan drijven. Dat kan niets veranderen aan wat we nu hebben. We moeten gewoon accepteren dat we toen anders waren en ons er niet door laten beïnvloeden.'

'Ik heb nog nooit van een ander gehouden, alleen van jou,' flap ik er spontaan uit. 'Mijn hart en ziel waren altijd alleen maar van jou. Altijd, Cam.'

Hij glimlacht breeduit, slaat zijn armen om me heen en laat zijn ene hand zakken naar mijn blote billen voor een ferme kneep. 'Ik neem het geschenk van jouw hart en ziel graag aan en schenk je de mijne, zodat je daar goed op kunt passen.'

Hij begraaft zijn vingers in mijn haar, knijpt me in mijn billen en duwt zijn aanzwellende erectie tussen mijn dijen.

'Ik zal er voortaan heel goed op passen,' zeg ik. 'Dat beloof ik.'

Hij houdt zijn lippen vlak boven de mijne en ik schuif heen en weer op zijn schoot, klaar om alles aan te nemen wat deze man me kan bieden en hem in ruil daarvoor alles van mij terug te geven.

'Ik vertrouw je,' zegt hij, voordat zijn mond de mijne vindt om onze beloften met een kus te bezegelen.

17

Een week later scharrel ik rond in mijn eigen winkel, die bijna helemaal af is. De planken hangen aan de wanden, de displays kunnen worden gevuld, de muren zijn geverfd en langs de hele vrije muur staan dozen met spullen die moeten worden uitgepakt.

'Dank je wel dat je een paar dagen vrij wilde nemen om mij te helpen met de laatste loodjes.' Ik loop langs Evie, die een doos met zijden kimono's in alle mogelijke kleuren en maten doorzoekt. Ze haalt er een donkergroene uit die op de rug en beide mouwen is versierd met kersenbloesems en hangt die aan een met zwart fluweel bekleed hangertje, dat een plaatsje krijgt aan een rond kledingrek.

'Ik zei toch dat ik je kwam helpen? En niet alleen met de zakelijke kant. Ik ben trouwens ook blij dat Cam daarvoor met je samenwerkt.'

Ik knik en maak een doos open met leren armbanden die zijn versierd met stoere studs. Deze stad wordt vaak bezocht door motorrijders en dit soort sieraden valt vast in de smaak bij de dames onder hen. Ik wil een winkel met voor ieder wat wils, en heel veel unieke artikelen.

Zodra ik alle armbanden aan een rond rekje heb gehangen dat ook met zwart fluweel is bekleed, trek ik een volgende doos open.

Hierin zitten geweldige ringen die ik bij een ontwerpster in Arizona heb gescoord. Ze werkt vooral met zilver, goud en natuurlijke stenen. In de doos zitten twintig verschillende ringen met zilver, maansteen, labradoriet en nog veel meer. Ik heb bij een ander adresje supercoole boekensteunen met kristallen en geodes op de kop getikt, die ik samen wil presenteren met andere unieke spulletjes voor in huis, zoals vazen en opvallende kunstwerken.

'Ja, ik heb heel veel aan hem, maar hij heeft het deze week helaas druk met zijn eigen werk. Dat is niet erg, hij is toch niet goed in alle artikelen neerzetten op wat hij een "meisjesachtige" manier noemt.'

Evie hangt grinnikend de laatste kimono aan het rek.

Ik wijs naar een doos die ik al eerder heb opengemaakt. 'Die tanktops daar passen perfect bij die kimono's. Je mag bij de eerste kimono zo'n topje eroverheen hangen en er daarna een van mijn speciale riemen omheen doen. Die bruine met die turkoois in het midden lijkt me heel geschikt.'

'Dat is een goed idee, Kaye. Heel modieus, met een vleugje Colorado.'

'Dank je. Heb je trouwens nog iets van de gespierde Milo gehoord?'

Meteen wordt Evies rug zo stijf als een plank en blijft ze roerloos zitten. Aan haar lichaamstaal zie ik dat ze niet blij is, maar ik ken mijn zus door en door, en zodra ik zie dat ze haar schouders recht en haar kin naar voren steekt, weet ik dat ze iets mooier gaat maken dan het is. Of me op zijn minst iets gaat vertellen waar ze niet blij mee is.

'Nou, ik kwam hem laatst tegen in een restaurant in Colorado Springs. Ik was met een cliënt aan het lunchen en hij was...'

'Hij was...' Ik maak een aanmoedigend gebaar met mijn hand.

Ze slikt en klemt even haar kaken op elkaar. Geen goed teken. 'Hij was met zijn vrouw aan het lunchen,' zegt ze bijna snerend.

Zijn vrouw? 'Wat zeg je nou? Wat...'

Evie steekt een hand op om aan te geven dat ik moet ophouden voordat ik helemaal los kan gaan. 'Toen ik met mijn cliënt langs zijn tafel liep, wekte hij een erg ongemakkelijke indruk.'

'Heeft hij je aan haar voorgesteld? God, wat moet dat erg zijn geweest.'

Ze schudt haar hoofd. 'Nee. Die kleine slanke blondine stond op, zodat haar blonde krullen dansten en haar welgevormde lijf goed te zien was, en stelde zichzelf voor als Kimberly, zijn echtgenote.'

'Niet te geloven! Waarom wisten we niet dat hij getrouwd is?'

Evie ademt hoorbaar uit en strijkt haar lange pony uit haar ogen en achter haar oor. 'En weet je wat het gekke was? Hij leek nota bene boos omdat ze zichzelf voorstelde. Hij bekeek mijn cliënt alsof hij dacht dat die mijn date was, terwijl hij daar met zijn eigen vrouw zat!'

'Wat rot voor je, zus. Dat was vast heel erg...'

'Nee, nee, dat is het niet. Ik was misschien al ik weet niet hoe lang verkikkerd op hem, maar dat was in feite nergens op gebaseerd. Hij heeft me nooit geprobeerd te versieren, hij heeft zelfs nooit de indruk gegeven dat hij op die manier in me geïnteresseerd was. Ik was gewoon een vriendin voor hem, en nu weet ik zeker dat het niks kan worden.'

'Eh, dat ben ik niet met je eens. Ik kreeg namelijk de indruk dat hij wel degelijk belangstelling voor je heeft. Hij noemt je zelfs nizhóní. Dat heeft hij toch altijd al gedaan?'

Ze lacht schamper. 'Nou, zo noemde hij me niet toen hij tegenover zijn vrouw zat, die nog het meeste leek op Heather Locklear in haar jonge jaren.'

'Ah, dus hij valt op een bepaald type.'

Evie draait zich om, met een blik die meer dan ijzig is, en zet haar handen in haar zij.

Ik maak meteen met beide handen een kalmerend, verzoenend

gebaar. 'Sorry, zus, maar je zei net dat zijn vrouw op een jonge Heather Locklear lijkt...'

'En...'

Ik rol met mijn ogen en trek een gezicht. 'Is het je soms ontgaan dat jij zelf bijna het evenbeeld van Blake Lively bent?'

Ze tuit haar lippen. 'Dat heb ik vaker gehoord, ja, maar wat heeft dat met Milo en zijn superknappe vrouw te maken?'

'Eh, je snapt dat Heather Locklear in een tranentrekker heel goed de moeder van Blake Lively kan spelen?'

Ze staart me niet-begrijpend aan.

Ik kreun. 'Zus, die man valt op een bepaald type. Knappe meiden met blond haar en blauwe ogen.'

'Alleen was ze klein van stuk en had ze het lijf van Jessica Rabbit.'

Ik haal mijn schouders op. 'Ja, en? Jij bent de natte droom van iedere vent. Lang, slank, weliswaar met een bescheiden boezem, maar die laat je prachtig uitkomen, en je hebt benen die zo lang zijn dat je ze twee keer om zijn middel kunt slaan. En je haar is echt een droom. Lang, perfect, van nature golvend. En dik. Jij hoeft nooit bang te zijn dat je kaal wordt.'

'Nou, dank je wel, hoor. Dat zijn nog eens complimenten. Kleine tietjes, maar je bent in elk geval lang en je krijgt geen kale kop.'

Door haar vertaling van mijn woorden barsten we allebei los in gegiechel.

Eenmaal tot bedaren gekomen loop ik naar haar toe en sla een arm rond haar schouders. 'Ik vind het echt heel rot voor je, van Milo.'

Ze fronst en knikt. 'Is het ook. Een einde van een tijdperk, denk ik.'

'Maar nu kunnen we de stad afschuimen op zoek naar sexy kerels!' Ik duw mijn heup tegen haar aan.

'Jij hebt al een vent en ik denk niet dat hij wil dat je met mij op mannenjacht gaat.'

Ik trek een gezicht. ‘Daar komt hij wel overheen. O, we kunnen naar die brouwerij van Porter gaan! Mannen zijn gek op bier. Wij zijn gek op bier. En op mannen. En ik kan dat bier gebruiken als excuus om met jou mee te gaan.’

Ze fronst. ‘Ik weet het niet. Geloof niet dat ik daar echt zin in heb.’

‘Te laat, ik heb al de perfecte jurk voor je in gedachten. Echt heel hot.’ Ik lach veelbetekenend en geef haar een knipoog.

Evie schudt haar hoofd. ‘O nee, vergeet het maar. Ik laat jou geen kleren uitzoeken, daar trek ik de grens.’

Ik blijf staan en spreid mijn armen. ‘Eh, daar ben ik anders erg goed in. Ik sta namelijk op het punt om mijn eigen winkel te openen. Bovendien is er net een voorraadje gloednieuwe strakke zijden jurkjes binnengekomen. Ik had er vorige week eentje aan voor dat etentje met Cam, in oranje en framboos, en dat vormde de aanzet om de lucht te klaren en ons verleden te verwerken.’

‘O ja?’

Ik knik. ‘Ja, en zodra hij me in dat outfitje zag, duwde hij me naar binnen, zette me voor mijn bed neer, draaide me om en nam me van achteren. Met verder al onze kleren nog aan.’

‘Goeie hemel...’ Evie wuift zichzelf koelte toe. ‘Kun je voortaan even waarschuwen als je zoiets met me wilt delen?’

‘Geil, hè?’ Ik denk terug aan wat ik toen voelde en merk dat mijn hartslag omhooggaat en mijn bloed warm wordt.

Evie likt haar onderlip, zet haar tanden erin en knikt. ‘Ja. Welke kleuren heb je nog meer?’

Ik lach breeduit. ‘Daar is mijn taabe. Het zonnetje in huis.’

‘Ik ben zo blij dat je weer thuis bent, Kaye,’ zegt ze spontaan.

‘En ik vind het heerlijk om weer thuis te zijn. Evie, dit voelt goed. Thuis zijn, deze winkel beginnen, weer samen met Cam zijn, en jou altijd dicht in de buurt.’ Ik adem diep in en weer helemaal uit. ‘Het hart weet wat het wil, en dat van mij wil hier zijn,’ zeg ik, als een variant op wat Cam eerder tegen me zei. Dat maakte diepe indruk op me omdat het zo waar is.

Evie bijt op de binnenkant van haar wang en knikt. Een teken dat ze iets verzwijgt.

'Wat is er?' vraag ik. 'Geen geheimen meer. Dat hebben we elkaar beloofd, weet je nog? We spelen open kaart.'

'Stel dat je hier altijd al had moeten zijn en dat je nooit weg had moeten gaan?'

Er gaat zo'n hevige rilling van twijfel door me heen dat ik het koud krijg. Ik sla mijn armen over elkaar en wrijf over mijn bovenarmen om de kilte te weren. 'Dat kan ik nooit zeker weten. Ik weet alleen dat het nu goed voelt.'

Voordat ik verder kan gaan of van onderwerp kan veranderen, dringt Evie aan: 'En stel dat het over een jaar niet meer goed voelt? Wat dan?'

Ik schud mijn hoofd. 'Evie, we weten nooit wat het leven voor ons in petto heeft. Je moet niet bang zijn of je zorgen maken over iets wat er zou kunnen gebeuren, dat heeft geen zin. Als je gaat zoeken naar dingen om je zorgen over te maken, zie je de schoonheid om je heen niet langer. En Camden en ik hebben trouwens afgesproken om in het hier en nu te leven en te genieten van deze fase van ons leven samen.'

'En dat betekent dat je geen toekomstplannen maakt.'

'Mijn toekomst is deze winkel, waar ik een succes van wil maken. Ik kies ervoor om nu bij jou te zijn en bij Cam, ik kies ervoor om van hem te houden. Ik heb geen idee wat de dag van morgen brengt en ga daar niet over lopen stressen. Ik doe wat ik kan om van vandaag een prachtige ervaring te maken. Waarmee ik niet wil zeggen dat ik niet hoop dat morgen net zo geweldig is, maar ik maak me er niet druk over. Piekeren over wat er nog gaat komen is tijdverspilling, ik steek die tijd liever in genieten van deze dag.'

Ze knikt en loopt naar een volgende doos, tilt hem op en loopt ermee terug naar haar werkhoekje.

'Gaat het een beetje?' vraag ik. 'Vanwege dat met Milo, bedoel ik.'

Evie glimlacht aarzelend en dat is tegelijkertijd prachtig en hartverscheurend. 'Ja, natuurlijk. Het is alleen een beetje een teleurstelling,' fluistert ze.

'Ik ben er voor je.'

Haar lach wordt breder. 'En daar ben ik heel blij mee. Goed, laten we wat muziek opzetten en deze winkel verder inrichten!'

'Jij snapt hoe het werkt.' Ik loop grinnikend om de grote toonbank met de kassa heen naar de stereo. 'Heb je een voorkeur?'

'Als het maar funky is, dat motiveert.'

'Wijn motiveert ook.'

Zij lacht, ik glimlach, want zo'n goed idee heb ik eerder vandaag nog niet gehad. Ik kies een zender uit en bestudeer de inhoud van mijn koelkast, waarin een fles champagne blijkt te staan die we nog niet eerder hebben opengetrokken. De zender met softrock draait 'Soak Up The Sun' van Sheryl Crow, dus ik zet hem meteen harder.

Tijd voor drank en zusterlijke solidariteit.

'Jezus, wat ben jij... Fuck!' gromt Camden tegen mijn hals, terwijl ik zo hard op zijn lange pik neerkom dat ik sterretjes zie. Ik slaak een kreet en laat het orgasme door mijn lijf golven. Camden zet zijn tanden in mijn schouders en verstijft heel even voordat ook hij in me klaarkomt.

Als een zweterig, verstrengeld hoopje ledematen vallen we hijgend tegen het hoofdeinde van mijn bed om bij te komen van het heerlijkste hoogtepunt dat er bestaat.

Nadat ik een paar minuten de opgezwollen spieren in zijn hals en kaak heb gezoend en aan zijn huid heb gesabbeld, krijg ik mijn eigen lijf, dat bedwelmd is door drank en seks, eindelijk weer een beetje onder controle, en ik leg mijn hoofd in mijn nek.

Camden ligt met halfdichte ogen lui onderuit tegen het hoofdeinde. ‘Ik ga je vaker dronken voeren, snoepje. Zo heb ik het nog nooit meegemaakt, maar ik vond het heerlijk en dit wil ik vaker. En snel ook.’

Ik buig me lachend over hem heen om hem een natte zoen te geven en knabbel eerst aan zijn onder- en daarna aan zijn bovenlip, waarna ik me weer terugtrek. ‘Dat kan worden geregeld.’

‘Na een paar drankjes verander je echt in een wild beest. Dat mag ik wel, schatje.’

Ik geef hem grinnikend nog een snelle kus op zijn lippen. ‘Ik ga me even opfrissen.’

Ik regel mijn damesdingen, doe een plas en trek het lichtroze nachtponnetje aan dat aan een haak in de badkamer hangt.

Als ik terug naar het bed slenter, ligt hij daar niet meer in. Ik kijk om me heen en zie dat de deur van de koelkast openstaat. Het schijnsel van het lampje valt over zijn bijna naakte lijf. Hij heeft alleen zijn donkerblauwe boxer aangetrokken en dat betekent dat ik mijn cadeautje nog een keer kan uitpakken.

Ik loop naar hem toe, sla mijn armen om zijn middel en haal mijn vingers over die strakke buikspieren en die harde borst. Daarna trek ik een spoor van zoenen over zijn rug, van onder naar boven, naar die sexy schouder met zijn tattoo. Hij zet zijn tanden in een aardbei en pakt nog een handvol van die vruchtjes.

‘Wanneer heb je die tattoo laten zetten?’ mompel ik tegen zijn warme huid. Met mijn vinger volg ik de vorm van het ontwerp.

‘Nadat ik mijn studie economie had afgerond. Ik heb de hele zomer in Hawaï gezeten en alle eilanden bezocht. Ik wist toen al dat ik mijn leven wilde wijden aan het familiebedrijf en daarom wilde ik eerst nog een hele zomer voor mezelf hebben. Die tattoo stond voor die grote verandering in mijn leven, die moest uitdrukken welke weg ik wilde inslaan en wat ik achter me liet.'

Ik probeer mijn tranen in te houden en dat lukt ook nog. 'Ik had erbij moeten zijn.' Ik laat mijn voorhoofd tegen zijn schouder rusten en wens dat we die tijd konden inhalen, ook al zijn we gelukkig met waar we nu zijn, tussen verleden en toekomst. Halverwege.

'Dat was je ook.'

Met een frons kijk ik naar hem op. Met een stem die beeft van emotie vraag ik: 'Hoe dan?'

'Je bent onderdeel van de tattoo.'

Ik doe een stap naar achteren, pak zijn arm vast en trek die opzij. Met mijn vingers volg ik de vormen van al die ingewikkelde patronen in zwarte inkt. 'Waar ben ik dan?'

Hij steekt glimlachend zijn arm verder uit. Aan de binnenkant van zijn bovenarm zit een tribal, een vogel in Native American-stijl, heel anders dan de andere, Polynesische tribals, maar uitgevoerd in dezelfde diepzwarte inkt. Kop opzij, gespreide vleugels, een versierd lijf. De staartveren eindigen in vier vierkantjes, die elk twee letters boven elkaar bevatten. Van links naar rechts staat er S U D A en eronder K A Y E.

De tranen springen in mijn ogen. Die kan ik met geen mogelijkheid tegenhouden, dus ik laat ze gewoon stromen. Ik druk me tegen zijn arm aan en beroer de tattoo met mijn lippen. 'Je hebt me bij je gehouden.'

'Vlak bij mijn hart. Kijk maar, als ik mijn arm tegen mijn bovenlijf houd, zit die vogel recht boven mijn hart. En je kunt hem op het eerste gezicht ook niet zien omdat hij aan de binnenkant van mijn bovenarm zit. Deze tattoo, vogeltje, is alleen voor mij.'

'Jeetje, Cam.' Ik ga op mijn tenen staan, sla mijn armen om zijn nek en zoen hem vol overgave. Het is een zoen die uitdrukt dat we onze liefde hebben verloren, maar ook weer hebben teruggevonden.

Het is een zoen die troost moet bieden en moet verzadigen, een zoen vol spijt, maar ook eentje die aangeeft dat ik bewust voor ons kies. 'Ik laat je nooit meer gaan. Dat beloof ik.'

'En ik ga ervoor zorgen dat je je aan die belofte houdt, snoepje.'

Voordat hij me weer een zoen kan geven, klinkt er een hard, schril geluid. We draaien ons allebei om en kijken het donker in.

'Wat is dat in vredesnaam?' vraag ik.

'Het alarm. Blijkbaar probeert er iemand binnen te komen.'

'O god, een inbreker?'

'Schat, ik weet het ook niet. Bel de politie, ik ga beneden kijken.' Hij rent naar het bed en trekt de broek aan die ik van zijn lijf heb getrokken zodra hij hier naar binnen liep en mij dronken de afwas zag doen na de pizza en drank die ik eerder met Evie hebt verslonden.

'Nee, niet doen! We bellen de politie en wachten hier totdat die er is,' roep ik boven de herrie van het alarm uit.

'Dat duurt te lang. Laat mij maar.' Hij legt zijn hand in mijn nek en geeft me snel een zoen.

'Wacht!' Ik buk me en trek een honkbalknuppel onder het bed vandaan. 'Hier.' Ik steek hem het ding toe.

'Waarom heb jij een honkbalknuppel onder je bed?'

'Omdat ik hier als vrouw alleen woon en voorbereid wil zijn op een inbraak.'

Hij slaakt een zucht, maar pakt de knuppel wel aan. Snel kijkt hij het trappenhuis in, en dan weer hoofdschuddend naar mij. 'Bel de politie.'

Ik draaf naar mijn nachtkastje, pak mijn telefoon en bel het alarmnummer. Ik krijg meteen iemand aan de lijn. 'U spreekt met Suda Kaye Ross, ik woon boven Nomade aan Main Street. Mijn vriend en ik vermoeden dat er iemand probeert in te breken. Het alarm is net afgegaan.'

De centrale vraagt nogmaals om mijn adres en zegt dat er een eenheid onderweg is. De agenten moeten er over vier minuten zijn.

'Schiet alsjeblieft op.' Ik ren naar de gang en kijk snel langs de trap naar beneden, maar ik zie niets. 'Shit, shit, shit.'

Opeens houdt het alarm op met loeien.

'Suda Kaye, het is geen inbreker! Kom eens hier!' roept Cam van ergens in mijn winkel.

Ik ren de trap af alsof de duivel me op de hielen zit en kom met een ruk tot stilstand als ik zie dat hij de buitendeur heeft opengedaan en buiten op het trottoir staat. Met een moordzuchtige blik kijkt hij naar mijn grote etalageruit.

Zonder een moment te aarzelen hol ik om de laatste dozen heen naar hem toe. Hij houdt de knuppel losjes in zijn hand, met het uiteinde op de stoep. Zijn hele lijf is gespannen, op zijn gezicht is een angstaanjagende frons verschenen, zijn neusvleugels zijn opengesperd en zijn kaken verstrakt. Ik kijk naar de etalage en zie meteen wat hem zo woedend heeft gemaakt.

Het duurt even totdat het echt tot me doordringt, maar zodra dat gebeurt, slaat mijn hart een slag over en begin ik over mijn hele lijf te trillen. Niet van angst, maar van woede. Het raam ziet eruit alsof iemand het met een koevoet heeft bewerkt: overal in het dubbele glas zitten kleine barstjes, net een spinnenweb, maar dat is niet wat me zo kwaad maakt.

Iemand heeft in grote vette rode letters een boodschap voor me achtergelaten.

IK PAK JE TERUG, KUTWIJF.

Ik kan maar één iemand bedenken die me genoeg haat om dat te kunnen doen.

Brittney.

'Ik maak haar af,' zegt Camden knarsetandend. 'Als ze denkt dat ze het ergste heeft gehad toen mijn ouders de hare inlichtten, dan heeft ze het mis. Het is oorlog. Ik maak haar helemaal kapot.'

Ik knik, niet in staat om mijn ogen te geloven. Al dat werk, al die tijd die ik in de etalage heb gestoken... In één keer weg, vernield door verf en glasscherven. Ik trek de enig mogelijke conclusie. 'Ik zal de feestelijke opening moeten uitstellen, want dit is nooit op tijd te repareren.'

'Niks daarvan. Ik doe alles wat nodig is om dit meteen in orde te maken, het dondert niet wat het kost. Geen zorgen, schat, ik ga het voor je regelen.' Cam slaat zijn armen om me heen en houdt me dicht tegen zich aan.

'Lieverd, dat raam is op maat gemaakt...'

Zijn greep wordt steviger. 'Ik regel alles voor je.'

De wind voert het geluid van sirenes naar ons toe, en even later stoppen er politieauto's met zwaailichten voor mijn winkel. Ik sta in een roze nachtpon en op blote voeten op straat. Cam draagt alleen zijn pantalon en loopt ook op blote voeten. Ik sla mijn armen stevig om hem geen en druk mijn gezicht tegen zijn borst. Na deze tegenslag wil ik bij hem wegkruipen, want hij is echt.

Zijn woorden zweven door de lucht, maar ik weet niet of ik die in gedachten herhaal of dat hij ze tegen mijn kruin fluistert. Ik hoor het enige waaraan ik me nu kan vastklampen.

Ik ben er voor je.

18

Zodra we met de politie hebben gesproken en een verklaring hebben afgelegd, sleept Cam me naar boven, zodat we ons kunnen aankleden.

'Pak een tas met kleren in.'

Ik trek net een trui met v-hals over mijn hoofd en kijk hem daarna aan. Hij is bezig om zijn overhemd dicht te knopen.

'Waarom? We kunnen beter proberen om nog wat te gaan slapen, al denk ik niet dat ik hierna nog een oog dichtdoe.' Met een zucht haal ik mijn hand door mijn haar om het uit mijn gezicht te strijken.

Hij maakt het laatste knoopje van zijn overhemd dicht en vouwt de manchetten om. 'Ja, maar jij gaat niet hier slapen. Voorlopig in elk geval niet. Of misschien nooit meer, als het aan mij ligt.'

'Ho, ho, wacht eens even.' Ik steek mijn hand op en ga vlak voor hem staan. 'We weten wie dit heeft gedaan. Dit is het werk van een zielige, afgewezen golddigger die vanwege haar nare leugens op de vingers is getikt. Ze is gewoon uit woede losgegaan, maar gelukkig heeft degene die me heeft geholpen om deze zaak op poten te zetten de nodige connecties en kunnen we dit snel oplossen. Ik ben niet bang voor haar, Cam.'

Hij klemt zijn kaken op elkaar en ik zie een spiertje in zijn wang trillen. 'We kennen haar niet echt, Suda Kaye. Misschien is vandalisme nog maar het begin. Het laatste wat ik wil, is dat jij hier zit en dat zij god mag weten wat aan het beramen is. Als die vrouw gestoord genoeg was om mij in de val te willen lokken met een verzonnen zwangerschap, dan is ze tot alles in staat. En ik ben niet bereid om jouw veiligheid op het spel te zetten.'

Ik stap dichter naar hem toe, leg allebei mijn handen op zijn borst en wrijf eroverheen. 'Mij kan niks gebeuren, maak je maar geen zorgen.'

Hij slaat zijn armen rond mijn middel en laat zijn handen op mijn onderrug rusten. 'Dat weet ik, want daar ga ik persoonlijk voor zorgen. En pak nu alsjeblieft wat kleren in.'

Ik schud mijn hoofd en wil nogmaals tegen zijn verzoek ingaan, maar hij houdt me op mijn plaats, legt zijn hand rond mijn wang en brengt zijn hoofd naar dat van mij, zodat we vlak bij elkaar staan en elkaar recht in de ogen kunnen kijken.

'Je bent net weer terug in mijn leven. Niets, maar dan ook niets mag ons geluk en jouw veiligheid verstoren. Daar ga ik persoonlijk voor zorgen. Alsjeblieft, snoepje, doe dit, voor mij.' Zijn stem klinkt hijgerig en gekweld.

Na een korte innerlijke strijd besef ik dat hij niet veel van me vraagt. Ik leg ook mijn hand rond zijn kaak en knik. 'Dat is goed. In elk geval voorlopig. Ik ga je niks beloven, maar ik kom bij je logeren totdat we deze toestand met Brittney hebben opgelost.'

Camden slaakt een diepe zucht en geeft me daarna een tedere zoen. 'Dank je wel, schat.'

'En als je wilt dat ik mijn spullen inpak, moet je me nu toch echt loslaten,' zeg ik plagend, en hij trekt zijn armen terug.

'Pak maar heel veel in,' zegt hij lachend.

Ik rol met mijn ogen en adem overdreven luid uit. 'Wat doen we in de tussentijd met die etalage? Die rommel moet zijn opgeruimd voordat de andere winkeliers morgen hun zaak opendoen en de eerste toeristen langskomen.'

Hij fronst en haalt zijn telefoon tevoorschijn. 'Je hebt gelijk, maar ik heb een idee. Als jij nu een tas inpakt, regel ik iets voor je etalage.'

Terwijl ik in mijn klerenkast snuffel, hoor ik Cam telefoneren. 'Hé, Kyson, met Camden Bryant. Sorry dat ik je nog zo laat bel, maar iemand heeft vernielingen aangericht in Nomade... Ja, de etalageruit ligt deels aan diggelen en er is iets lelijks op gekalkt. Ik wil die ruit dus zo snel mogelijk vervangen hebben. Ken jij soms iemand die dat voor me kan regelen?'

Er valt een korte stilte waarin Kyson antwoord geeft, en dan zegt Cam: 'Dat zou echt geweldig zijn. Dank je wel. En Kyson, laat het me weten als ik iets terug kan doen.'

Ik laat even bezinken dat Camden bereid is om iets voor Kyson te doen en prop jeans, jurken, sandalen, tanktops, ondergoed en andere noodzakelijke dingen in mijn grote trouwe koffer.

Ik vraag me af hoe ik die toestand met Brittney in vredesnaam moet aanpakken. Is dit een eenmalige wraakactie of bereidt ze zich voor op een zwaarder offensief? Strikt genomen ben ik degene die een stokje voor haar plannen heeft gestoken en het met haar geldboompje heeft aangelegd. Ze is vast spinnijdig omdat ze is ontmaskerd en ik de grote vis aan de haak heb geslagen die zij wilde vangen.

Ik heb weliswaar tegen Cam gezegd dat er niks kan gebeuren, maar ik vraag me af of het hier wel bij blijft. Daar heb ik een hard hoofd in, want ik ken vrouwen als Brittney langer dan vandaag.

Terwijl ik nog steeds sta te piekeren over de hele toestand en een mogelijk plan van aanpak hoor ik Cam het gesprek beëindigen.

'Kyson kent de glaszetter die alle ruiten hier heeft ingezet, dus hij gaat hem morgenochtend vroeg meteen bellen om te vragen of ze deze ruit zo snel mogelijk willen vervangen. Hij zegt dat hij al zijn bekenden om hulp gaat vragen en wil morgenochtend zelf ook langskomen om de schade op te nemen en te kijken wat hij kan doen om de etalage in elk geval voorlopig toonbaar te maken voor voorbijgangers.'

Ik slaak een diepe, opgeluchte zucht. 'Dank je wel.'

'Je moet niet mij bedanken. Als hij gelijk heeft en wonderen kan verrichten bij die kennis van hem, dan staan we flink in het krijt bij jouw aannemer.' Zijn toon is droog en gespeend van humor.

'Je vindt dit echt verschrikkelijk, hè?'

Hij knikt kortaf.

'Waarom heb je hem dan gebeld?'

Hij slaat zijn armen over elkaar. 'Ik ben tot alles bereid om ervoor te zorgen dat jij veilig en gelukkig bent. Het maakt niet uit of ik me daar wel of niet prettig bij voel. En Kyson kent dit pand en is een van de beste aannemers in deze regio. Het maakt niet uit wat ik persoonlijk van hem vind, en ook niet dat hij aanvankelijk wel interesse in jou had, hij is op dit moment de beste optie die we hebben. En hij wil heel graag helpen.'

Ik leg de trui die ik in mijn handen heb boven op de stapel kleren in mijn koffer en loop naar hem toe, zodat ik mijn armen om hem heen kan slaan. 'Ik hou van je.'

Hij drukt zijn gezicht tegen mijn hals en ademt diep in. 'God, je hebt geen idee hoe graag ik dat wilde horen, dat had ik echt nodig. En ik hou ook van jou. Ga met me mee naar huis, Suda Kaye, dan kunnen we allebei even uitrusten. Er staat ons nog heel veel te wachten waarvoor we later vandaag een oplossing moeten bedenken.'

Cam had gisteravond gelijk, denk ik bij mezelf, met een blik op de voorgevel van mijn winkel. Over de kapotte etalageruit is een groot dekzeil bevestigd.

Kyson verschijnt met een rol ducttape in zijn handen in de deuropening. 'Hoi.' Hij loopt met snelle stappen naar me toe en slaat zijn armen om me heen. 'Jeetje, wat ben ik blij dat jou niks is overkomen, meisje met de mooie bruine ogen.' Hij grijpt me stevig vast en ik geniet heel even van zijn ontspannen, warme omhelzing.

Cam, die achter ons staat, schraapt zijn keel.

Ik doe glimlachend een stap naar achteren. 'Dank je wel, Kyson.' Ik werp een snelle blik op de etalage. 'Voor alles.'

Hij knikt. 'Ik ben blij dat jou niets mankeert.'

'Nog nieuws over het vervangen van de ruit?' Cam stapt naar voren, slaat zijn arm rond mijn schouders en dwingt me om tegen hem aan te leunen. Ik heb nog nooit iemand zo duidelijk aanspraak op me zien maken, maar ik vind het niet erg. Dit heb ik tien jaar lang moeten missen, dus nu doe ik alles wat nodig is om voor altijd zijn armen om me heen kunnen voelen.

Het gebaar ontgaat Kyson niet, die brutaal lacht. 'Ja, dat is er zeker. Ik heb die man meteen laten komen, hij heeft de boel al opgemeten en regelt een vervangende ruit. We hebben geluk, hij was toevallig al bezig met nieuwe ramen voor een pand aan de overkant van de straat, en de maten komen vrijwel overeen. Hij heeft het erg druk met die klus, maar ik heb hem overgehaald om het inzetten van de nieuwe ruit bij Nomade ertussendoor te doen. Daar hangt natuurlijk wel een prijskaartje aan.'

Camden knikt. 'Dat maakt niet uit. Gaat het hem lukken voordat de winkel dit weekend feestelijk wordt geopend?'

'Ja, het moet uiterlijk over twee dagen klaar zijn.'

'Twee dagen!' Ik slaak een kreet en spring wapperend met mijn handen op en neer. 'Joehoe, dat is geweldig!' Ik dans heupwiegend in het rond, gadegeslagen door de twee mannen, die allebei een brede grijns op hun gezicht hebben.

Mijn vreugdedans komt tot een abrupt einde als een zwarte Porsche met piepende remmen tot stilstand komt achter de Rover van Cam. Evie springt de auto uit en rent met een halsbrekende snelheid op me af. Haar blonde haar wappert achter haar aan. Ze slaat haar armen om me heen en houdt me stevig vast. 'O god, Kaye! Is alles in orde?' Ze knijpt me bijna fijn met die armen van haar, haar nagels dringen door mijn kleren heen in mijn rug.

'Zus... Krijg geen lucht...' breng ik moeizaam uit, en dan laat ze me pas los.

Ik adem diep in en houd haar op een armlengte afstand van me. Ze heeft haar pyjama nog aan, haar gezicht is niet opgemaakt en haar voeten steken in pantoffels. 'Mijn hemel, meid, mij mankeert niets. Wat bezielt jou?' Ik hap naar adem en kijk naar haar woeste ogen en haar gezicht. 'En waarom zie je eruit alsof je net wakker bent geschrokken uit een nachtmerrie? Wat is er aan de hand?'

Evie kijkt me aan met ogen die groot zijn van angst en schrik. Ze strijkt met haar handen op en neer over mijn armen, totdat ik haar polsen vastpak om haar tegen te houden. 'Ik... ik kreeg een appje met een foto van jouw etalage.'

'Een appje? Niet van mij. Cam?'

Hij schudt zijn hoofd.

'Kyson?'

'Meisje, ik heb niet eens het nummer van je zus.'

'Wie heeft haar dan geappt? Evie, waar is je telefoon?'

De tranen springen in haar ogen. 'In de auto. Ik was zo bang dat je gewond was. Je bent net weer bij me terug en... ik... ik was zo bang,' brengt ze met verstikte stem uit. Haar uitdrukking is zo gekweld.

Ik sla mijn armen om haar heen en druk haar dicht tegen me aan. 'Kijk eens in haar auto, Cam.'

Hij steekt zijn kin naar voren en loopt naar Evies Cayenne. Ik strijk mijn zus over haar haar en fluister geruststellende woordjes in haar oor; ik beloof haar dat het allemaal in orde komt, dat er niks ergs is gebeurd en dat ik niks mankeer. Ten slotte komt haar gejaagde ademhaling tot rust en laat ze me sniffend los.

'Wat is het wachtwoord van je telefoon?' vraagt Cam.

'M-I-L-O, eh, ik bedoel 6456.'

Ik sla mijn arm rond haar middel. 'Je wachtwoord is Milo? Serieus?'

'Hou op,' zegt Evie verontwaardigd, en dan slaat ze verdedigend haar armen over elkaar.

Cam richt zijn aandacht op Evies telefoon, en zodra hij het betreffende appje leest, verandert zijn hele houding. Hij balt zijn handen tot vuisten, maalt met zijn kaken en straalt zo'n hevige woede uit dat ik een stap naar achteren zet en Evie met me meetrek.

'Wat is er, schat?' Ik slik. Eerlijk gezegd wil ik het niet weten, maar ik heb niets te willen. 'Wat staat er?'

'Onder de foto staat: "Jij bent de volgende, kutwijf".'

Meteen gaat er zo'n intense hitte door me heen dat ik het gevoel heb dat ik met mijn handen vuurballen kan afschieten, als zo'n superheld in een stripverhaal. 'Wil je nu beweren dat ze ook mijn zus bedreigt?' zeg ik. Ik begin te koken van woede.

Camden steekt zijn handen op. 'Snoepje...' zegt hij waarschuwend.

Ik zet de paar stappen die nodig zijn om de telefoon uit zijn hand te grissen en het appje te lezen. Daar is de foto, van de ravage in mijn winkel. En zoals Cam al zei, staat er onder de foto een dreigement gericht aan het adres van Evie. Nu ik die vijf woorden zie, bedoeld voor mijn aardige, lieve, vriendelijke en prachtige zus die geen vlieg kwaad doet, welt er een ongekende razernij in me op. Ik geloof dat ik nog nooit zo kwaad ben geweest.

'Ik maak haar af,' gil ik, amper in staat om die woede in te tomen. 'Waar woont ze?' Ik bal mijn vuisten, klaar om alles te doen wat nodig is om mijn zus uit de klauwen van die feeks te houden. 'Wil je me pakken? Kom maar op, kreng!' roep ik. Ik laat al die woede vrij, op het trottoir vlak voor mijn winkel.

Camden legt zijn beide handen in mijn nek en brengt onze gezichten naar elkaar toe, neus aan neus. 'Niks ervan. Dit is een nieuwe ontwikkeling, en genoeg reden om naar de politie te stappen. In de tussentijd zorgen we ervoor dat Evie niks kan gebeuren en daarom komt ze bij ons logeren. Ik heb thuis kamers zat. We gaan naar binnen, nemen een kop koffie om even tot bedaren te komen, en daarna pakken we je kleren in en bespreken dit met de politie. Oké? We gaan ons recht halen en Brittney zal hiervoor boeten. Dat garandeer ik je.'

Zijn woorden dringen langzaam tot me door, en ik kijk over mijn schouder naar mijn zus, die met haar armen over elkaar geslagen staat. Zo kwetsbaar heb ik Evie nog nooit gezien.

'Je zus heeft je nu nodig, schat. Bekommer je maar om haar, ik regel dit wel.'

Ik klem mijn kaken op elkaar, adem diep in door mijn neus en ga voor mijn zus zorgen.

'Ma, pa, wat doen jullie hier?' vraagt Camden, terwijl ik nog een handgeweven sjaal op het rek hang dat ik aan het vullen ben.

Patty Bryant stuift naar binnen en slaat meteen haar armen om me heen. 'Kaye, lieverd, ik ben zo blij dat je niks mankeert.'

Ik beantwoord haar omhelzing en laat haar moederlijke warmte al die narigheid verdrijven. Meteen voel ik me een stuk kalmer. 'Dag, Patty.'

'O, hou toch op met dat "Patty". Vroeger noemde je me altijd ma, en nu jij en mijn jongen weer bij elkaar zijn, mag je dat weer doen. Waar of niet, Coltrane?' Ze kijkt lachend over haar schouder.

Coltrane loopt om zijn zoon heen, spreidt zijn armen en omhelst me ook. 'Mijn lieve kind, ik vind het zo erg dat dat verwende kreng je winkel heeft vernield. Toen Porter ons vanmorgen nadat hij hier langs was gereden belde, wisten we meteen dat we je morele steun moesten gaan bieden.'

Ik laat me tegen Coltrane aan vallen en zuig zijn vaderlijke bezorgdheid in me op. Met mijn eigen stiefvader heb ik nooit zo'n ontspannen relatie gehad als met de vader van Cam.

'En je broers zijn ook onderweg.'

'Vertel ze maar dat dat niet hoeft, ik heb alles onder controle...' begint Cam, maar zijn vader valt hem in de rede. 'Jongen, je weet hoe het werkt als er een crisis is. Dan komt de hele familie helpen.'

'Inderdaad. Zus, kom eens hier!' Preston verschijnt in de deuropening van mijn winkel, met beide handen opgestoken, en gebaart met zijn vingers dat ik naar hem toe moet komen. Lachend ren ik naar hem toe, en hij sluit me in een stevige, warme omhelzing.

God, wat heb ik deze familie gemist.

Preston schudt me door elkaar en zet me dan weer met mijn voeten op de vloer. 'Moet ik iemand mores leren?'

Ik schud lachend mijn hoofd. 'Ik heb je gemist, broer.'

Hij slaat een arm rond mijn schouders en trekt me even tegen zich aan voordat hij zijn kin opheft in de richting van Cam. 'Hoe staan de zaken, broer?'

Camden haalt met een luide zucht zijn vingers door zijn haar, voor misschien wel de miljoenste keer vandaag. 'De politie gaat het al voor ons oplossen.'

'Kunnen wij nog iets doen?' vraagt Porter achter ons.

Preston en ik draaien ons allebei om.

'Gaat het een beetje, Suda Kaye?' vraagt Porter vriendelijk met zachte stem, en hij steekt een hand uit om me even in mijn arm te kunnen knijpen.

'Ja, Port, het gaat wel weer. Dank je voor je komst. Daar wil ik jullie allemaal voor bedanken, dat had niet gehoeven...'

'Dat doen familieleden voor elkaar.' CJ komt aangelopen en gaat naast Porter staan, met zijn handen in zijn zakken en een nukkige uitdrukking op zijn verder zo knappe gezicht. Heel even vraag ik me af of ik hem ooit helemaal voor me zal kunnen winnen, maar het feit dat hij nu hier is, geeft me hoop.

Camden laat een kreun horen en kijkt omhoog. 'Nou, nu is de hele bende compleet.'

Ik giechel en laat Porter los, want ik wil dat mijn vent zich ontspant. Daarom leg ik mijn handen op zijn borst en ik kijk op naar zijn knappe gezicht, net zo lang totdat hij naar mij kijkt. En zodra hij dat doet, glimlach ik naar hem. 'Schat, jouw familie is geweldig en zo begaan met jouw geluk...'

'En met dat van jou, lieverd. Je bent de enige vrouw die ooit goed genoeg is geweest voor mijn jongen. We zijn zo blij dat je weer terug bent,' zegt Patty vriendelijk. 'We zijn er voor jou en voor hem.'

'Dank je, ma.' Ik geef haar glimlachend een knipoog en wend me dan weer tot Camden. Ik strijk met mijn handen over zijn borst en zeg: 'Het geeft niet. Hoe meer zielen, hoe meer vreugd.'

Hij slaat grinnikend zijn armen om me heen. 'Daar heb je gelijk in. Begin maar eens met ons te vertellen wat we kunnen doen om de winkel in orde te brengen. Totdat de rechercheurs meer nieuws over jouw zaak hebben kun je in elk geval verdergaan met de boel inrichten.'

'Nou, om te beginnen moeten we alle artikelen uit de etalage halen en die opzijzetten, zodat de nieuwe ruit kan worden ingezet.' Ik wijs naar twee rijen dozen die langs de wand staan. 'Al die dozen moeten worden uitgepakt, een deel van de inhoud moet in de rekken worden gezet, maar andere artikelen moeten naar het magazijn achterin. En dan hebben we ook nog Evie...'

'Wat is er met Evie?' vraagt Porter bars.

Ik lik mijn lippen en kijk Cam met grote ogen aan. 'Heb je niet verteld dat ze wordt bedreigd?'

'Wordt Evie bedreigd? Door wie?' Preston steekt zijn gespierde borstkas naar voren en doet daardoor denken aan een draak die eerst even diep ademhaalt voordat hij zijn vijand vuurspuwend naar een andere wereld helpt.

Cam laat zijn hoofd zakken, met zijn kin naar zijn borst. 'Mijn hemel, het laatste wat we kunnen gebruiken, is mijn broers die zich verdringen om Evie te mogen beschermen...'

'Beschermen? Waartegen?' mengt Porter zich in het gesprek. 'Wat heb je voor ons verzwegen?'

'Evie heeft een dreigend berichtje ontvangen, van dezelfde dader die dit heeft gedaan. We vermoeden dat Brittney hierachter zit. Het kwam erop neer dat Evie de volgende is,' legt Camden uit.

Preston duwt me opzij en grijpt Camden bij de revers van zijn jasje. 'En dat kon je ons niet eerder vertellen?'

Camden duwt de handen van zijn broer weg. 'Ik hoefde niks te vertellen, want dit is allemaal al geregeld. De politie heeft beide dreigementen in onderzoek. En Evie zit momenteel boven te werken.'

Nog geen paar tellen later rennen Porter en Preston de trap op.

Cam steekt zijn armen omhoog en haakt zijn vingers in zijn nek in elkaar. 'Jezus...'

Ik schiet in de lach. 'Wie had ooit kunnen denken dat Preston en Porter een zwak voor Evie hebben?' Ik klap in mijn handen. 'Dat komt goed uit, zeker nu is gebleken dat Milo uit beeld is, want getrouwd.'

'Wie is Milo nu weer?' Hij knijpt dreigend zijn ogen tot spleetjes. 'Is dat die kerel die jullie heeft geholpen? Native American, lang zwart haar? Heeft hij een oogje op Evie?' Cam zet zijn handen in zijn zij en wacht op een antwoord.

'Dat heb ik je een hele tijd geleden al verteld. Hij is bevriend met een van je broers. Jaren geleden heeft hij een ander lid van de stam geholpen met een aanvraag voor de stichting.'

Heel even kijkt Camden me aan alsof ik een pruik in alle kleuren van de regenboog heb opgezet, maar dan begint het hem te dagen.

'Shit, Milo...' Hij doet zijn ogen dicht. 'Milo Chavis is CJ's oude studiegenoot? Dat had ik niet eens door, ik was veel te afgeleid doordat ik dacht dat jullie iets met elkaar hadden. Ik kan me dat project waarmee hij heeft geholpen niet herinneren. En Evie ziet hem wel zitten?'

'Dat kun je wel zeggen. Ze is sinds we klein waren behoorlijk verkikkerd op hem.'

'Nou, dat is slecht nieuws voor Porter. Hij heeft altijd al een zwak voor Evie gehad.'

'Nee, dat is het niet, want Evie is Milo vorige week tegengekomen, in het gezelschap van zijn echtgenote. Dus hij is beslist uit beeld.'

'Ja, dat zal dan wel.'

'Maar waarom is Preston meteen naar boven gerend om bij Evie te gaan kijken?' Ik frons, bang dat mijn zus het middelpunt is van de strijd tussen broers die allebei de schone jonkvrouw in nood willen redden.

'Omdat hij jullie allebei als zussen ziet en dus gek op jullie is. En als je aan zijn familie komt, dan kom je aan hem. Maar hij zal Porter niet dwarszitten als die besluit om eindelijk een gokje bij Evie te wagen.'

Ik adem hoorbaar uit en maak met behulp van de scrunchie rond mijn pols een slordig knotje. 'Wat een dag, zeg. Een vernielde etalageruit. Politie. Jouw familie die komt helpen. Porter die eindelijk eens werk wil maken van Evie. Morgen zal in vergelijking hiermee heel erg saai worden.'

Camden slaat grinnikend zijn armen om me heen. 'Laten we het hopen.'

Ik frons opnieuw, gegrepen door een licht knagende angst. 'Denk je dat ze mijn zus echt iets kan aandoen?'

Hij schudt zijn hoofd. 'Nee. Ik denk dat ze dit doet omdat ze heel erg overstuur is. Dat maakt haar niet lichamelijk gevaarlijk, maar het is wel duidelijk dat ze mentaal niet in orde is. Ik denk dat ze met een taakstraf en een kei van een psychiater al een heel eind is geholpen. En jij en Evie hoeven jullie nergens zorgen over te maken.'

'Dank je wel. Omdat je hier bent, omdat je bent zoals je bent. Ik vind het heel erg dat ze je zo veel pijn heeft gedaan, maar ik ben wel blij dat wij daardoor weer bij elkaar zijn gekomen.'

Hij wrijft grinnikend met zijn neus langs de mijne. 'Met dat laatste ben ik het volledig eens. Goed, laten we de boel nu maar eens gaan fatsoeneren. Ma heeft die dozen al opengemaakt en loopt pa rond te commanderen. Als je wilt dat alles naar wens gaat, zul je de leiding moeten nemen.'

Ik grinnik. 'Ik ga liever even bij Evie kijken. Ik wil zeker weten dat de gebroeders Bryant haar niet aan het schrikken maken.'

Hij knikt. 'Goed idee. Dan vraag ik mijn ouders of die iets te eten voor ons allemaal willen afhalen. Wat zeg je daarvan?'

'Geweldig.'

'Jij bent geweldig, Suda Kaye. Er komt van alles op je af, maar jij blijft er rustig onder. Veel andere vrouwen zouden nu in een hoekje zitten huilen, maar jij niet. Jij zet je schouders eronder en gaat de dingen die kapot zijn repareren. Dat vind ik zo geweldig aan je.'

Ik houd mijn hoofd schuin en glimlach. 'Dat had ik allemaal niet zonder jou kunnen doen.'

'Ik wil er dan ook voor zorgen, snoepje, dat je nooit meer iets zonder me hoeft te doen.' Hij geeft me een snelle zoen, laat me dan los en loopt naar zijn moeder.

Ik loop naar de trap, maar vanaf de eerste tree kijk ik nog even naar hen om. Ik zie zijn ouders knikken en hun jassen aantrekken. Camdens vader klopt zijn zoon op de schouder en zijn moeder geeft hem een kus op zijn wang. Op weg naar de deur wuiven ze nog even naar me. Ik wuif terug, maar mijn blik blijft gericht op de man van wie ik hou.

Het dringt nu pas echt tot me door. Ik wil nooit meer iets zonder hem doen. Nooit van mijn leven.

Met de zekerheid dat ik nu ben waar ik hoor te zijn loop ik de trap op om te kijken hoe het met mijn zus gaat.

19

Camden drukt kreunend zijn hoofd in het kussen. De spieren in zijn nek worden uitgerekt en zwellen op. Ik laat mijn tong over zijn erectie gaan en beweeg die rond het vochtige topje.

'Jezus, snoepje.' Cam begraaft zijn vingers in mijn haar en grijpt het zo stevig vast dat de wortels bijna pijn doen.

Het genot golft van mijn hoofdhuid over mijn ruggengraat naar de hitte tussen mijn dijen. Ik wil dolgraag dat hij daar aandacht aan schenkt, maar pas nadat ik hem eerst gek heb gemaakt. Ik zuig hard aan het puntje, ik druk mijn tong plat tegen hem aan en lik de gevoelige onderkant totdat hij zijn heupen naar voren duwt. Dan laat ik mijn hoofd verder zakken en neem hem zo diep mogelijk in mijn mond. Zodra ik zijn eikel achter in mijn keel voel, maak ik een kirrend geluidje, want ik weet precies wat voor effect dat op hem heeft.

Camden duwt mijn hoofd verder naar beneden en stoot zijn pik mijn keel in, en ik slik en geef hem precies wat hij wil.

'Godverdomme, ik kom klaar.' Hij grijpt mijn hoofd vast en ik zuig zo hard dat mijn wangen invallen. Op en neer, net zo lang totdat hij van top tot teen ligt te kronkelen. Hij klemt zijn kaken op elkaar, knijpt zijn ogen dicht en zet de vingers van zijn prachtige handen in mijn huid. 'Ik wil in jou klaarkomen, Suda. Dat moet, nu!' zegt hij bars. Hij trekt me van zich af en draait me op mijn rug.

Hij spreidt mijn dijen, grijpt mijn billen vast en brengt zijn pik naar mijn opening. En dan stoot hij diep in me. Nu kreun ík. Ik krom mijn rug en duw mijn heupen naar voren, verlangend naar meer van hem. Altijd meer.

'Dieper,' brengt hij met opeengeklemde kaken uit.

'Neem wat je wilt, schat.' Ik hijg in zijn oor als hij me in de matras beukt.

Na nog een paar verrukkelijke stoten reikt Cam naar mijn knieën. Hij laat zijn handen eronder glijden en vouwt me dubbel, terwijl hij zelf op zijn knieën overeind komt om me nog dieper te kunnen nemen. Zijn pik boort in me, die raakt plekjes waarvan ik niet eens wist dat hij ze kon raken, diep in mijn gevoelige, opgezwollen schede. Het genot golft door mijn hele lijf. Hij buigt zijn hoofd naar voren om te zien hoe zijn pik in en uit mij glijdt.

'Je bent zo mooi. Wij samen, dat is pure schoonheid, Suda Kaye. Doe je ogen eens open, schat, dan kun je het zelf zien. Kijk hoe ik je neem.' Zijn stem is een en al lust en zijn woeste blik is gericht op de plek tussen mijn dijen.

Ik hef mijn hoofd zo ver als ik kan en kijk naar hem, naar hoe hij bezit van me neemt. Het is ongelooflijk opwindend en bedwelmend. 'Te veel, schat, te veel,' zeg ik hijgend als hij met zijn heupen draait en zijn pik me ergens raakt waardoor mijn hele lijf lijkt te knetteren.

Ik slaak een kreet, dansend op de rand van zalig genot.

'Het is nooit te veel, nooit genoeg,' roept hij. Hij verhoogt het tempo en legt mijn benen rond zijn middel. Ik knijp zijn ribben bijna samen tussen mijn dijen en klamp me zo vast, klaar voor de rit van mijn leven.

Cam stelt niet teleur.

Een paar tellen later klopt de hitte tussen mijn dijen, steeds warmer, en dan spat ik uit elkaar. Mijn hele lijf verstijft rond dat van Cam.

'Fuck, ja!' roept hij luid. Met zijn ene hand houdt hij mijn kont op zijn plaats, en de andere schuift hij onder mijn rug, zodat hij mijn schouder vast kan pakken en me in de houding kan leggen waarin hij me het liefst heeft.

Terwijl mijn lichaam beeft door de laatste naweeën van mijn orgasme gebeurt er met hem het tegenoverstelde. Zijn lijf gaat als een goed geoliede machine tekeer, een en al opgezwollen spieren, en een huid die vochtig is van inspanning. En dan begraaft hij opeens zijn gezicht in mijn hals, gevolgd door een laatste, diepe stoot waarvoor hij alles geeft en waarna hij hard in me spuit. Zijn ontlading zorgt voor opgewonden tintelingen in mijn hele verzadigde lichaam.

Ik doe mijn ogen dicht. Nu zie ik niet langer zijn mannelijke slaapkamer, maar hoor ik des te beter de geluidjes die hij maakt en voel ik hem na ons liefdesspel wegzinken in mijn armen. Zacht en kwetsbaar ligt hij naast me. Hij ademt zwaar, maar dat weerhoudt hem er niet van om me talloze zoentjes in mijn hals, op mijn kaak en op mijn sleutelbeen te geven.

'Hou van je, Suda Kaye. Voor altijd.'

'Ik zal ook voor altijd van jou houden, Cam.' Ik beweeg mijn handen op en neer over zijn rug, die glad is van het zweet.

Hij heft zijn hoofd en blijft me een hele tijd zoenen. Hij streelt de voorkant van mijn naakte lijf met zijn vingertoppen, tekent een rondje om mijn tepel en ziet die samentrekken, en dan raakt hij een voor een mijn ribben aan.

Met een zucht draai ik me op mijn zij, zodat ik tegen zijn warme lichaam aan kan kruipen. 'Ik heb nooit geweten dat seks zo kon zijn.'

'Hoe bedoel je? Bespottelijk lekker? Uitdagend? Supergeil?' Hij zoent mijn voorhoofd en vlecht zijn vingers door mijn haar.

Ik kruip giechelend tegen zijn bovenlijf aan en streel zijn goedgevormde borst- en buikspieren. 'Nee, ik bedoel... Het is nogal lastig uit te leggen. Met jou is het anders.'

Hij verstijft in mijn armen en ik vrees heel even dat dit te openhartig voor hem is. Dit is misschien niet het beste gesprek voor ons; hij is erg bezitterig en wordt al jaloers als een andere man naar me kijkt.

'Waarom is het volgens jou anders?' vraagt hij.

'Is het voor jou dan niet zo?'

Hij kijkt me lachend aan. 'Ja, snoepje, het is anders omdat jij het bent. De vrouw met wie ik de rest van mijn leven wil doorbrengen.'

Ik glimlach en laat mijn gewicht op mijn onderarm rusten. 'Ja, maar ik bedoel dat het tussen jou en mij... veel intiemer is. Dat heb ik nog nooit zo gevoeld.'

Hij trekt speels zijn wenkbrauwen op, maar dan wordt zijn uitdrukking weer ernstig. 'Snoepje, ik weet niet hoe het met jou zit, maar jij bent de enige bedpartner op wie ik ook echt verliefd ben. Ik denk dat dat het voor ons allebei anders maakt.'

'Hm, misschien heb je wel gelijk. Het gaat niet alleen om het genot, maar ook om de band tussen ons. We willen de ander graag laten genieten, we willen de ander net zo blij en tevreden maken als we zelf zijn.'

'O, je hebt me beslist laten genieten. Je pijptalent ben je zeker niet kwijtgeraakt.'

Met een snuivend lachje geef ik hem een zachte tik tegen zijn arm. Ik ga rechtop zitten en geef hem een tedere zoen. 'Ik ga me even opfrissen.'

'Wel meteen terugkomen. Ik ben nog niet klaar met jou.'

Ik bijt op mijn onderlip en stap uit bed. 'De beste reden om me te haasten.' Ik draaf weg en struikel prompt over mijn uitpuilende koffer, die tussen de kast en zijn badkamer op de vloer ligt. En daarbij stoot ik heel hard mijn grote teen.

'Au! Verdorie, dat doet zeer!' Ik spring naakt in het rond, grijp naar mijn teen en voel het zaad van mijn vriend langs mijn dij naar beneden druipen. 'Jakkes...' Ik strompel naar de badkamer.

Camden doet het licht aan en loopt poedelnaakt de badkamer in. 'Gaat het?'

Ik hops pruilend naar het toilet en laat me erop zakken. 'Ja, maar je moet je even omdraaien.' Opeens voel ik me opgelaten. Ik doe een plas en veeg mijn onderlijf schoon. 'Kun je een nachtpon voor me pakken?' vraag ik.

Hij loopt lachend terug naar mijn koffer en port met zijn teen tussen de kleren die over de rand puilen. 'Hoe moet ik hier in vredesnaam iets tussen vinden? Schat, je moet je kleren in de kast hangen. De hele rechterkant is vrij, speciaal voor jou. Ik heb zelfs drie laden leeggemaakt voor je ondergoed, dat me trouwens op erg spannende ideeën brengt.'

Het dringt amper tot me door wat hij zegt, want ik heb mijn voet vastgepakt en bestudeer mijn zere teen. Geen bloed of echte verwondingen. Er is alleen een stukje van de nagel van mijn grote teen afgebroken, dat is balen. 'Wat zei je?' roep ik, met mijn aandacht nog steeds bij mijn nagel.

Camden verschijnt in de deuropening. 'Snoepje, je moet echt uitpakken. Je kunt niet eeuwig uit die koffer blijven leven.'

Ik slaak een zucht en haal mijn hand door mijn haar. 'Schat, ik weet niet beter. Ik leef al jaren zo. Zelfs toen ik bij Evie logeerde, heb ik mijn spullen niet uitgepakt, en ik heb daar maanden gezeten.'

Hij slaat zijn verrukkelijke armen over elkaar, waardoor die spieren zo heerlijk opzwellen dat ik zin heb om mijn tanden in zijn huid te zetten en mijn merkteken op hem achter te laten. Hij staat nog steeds in zijn blootje en ik vind het geweldig dat hij zich zo op zijn gemak voelt, ook in mijn gezelschap. Dat is op een bepaalde manier heel intiem, vertrouwd en hartverwarmend. Iets voor koppels die al heel lang bij elkaar zijn. Dan durf je van alles, zoals op het toilet zitten om je na de seks schoon te maken en je gestoten teen bekijken.

Er ontglipt me een grinnikend lachje. 'Het is verder niet belangrijk. En ik ga binnenkort toch weer terug naar mijn eigen huis, nietwaar?' Ik haal mijn schouders op en was mijn handen, voordat ik hem opzijduw en net zo lang tussen mijn kleren rommel totdat ik een koningsblauwe nachtpon met flinke splitten aan de zijkant heb gevonden. Het is een erg opvallend kledingstuk van zacht satijn, dat uitstekend bij mijn teint past.

Zodra ik de nachtpon heb aangetrokken, slaat hij een arm om me heen en trekt me tegen zich aan. 'Ik wil niet dat je weggaat. Ik wil dat je je kleren in mijn kast hangt, ook je slipjes en je nachtponnetjes, en ik wil dat je naar je appartement gaat en al je andere spullen inpakt en die hiernaartoe brengt.'

Ik frons en leg mijn handen in zijn nek. 'Vraag je me nu of ik... bij je wil intrekken?' Mijn hart begint onregelmatig te kloppen, maar ik negeer dat.

Hij wrijft grinnikend met zijn neus langs de mijne. 'Dat is toch duidelijk? We zijn heel veel aan het inhalen en moeten tien jaar goedmaken. Ik word er niet jonger op, jij ook niet. We hebben ons werk, onze families, en, het allerbelangrijkste, we hebben elkaar. Waarom zouden we niet al onze vrije uren aan elkaar besteden? Samen slapen, eten, onze dag bespreken, je weet wel... net als in een echte vaste relatie?'

'Een vaste relatie.' Die term laat ik even bezinken. Om de een of andere reden klinkt dit minder leuk dan toen ik het met Evie over vastigheid had. 'Even checken of ik je goed begrijp. Je wilt dat ik laat zien dat ik er niet opnieuw vandoor ga door bij je in te trekken?'

De moed zinkt me in de schoenen, maar dan laat hij zijn prachtige lach zien, die al mijn zorgen kan wegnemen. 'Zo zou je het kunnen zeggen, maar op die manier had ik er nog niet naar gekeken. Het was in elk geval niet de reden om je dit te vragen. Ik wil vooral zo vaak mogelijk met je samen zijn. Zelfs als dat betekent dat ik over je rondslingerende kleren struikel en jij mijn huis vult met allerlei alternatieve en zweverige spulletjes, want ik weet dat dat het werk is van de vrouw van wie ik hou. Ik wil elke ochtend jouw mooie gezicht zien als ik wakker word. Ik wil elke avond met je kunnen vrijen. Ruziën over hoe je een rol wc-papier ophangt...'

'Ruziën mensen daarover?' Ik snap niet waarom iemand zich daar druk over zou maken. Het is maar wc-papier.

Hij slaat grinnikend zijn armen om me heen en drukt zijn voorhoofd tegen dat van mij. 'Wij dus niet, als jij je er niet druk over maakt.'

'Dat doe ik niet.'

'Mooi, want dat doe ik ook niet. Schat, ik wil gewoon bij je zijn. Als jij bij me intrekt, is dat een bevestiging van onze relatie die je me voorheen niet kon geven. Het moet niet, maar ik wil het wel graag. En ik heb het nooit eerder gewild.'

'Ook niet met die Val, over wie je het eerder had? Je wekte de indruk dat jullie een tijdlang een relatie hadden.'

Cam leunt achterover en knikt. 'We zijn een jaar bij elkaar geweest. Zij wilde samenwonen en die volgende stap zetten, maar ik wilde mijn huis niet met haar delen. Het idee dat ze elke dag met mij in dezelfde ruimte zou zijn joeg me zo'n schrik aan dat ik het heb uitgemaakt.' Hij slaakt een zucht, waardoor hij de indruk wekt dat hij hier best wel mee zit. 'Ik zag mezelf gewoon niet oud worden met haar en het was niet eerlijk om haar aan het lijntje te houden als zij dat juist wel wilde.'

Ik frons en strijk geruststellend met mijn hand over zijn borst. 'Wat vervelend voor je. Heb je... heb je wel van haar gehouden?'

Hij schudt zijn hoofd. 'Nee, maar ik was heel erg op haar gesteld. Ik deed graag dingen met haar samen, maar niet voor altijd. Weet je, snoepje, waar het op neerkwam, is dit: toen het tijd werd om onze toekomst te bespreken, zag ik daarin voor haar geen rol weggelegd.'

'Waarom niet?'

Hij legt glimlachend een hand rond mijn kaak en strijkt met zijn duim over mijn wang. 'Omdat ze jou niet was. Ik ben nooit over jou heen gekomen. En nu ben ik daar blij om, want als dat wel zo was geweest, hadden wij nu niet over onze gezamenlijke toekomst gepraat.'

Ik druk mijn gezicht tegen zijn hand, doe mijn ogen dicht en wrijf met mijn wang langs zijn handpalm. Onze gezamenlijke toekomst. Dat klinkt veel en veel mooier dan een vaste relatie. 'Ik trek bij je in.'

Zijn vingers verstrakken rond mijn heup en mijn gezicht, waardoor ik hem wel moet aankijken. 'Zomaar opeens?' vraagt hij.

Ik knik glimlachend. 'Zomaar opeens. Jij bent voor mij ook altijd de enige geweest, Cam. Dit voelt goed. Jij. Ik. De familie. Evie. Mijn winkel. Jouw bedrijf. Alles voelt... zoals het moet zijn.'

'Daar ben ik het volledig mee eens.' Hij laat zijn hoofd zakken en drukt zijn lippen op de mijne. Onze tongen vinden elkaar en beginnen aan hun dans, net zo lang totdat hij me optilt en me naar zijn bed draagt.

Of eigenlijk... óns bed.

De volgende morgen word ik wakker doordat Cam mijn hele arm met kusjes bedekt. Daarna tilt hij die op om een voor een mijn vingers te kunnen zoenen. 'Goedemorgen.' Hij zit in kleermakerszit op het bed, met alleen een pyjamabroek aan die hij gisteravond, toen we eindelijk gingen slapen, nog niet droeg.

'Goedemorgen,' mompel ik, nog steeds een beetje vechtend tegen de slaap.

'Ik heb iets voor je. Daar wilde ik mee wachten tot de feestelijke opening van morgen, maar toen begreep ik dat dit iets voor ons samen is.'

'Nou, je weet dat ik dol ben op cadeautjes, dus kom maar op.' Ik strek mijn benen uit en duw mezelf omhoog, totdat ik met mijn rug tegen het hoofdeinde zit. Daarna trek ik de deken over me heen om mijn naakte lijf te bedekken.

Hij buigt zich over de zijkant van het bed en trekt de la van het nachtkastje open. Daar haalt hij een langwerpig doosje uit, groot genoeg voor bijvoorbeeld een pen voorzien van initialen. Hij doet de la weer dicht, kruipt naar me toe en geeft me het doosje aan.

Ik pak het glimlachend aan. 'Dank je. Ik vind het vast heel mooi, wat het ook is.'

Hij grinnikt. 'Je hebt het nog niet eens opengemaakt.'

Ik haal mijn schouders op. 'Weet ik, maar het komt van jou.'

'Maak het nu maar open, snoepje.'

Met een lachje doe ik het doosje open. Op een bedje van zwart fluweel ligt een dun gouden kettinkje met een ring eraan. Ik til het kettinkje uit de inkeping in het fluweel en houd het omhoog, zodat het licht op het kleine gouden rondje valt. Mijn adem stokt en mijn hart bonst zo hevig dat ik mijn andere hand tegen mijn borst druk.

'Vergeet niet te ademen, schat,' zegt Cam waarschuwend. Hij legt bemoedigend zijn warme hand op mijn dij.

De tranen springen in mijn ogen en rollen over mijn wangen als ik de ring dichter bij mijn gezicht houd. Ik weet precies wat dit sieraad is, ook al heb ik het tien lange jaren niet meer gezien.

'Cam...' breng ik moeizaam uit. Ik klem de ring in mijn vuist en druk hem tegen mijn hart. 'Ik kan gewoon niet geloven dat je deze hebt bewaard. Na... na alles wat ik heb gedaan.' Ik snik en knijp mijn ogen stijf dicht, niet in staat om al die emoties te verwerken die door me heen razen.

Camden trekt me in zijn armen. Ik ga schrijlings op zijn schoot zitten, met mijn armen en benen stevig om hem heen geslagen, en laat de tranen vloeien.

'Hé, je hoeft niet te huilen. Het was niet mijn bedoeling om je met dit cadeau zo van streek te maken.' Zijn stem klinkt vervuld van bezorgdheid en spijt.

Ik slik de enorme brok aan verdriet die in mijn keel is blijven steken weg. 'N-natuurlijk moet ik h-huilen. Je h-hebt hem al die t-tijd bewaard,' hakkel ik tegen zijn schouder, terwijl hij me heen en weer wiegt.

'Snoepje, kijk eens naar me.' Zijn stem klinkt streng en bevelend, maar ik negeer zijn woorden.

Ik schud mijn hoofd en ga nog harder huilen, vervuld van zelfhaat, getroffen door afkeer van wat ik hem tien jaar geleden heb aangedaan, gegrepen door spijt over al die momenten waarop ik niet bij hem was. Ik vind het zo vreselijk dat ik ben weggegaan.

'Suda Kaye, schat, kijk me eens aan.' Hij legt zijn vingers onder mijn kin en duwt voorzichtig mijn kin omhoog, totdat ik mijn ogen opendoe.

'Ik heb je pijn gedaan.' Die woorden zijn als een mes in mijn bloedende hart.

Hij tuit zijn lippen en klemt even zijn kaken op elkaar. 'Je hebt een bepaalde keuze gemaakt. En ja, daarmee heb je me pijn gedaan, maar ook jezelf.' Hij haalt zijn hand door mijn haar en laat die in mijn nek rusten. 'Sinds jij weer terug bent en ik weet waarom je toen bent weggegaan, ben ik gaan beseffen dat we soms moeilijke beslissingen moeten nemen, keuzes waarmee we onherroepelijk onszelf en anderen kwetsen. Dat maakt die keuze niet verkeerd, maar gewoon deel van ons leven.'

Ik schud mijn hoofd en hij veegt mijn tranen weg. 'We hadden al die tijd samen kunnen zijn.' Die woorden krijg ik amper over mijn lippen, want die waarheid dompelt mijn ziel in een golf van verdriet.

‘Hier hebben we het al over gehad. Misschien wel, maar misschien ook niet. Ik wil heel graag geloven dat ik je naar alle uithoeken van de aarde zou zijn gevolgd, maar je had gelijk, het familiebedrijf is ook heel belangrijk voor me. Dat had ik nooit helemaal in de steek kunnen laten. Of in elk geval niet gedurende lange tijd. En dat had ik toen ook niet gewild.’ Nu hij zijn gevoelens uitspreekt, kleuren zijn ogen donkergroen als mos. ‘Hoe meer ik erover nadenk, des te duidelijker het voor me wordt dat jij, Suda Kaye, de hele wereld moest ontdekken. Je moeder had je pad al voor je uitgestippeld en je wilde dat zo graag, meer dan dat je ons wilde. Deed het pijn? Jezus, ja.’

Een snik welt op in mijn keel. Hij legt zijn handen rond mijn wangen en kijkt recht in mijn ogen. ‘En uiteindelijk heeft datzelfde pad je weer terug naar mij gevoerd. We zijn nu anders, we zijn sterker dan toen. We kunnen elkaar weer opnieuw leren kennen en dat is zo mooi, zeker omdat we weten dat onze liefde het heeft overleefd.’

Ik slik, terwijl hij mijn tranen wegveegt, en laat zijn woorden door de pijn heen dringen.

‘En we hebben afgesproken dat we verdergaan, dat we het verleden achter ons laten. Je trekt bij me in. We zijn weer bij elkaar. Met deze ring beloofde ik je toen dat ik voor altijd van je zou blijven houden en die belofte geldt nog steeds. Of in elk geval totdat ik hem vervang door een verlovingsring.’

Ik houd het kettinkje omhoog en laat het goud als een zijden lint tussen mijn vingers door stromen. ‘Waarom heb je hem aan een ketting geregen?’

Hij glimlacht teder en ademt in. ‘Omdat ik hem zelf jarenlang om mijn hals heb gedragen. Ik heb zelfs tegen Val en Brittney gelogen, ik heb gezegd dat het de ring van mijn overleden grootmoeder was en dat ik hem droeg omdat ik me dan meer met haar verbonden voelde.’ Hij ziet er verdrietig uit, maar ook oprecht en... kwetsbaar.

Tot mijn grote schrik schiet ik in de lach om zijn bekentenis. Snuivend, dat ook nog. 'Dat meen je niet.'

Hij haalt een schouder op. 'Ik wilde jou dichtbij hebben,' zegt hij, alsof dat alles verklaart.

'Maar je had die tattoo al.'

'Ik wilde je nog dichterbij hebben. Suda Kaye, je kon niet dichtbij genoeg zijn. Dat we de tijd nemen om elkaar te leren kennen, dat het nog even duurt voordat ik een knoeperd van een diamant aan je vinger kan schuiven, dat is een ware kwelling voor me.'

Nu ben ik degene diep inademt. Ik laat het licht naar binnen stromen en het donker naar buiten als ik mijn armen om zijn hals sla. 'We zijn wel een stel, hè?'

'Ja, en ik zou het niet anders willen.' Hij hapt grinnikend naar mijn lippen.

Ik houd de ring omhoog die hij me al die jaren geleden heeft gegeven, als bewijs van de belofte om altijd van me te blijven houden, en haal hem van het kettinkje. Dan schuif ik hem rond de ringvinger van mijn linkerhand.

'Past nog steeds,' stelt hij tevreden vast.

Ik kijk lachend naar de ring. 'Dank je, omdat je me deze hebt teruggeven. Dank je omdat je geen hekel aan me hebt, omdat je ondanks alles van me houdt.'

'Ik heb het je toch al eerder gezegd, snoepje? Van jou houden gaat vanzelf.'

20

'Dit is de grote dag! Vind je het niet spannend?' roept Evie zangerig. Ze loopt naar binnen en draait uitdagend een rondje om haar mouwloze satijnen jurk te laten zien. De ijsblauwe stof verschiet in de richting van de zoom van kleur naar donkergroen. Het sexy kledingstuk valt tot net boven haar knieën en heeft aan de zijkant een lange split, zodat je haar lange, gespierde en bruine benen ziet. Ze draagt er uitdagende banaangele sandaaltjes met een open neus bij, plus gouden kettinkjes die midden tussen haar kleine stevige borsten hangen. Mijn zus is even goudgeel en stralend als de zon.

'Je ziet er geweldig uit!' roep ik. Ik spreid mijn armen en ze rent naar me toe om me stevig te omhelzen. We springen allebei op en neer als kleine meisjes die voor het eerst naar een feestje mogen waarvoor ze zich chic hebben aangekleed.

'Zonnetje, je hebt jezelf overtroffen,' verklaart Camden, die vanuit mijn binnenkort voormalige appartement de trap af komt. Met twee flessen champagne in zijn hand.

Evie maakt zich van me los en draait langzaam een rondje voor hem. 'Bevalt dit je?'

Hij lacht breeduit. 'Ja, maar mijn broer ongetwijfeld nog veel meer.'

'Huh? Waar heb je het over?' Ze houdt nadenkend haar hoofd schuin, alsof ze echt geen flauw idee heeft wat hij daarmee bedoelt. Dat is waarschijnlijk ook zo, want als het op mannen aankomt, kan mijn zus behoorlijk onnozel zijn. Ze heeft het nooit door als mannen haar aantrekkelijk vinden en ik vermoed dat ze zo zelden een date heeft omdat ze met haar zakelijke, onderkoelde uitstraling de andere sekse afschrikt.

Camden schudt zijn hoofd. 'Dat ga ik niet uitleggen, het is veel leuker om te zien wat er gaat gebeuren.'

Dat is waar.

Ze haalt haar schouders op. 'Ook goed. Kom, ik zal even helpen met de champagne.' Ze pakt de twee flessen en loopt ermee naar de lange toonbank die eigenlijk is bestemd voor de kassa, maar waar de cateraar nu allerlei lekkere hapjes, witte en rode wijn en champagne heeft neergezet.

Ik haak mijn vingers in elkaar en drentel door de winkel op mijn nieuwe knalroze suède schoenen met sleehakken, die ik voor een prikkie verderop in de straat op de kop heb getikt. Daarbij draag ik een strakke leren broek, een van mijn eigen riemen met metalen studs, en een zilveren bustier, waarbij de gekleurde draden die door de stof zijn geweven voor bonte vlekken zorgen. Ragdunne bandjes moeten mijn boezem op de plaats houden. Aan mijn ene pols schitteren meerdere dunne armbanden, aan de andere draag ik een unieke leren armband die ik zelf heb gemaakt, en aan de vingers van allebei mijn handen prijken zilveren ringen met edelstenen. Alles aan mijn lijf, afgezien van de schoenen, is in mijn winkel verkrijgbaar.

Terwijl ik de laatste hand leg aan een van de displays en hier en daar nog een artikel recht leg, komt Caden achter me staan en slaat zijn armen om me heen. 'Je hoeft niet zenuwachtig te zijn,' zegt hij in mijn oor. 'Je hebt een geweldige prestatie geleverd. Het ziet er allemaal schitterend uit en er zijn heel veel bijzondere spulletjes die zeker in de smaak zullen vallen. Misschien moet je na de opening de schappen wel opnieuw vullen.'

Ik draai me lachend om in zijn armen en kijk op naar zijn knappe gezicht. 'Dank je wel. Omdat je in me gelooft en omdat je deze gok met me wilde wagen.'

Hij zoent mijn neus en drukt zijn voorhoofd tegen het mijne. 'Jij bent elke gok waard, Suda Kaye. En ik denk dat je hier een groot succes van gaat maken. Adem maar in en ontspan je.'

Ik knik. Op hetzelfde moment gaat de deur open en komt Kyson binnen.

'Wauw, wie ben jij en wat heb je met mijn aannemer gedaan?' Ik stap grinnikend opzij, zodat ik naast Cam kan gaan staan in plaats van tegen hem aan.

Kyson loopt grinnikend verder, gekleed in een zwarte pantalon en een bordeauxrood overhemd met lange mouwen. Rond zijn ene pols zit de zwarte leren armband van een paar centimeter breed, door mij persoonlijk versierd, die ik hem heb gegeven nadat ik hem mijn vitrine met armbanden zag bewonderen. Zijn overhemd is bij de kraag open, geen jasje of stropdas, en zijn dikke donkere haar is naar achteren gekamd. Het valt me nu pas op dat het licht krult. Hij ziet eruit om op te eten.

'Meisje met de mooie bruine ogen, het ziet er allemaal top uit. Bijna net zo fraai als jij.' Hij knipoog naar Cam, die kreunt en binnensmonds vloekt.

Ik stap naar Kyson toe en omhels hem stevig. Hij beantwoordt dat gebaar, maar laat me zo snel los dat ik vermoed dat Camden hem achter mijn rug venijnige blikken toewerpt.

'Ik meen het, Suda Kaye, en ik vind het een eer dat ik je kon helpen om je ideeën tot leven te brengen. Dit is heel bijzonder.' Hij geeft me een kneepje in mijn hand en steekt dan zijn hand uit om die van Camden te schudden.

Camden trekt een wenkbrauw op, maar schudt Kyson glimlachend en ferm de hand. ‘Je hebt puik werk geleverd, Kyson. En bedankt dat je zo goed op mijn meisje hebt gepast. Ik wil je in de komende weken graag spreken voor een paar bouwprojecten van mijn bedrijf.’

Kyson knippert een paar keer en trekt een verbaasd gezicht. ‘Meen je dat?’

‘Jazeker. Je bent grondig, je houdt je aan het budget en je steekt de handen uit de mouwen als er werk aan de winkel is.’ Camden werpt een blik op mij. ‘En je hebt een uitstekende smaak waar het vrouwen betreft, maar je weet ook wanneer je waardig je verlies moet nemen. Helaas kan ik over je broer niet hetzelfde zeggen.’

‘Die houdt zich tegenwoordig vooral bezig met de administratie. Hij is altijd al goed geweest met cijfertjes. Hem zie je niet meer terug op een bouwterrein, maar wel op kantoor, dus ik vrees dat je hem toch weer gaat tegenkomen als je werk voor ons hebt.’ Kyson haalt verontschuldigd zijn schouders op en strijkt met zijn hand over zijn nek. ‘Het spijt hem heel erg dat hij zo lullig deed, maar hij is ermee aan de slag gegaan en ik vermoed dat zulke uitbarstingen voortaan tot het verleden zullen behoren.’

Camden klopt hem op zijn schouder. ‘Ik vertrouw op jouw oordeel. Ik wil best met hem werken, mits hij uit de buurt van Suda Kaye blijft.’

Kyson grinnikt. ‘Dat kan worden geregeld.’

‘Goed zo.’ Camden geeft hem nog een klopje op zijn arm. ‘Haal maar iets te drinken voor jezelf. Ik zie dat de burgemeester is gearriveerd.’

Ik draai me om en zie mevrouw Browning staan, in het gezelschap van twee andere vrouwen. De ene, die een pak draagt, is vast haar assistente, en de andere is een lange tiener. Het jonge meisje is een en al been en draagt een korte broek van denim, een modieus wijd topje dat haar ene schouder vrijlaat en cowboylaarzen. Haar haar zit in een paardenstaart.

'O mijn god, mam, wat een coole winkel!' De slungelige tiener rent naar een leren tas die ik net gisteren van versieringen en veelkleurige franje heb voorzien. 'Deze moet ik hebben.' Ze pakt hem op en wikkelt het hengsel rond haar tengere lijf. 'Echt iets voor mij!' Ze draait zich om en laat hem aan haar moeder zien. 'Mag ik deze?'

De burgemeester grinnikt. 'Je budget is honderdvijftig dollar en die tas ziet eruit alsof hij minstens zo veel kost, of misschien nog wel meer. Denk er dus maar goed over na.'

Het meisje trekt een teleurgesteld gezicht, maar dan valt haar oog op een artikel aan de andere kant van de winkel en sprint ze die kant op.

De burgemeester loopt naar me toe. 'Dat,' zegt ze, wijzend naar de tiener, 'is Addison, mijn dochter van zestien.'

'Addy, mam!' roept ze van bij een kledingrek waar ze net een erg trendy jack met patchwork past en zichzelf in de spiegel bekijkt. Het staat haar geweldig.

'Pardon, Addy.' Burgemeester Browning rolt met haar blauwe ogen. 'Ze heeft echt een bijbaantje nodig. Ze heeft een hekel aan sport, dus na schooltijd heeft ze niks wat haar kan bezighouden. Ze haalt weliswaar voor alles tienen, maar mode is het enige wat haar interesseert. De winkel ziet er trouwens fantastisch uit,' zegt ze, met een blik om zich heen.

'Dank u, ik ben zelf ook erg blij met het resultaat. En weet u, ik kan wel wat hulp gebruiken. Voor een uur of vijftien tot twintig per week, en natuurlijk wel tegen het minimumloon.'

De burgemeester spert haar ogen open. 'En je zou mijn dochter willen inhuren? Echt waar?'

Ik knik lachend. 'Natuurlijk, waarom niet?'

Ze slaakt een zucht. 'Je wilt niet geloven hoe vaak ze al op een baantje heeft gesolliciteerd. Zodra ze ontdekken dat ze de dochter van de burgemeester is, kiezen ze voor een ander. Dat is erg ontmoedigend en vooral erg pijnlijk voor haar.'

'Nou, waarom stuurt u haar volgende week niet een keertje langs? Dan kan ik het met haar bespreken.'

'Wat moet er worden besproken?' Addy komt met het patchwork jack aan naar ons toe. De leren tas hangt over haar schouders en in haar handen heeft ze een stel armbanden. 'Mam, moet je deze eens zien! Zo cool. Die vinden mijn vriendinnen ook vast super.'

Ik sla mijn hand voor mijn mond om een lach te smoren. Wat een leuke meid, met haar stralende lach en bruisende uitstraling.

Er druppelen steeds meer klanten binnen. Ik zie dat Evie hen begroet en wijst naar de hapjes en andere dingen die ze beslist moeten bekijken.

Addy heeft geen aandacht meer voor ons, maar kijkt naar twee vrouwen van ergens in de twintig die het rek met handtassen bestuderen. Fronsend loopt ze naar hen toe. 'Nee, dames, niet die. Ik heb hier de perfecte tas voor u.' Addy sleept de vrouwen mee naar een volgend rek, waar een van hen meteen kijkt of de tas die Addy heeft aangewezen bij haar outfit past. En dat is het geval, zie ik onmiddellijk.

'Perfect,' luidt Addy's commentaar, 'maar weet u, het wordt nog mooier als u deze ketting erbij draagt.' Ze wijst naar een ander rek en de vrouwen lopen gehoorzaam achter de tiener aan.

'Nou, ze is aangenomen. Zulk enthousiasme valt niet te evenaren. Zodra ze alle artikelen kent, kleedt ze de halve stad aan.'

De burgemeester trekt me in haar armen voor een welgemeende omhelzing. 'Hier ben ik zo blij mee, en mijn dochter zal dat beslist ook zijn. Dank je, Suda Kaye. En ik laat je nu met rust, zodat ik zelf nog even wat kan uitzoeken voordat de pers arriveert.'

'Veel plezier. We zijn op maandag gesloten, maar u kunt tegen Addy zeggen dat ze dinsdag na school langs kan komen.'

'Dat zal ik doen. En nogmaals bedankt.'

Ik kijk in het rond. Er komen steeds meer mensen binnen die allemaal in het rond kijken, en opeens besef ik dat ik Camden nergens zie. Ten slotte tref ik hem bij de kassa aan, waar hij aankopen afrekent en met klanten staat te babbelen.

'Wauw, heb je jezelf nu al aan het werk gezet?'

Hij grinnikt. 'Ja, natuurlijk. Nooit met lege handen blijven staan.' Hij geeft een vrouw haar wisselgeld terug en ik loop naar Addy toe, die een paar oudere vrouwen een paar sjaals en opvallende pashmina's probeert aan te smeren.

'Hoi, Addy.'

Ze glimlacht naar de dames en draait zich naar me om, een en al grote blauwe ogen en een wipneus vol sproeten. 'Ik vind je winkel zo super. Dit is de beste zaak van heel Pueblo!'

'Nou, ik ben blij dat je er zo over denkt, want ik heb net tegen je moeder gezegd dat ik een baantje voor je heb. Twee tot drie uur per dag op doordeweekse dagen, en een hele dag in het weekend. Lijkt je dat iets?'

'Meen je dat?' Ze staat nog net niet te gillen en ik barst in lachen uit.

'Ja, dat meen ik. Maar als je die baan wilt, moet je mijn vriend gaan helpen, die trouwens in de winkel heeft geïnvesteerd. Hij staat daar, zie je hem?' Ik wijs naar de kassa, waar al een hele rij begint te ontstaan. 'Denk je dat dat lukt, zolang je moeder hier rondkijkt?'

'Zeker weten! En tussendoor kan ik klanten helpen met het uitzoeken van spulletjes en zo nog meer verkopen.'

'Dat lijkt me een prima plan. Ik weet dat we nog niks officieel hebben geregeld, maar wat dacht je ervan om die tas die je zo graag wilde hebben en die eigenlijk te duur voor je was als loon voor vandaag te beschouwen?'

'Holy shit, dat is SUPER!' Ze spert haar ogen open en springt op en neer. 'Ik mag bij Nomade werken. Wacht maar totdat mijn vriendinnen dat horen!'

'Vertel het alsjeblieft door, dat zijn weer nieuwe klanten.' Ik geef haar een knipoog. 'Ga maar aan de slag. Camden heeft zijn handen vol aan die rij.' Ik wijs nogmaals naar de kassa.

Zonder verder nog iets te zeggen draaft ze naar de kassa, waar ze meteen aan het werk gaat. Camden legt haar zo te zien uit hoe de computer en het pinapparaat werken.

Dolblij drentel ik door mijn winkel. Ik maak praatjes met de klanten, vraag waar ze vandaan komen en waarnaar ze op zoek zijn. Terwijl ik met een plaatselijke advocate die zich graag wat pittiger, maar toch zakelijk wil gaan kleden de voordelen van een leren broek bespreek, word ik op mijn schouder getikt.

Ik draai me om en sta oog in oog met de ongelooflijk knappe Milo Chavis. 'Pardon,' zeg ik tegen de vrouw, die knikt en verdergaat met een paar leren rokken met elkaar vergelijken.

'Milo.' Ik omhels hem stevig en laat zijn geur van leer en rook tot me doordringen. 'Wat fijn je weer te zien. En bedankt dat je komt kijken.'

Hij laat zijn hoofd zakken. 'Dit wil ik niet missen. En ik ben niet alleen.' Hij stapt opzij.

Ik neem aan dat ik nu kennis ga maken met de echtgenote over wie Evie me heeft verteld, maar tot mijn grote verbazing kijk ik recht in het gezicht van de man die me het allerdierbaarst is van iedereen. Mijn grootvader.

'Toko!' Mijn ogen springen vol tranen. Ik buig mijn hoofd en hij strijkt met zijn hand over mijn haar, om me vervolgens bij mijn nek te pakken en me tegen zijn grote, brede borstkas te drukken. Ik snik tegen zijn warme poncho en laat de tranen stromen. 'U bent er.' Ik wrijf glimlachend mijn gezicht tegen hem aan.

'Huutsuu, ik zou de opening van jouw winkel voor geen goud willen missen. Zelfs niet voor alle sterren aan de hemel.' Hij klopt me op mijn rug. 'Rustig maar. Dat een oude man zelden zijn huis verlaat, is nog geen reden om te huilen. Bewaar je tranen voor echt verdriet.'

Ik trek me grinnikend terug, zodat ik zijn prachtige gezicht kan zien. Dat is na al die jaren in de zon diep gebruind en rimpelig. Hij heeft zijn lange zwarte haar met een leren bandje samengebonden, maar het zijn die donkere ogen, die zo op die van mijn moeder lijken, die me de adem benemen. Ze fonkelen zo fel dat ze de concurrentie met de zon aan kunnen gaan. En in zijn blik zie ik alleen maar trots.

'Mijn vogeltje heeft eindelijk haar nest gevonden.' Hij legt zijn handen rond mijn wangen en glimlacht bijna onmerkbaar.

Dat is het moment waarop Camden naar ons toe komt. 'Meneer Tahsuda, wat een eer om u na al die jaren eindelijk te ontmoeten.' Camden steekt bij wijze van groet zijn hand uit.

Toko kijkt eerst naar mij en dan naar Camdens hand, maar ten slotte legt hij zijn rimpelige hand in die van Cam. 'En jij hebt je levensgezellin gevonden, zie ik.' Hij trekt schattend een perfect gevormde wenkbrauw op.

Ik begin zo breeduit te lachen en heftig te knikken dat ik er ongetwijfeld belachelijk uitzie.

Camden slaat zijn arm rond mijn schouders. 'Iedereen heeft het reuze naar hun zin en je hebt nu al een paar duizend dollar omgezet. Die jonge vrouw die je hebt ingehuurd...' Hij kijkt me zogenaamd streng aan omdat ik dat zonder overleg met hem heb gedaan. Strikt genomen kan ik dat soort besluiten op eigen houtje nemen, maar omdat zijn stichting me heeft geholpen is het wel zo netjes om zulke dingen te bespreken. 'Ze is een geboren verkoopster en ze weet zo te horen heel veel over mode. Ik heb haar net een sjaal van vijftig dollar zien verkopen, met het argument dat de outfit van de klant zonder niet compleet was.' Hij richt zich weer tot mijn grootvader. 'Meneer Tahsuda, ik ga binnenkort weer met mijn familie eten en zou het een eer vinden als u mijn gast wilt zijn.'

Toko kijkt zwijgend naar Camden en trekt zijn conclusies over onze relatie. 'Heb je soms een adreswijziging voor me, huutsuu?'

Verdorie, helemaal vergeten. 'Eh, ja, dat moet ik nog vertellen... Ik ben zeg maar bij Camden ingetrokken.' Ik wijs met mijn duim naar mijn vriend.

'Op die manier.' Toko laat vol ongenoegen zijn kin zakken en perst zijn lippen op elkaar. En dan zegt hij iets tegen Camden wat ik beslist niet had verwacht. 'En jij vindt het acceptabel om met mijn kleindochter samen te gaan wonen? Terwijl jullie nog niet getrouwd zijn of jullie je verbintenis op een andere manier officieel hebben gemaakt?'

'Toko...' begin ik, maar Cam steekt zijn hand op om aan te geven dat ik me er niet in moet mengen. 'Suda Kaye, laat mij maar.' Hij richt zijn aandacht weer op mijn grootvader. 'Nee, meneer, dat vind ik helemaal niet. Ze verdient veel en veel meer, maar ik wilde dat ze niet langer in dat krappe appartementje boven de winkel bleef wonen. Helaas is uw kleindochter erg eigenzinnig en kostte het me de grootste moeite om haar bij me te laten intrekken. Het is wel mijn bedoeling om zo snel mogelijk met haar te trouwen, meneer.'

Ik steek mijn hand met de belofterring op. 'Deze ring heeft hij me tien jaar geleden al eens gegeven, en onlangs opnieuw. Hij staat voor zijn belofte om voor altijd van me te houden.'

'Voor altijd.' Toko knijpt zijn koolzwarte ogen tot spleetjes en kijkt Camden zeker een minuut lang aandachtig aan. Dan richt hij zijn blik op mij. 'Ja, dat zie ik voor jullie toekomst. Ik zal samen met de oudsten bidden voor jullie verbintenis.'

Mijn mond valt even open, maar dan slaak ik een gilletje en doe een vreugdedansje. 'Yes!'

Camden fronst en buigt zich naar me toe. 'Is dat goed nieuws?' fluistert hij.

'O ja, zeker weten. Als hij de oudsten erover inlicht, betekent dat dat hij een toekomst voor ons samen ziet. Anders verspilt hij geen tijd aan samen met hen bidden. Dit betekent heel veel,' fluister ik terug. 'Toko, waarom gaan u en Milo niet even een hapje eten? Volgens mij staat Evie bij het eten en drinken.'

'Evie?' Milo, die al die tijd keurig uit respect achter Tahsuda, een oudste, is blijven staan, stapt naar voren.

'Hé, hoe is het met jou?' Cam steekt zijn hand uit en schudt die van Milo. 'Is je vrouw hier ook? Ik wil graag eens kennis met haar maken.'

Ik frons, maar probeer niets te laten merken nu het over Milo's vrouw gaat.

Milo trekt eerst een verbaasd en dan een streng gezicht. 'Mijn ex bedoel je? Waarom zou ik haar meebrengen?'

'Wacht even, zei je nu ex?' vraag ik. 'Als in: vrouw met wie je ooit getrouwd was, maar nu niet meer?'

Milo ademt in en trekt de manchetten van zijn onberispelijke pak recht. 'Ik heb het liever niet over die periode in mijn leven, maar het klopt dat Kimberly en ik niet langer getrouwd zijn.'

Toko slaat met een minachtend geluidje zijn armen over elkaar, alsof hij niet blij is met deze bekentenis. Het is vrij algemeen bekend dat onze cultuur graag ziet dat echtparen voor altijd bij elkaar blijven, hoewel dat in de hedendaagse samenleving een niet bepaald realistische verwachting is.

'Maar... Evie zei dat ze je een paar weken geleden nog had gezien, samen met een vrouw die zich aan haar voorstelde als Kimberly, je echtgenote.'

Milo slaakt een zucht. 'Dat was een onfortuinlijke situatie waarop ik momenteel liever niet inga.' Hij kijkt om zich heen naar de drukte in de winkel.

'O. Oké, ook goed. Nou, als je Evie wilt spreken, ze staat daar. Als ik jou was, zou ik het gesprek openen met de mededeling dat je niet langer getrouwd bent.'

Hij fronst. 'Waarom zou ik dat doen?'

Ik haal mijn schouders op. 'Noem het vrouwelijke intuïtie.'

Camden geeft me een duwtje tegen mijn schouder. 'Niet mee bemoeien, snoepje. Dit zijn jouw zaken niet.'

'Het gaat om het liefdesleven van mijn zus, dus ja, juist wel. En bovendien...'

'Liefdesleven?' valt Milo me in de rede.

'Mijn hemel, je kunt je ook nooit inhouden, hè?' Camden slaat hoofdschuddend zijn armen over elkaar.

'Wil je daarmee zeggen dat Evie romantische belangstelling voor me heeft?' vraagt Milo onomwonden.

Toko slaakt een vermoeide zucht. 'Een voorbestemde verbintenis. Ook die zal ik met de oudsten bespreken.'

Ik kijk Toko lachend aan en knik woest naar Milo. 'Misschien moet je het haar zelf vragen?'

'Ze heeft me nooit enige aanleiding gegeven om...' Hij fronst.

'Pfffff!' onderbreek ik hem. Ik pers alle lucht in een keer uit mijn longen.

'Hoor eens, het spijt me. En ik bied ook mijn excuses aan voor de flapuit die mijn vriendin nu eenmaal is. Evie staat daar. Misschien kun je dit gesprek met haar voortzetten?' oppert Camden.

Milo trekt zijn jasje recht en knikt kortaf. 'Doe ik.' Hij verlaat ons groepje en loopt zelfverzekerd naar Evie toe.

'Ik vraag me af hoe dat zal aflopen.' Ik druk glimlachend mijn handen tegen elkaar voor een schietgebedje naar de grote man daarboven, ten behoeve van Evie.

'Je moet je niet met de romantische verwikkelingen van je zuster bemoeien. Daar kan niets goeds uit voortkomen,' raadt Toko me heel verstandig aan.

Ik frons en knik. 'Goed. O, ik weet het al! We moeten drank hebben. Toko?'

'Heb je soms...'

'Die Native American-wijn waarop u zo dol bent? Ja, toen Evie zei dat u misschien zou komen, heb ik speciaal voor u een fles gekocht en die achterin verstopt.' Ik haak stralend mijn arm door die van mijn grootvader.

Hij klopt me teder op mijn hand. 'Dank je, mijn huutsuu.'

'Ik vind het zo fijn dat u er bent, Toko. Daardoor is het ook net alsof mama erbij is.' Zo voel ik het ook, maar tegelijkertijd is het hartverscheurend om te moeten beseffen dat we al deze belangrijke momenten zonder haar beleven.

Toko blijft staan, legt zijn hand op die van mij en wacht totdat ik hem recht in zijn donkere ogen kijk. 'Mijn Catori, jouw moeder, zou zo trots zijn op wat je allemaal hebt bereikt. Haar enige wens was dat jullie gelukkig zouden worden. Dat jullie net zo'n mooi leven zouden hebben als zij en net zo veel zouden houden van alles en iedereen in dat leven.'

Ik glimlach. 'Ik hou heel erg van mijn leven. En van alles en iedereen in mijn leven.'

Hij laat zijn hoofd zakken en geeft me een zoen op mijn slaap. 'Je bent de dochter van je moeder.'

'Ja, dat ben ik.'

21

'Waarom heb je me niet gewaarschuwd dat Milo er is?' hoor ik Evie achter me ontstemd mompelen. Ze legt haar hoofd op mijn schouder.

Ik lach en kijk naar mijn feestje, dat in volle gang is, om te voorkomen dat ik haar moet aankijken. 'Camden zei dat ik me niet met jouw liefdesleven mag bemoeien.'

'Sorry hoor, maar wie ben jij en waar is mijn dominante, nieuwsgierige zus die nooit iets met rust kan laten als ik haar nodig heb? Heb je me wel gehoord? Milo is hier!'

Ik grinnik en zie dat de deur openzwaait en de rest van de familie Bryant binnenkomt. 'Ah, daar hebben we Porter.'

'Porter? Wat heeft hij ermee te maken?' Evie pakt me bij mijn bovenarm en draait me om. Haar lippen zijn getuit en haar blik is bezorgd.

Ik kan een zucht niet inhouden. 'Zus, hoe kun je nou niet doorhebben dat allebei die mannen je zien zitten?'

Ze rolt met haar ogen. 'Doe normaal. Porter is gewoon een vriend van de familie. Meer niet. Bijna ook echte familie, via jou. En Milo...'

Ik buig me naar haar toe. 'Milo is wat? Knap. Gespierd. Kan iedere man hier aan, afgezien misschien van Preston. O, zei ik al dat hij heel erg knap is?'

Evie klemt grommend haar kaken op elkaar. ‘Hij heeft me net gevraagd of ik met hem uit eten wil. Hij wil iets met me bespreken.’

Ik tik met mijn vingertoppen tegen elkaar. ‘Wat goed! Wanneer gaan jullie?’

Ze schudt haar hoofd. ‘Ik heb gezegd dat ik het heel erg druk heb en niet geïnteresseerd ben.’

‘Wát?’ Dat zeg ik zo luid dat een paar mensen die vlak bij ons staan naar ons omkijken. Ik glimlach vriendelijk, pak Evie vast en duw haar verder de hoek in. ‘Zei je nou net dat je niet met hem uit eten gaat? Waarom niet? Je bent al een eeuwigheid gek op hem. Dit is je kans!’

Evie tilt haar haar uit haar nek en schudt het naar achteren. ‘Heb je soms niet opgelet? Ik kan niks beginnen met een man die getrouwd is.’

‘Dan heb jij zeker niet met hem gepraat, want ik heb een half uur geleden ontdekt dat die vrouw zijn ex-vrouw is. Met de nadruk op ex. Dus geen Kimberly. Dus wel Evie.’

Evie fronst en trekt heel schattig haar neus op. ‘Waarom zei ze dan dat ze zijn vrouw was?’

Ik steek met een overdreven gebaar mijn handen omhoog en laat ze weer zakken. ‘Hoe moet ik dat nou weten? Misschien moet je dat aan Milo vragen?’

Evie perst haar lippen opeen en klemt weer haar kaken op elkaar. ‘Nee, niks ervan. Einde discussie. Het kan me niet schelen wat hij met me wil bespreken. Ik moet uit zijn buurt blijven en geen aandacht meer schenken aan die crush die ik... God, die heeft inderdaad eeuwen geduurd. Daar ben ik nu wel klaar mee.’

Ik kreun hardop. ‘Dit slaat nergens op. Je hebt misschien het geluk voor het grijpen!’

‘Of juist verdriet. Ik heb geen tijd voor een gebroken hart, en bij die man staat gebroken hart op zijn stoere en gespierde lijf geschreven.’

'Laat ook maar.' Weer steek ik mijn handen op. 'Zullen we de Bryants gaan begroeten? Porter ziet er vanavond erg appetijtelijk uit.' Ik wijs naar de man in kwestie, die bij Camden en de rest van zijn broers staat. Hij draagt een poloshirt van Bryant Brews en een zwarte broek. Zoals hij daar staat, met zijn handen in zijn zakken, is hij het toonbeeld van een man die volledig op zijn gemak is. En een erg knappe man, mag ik wel zeggen. De donkere tegenhanger van mijn fraaie blonde vent. Ik laat mijn blik over CJ, Preston, Camden en Porter gaan. 'Lieve hemel, de genen in die familie zijn echt uitstekend.'

Evie moet eindelijk lachen en haakt haar arm door de mijne. 'Daar heb je gelijk in, zusje.'

We lopen naar het groepje toe en Patty sluit ons allebei in een moederlijke omhelzing. 'Meisjes van me, het ziet er allemaal schitterend uit. Kaye, liefje, jij kunt echt toveren. Overal waar ik kijk zie ik wel iets nieuws en interessants. Wat prachtig.' Ze maakt zich van me los en pakt allebei mijn handen vast. 'Ik ben zo trots op je, lieverd. En als Catori dit had kunnen zien, zou ze door het dolle heen zijn geweest.'

Ik geef haar een klopje op haar hand. 'Dank je, Patty. Het betekent heel veel voor me dat jullie zijn gekomen.'

'Nou, ik sta te popelen om te gaan shoppen, maar eerst een glaasje bubbels, denk ik. Coltrane?'

Hij komt naar me toe en zoent me op mijn kruin. 'Goed gedaan, mijn beste meid. Ik ga iets te drinken halen voor mijn Patty. Wil je ook een glaasje?'

'Ja, graag. Voor mij ook champagne.'

'Evie?' vraagt Coltrane.

'O, dat haal ik wel voor haar, pa,' komt Porter tussenbeide. Hij omhelst me snel. 'Wat een ongelooflijke winkel, Suda Kaye. Evie, ga je mee een drankje halen?'

Ik geef haar een duwtje tegen haar schouder en zij kijkt me boos aan, maar ze draait zich wel om en glimlacht naar Porter. 'Ja, leuk.'

Ze lopen alle vier naar de tafel met drank en hapjes, en voordat ik weer iets kan zeggen knijpt Preston me bijna fijn.

'Even rustig, jongen,' merkt Camden op. 'Mag mijn vriendin nog ademhalen?'

'Ik ben zo trots op je, zusje! Dit is echt goeie shit!' Hij wiegt me heen en weer en ik barst in lachen uit, totdat hij me weer loslaat.

CJ wijst naar een foto aan de muur, van een vrouw die achter doorzichtige gordijnen op een balkon staat. Je ziet vooral haar silhouet, maar haar huid is deels zichtbaar door de dunne stof. Het is vooral een prachtig, verleidelijk beeld van een vrouw die naar de horizon kijkt.

'Die moet ik hebben. Hoeveel?' vraagt CJ.

'Voor jou... niets,' zeg ik, op hetzelfde moment dat Camden 'Duizend dollar' zegt.

'Akkoord. Aan wie mag ik betalen?' zegt CJ zonder zijn blik van de foto los te maken.

'Hé, de fotografe heeft zelf een prijs van vijfhonderd opgegeven. Je rekent veel te veel, Cam.'

Camden grinnikt. 'Schat, jij bent veel te goedkoop. Dat is een prachtig kunstwerk.'

'En uniek? Als: er is maar één afdruk in het oorspronkelijke formaat?' wil CJ weten, die nog steeds naar de foto kijkt.

'Ja, dat geldt voor alle kunst hier. En de fotografe komt hier uit Pueblo. Ze heeft zelf model gestaan voor die foto.'

'Echt waar?' Zijn stem is vervuld van ontzag. Daardoor vraag ik me af wat hem zo boeit, de vrouw of de foto. Misschien een beetje van allebei.

Ik haal mijn schouders op. 'Ik vroeg me ook al af hoe ze het had gedaan. Iets met de zelfontspanner instellen, poseren, en hup, kunst?'

'Dat is geniaal. Ik wil deze meteen meenemen...'

Camden legt zijn hand op CJ's schouder. 'Even dimmen, broer. Zullen we eerst even de feestelijke opening doen voordat jij van alles gaat opeisen?'

CJ knippert een paar keer, alsof hij uit een verdoving opschrikt. 'Wauw, sorry, Cam, Suda Kaye. Ik was gewoon...'

'Meegesleept door haar schoonheid? Wacht maar totdat je de foto ziet die ik in het magazijn heb liggen, als vervanging voor deze. Daar staat haar gezicht op.'

'Die wil ik zien, meteen,' zegt hij bloedserieus.

Cam knijpt hem nogmaals in zijn schouder. 'Rustig aan, jongen, die foto's lopen niet weg. Haal een drankje, reken die foto af. En niet afdingen, hè? Duizend dollar, duidelijk?'

CJ laat lacht zijn spierwitte tanden bloot in die stralende lach die zo kenmerkend is voor de Bryants. Zodra ik dat zie, ontspan ik een beetje. 'Is er bourbon?'

Camden tuit zijn lippen en knijpt zijn ogen tot spleetjes. 'Je moet het doen met wat er is, en er is geen bourbon. Dit is geen kroeg, dit is een feestje voor mijn meisje.' Hij duwt zijn broer naar de tafel met drankjes.

'Dat was raar.' Ik kijk weer naar het kunstwerk van Jasmine Quinn, de fotografe met wie ik onlangs bevriend ben geraakt. Ze is inderdaad oogverblindend en verstaat haar vak uitstekend.

'Er is wel meer raar aan mijn broers.'

'Had ik je al verteld dat Jazz me heeft gevraagd of ze mij naakt mag fotograferen? Voor een nieuwe expositie waar ze mee bezig is?'

Zijn wenkbrauwen schieten omhoog naar zijn haargrens. Hij schraapt zijn keel. 'En, eh... wat heb je tegen haar gezegd?' Zijn stem klinkt beheerst, maar ik weet dat hij dolgraag als een echte alfaman of holenmens wil antwoorden.

Ik sla mijn armen rond zijn nek en wrijf met mijn neus over de huid onder zijn kaak. Met mijn lichaam tegen het zijne gedrukt vraag ik: 'Wat denk je dat ik heb gezegd?'

'Doen we meteen?' Hij grinnikt, maar laat zijn hand over mijn rug naar beneden gaan en knijpt nadrukkelijk in mijn bil.

'Nou, eigenlijk zei ik dat ik het eerst met mijn vriend wil bespreken.'

Hij laat een glimlach zien die ik nooit meer zal vergeten. Stralend van trots en humor. 'Uitstekend. In dat geval: nee. Ik wil graag de enige zijn die jouw... schatten ziet.'

Ik leg lachend mijn hoofd in mijn nek. 'Dat dacht ik al.'

Net als ik een zoen van hem wil stelen, hoor ik een ongewoon gespetter tegen de grote etalageruit.

Camden en ik draaien ons allebei om en lopen naar de deur. Nog voordat ik die kan opentrekken, worden de deur en de etalageruit door een aantal projectielen getroffen. Geel vocht en wit struif glijden langs het schone glas naar beneden.

'Wat is dit nu weer?'

Weer raakt er iets het raam. Camden aarzelt geen moment en rent naar buiten, op de voet gevolgd door Preston, CJ en Porter.

Ik steek waarschuwend mijn hand op. 'Blijf binnen, allemaal. Evie, wil jij de politie bellen?'

Milo, die naast Toko staat, duwt me zonder een woord te zeggen opzij en draaft naar buiten.

'Verdorie!' Ik hol achter hem aan. Buiten zie ik dat Preston een man met donker haar bij zijn kraag en jeans vasthoudt en hem tegen de gevel van de winkel aan de overkant duwt.

'Hoe durf je eieren te gooien naar de winkel van mijn zus? Ben je gestoord of zo? Geef hier. Geef dat ei hier!' Hij steekt zijn hand uit naar Camden, die hem zonder aarzelen een ei aangeeft.

Ik kijk om me heen en zie een witte pick-up staan, zo te zien van een hoveniersbedrijf, met in de laadbak tientallen eieren.

‘Als je toch zo dol op eieren bent, heb ik er nog een paar voor je.’ Preston drukt het ei kapot tegen de borst van de man. ‘En, is dat lekker?’ bijt hij hem toe. Het eigeel loopt tussen zijn vingers door als hij het ei uitwrijft.

‘Rot op! Zij verdient nog veel erger!’ De man, die ik nog nooit eerder heb gezien, begint wild om zich heen te schoppen. Volgens mij raakt hij een paar keer Prestons schenen, maar Preston laat hem niet los.

‘Nee, jij mag oprotten! Suda Kaye probeert hier iets voor zichzelf op te bouwen en een mooie zaak neer te zetten, en dan doe jij dit?’

‘Ze heeft mijn leven verknald!’ brult de man.

Preston steekt zijn hand uit voor nog een ei, maar in plaats van hem dat te geven duwt Camden zijn broer opzij. Preston laat de man los, die meteen snakkend naar adem naar voren buigt. Camden gunt hem echter geen respijt, maar grijpt hem vast en duwt hem weer tegen de muur. Met zijn veel grotere lijf houdt hij de ander op zijn plaats.

‘Vertel op, nu,’ zegt hij met opeengeklemde kaken, ‘waarom bekogel je de winkel van mijn vriendin met eieren?’

‘Jouw vriendin? Ha, jij durft. Een paar weken geleden was je nog samen met mijn vriendin!’ brult hij. Het speeksel druipt van zijn lippen en over zijn kin.

Camden deinst terug. ‘Is dat het? Dat rotwijf van een Brittney? Die liegende geldwolf die me dronken heeft gevoerd, met me naar bed is geweest en daarna deed alsof ze zwanger was van mijn kind? Dat is jouw vriendin?’

‘Ze heeft me verlaten en dat is de schuld van jouw wijf!’ De man laat zijn hoofd op zijn borst vallen. ‘Brittney is weg. Ze is ervandoor gegaan met een of andere oude vent die ze op de countryclub van haar ouders heeft leren kennen.’

Aha, nu snap ik het. Dit is Alejandro, de minnaar over wie Brittney het had.

'En daarom gooi jij hier een ruit in, kalk je er allerlei lelijks op en bekogel je haar winkel tijdens de feestelijke opening met eieren? Wat denk je daar in godsnaam mee te bereiken?' Camden laat de man los en stapt naar achteren. Verderop in de straat zijn sirenes te horen.

'Ik hield van haar. Ik wilde samen met haar iets opbouwen, haar alles geven wat haar hartje begeerde. Ik wilde zelfs haar geheime minnaar zijn, als ik maar bij haar kon zijn. Zo'n mooie, perfecte vrouw als zij, met zo'n afkomst, die ziet een man als ik normaal gesproken niet eens staan. Ik ben vanuit Mexico hiernaartoe gekomen, staatsburger geworden, en ik heb mijn eigen bedrijf gestart. Dat gaat goed, maar ik kan nooit de bedragen verdienen waaraan zij gewend is. Maar ik weet diep in mijn hart dat we van elkaar hielden. Ik weet dat zij van mij hield.' Hij steekt zijn kin naar voren en klemt zijn kaken op elkaar met een stoere vastberadenheid die me verbaast.

Ik dacht dat ik de beste kant van Camden Bryant al had gezien, maar het kan nog beter. Hij legt zijn hand op de schouders van de ander en brengt zijn hoofd dichter naar hem toe. 'Misschien hield je van haar, misschien hield zij van jou, maar liefde is niet altijd genoeg. Ze hield vooral heel veel van geld, man, dat deed ze al toen ze haar eerste stapjes zette. Met zo iemand wil je je leven niet delen.'

De blik van Alejandro verandert van verdrietig in ijzig kil. 'Jij kent haar niet zoals ik.'

'Dat klopt, maar kijk eens wat er allemaal is gebeurd. Ik kan Suda Kaye vast wel overhalen om geen aangifte te doen, maar je gaat wel een nieuwe ruit betalen, en als blijkt dat je vanavond nog meer schade hebt aangericht, mag je daar ook voor opdraaien.'

Op dat moment komen er twee agenten bij ons staan. 'Wij nemen het over. Ook als ze geen aangifte doet, is er nog altijd sprake van verstoring van de openbare orde en vandalisme. Misschien denkt de eigenaar van het pand er heel anders over. U gaat met ons mee.'

Terwijl Alejandro naar een politieauto wordt geleid, slaat Camden een arm om me heen en trekt me tegen zich aan.

'Hé, Alejandro!' roep ik hem na. Hij kijkt naar me om. 'Hoe ben je aan het nummer van mijn zus gekomen?'

Hij laat zijn schouders zakken en kijkt naar zijn met struif besmeurde gympen. 'Haar zakelijke mobiele nummer staat online.'

Verdorie, dat moet ze dus meteen veranderen.

'Kom mee, schat,' zegt Cam. 'We gaan terug naar het feest. Iedereen wil vast horen wat er allemaal is gebeurd.'

'Ja, en nu weet ik in elk geval dat het niet Brittney was en dat Alejandro er gloeiend bij is. Ik wil geen aangifte doen en ik ga de eigenaar van het pand vragen om geen stappen te ondernemen. Die vent is vooral erg zielig, hij heeft de vrouw verloren van wie hij hield. Hoe vreselijk ze ook tegen ons heeft gedaan, hij hield van haar en dat moet toch iets betekenen.'

Hij wrijft troostend over mijn arm. 'Dat zeker, snoepje. Liefde is alles, als je van de juiste persoon houdt.'

'Bedankt, jongens,' zeg ik met een blik op CJ, Porter, Preston en Milo.

'Je had me hem een klap moeten laten geven,' mompelt Preston ontstemd. Hij schopt tegen een steentje.

'Kom mee naar binnen, ik geef een rondje.' Ik moet lachen om mijn eigen flauwe grap.

Terug bij de winkel blijken Evie, Addy en Patty al bezig met het schoonmaken van de ruit. Mijn zus geeft een fles ruitenreiniger aan Addy en vraagt aan mij: 'Gaat het, zusje?'

Ik knik. 'Ja, het was alleen maar een zielige kerel met een gebroken hart.'

Evie grinnikt. 'Dacht ik al. Een gebroken hart maakt kwetsbaar.'

'Waarom zeg je dat?' vraagt Milo, die een paar stappen achter ons staat.

Evie spert haar ogen open en likt haar lippen. 'Eh, zomaar. Goed, terug naar het feest! De burgemeester zei net dat de pers onderweg is, dus ze wil dadelijk het lint doorknippen.'

'Het lint doorknippen?' Ik slaak een vreugdekreetje. 'Leuk!'

Camden trekt me lachend in zijn armen voordat we naar binnen lopen. 'Je laat je door niks uit het veld slaan, hè?'

Ik haal glimlachend mijn schouders op. 'Waarom zou ik? Toen ik nog klein was, heb ik bij het zien van een ster een wens gedaan en die is uitgekomen. Ik heb tien jaar lang de wereld rondgereisd en alles gezien wat ik graag wilde zien. En toen ik weer terugkwam, ben ik een fantastische winkel begonnen en heb dat allemaal gedeeld met de mensen die me het dierbaarst zijn. Mijn zus is gezond en gelukkig, ik zie haar elke dag, en de enige man van wie ik ooit heb gehouden, heeft het me vergeven dat ik hem in de steek heb gelaten en wil binnenkort met me trouwen. Daardoor kan ik wel zeggen dat ik de hoofdprijs in de loterij der dromen heb gewonnen!'

Camden legt zijn handen rond mijn wangen en kijkt met die heldere ogen van hem, die mengeling van al die tinten groen, recht in mijn bruine. 'Nou, ik heb ook een wens gedaan. Elke dag, tien jaar lang, zoals mijn grote liefde me heeft geleerd toen we nog tieners waren. En nu ben jij eindelijk terug in mijn armen en wil je de rest van je leven met mij doorbrengen... dus mijn wens is ook uitgekomen.'

Ik haal mijn vingers door zijn goudblonde, golvende haar en voel mijn hart opzwellen van emotie. 'Camden.' Ik kijk in de ogen van de man op wie ik zo gek ben en knap bijna uit elkaar van liefde. 'Hoe luidde jouw wens?'

'Suda Kaye, mijn snoepje, ik wenste dat je thuis zou komen, terug naar mij.'

Epiloog

Een half jaar later

'Wat? Huh? Wat gebeurt er?' Ik voel dat mijn zus me wakker schudt uit een diepe, diepe slaap.

'Stil, anders maak je iedereen wakker. Kom mee.' Het is donker in de kamer met de twee bedden die Evie en ik in huize Bryant met elkaar delen, maar dankzij het nachtlampje op de overloop kan ik haar omtrek onderscheiden.

Ik kreun. 'Evie, ik ga morgen trouwen en dan wil ik er een beetje fris uitzien. Dat lukt niet als ik te weinig slaap krijg.'

Ze pakt mijn hand vast en trekt er net zo lang aan totdat ik de dekens van me af gooi en uit bed stap. Ik draag alleen een kort broekje met het woord BRUID in gouden krulletters op mijn billen en een bijpassend wit hemdje.

Evie heeft me de kamerjas aan, ook met BRUID erop, die ze samen met mijn outfit heeft gekocht. Zelf draagt ze een pyjama met BRUIDSMEISJE en bijpassende kamerjas, maar haar setje is veel beschaafder.

Ik steek mijn handen in de mouwen en knoop de ceintuur vast. Daarna strijk ik mijn slordige haar uit mijn gezicht. 'Gaat het?'

'Ja, ja, ik heb alleen... We moeten even iets doen.' Ze zet mijn glitterslippers met BRUID erop voor me op de vloer en ik schuif mijn voeten erin.

Ze pakt mijn hand vast, slaat de deken die op mijn voeteneinde ligt rond haar schouders en pakt een fles champagne en twee glazen die ze eerder op de ladekast moet hebben gezet. 'Kom maar mee, ik leg het daar wel uit.'

Omdat ik altijd te porren ben voor een avontuur stel ik geen vragen. Met mijn hand stevig rond de hare loop ik blindelings achter haar aan. Als mijn zus me vraagt om mee te gaan, dan doe ik dat. Overal naartoe.

We lopen stilletjes op onze tenen de trap af. Daarna sluipen we door de woonkamer naar de schuifpui, en vanaf daar het trapje af naar de wei, waar al honderd witte stoelen en een prachtige luifel versierd met zonnebloemen en madeliefjes staan. Er is een dansvloer neergelegd voor de schuur die me zo dierbaar is, en met die schuur op de achtergrond zal ik mijn eerste dans met mijn echtgenoot dansen, als man en vrouw. De broers hebben overal lichtsnoeren opgehangen en dat zorgt voor zo'n sfeertje van een vrolijke dansavond.

Ik kan niet wachten totdat de namiddag, wanneer ik eindelijk het jawoord ga geven aan de man van mijn dromen.

Evie neemt me mee naar de schuur. We lopen over de houten dansvloer de grote, donkere schuur met zijn hooizolder in. Ondanks het donker kan ik alles goed zien, want de deur staat helemaal open en het licht van de maan schijnt naar binnen.

'Hier, pak er eentje aan, ik kan ze niet allebei vasthouden.' Ze geeft me een van de champagneglazen aan en wijst dan naar de ladder die naar de hooizolder leidt. Dezelfde zolder waar Cam me heeft ontmaagd. Ik kan me niet herinneren of ik haar ooit heb verteld dat het daar is gebeurd, maar het is wel grappig dat ik in de nacht voor mijn bruiloft dezelfde ladder op klim naar de plek waar ik Camden ooit mijn hart en lichaam heb geschonken.

Eenmaal boven spreidt ze de deken uit op de houten vloer. Ze trekt haar sandalen uit en gaat vlak voor het open raam zitten, met haar benen over de rand van het kozijn, alsof ze wil baden in de maneschijn. Haar haar glanst als een gouden stralenkrans. Ze klopt op de plek naast haar. 'Kom eens bij me zitten, zusje.'

Ik schop mijn slippers uit, kruip naar haar toe en ga in dezelfde houding zitten, met mijn benen naar buiten en het kozijn onder mijn knieholten. Ik laat mijn benen bungelen in het briesje en sla mijn kamerjas open, zodat het maanlicht mijn huid kan kussen.

Evie ontkurkt de champagne en schenkt eerst mijn en dan haar glas vol.

'Goed, nu we hier zitten mag je me vertellen wat dit allemaal te betekenen heeft.' Ik barst van nieuwsgierigheid. Evie doet nooit overhaaste, gekke dingen.

Ze likt haar lippen en knikt. 'Nou, dit klinkt vast heel erg raar, zeker omdat ik het zeg, maar... mama is in een droom aan me verschenen...'

Ik hap naar adem. 'Wat?'

'Ja, ik weet het, het klinkt krankzinnig, maar echt, ze is naar me toe gekomen. Het was... Ik voelde haar, ik hoorde haar. En jij en ik zaten naast elkaar, precies zoals we nu zitten.' Ze tikt op de vloer tussen ons in. 'Mama zat tussen ons in. We hadden alle drie een glas champagne in ons hand. Ze sloeg haar arm om ons heen en gaf ons allebei een kus op onze slaap.'

'Wat zei ze?' Het voelt alsof mijn hart wordt samengeknepen, zo emotioneel word ik hiervan. Op dit moment verlang ik meer dan ooit naar mijn moeder.

Er drupt een traan over Evies wang en haar lippen trillen. 'Ze zei: "Kijk naar de sterren, lieverds. Daar ben ik, voor altijd, en ik zal jullie altijd zien en altijd van jullie houden."'

Ik schuif dichter naar mijn zus toe en vul die open ruimte tussen ons. Een golf van pure liefde omringt me als een warme mantel, en daardoor krijg ik kriebels in mijn buik en begint mijn hart te bonzen en tintelt mijn huid. Ik doe mijn ogen dicht en sla mijn vrije arm om Evies schouder. Ze doet hetzelfde bij mij, met haar arm om mijn middel.

'Voel je dat?' fluister ik.

Ze knippert. Over allebei haar wangen rolt een traan naar beneden.

'Mama is hier.' Ik kijk glimlachend op naar de maan en de sterren, genietend van dit moment.

En dan, terwijl ik mijn zus vasthoud en zij mij, weet ik zeker dat ik de stem van mijn moeder hoor, als een fluistering die door het briesje wordt meegevoerd.

Mijn enige wens was dat mijn meisjes gelukkig zouden worden.

Wensen komen uit.

Blijf wensen, lieverds.

En dan is het verdwenen.

Evie heft haar glas naar de weidse hemel. 'We missen je.'

'We houden van je.' Ik hef ook mijn glas.

'Dank je wel hiervoor.' Evie draait haar hoofd om en kijkt me aan. 'Dank je wel dat je me Suda Kaye hebt gegeven.'

Ik laat de tranen onbelemmerd over mijn wangen stromen. Ik kijk in de prachtige blauwe ogen van mijn zus en bedank mijn moeder ook hardop. 'Dank je wel dat je me mijn Evie hebt gegeven. De beste grote zus die een meisje zich kan wensen.'

We giechelen allebei en nemen een slok van onze champagne.

'Evie?'

Evie houdt haar hoofd schuin en schopt met haar benen tegen de wand van de schuur. Ze kijkt eerst naar mij en dan weer naar de hemel.

'Ik denk dat ik zonder jouw hulp nooit zo ver had kunnen komen,' zeg ik. 'Je hebt voor me gezorgd toen mama er niet meer was.

Je vroeg regelmatig of alles goed ging toen ik op reis was, je zocht me op wanneer je de kans kreeg. Je haalde me naar huis, je hielp me met de winkel. Je liet me inzien dat ik hier alles heb wat ik wil, wat ik nodig heb. Je hebt altijd in me geloofd... en... en ik...'

Evie legt haar hand op die van mij en knijpt erin. 'En dat blijf ik altijd doen. Ik weet dat het eng is om je aan één man te binden, maar Cam houdt meer van je dan van wie dan ook. Als je zou zeggen dat je de maan wilt hebben, dan bedenkt hij een manier om die met een lasso uit de hemel te halen en die aan je te geven.'

Ik grinnik en knik instemmend.

'Probeer morgen van elk moment te genieten, en van jullie leven samen. Hij zal je nooit tegenhouden, hij zal je laten vliegen wanneer je daar behoefte aan hebt. De kans is groot dat hij de vlucht voor je boekt. Camden is de man die bij je zal zijn als je op avontuur wilt gaan. Je bent niet langer alleen. Dat was altijd mijn grootste wens voor jou, omdat ik dat zelf niet voor je kon doen.'

Ik houd haar hand vast. 'Zo iemand gun ik jou ook, weet je dat?'

Ze glimlacht bescheiden en een tikje droevig. 'Ik weet niet of de perfecte man er voor mij wel in zit, maar ik zal mijn ogen openhouden.' Ze duwt met haar schouder tegen die van mij.

Nu ik voorgoed thuis ben, ga ik mijn zus helpen bij haar zoektocht naar haar geluk.

Evie houdt haar glas omhoog en tikt ermee tegen het mijne. 'Op een prachtig leven met de man van je dromen.'

'Daar drink ik op.' Ik drink mijn glas in een teug leeg.

Ze grinnikt, doet hetzelfde en schenkt ons dan weer bij.

We zitten nog een uur lang te giechelen en geheimen met elkaar te delen, net zoals we altijd deden toen we nog jonge meisjes waren. Ik weet nu al dat dit voor altijd een van mijn dierbaarste herinneringen aan mijn zus zal zijn.

Een klop op de deur maakt me aan het schrikken. Ik sta net mijn eigen spiegelbeeld van top tot teen te bekijken. Een eenvoudige jurk van witte kant, die tot op de vloer valt en aan de achterkant vanaf mijn knieën uitloopt in een kleine sleep, die het lopen gelukkig niet onmogelijk maakt.

Evie doet de deur open en mijn grootvader komt binnen. Toko's lange zwarte haar is in het midden gescheiden en in twee vechten verdeeld, die aan het einde zijn samengebonden met leren bandjes versierd met turquoise kralen. Voor op zijn poncho van zwart leer rust een halsketting met een grote hanger in de vorm van een ruit. Die is gemaakt van langwerpige, ivoorkleurige kralen van een paar centimeter lang, omlijst door kleinere kralen in geel en turquoise, en aan de onderkant versierd met duifgrijze leren franje. Het is een prachtig sieraad, dat ik hem tot nu toe alleen heb zien dragen op de trouwfoto van mijn moeder en stiefvader.

Ik draai me helemaal naar hem om en buig uit respect mijn hoofd. Toko legt zijn warme hand eerst rond mijn achterhoofd en dan rond mijn gezicht, zodat hij mijn kin kan vastpakken en mijn gezicht naar hem kan opheffen. Ik kijk in zijn koolzwarte ogen, die glanzen als glazen knikkers.

Hij spreekt me aan in het Comanche. 'Je bent mooier dan de zonsondergang boven de bergen van ons thuis. Mooier dan mijn oude ogen sinds lange tijd kunnen bevatten.'

'Toko...' Mijn stem trilt.

Hij drukt zijn lippen op mijn voorhoofd. Ik sla mijn armen rond zijn middel.

'Ze zou vandaag zo gelukkig zijn. Mijn Catori. Zo trots op de vrouw die je bent geworden.'

De tranen prikken in mijn ogen, en ik moet diep inademen om ze te bedwingen.

'Ik heb een cadeau van haar.'

Ik slik en doe een stap naar achteren. Van mijn gezicht is de schrik en verrassing vast af te lezen. Toko houdt een fraai versierde goudkleurige doos omhoog, die ongeveer twintig centimeter lang, een centimeter of acht breed en vijf centimeter hoog is. De doos op zich is al prachtig om te zien.

Hij geeft hem aan mij en ik houd hem met beide handen vast. Hij voelt warm aan, als een tastbaar deel van mijn moeder.

Evie komt achter me staan en legt haar handen op mijn schouders. Ik weet niet of dat als emotionele steun is bedoeld of dat ze me echt overeind wil houden. Het voelt namelijk alsof het kleed onder mijn designerschoenen met sleehakken vandaan is getrokken.

Toko knikt naar de schitterende doos. 'Catori heeft me deze gegeven. Ik mocht hem pas op je trouwdag aan je geven, en geen dag eerder.'

'H-hoe kon mama nu weten of ik ooit zou gaan trouwen of liefde zou vinden?' Ik snik en druk de doos tegen mijn borst, wensend dat ik op deze dag mijn moeder aan mijn hart had kunnen drukken.

Toko drukt zijn handen voor zijn poncho tegen elkaar. 'Catori was een dromer. En ze liet haar dromen uitkomen. Mijn dochter geloofde in het lot. En tegen het einde geloofde ze dat deze voor jou was.' Hij glimlacht en knikt weer naar de doos. 'Ze had gelijk.'

'Toko...' Ik slik al die emoties weg die me dreigen te vermorzelen.

'Ik laat je nu met rust. Neem de tijd om je voor te bereiden, samen met je moeder en je zus. Ik wacht buiten totdat ik je naar je nieuwe leven kan begeleiden, je leven voor altijd.' Na die woorden loopt hij langzaam de bruidskamer uit, en hij doet de deur achter zich dicht.

'Maak eens open, Kaye,' dringt Evie aan.

'Dat durf ik niet.'

Ze glimlacht teder en strijkt met haar handen over mijn armen. 'Het is van mama. Een cadeau van gene zijde.'

Ik knik, adem diep in en laat de lucht weer langzaam ontsnappen. 'Oké.'

Ik schuif de sluiting opzij en klap het deksel open. In de doos ligt een gouden armband, boven op een van haar roze enveloppen. Ik pak de armband op en herken hem meteen. Het is haar oude bedelarmband, die me als kind enorm fascineerde. Na haar overlijden hebben Evie en ik er overal naar gezocht, maar hem nergens tussen haar spulletjes gevonden. De bedeltjes waren afkomstig van al haar lievelingsplekken die ze had bezocht. Ik druk het sieraad tegen mijn borst en laat de tranen vrijuit over mijn wangen stromen. Ik heb deze armband al zo lang als ik me kan herinneren willen dragen.

Er gaat een schok door Evie heen. Ze kan haar tranen ook niet meer inhouden en slaat haar hand voor haar mond.

'Lees die brief,' dringt ze aan, maar ik zie niks vanwege al die tranen.

Ik strompel naar de stoel naast de toilettafel en laat me er min of meer op vallen. Hoofdschuddend geef ik de brief aan mijn zus. 'Ik kan het niet. Lees jij hem maar voor.'

'Maar hij is voor jou, dat is heel persoonlijk,' probeert ze nog.

'Evie, mama heeft me niets te vertellen wat voor jou geheim zou moeten blijven. Alsjeblieft, ik krijg bijna geen lucht...' Ik leg mijn hand op mijn borst, waar mijn hart zo hard achter mijn borstbeen bonkt dat ik vrees voor een gebroken rib.

'Goed dan.' Evie veegt met haar vingers over de met tranen bevlekte huid onder haar ogen. Dan schraapt ze haar keel en haalt de brief uit de envelop. Ze vouwt hem open, haalt diep adem en begint voor te lezen.

'Mijn allerliefste huutsuu.' Ze slikt nog eens, schudt haar hoofd en gaat dan verder met een kracht waarvoor ik ongelooflijk veel bewondering heb. Zelf heb ik die nooit kunnen opbrengen.

'Vandaag is de dag die ik graag had meegemaakt, meer dan alle andere. Vandaag verbind je je voor altijd aan je grote liefde... Camden Bryant.'

Evies mond valt open. Ik hap ontzet naar adem en sla mijn hand voor mijn mond. Hoe kon mama weten dat ik uiteindelijk met Camden zou trouwen? Zelfs nadat ze me had aangespoord om hem al die jaren geleden in de steek te laten?

Evie wuift zichzelf koelte toe met de brief, kijkt even naar boven en ademt een paar keer in en uit. 'Dit is zo bizar, Suda Kaye. Het is net alsof ze hier is... net als gisteravond.'

Ik sta op, ga naast Evie staan en sla mijn arm om haar middel. 'We kunnen dit. Jij en ik. Zussen. Voor altijd samen, wat er ook gebeurt, met wie we ons leven ook delen. We zijn voor altijd met elkaar verbonden, Evie. En lees nu verder.'

'Je gaat ups en downs meemaken, je gaat onvoorstelbaar veel geluk en intens verdriet beleven, maar ik ben er zeker van dat jullie voor elkaar gemaakt zijn. Zodra je samen bent met degene met wie je hoort te zijn, valt alles op zijn plaats. Het maakt niet uit wie de ware is, wat zijn bestemming is, want zodra je hem vindt, is hij van jou.

Daarom wist ik dat de uitkomst hetzelfde zou zijn toen ik voorstelde dat je de wereld ging verkennen. Ik geloofde met heel mijn hart dat hij jouw wederhelft is en dat hij dat voor altijd zou zijn, al waren jullie nog zo'n tijd van elkaar gescheiden. Als je dit leest, heb ik gelijk gekregen. En ik vind het heerlijk als ik gelijk heb.

Vandaag, Suda Kaye, wil ik je laten weten dat ik van je hou. Ik kan niet lichamelijk bij je zijn, maar ik ben voor altijd bij jou en je zus. Je hoeft alleen maar aan me te denken, dan ben ik er. Of het nu een herinnering is, een zacht briesje, het zonlicht op je gezicht of dat vertrouwde gevoel waardoor je opeens wordt overspoeld. Dat ben ik, voor altijd dicht bij jou, vervuld van liefde voor jou.'

Evie dept haar ogen droog, slikt en schraapt nogmaals haar keel.

'Ik ben zo trots op je, mijn lieve huutsuu. Je hebt je vleugels uitgeslagen, je hebt de wereld gezien, en nu ben je, meer dan ooit, op de plek waar je hoort te zijn. Niet ieder die zwerft is verloren, want je weet altijd waar je thuis is. En jouw thuis is nu naast de man die je aanbidt en de zus die zo dol op je is.’

De tranen komen weer terug en druppelen op het vel papier dat Evie tussen ons in houdt.

‘Wees gelukkig. Dat is de enige wens die ik heb. Ik wenste bij elke ster aan de avondhemel dat mijn meisjes gelukkig zouden worden. Wees gelukkig met Camden. Deel je ziel. Vorm een gezin. Leef alsof er geen morgen is. Heel veel liefs op deze prachtige dag, meisjes. Mama.’

Ik adem in, pak de brief en druk hem tegen mijn lippen. Meteen spoelt de geur van mijn moeder over me heen. Citrusfruit, patchoeli en een aardse muskusgeur. Ik doe mijn ogen dicht, adem een paar keer diep in en vouw de brief dan weer op. Ik stop hem terug in de envelop en leg die in de doos.

‘Gaat het?’ vraagt Evie.

Ik knik en loop naar de toilettafel om mijn make-up te fatsoeneren. Ik doe opnieuw mascara op en smeer wat foundation onder mijn rode ogen. Daarna steek ik mijn hand met daarin de bedelarmband uit.

‘Iets ouds,’ fluister ik. Evie glimlacht droevig en maakt de armband vast rond mijn pols. De gouden bedeltjes zwaaien heen en weer en vangen het licht, dat ze als fonkelingen weerkaatsen op de vloer.

‘En iets nieuws.’ Evie reikt me de schitterende oorbellen aan die Camdens moeder me heeft gegeven. Het zijn eenvoudige, traanvormige parels die perfect passen bij mijn eenvoudige kanten bruidsjapon met de hartvormige halslijn.

‘Iets geleends.’ Ze trekt de ring met haar geboortesteen, die ze op haar achttiende van mama heeft gekregen, van haar vinger en schuift die aan de ringvinger van mijn rechterhand. Hij past perfect.

‘En iets blauws.’ Ze zet de krans van wilde blauwe bloemen op mijn hoofd en schikt mijn lange, krullende haar rond mijn schouders.

'Zoiets moois als jij heb ik nog nooit gezien.' Haar stem breekt. We schieten allebei in de lach, we laten de droefheid van ons afglijden en laten het licht al die ruimte om ons heen vullen. 'En nu?' Ze bekijkt me van top tot teen.

'Nu ga ik trouwen met de man die ik me altijd al heb gewenst.' Ik steek mijn gebogen arm uit en mijn zus haakt in. 'Ga maar voor.'

En geleid door Evie in haar zonnige gele jurk en met mijn grootvader aan mijn zijde loop ik over een pad bestrooid met bloemblaadjes naar de man met wie ik lang en gelukkig zal leven.

Dankwoord

Dank aan mijn echtgenoot, Eric, die me elke dag weer laat zien wat echte liefde is. Al tweeëntwintig jaar...

Ook dank aan de beste persoonlijke assistente van de hele wereld, Jeananna Goodall. Ik hoop dat ik jouw moeder eer heb kunnen bewijzen. Dit boek betekent meer voor me dan al die andere, omdat ik er voor jou iets moois van wilde maken. Ik wilde dat je de zusterlijke solidariteit tussen ons en je moeder en haar zussen zou voelen. Hoewel het allemaal is verzonnen, met hier en daar hints naar het verleden, was haar geest alomaanwezig. Ik wil je bedanken omdat je mij de eer gunde om haar met de wereld te delen. Ik zie heel veel van je moeder in jou en ik weet zeker dat ze ongelooflijk trots zou zijn op de vrouw die je bent geworden.

Dank aan Amy Tannenbaum, die bij HQN het perfecte onderkomen vond voor een romantisch verhaal over familie.

Dank aan Ekatarina Sayanova van Red Quill Editing, die de eerste redactie deed en me hielp om de perfecte mix te vinden van teder en spannend.

En aan hoofdredacteur Susan Swinwood, die een kans wilde wagen met een nieuw soort fictie voor vrouwen en die me hielp om hier een verhaal van te maken dat volgens mij de harten van lezeressen overal ter wereld raakt. Ik prijs me zo gelukkig dat ik met jou mag samenwerken en kijk uit naar al die volgende verhalen die op ons wachten.

Dank aan mijn team van eerste lezers, Tracey Wilson-Vuolo, Tammy Hamilton-Green en Gabby McEachern. Dit verhaal heeft me maanden gekost, en het moet voor jullie erg lastig zijn geweest om na een hoofdstuk weer weken op het volgende te moeten wachten, maar jullie hielden vol en bleven me aanmoedigen. Dank jullie wel voor al die geweldige steun.

Dank aan HQN, dat een opwindend romantisch verhaal wilde uitgeven. Het is zo fijn als iemand tegen wie je opkijkt in je gelooft. Ik ga de uitdaging van dit nieuwe genre graag aan en vind het zo fijn dat ik dat met jullie hulp en aanmoediging kan doen. Dromen komen soms echt uit, ik schrijf voor Harlequin! Dat moet ik denk ik nog honderd keer zeggen om het echt te kunnen geloven.

Dank aan mijn lezeressen. Ik hoop dat jullie je verbonden voelden met Suda Kaye, Evie, Cam, Kyson, de familie Bryant en natuurlijk haar grootvader, oudste Tahsuda. Bedankt dat jullie iets nieuws wilden proberen. Als je een boek uitkiest, hoeft dat er natuurlijk niet eentje van mij te zijn. Ik wil jullie bedanken omdat jullie me jullie tijd willen schenken. Goed, pak nu een glas wijn of champagne of iets fruitigs naar keuze, ga lekker zitten en bel je zus of je hartsvriendin of je maatje van de leesclub of iemand anders die er altijd voor je is. Zeg dat je van haar houdt, en misschien kun je meteen vertellen dat je zo'n leuk boek over zussen hebt gelezen... hint, hint.

Heel veel liefs!